16	3	2	13
5	10	11	8
9	6	7	12
4	15	14	1

Eurípides

TEATRO COMPLETO II

Os Heraclidas
Hipólito
Andrômaca
Hécuba

Edição bilíngue

Estudos e traduções de Jaa Torrano

editora 34

EDITORA 34

Editora 34 Ltda.
Rua Hungria, 592 Jardim Europa CEP 01455-000
São Paulo - SP Brasil Tel/Fax (11) 3811-6777 www.editora34.com.br

Imagem da capa:
Busto de Eurípides, cópia romana de um original grego do século IV a.C., Staatliche Museen, Antikensammlung Berlin, Berlim

Capa, projeto gráfico e editoração eletrônica:
Franciosi & Malta Produção Gráfica

Revisão:
Beatriz de Paoli
Alberto Martins

1ª Edição - 2022

CIP - Brasil. Catalogação-na-Fonte
(Sindicato Nacional dos Editores de Livros, RJ, Brasil)

Eurípides, *c.* 480-406 a.C.
E664t Teatro completo II: Os Heraclidas, Hipólito, Andrômaca, Hécuba / Eurípides; edição bilíngue; estudos e traduções de Jaa Torrano — São Paulo: Editora 34, 2022 (1ª Edição).
488 p.

ISBN 978-65-5525-133-3

Texto bilíngue, português e grego

1. Teatro grego (Tragédia). I. Torrano, José Antonio Alves. II. Título.

CDD - 882

EURÍPIDES
TEATRO COMPLETO
II

Dedicatória

Aos leitores joviais
que se comprazem com
a noção euripidiana de Zeus
como a explicação própria
da complexidade do mundo
contemporâneo dos Deuses.

Agradecimentos

Ao CNPq,
por invictas virtudes
das bolsas PP e PDE,
que me deram
este trabalho.

Ao Grupo de Pesquisa
Estudos sobre o Teatro Antigo
por grato convívio caro a Musas
e a Dioniso *Mousagétes*.

Aos miríficos alunos,
colegas e mestres
do DLCV-FFLCH-USP,
pela numinosidade
imanente ao lugar.

Aos caros amigos
partícipes das Musas
e de *Zeus Phílios*.

Nota editorial

A presente tradução segue o texto de J. Diggle, *Euripidis Fabulae* (Oxford, Oxford Classical Texts, 3 vols., 1981, 1984, 1994). Onde este é lacunar recorremos a restaurações propostas por outros editores, cujos nomes se assinalam à margem direita do verso restaurado no texto original e na tradução.

Cronologia das representações

1. *O Ciclope*, data incerta.
2. *Alceste*, 438 a.C.
3. *Medeia*, 431 a.C.
4. *Os Heraclidas*, cerca de 430 a.C.
5. *Hipólito*, 428 a.C.
6. *Andrômaca*, cerca de 425 a.C.
7. *Hécuba*, cerca de 424 a.C.
8. *As Suplicantes*, entre 424 e 420 a.C.
9. *Electra*, entre 422 e 416 a.C.
10. *Héracles*, cerca de 415 a.C.
11. *As Troianas*, 415 a.C.
12. *Ifigênia em Táurida*, cerca de 414 a.C.
13. *Íon*, cerca de 413 a.C.
14. *Helena*, 412 a.C.
15. *As Fenícias*, entre 412 e 405 a.C.
16. *Orestes*, 408 a.C.
17. *As Bacas*, 405 a.C.
18. *Ifigênia em Áulida*, 405 a.C.
19. *Reso*, data incerta.

OS HERACLIDAS

A Deusa Justiça e seus partícipes

Jaa Torrano

Como a questão da justiça se coloca e se desenvolve na tragédia *Os Heraclidas* de Eurípides? Qual a atitude de cada personagem diante dessa questão?

Segundo os costumes gregos, o altar concede asilo ao suplicante porque o torna hóspede do Deus a quem o altar é consagrado. A cena de suplicantes abrigados junto aos altares de Deuses abre *Os Heraclidas* e figura em muitas outras tragédias de Eurípides: *Andrômaca*, *As Suplicantes*, *Héracles* e *Helena*.

O prólogo de *Os Heraclidas* se compõe de duas cenas: o monólogo de Iolau (vv. 1-54) e o diálogo entre Iolau e o arauto de Euristeu (vv. 55-72). No monólogo, Iolau expõe a opinião de que são inatas a justiça com os vizinhos, bem como a egoística e intratável ganância de lucro, e descreve o seu próprio comportamento, que exemplifica a justiça inata. No diálogo com Iolau, o arauto declara aos suplicantes que "pétrea justiça" os espera em Argos (v. 60). "Pétrea justiça" significa a sentença de apedrejamento e a expressão implica tanto a legalidade do procedimento quanto o apoio popular à aplicação da pena. Nesse diálogo, ambos os antagonistas proclamam a justiça de seus atos.

Ameaçado de ser retirado à força do altar, Iolau clama por socorro dos residentes de Atenas.

No párodo, o coro de anciãos de Maratona, inteirado da situação dos suplicantes e da intenção do arauto, pede respeito à condição de "súplices dos Deuses" e às "sedes dos Numes" em nome de "soberana Justiça" (*pótnia Díke*, vv. 101-4), que está acima da participação na Deusa Justiça de cada um de ambos os antagonistas.

No primeiro episódio, o coro remete a solução do conflito ao rei e anuncia a sua entrada: o rei Demofonte e seu irmão Ácamas. Instado pelo rei a falar, o arauto proclama a justiça de sua causa. Declara-se argivo que conduz argivos fugitivos condenados à morte pelas leis de

Argos, em cumprimento da "soberana justiça" (*kýrious díkas*, v. 143). Mostra para o rei de Atenas qual é a vantagem de atender e associar-se a Argos e qual a desvantagem de atender aos apelos súplices do ancião e dos jovens.

O corifeu ressalta que, nos atos ou nas palavras, a justiça depende de conhecer com clareza as razões de ambos os antagonistas.

Iolau, apelando ao princípio da igualdade no uso da palavra, repele a reivindicação do arauto de jurisdição sobre os Heraclidas e louva a liberdade e a coragem de Atenas como garantia de serem defendidos. Lembra o parentesco entre Héracles e Teseu e a libertação de Teseu de Hades por Héracles como razões para a defesa dos Heraclidas, pela reciprocidade da graça recebida de Héracles por Teseu. Refere-se ao vexame de parentes serem retirados à força e, fazendo o gesto ritual de súplica, implora acolhida em nome da consanguinidade.

Demofonte alega três razões para acatar as palavras de Iolau: Zeus suplicante, o parentesco e a antiga dívida de Teseu com Héracles, e ainda acrescenta uma quarta razão: o vexame de ter suplicantes retirados à força, o que significaria supressão da liberdade e autonomia política.

Na esticomitia (vv. 253-70) entre o rei Demofonte e o arauto, o rei insiste na inviolabilidade do asilo do altar, e o arauto persiste na intenção de reconduzir os Heraclidas.

O arauto define como soberbia (*hýbris*, v. 280) a intransigência do rei e promete voltar com força militar para puni-la.

Demofonte reitera que o desrespeito aos suplicantes de seus altares significa a perda da liberdade e da autonomia política.

Iolau enaltece a nobreza de origem e as núpcias com nobres tendo em vista que laços familiares nobres agora os defendem, declara perene o reconhecimento da defesa alcançada junto a Atenas, exorta à gratidão e amizade por Atenas e louva Demofonte por honrar a glória paterna (vv. 297-328).

O coro afirma que o justo socorro aos desvalidos é característico de Atenas e prevê a iminência da guerra (vv. 329-32).

Demofonte anuncia as providências: reunião dos cidadãos para receber o exército argivo, o envio de espião para prever o ataque e a consulta aos adivinhos mediante sacrifícios, e por fim faz a Iolau a recomendação de trocar o altar de Zeus por uma casa que lhe oferece.

Iolau prefere permanecer junto ao altar, confiante nos Deuses como aliados e na superioridade de Atena sobre Hera argiva no combate.

O primeiro estásimo se compõe de uma tríade estrofe-antístrofe-epodo. A estrofe rejeita a pretensão do arauto e do rei argivo Euristeu, dito "filho de Estênelo".[1] A antístrofe condena a retirada à força dos suplicantes do altar. O epodo reafirma a confiança, proclamada por Iolau, na vitória de Atenas sobre Argos.

No segundo episódio, instaura-se a crise: Demofonte anuncia que o oráculo pede o sacrifício de uma virgem nobre à Deusa Perséfone, filha de Deméter. Instala-se o impasse: o rei não sacrificará a própria filha nem imporá a outros que o façam, pois, se o fizer, provocará uma guerra intestina, mas o rei justo é tratado com justiça pelos súditos.

Iolau lamenta e propõe que ele próprio seja entregue aos argivos. Demofonte rejeita a proposta de Iolau, alegando que o terror dos inimigos são os filhos jovens e relembrados dos maus-tratos ao pai deles.

Uma das filhas de Héracles, Macária, sai do templo, justificando sua presença no espaço público (que é exclusivamente masculino) por ouvir os lamentos de Iolau e buscar informação sobre o que o aflige. Iolau resume o impasse. Tão logo ciente do oráculo e certificada de que a salvação dependia do atendimento à exigência do oráculo, Macária se dispõe a deixar-se imolar pela salvação de todos.

O autossacrifício de Macária é significativo de que 1) Macária prova pela ação a nobreza dos Heraclidas;[2] 2) sua morte assegura a vitória de Atenas bem como dos Heraclidas (v. 402) e assim confirma o vínculo entre eles, e 3) sobretudo, transforma os Heraclidas de recebedores passivos da proteção de Atenas em agentes ativos de sua própria salvação (vv. 420-1, 497, 506) e o apoio de Atenas aos Heraclidas é reivindicado e restituído por Macária.

Iolau discute a justiça do sacrifício sem sorteio. Macária contesta a conveniência de sorteio em sacrifício que deve ser doação espontânea e voluntária (vv. 543-8) e alega que essa espontaneidade afastaria o perigo de poluência (*miásmatos/ toumoû*, vv. 558-9) decorrente do homicídio, segundo a perspectiva do pensamento mítico.

Demofonte elogia Macária "pela valentia e pela justiça" (vv. 569-70). Neste caso, "justiça" tem um valor altruístico, oposto à ganância

---

[1] Estênelo, filho de Perseu e pai de Euristeu, era rival de Anfitrião, pai de Héracles, sendo essa antiga rivalidade entre Estênelo e Anfitrião um antecedente da hostilidade de Euristeu contra Héracles.

[2] Cf. vv. 296-303, 537-8, 553-4, 626-7.

do lucro egoístico,[3] mas nesta noção de "justiça" associada à de "valentia" vigora sobretudo o sentido de assumir o próprio destino (*moîra*).

Macária, em suas despedidas e recomendações finais, pede que, se obtiverem dos Deuses o fim dos males, se lembrem dos funerais devidos à salvadora, e acrescenta: "os mais belos, é justo" (v. 589), implicando este acréscimo que a noção de justiça inclui retribuição e reciprocidade.

A cena de autossacrifício é fechada em si mesma, não há referências a Macária após a sua saída. Cenas de autossacrifício se repetem nas tragédias de Eurípides *Hécuba*, *As Fenícias* e *Ifigênia em Áulida*, todas elas dando ressonância à ideologia política que, na oração fúnebre proferida por Péricles, apresenta os mortos de guerra em defesa da pátria como um modelo a ser seguido pelos demais cidadãos.[4]

O segundo estásimo se compõe de um par estrofe-antístrofe. Canto de simpatia e consolação, a estrofe anuncia o pensamento tradicional sobre o poder e presença dos Deuses e a instabilidade da fortuna. A antístrofe se dirige a Iolau, exortando-o a suportar o "dom de Deuses" e evocando a glória que acompanhará a morte heroica de Macária.

No terceiro episódio, entra um servo para noticiar o retorno de Hilo, filho de Héracles.[5] O servo ergue Iolau do chão, e Iolau chama Alcmena para ouvir a boa notícia.

Alcmena confunde o servo com o arauto de Euristeu, mas é tranquilizada por Iolau. Este momento de confusão e equívoco prenuncia a inesperada cena cômica: o decrépito Iolau se prepara para o combate com o auxílio e comentários irônicos do servo. Apesar do tom cômico, a cena enfatiza a iminência do conflito crucial para a sobrevivência dos Heraclidas e prepara o portento do rejuvenescimento de Iolau no campo de batalha. Iolau parte para a batalha conduzido pelo servo (e esta é sua última aparição em cena).

O terceiro estásimo contém dois pares estrofe-antístrofe. No primeiro par, o coro apresenta a crise como resultado da arrogância de Argos e invoca os Deuses, especialmente Zeus e Atena em auxílio a Atenas, porque os atenienses protegem os suplicantes, confiantes na justiça de Zeus. No segundo par, o coro invoca Atena, pede que leve alhures

---

[3] Cf. v. 3.

[4] Cf. Tucídides II, 43.

[5] Cf. vv. 45-7.

o injusto (os argivos), recorda as honras e seu festival anual, as Panateneias. Como um todo, o estásimo afirma a justiça da causa ateniense e sua prática cultual como a razão para os Deuses intervirem em seu favor.

No quarto episódio, o mensageiro, vindo direto do campo de batalha, entra para relatar a vitória dos Heraclidas a Alcmena.

Segundo G. M. A. Grube,[6] o relato do mensageiro tem três partes: 1) o desafio de Hilo a Euristeu, recusado; 2) a preparação e a batalha; 3) o milagre do rejuvenescimento de Iolau e a captura de Euristeu por Iolau com a ajuda de Hilo.

Ainda que o mensageiro admita que ele não viu a epifania e o milagre com seus olhos, ele claramente não sugere que o rejuvenescimento de Iolau fosse um fantástico ouvir dizer: ele era da infantaria e Euristeu foi capturado após longa perseguição de carros.[7] Similar mudança da autopsia para a oitiva se encontra em outros encontros com o divino.

A última fala de Alcmena revela a moralidade tradicional da vindita; o mensageiro também ignora a lei ateniense contra execução de prisioneiros de guerra (v. 887).

O quarto estásimo contém dois pares estrofe-antístrofe. Na primeira estrofe, o coro se alegra pela mudança de fortuna dos Heraclidas. Na primeira antístrofe, constata que os acontecimentos convalidam a conduta de Atenas e a teodiceia. Na segunda estrofe, congratula com Alcmena, reafirmando a deificação de seu filho. Na segunda antístrofe, reafirma o respeito dos Deuses pela justiça, a condenação da *hýbris* e a associação de Atena e Héracles.

No êxodo, a cena final surpreende pela mudança de posição entre perseguidor e perseguido, mas faz jus à participação de Euristeu na *Pótnia Díke*, reivindicada pelo arauto argivo no prólogo e no primeiro episódio.

---

[6] G. M. A. Grube, *The Drama of Euripides*, Londres, Methuen, 1961.

[7] *Idem*, p. 172.

Ὑπόθεσις Ἡρακλειδῶν

Ἰόλαος υἱὸς μὲν ἦν Ἰφικλέους, ἀδελφιδοῦς δὲ Ἡρακλέους· ἐν νεότητι δ᾽ ἐκείνωι συστρατευσάμενος ἐν γήραι τοῖς ἐξ ἐκείνου βοηθὸς εὔνους παρέστη. τῶν γὰρ παίδων ἐξ ἁπάσης ἐλαυνομένων γῆς ὑπ᾽ Εὐρυσθέως, ἔχων αὐτοὺς ἦλθεν εἰς Ἀθήνας κἀκεῖ προσφυγὼν τοῖς θεοῖς ἔσχε τὴν ἀσφάλειαν Δημοφῶντος τῆς πόλεως κρατοῦντος. Κοπρέως δὲ τοῦ Εὐρυσθέως κήρυκος ἀποσπᾶν θέλοντος τοὺς ἱκέτας ἐκώλυσεν αὐτόν· ὁ δὲ ἀπῆλθε πόλεμον ἀπειλήσας προσδέχεσθαι. Δημοφῶν δὲ τούτου μὲν ὠλιγώρει· χρησμῶν δὲ αὐτῶι νικηφόρων γενηθέντων, ἐὰν Δήμητρι τὴν εὐγενεστάτην παρθένων σφάξηι, τοῖς λογίοις βαρέως ἔσχεν· οὔτε γὰρ ἰδίαν οὔτε τῶν πολιτῶν τινος θυγατέρα χάριν τῶν ἱκετῶν ἀποκτεῖναι δίκαιον ἡγεῖτο. τὴν μαντείαν δὲ προγνοῦσα μία τῶν Ἡρακλέους παίδων Μακαρία τὸν θάνατον ἑχουσίως ὑπέστη. ταύτην μὲν οὖν εὐγενῶς ἀποθανοῦσαν ἐτίμησαν, αὐτοὶ δὲ τοὺς πολεμίους ἐπιγνόντες παρόντας εἰς τὴν μάχην ὥρμησαν...

τὰ τοῦ δράματος πρόσωπα· Ἰόλαος, Κοπρεύς, χορός, Δημοφῶν, Μακαρία παρθένος, θεράπων, Ἀλκμήνη, ἄγγελος, Εὐρυσθεύς. προλογίζει δὲ ὁ Ἰόλαος.

Argumento

Iolau era filho de Íficles e sobrinho de Héracles. Na juventude fez campanha com ele e na velhice foi benevolente defensor dos filhos dele, pois, ao serem banidos de toda a terra por Euristeu, foi a Atenas com eles e lá, refugiado junto aos Deuses, obteve a segurança de Demofonte, soberano da urbe. Quando Copreu, arauto de Euristeu, quis retirar os suplicantes, Iolau o impediu e Copreu se foi após ameaçar que esperassem guerra. Demofonte pouco se preocupou com isso, mas, como houve oráculo promissor de vitória se imolasse a mais nobre virgem a Deméter, ficou consternado com o vaticínio. Não considerava justo matar nem a própria filha, nem a de seus concidadãos, por causa de suplicantes. Ao saber desse oráculo, Macária, uma das filhas de Héracles, enfrentou de bom grado a morte. Honraram-na por sua nobre morte e, ao observar os inimigos presentes, travaram a batalha.

Personagens do drama: Iolau, Copreu, coro, Demofonte, a virgem Macária, servo, Alcmena, mensageiro, Euristeu. Iolau diz o prólogo.

Drama representado cerca de 430 a.C.

Ἡρακλεῖδαι

ΙΟΛΑΟΣ

Πάλαι ποτ' ἐστὶ τοῦτ' ἐμοὶ δεδογμένον·
ὁ μὲν δίκαιος τοῖς πέλας πέφυκ' ἀνήρ,
ὁ δ' ἐς τὸ κέρδος λῆμ' ἔχων ἀνειμένον
πόλει τ' ἄχρηστος καὶ συναλλάσσειν βαρύς,
αὑτῶι δ' ἄριστος· οἶδα δ' οὐ λόγωι μαθών. 5
ἐγὼ γὰρ αἰδοῖ καὶ τὸ συγγενὲς σέβων,
ἐξὸν κατ' Ἄργος ἡσύχως ναίειν, πόνων
πλείστων μετέσχον εἷς ἀνὴρ Ἡρακλέει,
ὅτ' ἦν μεθ' ἡμῶν· νῦν δ', ἐπεὶ κατ' οὐρανὸν
ναίει, τὰ κείνου τέκν' ἔχων ὑπὸ πτεροῖς 10
σώιζω τάδ' αὐτὸς δεόμενος σωτηρίας.
ἐπεὶ γὰρ αὐτῶν γῆς ἀπηλλάχθη πατήρ,
πρῶτον μὲν ἡμᾶς ἤθελ' Εὐρυσθεὺς κτανεῖν·
ἀλλ' ἐξέδραμεν, καὶ πόλις μὲν οἴχεται,
ψυχὴ δ' ἐσώθη. φεύγομεν δ' ἀλώμενοι 15
ἄλλην ἀπ' ἄλλης ἐξοριζόντων πόλιν.
πρὸς τοῖς γὰρ ἄλλοις καὶ τόδ' Εὐρυσθεὺς κακοῖς
ὕβρισμ' ἐς ἡμᾶς ἠξίωσεν ὑβρίσαι·
πέμπων ὅπου γῆς πυνθάνοιθ' ἱδρυμένους
κήρυκας ἐξαιτεῖ τε κἀξείργει χθονός, 20
πόλιν προτείνων Ἄργος οὐ σμικρὸν φίλην
ἐχθράν τε θέσθαι, χαὐτὸν εὐτυχοῦνθ' ἅμα.
οἱ δ' ἀσθενῆ μὲν τἀπ' ἐμοῦ δεδορκότες,
σμικροὺς δὲ τούσδε καὶ πατρὸς τητωμένους,

Os Heraclidas

[*Prólogo* (1-72)]

IOLAU

Há muito tempo tenho a opinião:
um já nasce justo com os vizinhos,
outro, de ânimo entregue ao lucro,
é inútil à urbe e de difícil convívio,
mas bom para si. Sei, não de ouvir. 5
Em respeito e honra ao parentesco,
quando podia estar quieto em Argos,
fui a muitas lutas a sós com Héracles,
quando conosco; agora está no céu
e mantenho seus filhos sob as asas 10
e salvo, falto de salvação eu mesmo.
Quando o pai deles se foi da terra,
Euristeu primeiro quis nos matar,
mas fugimos e se a urbe se perdeu,
a vida se salvou. Fugimos errantes, 15
expulsos de uma urbe para outra.
Além dos outros males, Euristeu
quer nos impor ainda este ultraje:
envia arautos aonde nos soubesse
sediados, exige e exclui da terra, 20
alega Argos urbe não pouco amiga
e o rancor, com a mesma boa sorte.
Eles, quando me veem sem forças
e estes pequenos e órfãos do pai,

τοὺς κρείσσονας σέβοντες ἐξείργουσι γῆς. 25
ἐγὼ δὲ σὺν φεύγουσι συμφεύγω τέκνοις
καὶ σὺν κακῶς πράσσουσι συμπράσσω κακῶς,
ὀκνῶν προδοῦναι, μή τις ὧδ’ εἴπηι βροτῶν·
Ἴδεσθ’, ἐπειδὴ παισὶν οὐκ ἔστιν πατήρ,
Ἰόλαος οὐκ ἤμυνε συγγενὴς γεγώς. 30
πάσης δὲ χώρας Ἑλλάδος τητώμενοι
Μαραθῶνα καὶ σύγκληρον ἐλθόντες χθόνα
ἱκέται καθεζόμεσθα βώμιοι θεῶν
προσωφελῆσαι· πεδία γὰρ τῆσδε χθονὸς
δισσοὺς κατοικεῖν Θησέως παῖδας λόγος 35
κλήρωι λαχόντας ἐκ γένους Πανδίονος,
τοῖσδ’ ἐγγὺς ὄντας· ὧν ἕκατι τέρμονας
κλεινῶν Ἀθηνῶν τήνδ’ ἀφικόμεσθ’ ὁδόν.
δυοῖν γερόντοιν δὲ στρατηγεῖται φυγή·
ἐγὼ μὲν ἀμφὶ τοῖσδε καλχαίνων τέκνοις, 40
ἡ δ’ αὖ τὸ θῆλυ παιδὸς Ἀλκμήνη γένος
ἔσωθε ναοῦ τοῦδ’ ὑπηγκαλισμένη
σώιζει· νέας γὰρ παρθένους αἰδούμεθα
ὄχλωι πελάζειν κἀπιβωμιοστατεῖν.
Ὕλλος δ’ ἀδελφοί θ’ οἷσι πρεσβεύει γένος 45
ζητοῦσ’ ὅπου γῆς πύργον οἰκιούμεθα,
ἢν τῆσδ’ ἀπωθώμεσθα πρὸς βίαν χθονός.
ὦ τέκνα τέκνα, δεῦρο, λαμβάνεσθ’ ἐμῶν
πέπλων· ὁρῶ κήρυκα τόνδ’ Εὐρυσθέως
στείχοντ’ ἐφ’ ἡμᾶς, οὗ διωκόμεσθ’ ὕπο 50
πάσης ἀλῆται γῆς ἀπεστερημένοι.
ὦ μῖσος, εἴθ’ ὄλοιο χὡ πέμψας <σ’> ἀνήρ,
ὡς πολλὰ δὴ καὶ τῶνδε γενναίωι πατρὶ
ἐκ τοῦδε ταὐτοῦ στόματος ἤγγειλας κακά.

ΚΗΡΥΞ

ἦ που καθῆσθαι τήνδ’ ἕδραν καλὴν δοκεῖς 55
πόλιν τ’ ἀφῖχθαι σύμμαχον, κακῶς φρονῶν·
οὐ γάρ τις ἔστιν ὃς πάροιθ’ αἱρήσεται

honram o poder e excluem da terra. 25
Eu, com exilados filhos, sou exilado,
e com eles, se estão mal, estou mal,
por temer trair. Mortal nenhum diga:
“Vede! Quando os filhos não têm pai,
Iolau não defendeu, sendo parente.” 30
Repelidos de toda região da Grécia,
vindos a Maratona e à terra limítrofe,
ante altares de Deuses sentamos súplices
por socorro; nesta planície da terra,
dizem, residem dois filhos de Teseu, 35
por herança da família de Pandíon,
parentes seus, pelos quais chegamos
nesta via aos limites de ínclita Atenas.
Dois velhos são comandantes da fuga:
eu, tomando conta destas crianças, 40
e ela, Alcmena, dentro deste templo,
com o ser feminino filial nos braços
salva; vexa-nos que virgens novas
fiquem junto à turba e ante altares.
Hilo e os seus irmãos mais velhos 45
buscam que torre nos dará moradia,
se nos expulsam à força desta terra.
Ó filhos, filhos, vinde! Agarrai meu
manto! Vejo o arauto de Euristeu
vir para nós, o que nos persegue 50
de toda terra, erradios, espoliados.
Ó odioso, morresses tu e teu rei,
porque muitos males anunciaste
de tua boca ao nobre pai destes!

ARAUTO

Crês que tens sede nesta bela sede 55
e em urbe aliada, por imprudência.
Não há quem confrontado escolha

τὴν σὴν ἀχρεῖον δύναμιν ἀντ' Εὐρυσθέως.
χώρει· τί μοχθεῖς ταῦτ'; ἀνίστασθαί σε χρὴ
ἐς Ἄργος, οὗ σε λεύσιμος μένει δίκη. 60

ΙΟΛΑΟΣ

οὐ δῆτ', ἐπεί μοι βωμὸς ἀρκέσει θεοῦ,
ἐλευθέρα τε γαῖ' ἐν ἧι βεβήκαμεν.

ΚΗΡΥΞ

βούληι πόνον μοι τῆιδε προσθεῖναι χερί;

ΙΟΛΑΟΣ

οὔτοι βίαι γέ μ' οὐδὲ τούσδ' ἄξεις λαβών.

ΚΗΡΥΞ

γνώσηι σύ· μάντις δ' ἦσθ' ἄρ' οὐ καλὸς τάδε. 65

ΙΟΛΑΟΣ

οὐκ ἂν γένοιτο τοῦτ' ἐμοῦ ζῶντός ποτε.

ΚΗΡΥΞ

ἄπερρ'· ἐγὼ δὲ τούσδε, κἂν σὺ μὴ θέληις,
ἄξω νομίζων οὗπέρ εἰσ' Εὐρυσθέως.

ΙΟΛΑΟΣ

ὦ τὰς Ἀθήνας δαρὸν οἰκοῦντες χρόνον,
ἀμύνεθ'· ἱκέται δ' ὄντες ἀγοραίου Διὸς 70
βιαζόμεσθα καὶ στέφη μιαίνεται,
πόλει τ' ὄνειδος καὶ θεῶν ἀτιμίαν.

ΧΟΡΟΣ

ἔα ἔα· τίς ἡ βοὴ βωμοῦ πέλας
ἕστηκε; ποίαν συμφορὰν δείξει τάχα;

tua inútil força em vez de Euristeu.
Anda! Que sofres aí? Deves voltar
a Argos onde pétrea te espera justiça. 60

IOLAU

Não, porque me bastará o altar
de Deus e a terra livre onde estamos.

ARAUTO

Queres dar trabalho ao meu braço?

IOLAU

Não me levarás à força, nem a estes.

ARAUTO

Tu saberás, bom vate aqui não foste. 65

IOLAU

Isso não aconteceria comigo vivo.

ARAUTO

Parte! Ainda que tu não queiras, eu
os levarei, por os supor de Euristeu.

IOLAU

Ó residentes há longo tempo em Atenas,
socorrei! Suplicantes de Zeus forense, 70
somos forçados e coroas conspurcadas,
vitupério à urbe e desonra aos Deuses!

[*Párodo* (73-110)]

CORO

Éa! Éa! Que clamor perto do altar
ergueu-se? Que situação indicará?

ἴδετε τὸν γέροντ' ἀμαλὸν ἐπὶ πέδωι χύμενον· ὦ τάλας πρὸς τοῦ ποτ' ἐν γῆι πτῶμα δύστηνον πίτνεις; Est. 76

ΙΟΛΑΟΣ

ὅδ' ὦ ξένοι με σοὺς ἀτιμάζων θεοὺς
ἕλκει βιαίως Ζηνὸς ἐκ προβωμίων.

ΧΟΡΟΣ

σὺ δ' ἐκ τίνος γῆς, ὦ γέρον, τετράπτολιν 80
ξύνοικον ἦλθες λαόν; ἢ
πέραθεν ἁλίωι πλάται
κατέχετ' ἐκλιπόντες Εὐβοῖδ' ἀκτάν;

ΙΟΛΑΟΣ

οὐ νησιώτην, ὦ ξένοι, τρίβω βίον,
ἀλλ' ἐκ Μυκηνῶν σὴν ἀφίγμεθα χθόνα. 85

ΧΟΡΟΣ

ὄνομα τί σε, γέρον, Μυκηναῖος ὠ-
νόμαζεν λεώς;

ΙΟΛΑΟΣ

τὸν Ἡράκλειον ἴστε που παραστάτην
Ἰόλαον· οὐ γὰρ σῶμ' ἀκήρυκτον τόδε.

ΧΟΡΟΣ

οἶδ' εἰσακούσας καὶ πρίν· ἀλλὰ τοῦ ποτε 90
ἐν χειρὶ σᾶι κομίζεις κόρους
νεοτρεφεῖς; φράσον.

ΙΟΛΑΟΣ

Ἡρακλέους οἵδ' εἰσὶ παῖδες, ὦ ξένοι,
ἱκέται σέθεν τε καὶ πόλεως ἀφιγμένοι.

Vede o velho fraco vertido no solo! Est.
Ó miserável, 76
por que na terra cais infausta queda?

IOLAU

Hóspedes, ele desonra teus Deuses,
tira-me à força dos altares de Zeus.

CORO

Tu, ó velho, de que terra vieste 80
ao povo comum de quatro urbes?
Ou aportais com remo marinho
vindo das bordas de Eubeia?

IOLAU

Hóspedes, não tenho vida ilhada,
mas venho de Micenas à tua terra. 85

CORO

Velho, o povo de Micenas
que nome te denominou?

IOLAU

Vede o assistente de Héracles
Iolau! Este não é sem renome.

CORO

Sei de ouvir. Mas de quem 90
trazes em teu braço jovens
tão novos? Explica!

IOLAU

Hóspedes, são filhos de Héracles,
suplicantes teus e da urbe vieram.

ΧΟΡΟΣ

τί χρέος; ἦ λόγων πόλεος, ἔνεπέ μοι, Ant.
μελόμενοι τυχεῖν; 96

ΙΟΛΑΟΣ

μήτ' ἐκδοθῆναι μήτε πρὸς βίαν θεῶν
τῶν σῶν ἀποσπασθέντες εἰς Ἄργος μολεῖν.

ΚΗΡΥΞ

ἀλλ' οὔτι τοῖς σοῖς δεσπόταις τάδ' ἀρκέσει,
οἳ σοῦ κρατοῦντες ἐνθάδ' εὑρίσκουσί σε. 100

ΧΟΡΟΣ

εἰκὸς θεῶν ἱκτῆρας αἰδεῖσθαι, ξένε,
καὶ μὴ βιαίωι χειρὶ δαι-
μόνων ἀπολιπεῖν σφ' ἕδη·
πότνια γὰρ Δίκα τάδ' οὐ πείσεται.

ΚΗΡΥΞ

ἔκπεμπέ νυν γῆς τούσδε τοὺς Εὐρυσθέως, 105
κοὐδὲν βιαίωι τῆιδε χρήσομαι χερί.

ΧΟΡΟΣ

ἄθεον ἱκεσίαν μεθεῖναι πόλει
ξένων προστροπάν.

ΚΗΡΥΞ

καλὸν δέ γ' ἔξω πραγμάτων ἔχειν πόδα,
εὐβουλίας τυχόντα τῆς ἀμείνονος. 110

ΧΟΡΟΣ

οὔκουν τυράννωι τῆσδε γῆς φράσαντά σε

CORO

Por quê? Diz-me! Ant.
Buscando falar perante a urbe? 96

IOLAU

Não ser entregues nem ir a Argos
por força retirados de teus Deuses.

ARAUTO

Mas isso não bastará a teus donos,
que com o poder aqui te descobrem. 100

CORO

Hóspede, os súplices dos Deuses
é bom respeitar e sedes de Numes
eles não deixar por mão violenta,
isso soberana Justiça não tolera.

ARAUTO

Expede da terra os de Euristeu 105
e não usaremos a mão violenta!

CORO

É sem Deus repelir a súplica
dirigida por hóspedes à urbe.

ARAUTO

É belo ter o pé fora dos fatos
por sorte de prudência maior. 110

[*Primeiro episódio* (111-352)]

CORO

Não devias ousar dizer ao rei da terra,

χρῆν ταῦτα τολμᾶν, ἀλλὰ μὴ βίαι ξένους
θεῶν ἀφέλκειν, γῆν σέβοντ᾽ ἐλευθέραν;

ΚΗΡΥΞ

τίς δ᾽ ἐστὶ χώρας τῆσδε καὶ πόλεως ἄναξ;

ΧΟΡΟΣ

ἐσθλοῦ πατρὸς παῖς Δημοφῶν ὁ Θησέως. 115

ΚΗΡΥΞ

πρὸς τοῦτον ἁγὼν ἆρα τοῦδε τοῦ λόγου
μάλιστ᾽ ἂν εἴη· τἄλλα δ᾽ εἴρηται μάτην.

ΧΟΡΟΣ

καὶ μὴν ὅδ᾽ αὐτὸς ἔρχεται σπουδὴν ἔχων
Ἀκάμας τ᾽ ἀδελφός, τῶνδ᾽ ἐπήκοοι λόγων.

ΔΗΜΟΦΩΝ

ἐπείπερ ἔφθης πρέσβυς ὢν νεωτέρους 120
βοηδρομήσας τήνδ᾽ ἐπ᾽ ἐσχάραν Διός,
λέξον, τίς ὄχλον τόνδ᾽ ἀθροίζεται τύχη;

ΧΟΡΟΣ

ἱκέται κάθηνται παῖδες οἵδ᾽ Ἡρακλέους
βωμὸν καταστέψαντες, ὡς ὁρᾶις, ἄναξ,
πατρός τε πιστὸς Ἰόλεως παραστάτης. 125

ΔΗΜΟΦΩΝ

τί δῆτ᾽ ἰυγμῶν ἥδ᾽ ἐδεῖτο συμφορά;

ΧΟΡΟΣ

βίαι νιν οὗτος τῆσδ᾽ ἀπ᾽ ἐσχάρας ἄγειν
ζητῶν βοὴν ἔστησε κἄσφηλεν γόνυ
γέροντος, ὥστε μ᾽ ἐκβαλεῖν οἴκτωι δάκρυ.

mas em honra à terra livre não retirar
nunca à força os hóspedes de Deuses?

ARAUTO

Quem é o senhor desta urbe e região?

CORO

Demofonte, filho do nobre pai Teseu. 115

ARAUTO

Ora, o debate desta questão seja
com ele, o mais se disse em vão!

CORO

Depressa vem ele mesmo e o seu
irmão Ácamas, ouvindo a palavra.

DEMOFONTE

Já que velho te antecipaste aos jovens 120
no socorro junto a esta lareira de Zeus,
diz! Que sorte reúne esta aglomeração?

CORO

Os súplices são os filhos de Héracles,
coroado o altar, como vês, ó senhor,
e Iolau, o fiel assistente do pai deles. 125

DEMOFONTE

Por que esta situação pede lamúrias?

CORO

Ao tentar levar à força desta lareira,
ele provocou gritos e lançou de joelho
o velho de modo a eu prantear de dó.

ΔΗΜΟΦΩΝ

καὶ μὴν στολήν γ’ Ἕλληνα καὶ ῥυθμὸν πέπλων 130
ἔχει, τὰ δ’ ἔργα βαρβάρου χερὸς τάδε.
σὸν δὴ τὸ φράζειν ἐστί, μὴ μέλλειν <δ’>, ἐμοὶ
ποίας ἀφῖξαι δεῦρο γῆς ὅρους λιπών.

ΚΗΡΥΞ

Ἀργεῖός εἰμι· τοῦτο γὰρ θέλεις μαθεῖν·
ἐφ’ οἷσι δ’ ἥκω καὶ παρ’ οὗ λέγειν θέλω. 135
πέμπει Μυκηνῶν δεῦρό μ’ Εὐρυσθεὺς ἄναξ
ἄξοντα τούσδε· πολλὰ δ’ ἦλθον, ὦ ξένε,
δίκαι’ ἁμαρτῆι δρᾶν τε καὶ λέγειν ἔχων.
Ἀργεῖος ὢν γὰρ αὐτὸς Ἀργείους ἄγω
ἐκ τῆς ἐμαυτοῦ τούσδε δραπέτας ἔχων, 140
νόμοισι τοῖς ἐκεῖθεν ἐψηφισμένους
θανεῖν· δίκαιοι δ’ ἐσμὲν οἰκοῦντες πόλιν
αὐτοὶ καθ’ αὑτῶν κυρίους κραίνειν δίκας.
πολλῶν δὲ κἄλλων ἑστίας ἀφιγμένοι
ἐν τοῖσιν αὐτοῖς τοισίδ’ ἔσταμεν λόγοις, 145
κοὐδεὶς ἐτόλμησ’ ἴδια προσθέσθαι κακά.
ἀλλ’ ἤ τιν’ ἐς σὲ μωρίαν ἐσκεμμένοι
δεῦρ’ ἦλθον ἢ κίνδυνον ἐξ ἀμηχάνων
ῥίπτοντες, εἴτ’ οὖν εἴτε μὴ γενήσεται
<   >
οὐ γὰρ φρενήρη γ’ ὄντα σ’ ἐλπίζουσί που 150
μόνον τοσαύτης ἣν ἐπῆλθον Ἑλλάδος
τὰς τῶνδ’ ἀβούλως συμφορὰς κατοικτιεῖν.
φέρ’ ἀντίθες γάρ· τούσδε τ’ ἐς γαῖαν παρεὶς
ἡμᾶς τ’ ἐάσας ἐξάγειν, τί κερδανεῖς;
τὰ μὲν παρ’ ἡμῶν τοιάδ’ ἔστι σοι λαβεῖν· 155
Ἄργους τοσήνδε χεῖρα τήν τ’ Εὐρυσθέως
ἰσχὺν ἅπασαν τῆιδε προσθέσθαι πόλει.
ἢν δ’ ἐς λόγους τε καὶ τὰ τῶνδ’ οἰκτίσματα
βλέψας πεπανθῆις, ἐς πάλην καθίσταται
δορὸς τὸ πρᾶγμα· μὴ γὰρ ὡς μεθήσομεν 160

DEMOFONTE

Ele tem as vestes e a forma do manto 130
gregas mas a obra é de braço bárbaro.
Tua é a palavra e diz-me sem tardar
de que terra deixaste os fins e vieste.

ARAUTO

Sou argivo; já que queres saber isso,
quero dizer por que e de quem venho. 135
O rei Euristeu de Micenas me enviou
para levá-los e vim com muita justiça
nos atos e nas palavras, ó estrangeiro.
Por ser eu argivo conduzo os argivos,
estes fugitivos de minha terra mesma, 140
pelas leis lá vigentes são condenados
à morte. É justo que vivendo em urbe
façamos conosco a legítima justiça.
Ao irmos a lareiras de muitos outros,
estamos com estas mesmas palavras 145
e ninguém ousou criar para si males.
Mas ou percebendo em ti estultícia
vieram para cá, ou correndo o risco
do inelutável, quer fosses, quer não,
tão ininteligente e lesado de espírito.
Não esperam que, se fores sensato, 150
somente tu de toda a Grécia visitada
te apiedes da situação dos néscios.
Olha! Compara! Se os dás à terra,
ou se nos deixas levar, que lucras?
Podes receber de nós reforços tais 155
de acrescentar a esta urbe todo braço
de Argos e toda a força de Euristeu.
Se ouvires as palavras e os gemidos
deles enternecido, a ação se tornará
combate de lança. Não creias que 160

δόξηις ἀγῶνος τούσδ' ἄτερ χαλυβδικοῦ.
τί δῆτα φήσεις, ποῖα πεδί' ἀφαιρεθείς,
τί ῥυσιασθείς, πόλεμον Ἀργείοις ἔχειν;
ποίοις δ' ἀμύνων συμμάχοις, τίνος δ' ὕπερ
θάψεις νεκροὺς πεσόντας; ἦ κακὸν λόγον 165
κτήσηι πρὸς ἀστῶν, εἰ γέροντος οὕνεκα
τύμβου, τὸ μηδὲν ὄντος, ὡς εἰπεῖν ἔπος,
παίδων <τε> τῶνδ' ἐς ἄντλον ἐμβήσηι πόδα.
†ἐρεῖς τὸ λῶιστον ἐλπίδ' εὑρήσειν μόνον†·
καὶ τοῦτο πολλῶι τοῦ παρόντος ἐνδεές. 170
κακῶς γὰρ Ἀργείοισιν οἵδ' ὡπλισμένοις
μάχοιντ' ἂν ἡβήσαντες, εἴ <τι> τοῦτό σε
ψυχὴν ἐπαίρει· χοὐν μέσωι πολὺς χρόνος
ἐν ὧι διεργασθεῖτ' ἄν. ἀλλ' ἐμοὶ πιθοῦ·
δοὺς μηδὲν ἀλλὰ τἄμ' ἐῶν ἄγειν ἐμὲ 175
κτῆσαι Μυκήνας, μηδ' ὅπερ φιλεῖτε δρᾶν
πάθηις σὺ τοῦτο, τοὺς ἀμείνονας παρὸν
φίλους ἑλέσθαι τοὺς κακίονας λαβεῖν.

ΧΟΡΟΣ

τίς ἂν δίκην κρίνειεν ἢ γνοίη λόγον,
πρὶν ἂν παρ' ἀμφοῖν μῦθον ἐκμάθηι σαφῶς; 180

ΙΟΛΑΟΣ

ἄναξ, ὑπάρχει γὰρ τόδ' ἐν τῆι σῆι χθονί,
εἰπεῖν ἀκοῦσαί τ' ἐν μέρει πάρεστί μοι,
κοὐδείς μ' ἀπώσει πρόσθεν ὥσπερ ἄλλοθεν.
ἡμῖν δὲ καὶ τῶιδ' οὐδέν ἐστιν ἐν μέσωι·
ἐπεὶ γὰρ Ἄργους οὐ μέτεσθ' ἡμῖν ἔτι, 185
ψήφωι δοκῆσαν, ἀλλὰ φεύγομεν πάτραν,
πῶς ἂν δικαίως ὡς Μυκηναίους ἄγοι
ὅδ' ὄντας ἡμᾶς, οὓς ἀπήλασαν χθονός;
ξένοι γάρ ἐσμεν. ἢ τὸν Ἑλλήνων ὅρον
φεύγειν δικαιοῦθ' ὅστις ἂν τἄργος φύγηι; 190
οὔκουν Ἀθήνας γ'· οὐ γὰρ Ἀργείων φόβωι

cederemos sem luta igual a Cálibes!
Que dirás? Afastado de que campos,
esbulhado de quê, combater Argos?
Em defesa de que aliados? Por quem
sepultarás os mortos? Mau conceito 165
terás dos cidadãos, se por um velho,
tumba, quase nada, por assim dizer,
e esses jovens, pões o pé na sentina.
Bem dirás que só terás esperança
e isso é muito inferior ao presente. 170
Esses aí, contra os argivos armados,
combateriam mal, se fossem adultos,
se isso te incita. É vasto o intervalo
em que seríeis desfeitos. Ouve-me!
Não dês! Deixes-me levar os meus 175
e tem Micenas! Não sofras isso que
amas fazer: quando podes escolher
melhores amigos, preferir os piores!

CORO

Quem faria justiça ou saberia dizer,
antes de saber claro a fala de ambos? 180

IOLAU

Ó rei, este princípio vige em tua terra,
é-me possível falar e ouvir por turno,
não se expulsa antes, tal qual alhures.
Nós e ele não temos nada em comum.
Já que não mais temos ser em Argos, 185
por voto, mas nos baniram da pátria,
como com justiça como se micênios
ele nos levaria, a nós, expulsos da terra?
Somos forasteiros. Ou julgais banir
de toda a Grécia o banido de Argos? 190
Não de Atenas. Não por pavor de argivos

τοὺς Ἡρακλείους παῖδας ἐξελῶσι γῆς.
οὐ γάρ τι Τραχίς ἐστιν οὐδ' Ἀχαιικὸν
πόλισμ' ὅθεν σὺ τούσδε, τῆι δίκηι μὲν οὔ,
τὸ δ' Ἄργος ὀγκῶν, οἷάπερ καὶ νῦν λέγεις, 195
ἤλαυνες ἱκέτας βωμίους καθημένους.
εἰ γὰρ τόδ' ἔσται καὶ λόγους κρινοῦσι σούς,
οὐκ οἶδ' Ἀθήνας τάσδ' ἐλευθέρας ἔτι.
ἀλλ' οἶδ' ἐγὼ τὸ τῶνδε λῆμα καὶ φύσιν·
θνήισκειν θελήσουσ'· ἡ γὰρ αἰσχύνη <πάρος> 200
τοῦ ζῆν παρ' ἐσθλοῖς ἀνδράσιν νομίζεται.
πόλει μὲν ἀρκεῖ· καὶ γὰρ οὖν ἐπίφθονον
λίαν ἐπαινεῖν ἐστι, πολλάκις δὲ δὴ
καὐτὸς βαρυνθεὶς οἶδ' ἄγαν αἰνούμενος.
σοὶ δ' ὡς ἀνάγκη τούσδε βούλομαι φράσαι 205
σώιζειν, ἐπείπερ τῆσδε προστατεῖς χθονός.
Πιτθεὺς μέν ἐστι Πέλοπος, ἐκ δὲ Πιτθέως
Αἴθρα, πατὴρ δ' ἐκ τῆσδε γεννᾶται σέθεν
Θησεύς. πάλιν δὲ τῶνδ' ἄνειμί σοι γένος·
Ἡρακλέης ἦν Ζηνὸς Ἀλκμήνης τε παῖς, 210
κείνη δὲ Πέλοπος θυγατρός· αὐτανεψίων
πατὴρ ἂν εἴη σός τε χὡ τούτων γεγώς.
γένους μὲν ἥκεις ὧδε τοῖσδε, Δημοφῶν·
ἃ δ' ἐκτὸς ἤδη τοῦ προσήκοντός σε δεῖ
τεῖσαι λέγω σοι παισί. φημὶ γάρ ποτε 215
σύμπλους γενέσθαι τῶνδ' ὑπασπίζων πατρὶ
ζωστῆρα Θησεῖ τὸν πολυκτόνον μέτα.
< ἐπεὶ δὲ Θησεὺς Πειρίθῳ πρὸς ἡδονὴν [Kovacs]
Κόρην ἀπάξων ἦλθε Ταρτάρου βάθη, [Kovacs]
εἰρχθέντα δεσμοῖς ἐξέλυσεν Ἡρακλῆς> [Kovacs]
Ἅιδου τ' ἐρεμνῶν ἐξανήγαγεν μυχῶν
πατέρα σόν· Ἑλλὰς πᾶσα τοῦτο μαρτυρεῖ.
ὧν ἀντιδοῦναί σ' οἵδ' ἀπαιτοῦσιν χάριν, 220
μήτ' ἐκδοθῆναι μήτε πρὸς βίαν θεῶν
τῶν σῶν ἀποσπασθέντες ἐκπεσεῖν χθονός.
σοὶ γὰρ τόδ' αἰσχρὸν χωρὶς ἐν πόλει τ' ἴσον,

expulsarão desta terra os filhos de Héracles.
Aqui não é Tráquis, nem fortaleza aqueia,
donde, sem justiça, mas exaltando Argos,
como ainda agora dizes, nos expulsaste, 195
suplicantes sentados juntos aos altares.
Se assim for e se preferirem tuas falas,
não mais conheço aqui a livre Atenas.
Mas conheço sua coragem e natureza;
preferirão a morte, pois entre os nobres, 200
considera-se antes o respeito que a vida.
Quanto à urbe, basta, pois é negativo
louvar demasiado; sei que muitas vezes
fui molestado por excesso de louvor.
A ti quero te explicar que é necessário 205
salvá-los, visto que presides esta terra.
Piteu é filho de Pélops e de Piteu é filha
Etra e de Etra é filho o teu pai Teseu.
Por outra remonto a eles tua família:
Héracles era filho de Zeus e Alcmena, 210
e esta, neta de Pélops; teu pai e o deles
podem-se dizer filhos de primos-irmãos.
Tens com eles esse vínculo, Demofonte.
Além do vínculo, já te digo o que deves
pagar a estes jovens. Digo que um dia 215
eu escudeiro do pai deles naveguei com
Teseu em demanda do mortífero cinto.
Quando Teseu, para agradar a Pirítoo, [Kovacs]
foi ao fundo de Tártaro raptar a moça, [Kovacs]
preso na cadeia, Héracles o libertou [Kovacs]
e da morada sombria de Hades trouxe
teu pai. Toda a Grécia o testemunha.
Estes pedem em retribuição a graça 220
de não serem traídos nem retirados
de teus Deuses à força, fora da terra.
Teu é o vexame, e por igual da urbe,

ἱκέτας ἀλήτας συγγενεῖς — οἴμοι κακῶν·
βλέψον πρὸς αὐτούς, βλέψον — ἕλκεσθαι βίαι. 225
ἀλλ' ἄντομαί σε καὶ καταστέφων χεροῖν
καὶ πρὸς γενείου, μηδαμῶς ἀτιμάσῃς
τοὺς Ἡρακλείους παῖδας ἐς χέρας λαβεῖν·
γενοῦ δὲ τοῖσδε συγγενής, γενοῦ φίλος
πατὴρ ἀδελφὸς δεσπότης· ἅπαντα γὰρ 230
τἄλλ' ἐστὶ κρείσσω πλὴν ὑπ' Ἀργείοις πεσεῖν.

ΧΟΡΟΣ

ᾤκτιρ' ἀκούσας τούσδε συμφορᾶς, ἄναξ.
τὴν δ' εὐγένειαν τῆς τύχης νικωμένην
νῦν δὴ μάλιστ' ἐσεῖδον· οἵδε γὰρ πατρὸς
ἐσθλοῦ γεγῶτες δυστυχοῦσ' ἀναξίως. 235

ΔΗΜΟΦΩΝ

τρισσαί μ' ἀναγκάζουσι συννοίας ὁδοί,
Ἰόλαε, τοὺς σοὺς μὴ παρώσασθαι λόγους·
τὸ μὲν μέγιστον Ζεὺς ἐφ' οὗ σὺ βώμιος
θακεῖς νεοσσῶν τήνδ' ἔχων πανήγυριν,
τὸ συγγενές τε καὶ τὸ προυφείλειν καλῶς 240
πράσσειν παρ' ἡμῶν τούσδε πατρῴαν χάριν,
τό τ' αἰσχρόν, οὗπερ δεῖ μάλιστα φροντίσαι·
εἰ γὰρ παρήσω τόνδε συλᾶσθαι βίαι
ξένου πρὸς ἀνδρὸς βωμόν, οὐκ ἐλευθέραν
οἰκεῖν δοκήσω γαῖαν, Ἀργείων δ' ὄκνωι 245
ἱκέτας προδοῦναι· καὶ τάδ' ἀγχόνης πέλας.
ἀλλ' ὤφελες μὲν εὐτυχέστερος μολεῖν,
ὅμως δὲ καὶ νῦν μὴ τρέσῃς ὅπως σέ τις
σὺν παισὶ βωμοῦ τοῦδ' ἀποσπάσει βίαι.
σὺ δ' Ἄργος ἐλθὼν ταὐτά τ' Εὐρυσθεῖ φράσον 250
πρὸς τοῖσδέ τ', εἴ τι τοισίδ' ἐγκαλεῖ ξένοις,
δίκης κυρήσειν· τούσδε δ' οὐκ ἄξεις ποτέ.

parentes, súplices e errantes, serem
tirados à força — *oímoi!* Olha! Olha-os! 225
Mas suplico-te, cingindo com os braços,
por teu queixo, não desdenhes nunca
receber nos braços os filhos de Héracles!
Sê-lhes consanguíneo! Sê-lhes amigo,
pai, irmão, senhor, porque tudo o mais 230
é melhor do que sucumbir aos argivos!

CORO

Ouvi e tive dó da situação deles, ó rei!
Agora vi sobretudo a nobreza da sorte
ser vencida, pois estes filhos de nobre
pai estão em não merecida sorte ruim. 235

DEMOFONTE

Três caminhos da reflexão me coagem,
ó Iolau, a não rejeitar as tuas palavras.
O maior é Zeus em cujo altar tu estás
sentado com a assembleia dos filhos,
o nosso vínculo e nossa antiga dívida 240
de tratá-los bem pela graça paterna
e o vexame de que mais devo cuidar:
se eu permitir este altar ser saqueado
por forasteiro, não se crerá que tenho
terra livre, mas que por temer argivos 245
traio suplicantes, isso é quase a forca.
Mas pudesses vir com melhor sorte!
Entretanto, não temas agora que te
tirem à força deste altar com os filhos!
Vai tu a Argos e diz isso a Euristeu! 250
Além disso, se acusa estes forasteiros,
obterá justiça, mas tu não os levarás.

ΚΗΡΥΞ

οὐκ ἦν δίκαιον ἧι τι καὶ νικῶ λόγωι;

ΔΗΜΟΦΩΝ

καὶ πῶς δίκαιον τὸν ἱκέτην ἄγειν βίαι;

ΚΗΡΥΞ

οὔκουν ἐμοὶ τόδ’ αἰσχρὸν ἀλλ’ οὐ σοὶ βλάβος; 255

ΔΗΜΟΦΩΝ

ἐμοί γ’, ἐάν σοι τούσδ’ ἐφέλκεσθαι μεθῶ.

ΚΗΡΥΞ

σὺ δ’ ἐξόριζε κἆιτ’ ἐκεῖθεν ἄξομεν.

ΔΗΜΟΦΩΝ

σκαιὸς πέφυκας τοῦ θεοῦ πλείω φρονῶν.

ΚΗΡΥΞ

δεῦρ’, ὡς ἔοικε, τοῖς κακοῖσι φευκτέον.

ΔΗΜΟΦΩΝ

ἅπασι κοινὸν ῥῦμα δαιμόνων ἕδρα. 260

ΚΗΡΥΞ

ταῦτ’ οὐ δοκήσει τοῖς Μυκηναίοις ἴσως.

ΔΗΜΟΦΩΝ

οὔκουν ἐγὼ τῶν ἐνθάδ’ εἰμὶ κύριος;

ΚΗΡΥΞ

βλάπτων <γ’> ἐκείνους μηδέν, ἢν σὺ σωφρονῆις.

ΔΗΜΟΦΩΝ

βλάπτεσθ’, ἐμοῦ γε μὴ μιαίνοντος θεούς.

ARAUTO

Nem se for justo e vencer pela palavra?

DEMOFONTE

Como justo levar à força o suplicante?

ARAUTO

Não me vexa, mas não te causa dano? 255

DEMOFONTE

A mim, sim, se te permitir retirá-los.

ARAUTO

Expulsa-os e de lá nós os levaremos!

DEMOFONTE

É sinistro se te crês mais que o Deus.

ARAUTO

Para cá, parece, devem fugir os maus.

DEMOFONTE

A moradia de Numes dá asilo a todos. 260

ARAUTO

Os micênios talvez não pensem assim.

DEMOFONTE

Não sou o soberano dos deste lugar?

ARAUTO

Sem lhes causar mal, se és prudente.

DEMOFONTE

Deis-vos mal sem desonrar Deuses!

ΚΗΡΥΞ

οὐ βούλομαί σε πόλεμον Ἀργείοις ἔχειν. 265

ΔΗΜΟΦΩΝ

κἀγὼ τοιοῦτος· τῶνδε δ' οὐ μεθήσομαι.

ΚΗΡΥΞ

ἄξω γε μέντοι τοὺς ἐμοὺς ἐγὼ λαβών.

ΔΗΜΟΦΩΝ

οὐκ ἆρ' ἐς Ἄργος ῥαιδίως ἄπει πάλιν.

ΚΗΡΥΞ

πειρώμενος δὴ τοῦτό γ' αὐτίκ' εἴσομαι.

ΔΗΜΟΦΩΝ

κλαίων ἄρ' ἅψῃ τῶνδε κοὐκ ἐς ἀμβολάς. 270

ΚΗΡΥΞ

μὴ πρὸς θεῶν κήρυκα τολμήσῃς θενεῖν.

ΔΗΜΟΦΩΝ

εἰ μή γ' ὁ κῆρυξ σωφρονεῖν μαθήσεται.

ΧΟΡΟΣ

ἄπελθε· καὶ σὺ τοῦδε μὴ θίγῃς, ἄναξ.

ΚΗΡΥΞ

στείχω· μιᾶς γὰρ χειρὸς ἀσθενὴς μάχη.
ἥξω δὲ πολλὴν Ἄρεος Ἀργείου λαβὼν 275
πάγχαλκον αἰχμὴν δεῦρο. μυρίοι δέ με
μένουσιν ἀσπιστῆρες Εὐρυσθεύς τ' ἄναξ
αὐτὸς στρατηγῶν· Ἀλκάθου δ' ἐπ' ἐσχάτοις
καραδοκῶν τἀνθένδε τέρμασιν μένει.
λαμπρὸς δ' ἀκούσας σὴν ὕβριν φανήσεται 280

ARAUTO

Não quero faças guerra aos argivos. 265

DEMOFONTE

Assim também eu, mas não os trairei.

ARAUTO

Todavia receberei e levarei os meus.

DEMOFONTE

Ora, voltar a Argos não te será fácil.

ARAUTO

Se eu fizer tentativa, logo o saberei.

DEMOFONTE

Com pranto os tocarás e não demora. 270

CORO

Por Deuses, não ouses ferir o arauto!

DEMOFONTE

Se o arauto não souber ser prudente.

CORO

Vai-te daqui! E tu, ó rei, não o toques!

ARAUTO

Vou, é fraca a peleja de um só braço.
Volto com muita lança de Ares argivo 275
toda de bronze para cá. Esperam-me
dez mil escudeiros e o rei Euristeu
ele mesmo no comando. Nos confins
de Alcátoo está à espreita dos daqui.
Ao ouvir tua soberbia, virá brilhante 280

σοὶ καὶ πολίταις γῆι τε τῆιδε καὶ φυτοῖς·
μάτην γὰρ ἥβην ὧδέ γ' ἂν κεκτήιμεθα
πολλὴν ἐν Ἄργει, μή σε τιμωρούμενοι.

ΔΗΜΟΦΩΝ

φθείρου· τὸ σὸν γὰρ Ἄργος οὐ δέδοικ' ἐγώ.
ἐνθένδε δ' οὐκ ἔμελλες αἰσχύνας ἐμὲ 285
ἄξειν βίαι τούσδ'· οὐ γὰρ Ἀργείων πόλιν
ὑπήκοον τήνδ' ἀλλ' ἐλευθέραν ἔχω.

ΧΟΡΟΣ

ὥρα προνοεῖν, πρὶν ὅροις πελάσαι
στρατὸν Ἀργείων·
μάλα δ' ὀξὺς Ἄρης ὁ Μυκηναίων, 290
ἐπὶ τοῖσι δὲ δὴ μᾶλλον ἔτ' ἢ πρίν.
πᾶσι γὰρ οὗτος κήρυξι νόμος,
δὶς τόσα πυργοῦν τῶν γιγνομένων.
πόσα νιν λέξειν βασιλεῦσι δοκεῖς,
ὡς δείν' ἔπαθεν καὶ παρὰ μικρὸν 295
ψυχὴν ἦλθεν διακναῖσαι;

ΙΟΛΑΟΣ

οὐκ ἔστι τοῦδε παισὶ κάλλιον γέρας
ἢ πατρὸς ἐσθλοῦ κἀγαθοῦ πεφυκέναι
[γαμεῖν τ' ἀπ' ἐσθλῶν· ὃς δὲ νικηθεὶς πόθωι
κακοῖς ἐκοινώνησεν οὐκ ἐπαινέσω, 300
τέκνοις ὄνειδος οὕνεχ' ἡδονῆς λιπεῖν]·
τὸ δυστυχὲς γὰρ ηὑγένει' ἀμύνεται
τῆς δυσγενείας μᾶλλον· ἡμεῖς γὰρ κακῶν
ἐς τοὔσχατον πεσόντες ηὕρομεν φίλους
καὶ ξυγγενεῖς τούσδ', οἳ τοσῆσδ' οἰκουμένης 305
Ἑλληνίδος γῆς τῶνδε προὔστησαν μόνοι.
δότ', ὦ τέκν', αὐτοῖς χεῖρα δεξιάν, δότε,
ὑμεῖς τε παισί, καὶ πέλας προσέλθετε.
ὦ παῖδες, ἐς μὲν πεῖραν ἤλθομεν φίλων·

a ti, aos cidadãos, a esta terra e safra.
Teríamos em vão tão vasta juventude
em Argos, se te deixássemos impune.

DEMOFONTE

Dana-te! Eu não temo essa tua Argos.
Daqui não os levarás à força, para 285
meu vexame, pois tenho esta urbe
não submissa aos argivos mas livre.

CORO

É hora de prudência, antes de
vir às fronteiras a tropa argiva,
o Ares dos micênios é bem veloz 290
e sobre esses ainda mais que antes.
Esta é a regra de todos os arautos,
a ampliação dos acontecimentos.
Pensas que aos reis dirá quantos
e que terrores sofreu e por pouco 295
escapou de ter espedaçada a vida?

IOLAU

Os filhos não têm prêmio mais belo
que ter nascido de nobre e bom pai
e desposar nobre. Não aprovo quem
vencido pela paixão se uniu a pobre, 300
ultraje por prazer legado aos filhos.
A nobreza se defende da má sorte
mais que a pobreza. Ao cairmos no
fundo dos males, descobrimos estes
nossos parentes, únicos defensores 305
destes em toda a terra grega habitada.
Ó filhos, dai, dai-lhes a mão direita!
E vós, a eles! Aproximai-vos mais!
Ó filhos, pusemos amigos à prova.

ἢν δ' οὖν ποθ' ὑμῖν νόστος ἐς πάτραν φανῆι 310
καὶ δώματ' οἰκήσητε καὶ τιμὰς πατρὸς
<πάλιν λάβητε, τῆσδε κοιράνους χθονὸς> [Kovacs]
σωτῆρας αἰεὶ καὶ φίλους νομίζετε,
καὶ μήποτ' ἐς γῆν ἐχθρὸν αἴρεσθαι δόρυ
μέμνησθέ μοι τήνδ', ἀλλὰ φιλτάτην πόλιν
πασῶν νομίζετ'. ἄξιοι δ' ὑμῖν σέβειν 315
οἳ γῆν τοσήνδε καὶ Πελασγικὸν λεὼν
ἡμῶν ἀπηλλάξαντο πολεμίους ἔχειν,
πτωχοὺς ἀλήτας εἰσορῶντες ἀλλ' ὅμως
[οὐκ ἐξέδωκαν οὐδ' ἀπήλασαν χθονός].
ἐγὼ δὲ καὶ ζῶν καὶ θανών, ὅταν θάνω, 320
πολλῶι σ' ἐπαίνωι Θησέως, ὦ τᾶν, πέλας
ὑψηλὸν ἀρῶ καὶ λέγων τάδ' εὐφρανῶ,
ὡς εὖ τ' ἐδέξω καὶ τέκνοισιν ἤρκεσας
τοῖς Ἡρακλείοις, εὐγενὴς δ' ἀν' Ἑλλάδα
σώιζεις πατρώιαν δόξαν, ἐξ ἐσθλῶν δὲ φὺς 325
οὐδὲν κακίων τυγχάνεις γεγὼς πατρός,
παύρων μετ' ἄλλων· ἕνα γὰρ ἐν πολλοῖς ἴσως
εὕροις ἂν ὅστις ἐστὶ μὴ χείρων πατρός.

ΧΟΡΟΣ

ἀεί ποθ' ἥδε γαῖα τοῖς ἀμηχάνοις
σὺν τῶι δικαίωι βούλεται προσωφελεῖν. 330
τοιγὰρ πόνους δὴ μυρίους ὑπὲρ φίλων
ἤνεγκε καὶ νῦν τόνδ' ἀγῶν' ὁρῶ πέλας.

ΔΗΜΟΦΩΝ

σοί τ' εὖ λέλεκται καὶ τὰ τῶνδ' αὐχῶ, γέρον,
τοιαῦτ' ἔσεσθαι· μνημονεύσεται χάρις.
κἀγὼ μὲν ἀστῶν σύλλογον ποιήσομαι, 335
τάξω δ' ὅπως ἂν τὸν Μυκηναίων στρατὸν
πολλῆι δέχωμαι χειρί· πρῶτα μὲν σκοποὺς
πέμψω πρὸς αὐτόν, μὴ λάθηι με προσπεσών·
ταχὺς γὰρ Ἄργει πᾶς ἀνὴρ βοηδρόμος·

Se o regresso à pátria enfim surgir 310
e ocupardes a casa e honras do pai,
recebei de volta e os reis desta terra [Kovacs]
tende sempre salvadores e amigos!
Lembrai-vos de não ter lança hostil
a esta terra, mas tende a mais amiga
de todas. Dignos de vossa reverência, 315
de tanta terra e da tropa de pelasgos
livraram-nos de modo a ter inimigos,
ao verem mendigos erradios, todavia
não traíram nem expulsaram da terra.
Eu, ainda vivo, e morto, então morto, 320
com muita loa perto de Teseu, ó caro,
te exaltarei e me alegrarei de dizer
que bem falaste e defendeste os filhos
de Héracles, e salvas a glória paterna
nobre na Grécia, e filho de pai nobre 325
tens a sorte de não ser inferior ao pai,
com outros raros, pois um em muitos
talvez acharíeis não inferior ao pai.

CORO

Esta terra sempre quer socorrer
com a justiça aos sem recursos. 330
Teve dez mil fainas por amigos
e agora vejo este combate perto.

DEMOFONTE

Bem disseste, ó velho, e clamo
assim ser, a graça se lembrará.
Eu farei a reunião de cidadãos, 335
farei que receba tropa micênia
com muita mão; espia primeiro
enviarei, furtivo não me ataque;
veloz em Argos é todo socorro;

μάντεις τ' ἀθροίσας θύσομαι. σὺ δ' ἐς δόμους 340
σὺν παισὶ χώρει, Ζηνὸς ἐσχάραν λιπών.
εἰσὶν γὰρ οἵ σου, κἂν ἐγὼ θυραῖος ὦ,
μέριμναν ἕξουσ'. ἀλλ' ἴθ' ἐς δόμους, γέρον.

ΙΟΛΑΟΣ

οὐκ ἂν λίποιμι βωμόν, εὐξόμεσθα δὲ
ἱκέται μένοντες ἐνθάδ' εὖ πρᾶξαι πόλιν. 345
ὅταν δ' ἀγῶνος τοῦδ' ἀπαλλαχθῇς καλῶς,
ἴμεν πρὸς οἴκους. θεοῖσι δ' οὐ κακίοσιν
χρώμεσθα συμμάχοισιν Ἀργείων, ἄναξ·
τῶν μὲν γὰρ Ἥρα προστατεῖ, Διὸς δάμαρ,
ἡμῶν δ' Ἀθάνα. φημὶ δ' εἰς εὐπραξίαν 350
καὶ τοῦθ' ὑπάρχειν, θεῶν ἀμεινόνων τυχεῖν·
νικωμένη γὰρ Παλλὰς οὐκ ἀνέξεται.

ΧΟΡΟΣ

εἰ σὺ μέγ' αὐχεῖς, ἕτεροι Est.
σοῦ πλέον οὐ μέλονται,
ξεῖν' <ἀπ'> Ἀργόθεν ἐλθών, 355
μεγαληγορίαισι δ' ἐμὰς φρένας οὐ φοβήσεις.
μήπω ταῖς μεγάλαισιν οὕ-
τω καὶ καλλιχόροις Ἀθά-
ναις εἴη. σὺ δ' ἄφρων ὅ τ' Ἄρ- 360
γει Σθενέλου τύραννος·

ὃς πόλιν ἐλθὼν ἑτέραν Ant.
οὐδὲν ἐλάσσον' Ἄργους
θεῶν ἱκτῆρας ἀλάτας
καὶ ἐμᾶς χθονὸς ἀντομένους ξένος ὢν βιαίως 365
ἕλκεις, οὐ βασιλεῦσιν εἴ-
ξας, οὐκ ἄλλο δίκαιον εἰ-

com os vates imolarei. Leva-os 340
para casa, deixa a lareira de Zeus!
Se me ausentar, há quem cuide
de ti, mas vai para casa, ó velho!

IOLAU

Não deixaria o altar, faremos preces
súplices aqui pelo bem-estar da urbe. 345
Quando deste embate bem te livrares,
iremos para casa. Deuses por aliados
temos não menos que os argivos, ó rei.
Deusa Hera os preside, esposa de Zeus,
e a nós, Atena. Digo que nisto se funda 350
o bem-estar, a sorte de Deuses melhores,
porque Palas não suportará ser vencida.

[*Primeiro estásimo* (353-380)]

CORO

Se tens grande alarde, outros Est.
não se importam contigo,
ó hóspede vindo de Argos, 355
não temo grandiloquência.
Assim não seja na grande
Atenas de belos coros!
És demente, tu e o filho 360
de Estênelo rei de Argos!

Ao vires a outra urbe Ant.
não menor que Argos,
forasteiro retiras à força os fronteiros
súplices dos Deuses em minha terra, 365
sem cederes aos reis
nem dizeres outra justiça.

πών· ποῦ ταῦτα καλῶς ἂν εἴ-
η παρά γ' εὖ φρονοῦσιν; 370

εἰρήνα μὲν ἔμοιγ' ἀρέ- Epodo
σκει· σοὶ δ', ὦ κακόφρων ἄναξ,
λέγω, εἰ πόλιν ἥξεις,
οὐχ οὕτως ἃ δοκεῖς κυρή-
σεις· οὐ σοὶ μόνωι ἔγχος οὐδ' 375
ἰτέα κατάχαλκός ἐστιν.
ἀλλ', ὦ πολέμων ἐρα-
στά, μή μοι δορὶ συνταρά-
ξηις τὰν εὖ χαρίτων ἔχου-
σαν πόλιν, ἀλλ' ἀνάσχου. 380

ΙΟΛΑΟΣ
ὦ παῖ, τί μοι σύννοιαν ὄμμασιν φέρων
ἥκεις; νέον τι πολεμίων λέξεις πέρι;
μέλλουσιν ἢ πάρεισιν ἢ τί πυνθάνηι;
οὐ γάρ τι μὴ ψεύσηις γε κήρυκος λόγους·
ὁ γὰρ στρατηγὸς εὐτυχὴς τὰ πρόσθεν ὢν 385
εἶσιν, σάφ' οἶδα, καὶ μάλ' οὐ σμικρὸν φρονῶν
ἐς τὰς Ἀθήνας. ἀλλά τοι φρονημάτων
ὁ Ζεὺς κολαστὴς τῶν ἄγαν ὑπερφρόνων.

ΔΗΜΟΦΩΝ
ἥκει στράτευμ' Ἀργεῖον Εὐρυσθεύς τ' ἄναξ·
ἐγώ νιν αὐτὸς εἶδον. ἄνδρα γὰρ χρεών, 390
ὅστις στρατηγεῖν φησ' ἐπίστασθαι καλῶς,
οὐκ ἀγγέλοισι τοὺς ἐναντίους ὁρᾶν.
πεδία μὲν οὖν γῆς ἐς τάδ' οὐκ ἐφῆκέ πω
στρατόν, λεπαίαν δ' ὀφρύην καθήμενος
σκοπεῖ (δόκησιν δὴ τόδ' ἂν λέγοιμί σοι) 395
ποίαι προσάξει στρατόπεδον †τὰ νῦν δορὸς†

Onde isso seria bom
junto a quem pensa bem? 370

A Paz a mim me agrada, Epodo
mas a ti, ó malévolo rei,
te digo, se vieres à urbe,
não como crês terás,
não só tu tens lança 375
e escudo de bronze.
Ó amador de guerras,
não turves com lança
a urbe de belas graças,
mas abstém-te! 380

[*Segundo episódio* (381-607)]

IOLAU

Ó filho, por que vens com a cisma
nas vistas? Que dirás dos inimigos?
Estão por vir? Vieram? Que sabes?
Não desdirás as palavras do arauto.
Outrora com boa sorte, o estratego 385
virá, eu bem sei, não com modéstia
a Atenas. Mas Zeus é o retificador
dos pensamentos muito soberbos.

DEMOFONTE

Vem a tropa argiva e o rei Euristeu;
eu mesmo fui ver. Todo varão que 390
diz guiar tropa deve conhecer bem,
não ver por núncios os adversários.
Não ainda enviou tropa à planície
da terra e sentado em pétrea penha
observa (esta opinião eu te daria) 395
onde conduzirá a tropa ora armada

ἐν ἀσφαλεῖ τε τῆσδ' ἱδρύσεται χθονός.
καὶ τἀμὰ μέντοι πάντ' ἄραρ' ἤδη καλῶς·
πόλις τ' ἐν ὅπλοις σφάγιά θ' ἡτοιμασμένα
ἕστηκεν οἷς χρὴ ταῦτα τέμνεσθαι θεῶν, 400
θυηπολεῖται δ' ἄστυ μάντεων ὕπο. 401
χρησμῶν δ' ἀοιδοὺς πάντας εἰς ἓν ἁλίσας 403
ἤλεγξα καὶ βέβηλα καὶ κεκρυμμένα
[λόγια παλαιὰ τῆιδε γῆι σωτήρια]· 405
καὶ τῶν μὲν ἄλλων διάφορ' ἐστὶ θεσφάτοις
πόλλ'· ἓν δὲ πᾶσι γνῶμα ταὐτὸν ἐμπρέπει·
σφάξαι κελεύουσίν με παρθένον κόρηι
Δήμητρος, ἥτις ἐστὶ πατρὸς εὐγενοῦς, 409
τροπαῖά τ' ἐχθρῶν καὶ πόλει σωτηρίαν. 402
ἐγὼ δ' ἔχω μέν, ὡς ὁρᾶις, προθυμίαν 410
τοσήνδ' ἐς ὑμᾶς· παῖδα δ' οὔτ' ἐμὴν κτενῶ
οὔτ' ἄλλον ἀστῶν τῶν ἐμῶν ἀναγκάσω
ἄκονθ'· ἑκὼν δὲ τίς κακῶς οὕτω φρονεῖ,
ὅστις τὰ φίλτατ' ἐκ χερῶν δώσει τέκνα;
καὶ νῦν πυκνὰς ἂν συστάσεις ἂν εἰσίδοις, 415
τῶν μὲν λεγόντων ὡς δίκαιος ἦ ξένοις
ἱκέταις ἀρήγειν, τῶν δὲ μωρίαν ἐμοῦ
κατηγορούντων· εἰ δὲ μὴ δράσω τόδε,
οἰκεῖος ἤδη πόλεμος ἐξαρτύεται.
ταῦτ' οὖν ὅρα σὺ καὶ συνεξεύρισχ' ὅπως 420
αὐτοί τε σωθήσεσθε καὶ πέδον τόδε,
κἀγὼ πολίταις μὴ διαβληθήσομαι.
οὐ γὰρ τυραννίδ' ὥστε βαρβάρων ἔχω·
ἀλλ', ἢν δίκαια δρῶ, δίκαια πείσομαι.

ΧΟΡΟΣ

ἀλλ' ἦ πρόθυμον οὖσαν οὐκ ἐᾶι θεὸς 425
ξένοις ἀρήγειν τήνδε χρήιζουσιν πόλιν;

ΙΟΛΑΟΣ

ὦ τέκν', ἔοιγμεν ναυτίλοισιν οἵτινες

e acampará nesta terra em segurança.
Tudo para mim, porém, já está certo.
A urbe em armas e as vítimas prontas
aos Deuses a quem se devem imolar, 400
os vates na cidade fazem sacrifícios. 401
Reuni todos os cantores de oráculos 403
e perguntei os públicos e os secretos
oráculos antigos nesta terra salvíficos. 405
Muito diferem uns de outros oráculos,
mas o saber brilha o mesmo em todos,
exortam-me a imolar a virgem à filha
de Deméter, tal que seja de nobre pai, 409
ruína dos inimigos e salvação da urbe. 402
Eu tenho tamanho empenho convosco, 410
como vês, mas não mato a minha filha,
nem obrigarei outro meu concidadão
coato. Quem não coato pensa tão mal
que dos braços dê seus próprios filhos?
Veríeis agora as compactas reuniões, 415
dizendo uns que é justo socorrer os
hóspedes súplices, acusando-me outros
de estupidez. Se eu deveras fizer isso,
a guerra civil doravante se prepara.
Examina isto e busca comigo como 420
seríeis salvos vós mesmos e este solo
e não seja eu caluniado por cidadãos.
Não exerço o poder como os bárbaros,
mas se for justo, serão justos comigo.

CORO

Mas Deus não permite que esta urbe 425
socorra animada hóspedes carentes?

IOLAU

Ó filhos, somos símeis a marinheiros,

χειμῶνος ἐκφυγόντες ἄγριον μένος
ἐς χεῖρα γῆι συνῆψαν, εἶτα χερσόθεν
πνοαῖσιν ἠλάθησαν ἐς πόντον πάλιν. 430
οὕτω δὲ χἠμεῖς τῆσδ' ἀπωθούμεσθα γῆς
ἤδη πρὸς ἀκταῖς ὄντες ὡς σεσωμένοι.
οἴμοι· τί δῆτ' ἔτερψας ὦ τάλαινά με
ἐλπὶς τότ', οὐ μέλλουσα διατελεῖν χάριν;
συγγνωστὰ γάρ τοι καὶ τὰ τοῦδ', εἰ μὴ θέλει 435
κτείνειν πολιτῶν παῖδας, αἰνέσαι δ' ἔχω
καὶ τἀνθάδ'· εἰ θεοῖσι δὴ δοκεῖ τάδε
πράσσειν ἔμ', οὔτοι σοί γ' ἀπόλλυται χάρις.
ὦ παῖδες, ὑμῖν δ' οὐκ ἔχω τί χρήσομαι.
ποῖ τρεψόμεσθα; τίς γὰρ ἄστεπτος θεῶν; 440
ποῖον δὲ γαίας ἕρκος οὐκ ἀφίγμεθα;
ὀλούμεθ', ὦ τέκν', ἐκδοθησόμεσθα δή.
κἀμοῦ μὲν οὐδὲν εἴ με χρὴ θανεῖν μέλει,
πλὴν εἴ τι τέρψω τοὺς ἐμοὺς ἐχθροὺς θανών·
ὑμᾶς δὲ κλαίω καὶ κατοικτίρω, τέκνα, 445
καὶ τὴν γεραιὰν μητέρ' Ἀλκμήνην πατρός.
ὦ δυστάλαινα τοῦ μακροῦ βίου σέθεν,
τλήμων δὲ κἀγὼ πολλὰ μοχθήσας μάτην.
χρῆν χρῆν ἄρ' ἡμᾶς ἀνδρὸς εἰς ἐχθροῦ χέρας
πεσόντας αἰσχρῶς καὶ κακῶς λιπεῖν βίον. 450
ἀλλ' οἶσθ' ὅ μοι σύμπραξον· οὐχ ἅπασα γὰρ
πέφευγεν ἐλπὶς τῶνδέ μοι σωτηρίας.
ἔμ' ἔκδος Ἀργείοισιν ἀντὶ τῶνδ', ἄναξ,
καὶ μήτε κινδύνευε σωθήτω τέ μοι
τέκν'· οὐ φιλεῖν δεῖ τὴν ἐμὴν ψυχήν· ἴτω. 455
μάλιστα δ' Εὐρυσθεύς με βούλοιτ' ἂν λαβὼν
τὸν Ἡράκλειον σύμμαχον καθυβρίσαι·
σκαιὸς γὰρ ἁνήρ. τοῖς σοφοῖς δ' εὐκτὸν σοφῶι
ἔχθραν συνάπτειν, μὴ ἀμαθεῖ φρονήματι·
πολλῆς γὰρ αἰδοῦς καὶ δίκης τις ἂν τύχοι. 460

que salvos de feroz furiosa tempestade
têm a terra ao alcance e então da terra
os ventos os levam de volta ao mar. 430
Assim somos expulsos desta terra,
estando nós já na praia quase salvos.
Oímoi! Por que me saciaste, ó mísera
esperança, se não me farias a graça?
É compreensível se ele não quer 435
matar filhos de cidadãos e aprovo
isso também. Se Deuses decidem
que assim seja, não morre a graça.
Ó filhos, não tenho que vos servir.
Aonde iremos? Que Deus sem coroa? 440
A que confins da terra não chegamos?
Morreremos, ó filhos, porque traídos.
Por mim não é nada se devo morrer,
senão se morto saciar meus inimigos.
Eu vos choro e lamento, ó crianças, 445
e Alcmena, velha mãe de vosso pai.
Ó infausta, por longa vida que viveste,
infausto ainda eu por vastas fainas vãs.
Devíamos, devíamos vilmente caídos
em mãos de inimigos perder mal a vida. 450
Mas sabe! Coopera comigo! Não toda
esperança me fugiu de poder salvá-los.
Dai-me aos argivos em vez deles, ó rei!
Não corras o risco! Salvem-se os filhos!
Não devo amar minha vida, que se vá! 455
Euristeu quereria sobretudo me pegar
e lavrar o ultraje ao aliado de Héracles.
Ele é sinistro. É desejável aos sábios
ter sábio inimigo, nãoínscio espírito,
porque teria muito respeito e justiça. 460

ΧΟΡΟΣ

ὦ πρέσβυ, μή νυν τήνδ' ἐπαιτιῶ πόλιν·
τάχ' ἂν γὰρ ἡμῖν ψευδὲς ἀλλ' ὅμως κακὸν
γένοιτ' ὄνειδος ὡς ξένους προυδώκαμεν.

ΔΗΜΟΦΩΝ

γενναῖα μὲν τάδ' εἶπας ἀλλ' ἀμήχανα.
οὐ σοῦ χατίζων δεῦρ' ἄναξ στρατηλατεῖ· 465
τί γὰρ γέροντος ἀνδρὸς Εὐρυσθεῖ πλέον
θανόντος; ἀλλὰ τούσδε βούλεται κτανεῖν.
δεινὸν γὰρ ἐχθροῖς βλαστάνοντες εὐγενεῖς,
νεανίαι τε καὶ πατρὸς μεμνημένοι
λύμης· ἃ κεῖνον πάντα προσκοπεῖν χρεών. 470
ἀλλ' εἴ τιν' ἄλλην οἶσθα καιριωτέραν
βουλὴν ἑτοίμαζ', ὡς ἔγωγ' ἀμήχανος
χρησμῶν ἀκούσας εἰμὶ καὶ φόβου πλέως.

ΠΑΡΘΕΝΟΣ

ξένοι, θράσος μοι μηδὲν ἐξόδοις ἐμαῖς
προσθῆτε· πρῶτον γὰρ τόδ' ἐξαιτήσομαι· 475
γυναικὶ γὰρ σιγή τε καὶ τὸ σωφρονεῖν
κάλλιστον εἴσω θ' ἥσυχον μένειν δόμων.
τῶν σῶν δ' ἀκούσας, Ἰόλεως, στεναγμάτων
ἐξῆλθον, οὐ ταχθεῖσα πρεσβεύειν γένους,
ἀλλ', εἰμὶ γάρ πως πρόσφορος, μέλει δέ μοι 480
μάλιστ' ἀδελφῶν τῶνδε κἀμαυτῆς πέρι,
θέλω πυθέσθαι μὴ 'πὶ τοῖς πάλαι κακοῖς
προσκείμενόν τι πῆμα σὴν δάκνει φρένα.

ΙΟΛΑΟΣ

ὦ παῖ, μάλιστα σ' οὐ νεωστὶ δὴ τέκνων
τῶν Ἡρακλείων ἐνδίκως αἰνεῖν ἔχω. 485
ἡμῖν δὲ δόξας εὖ προχωρῆσαι δρόμος
πάλιν μεθέστηκ' αὖθις ἐς τἀμήχανον·
χρησμῶν γὰρ ᾠδούς φησι σημαίνειν ὅδε

CORO
Ó ancião, não te queixes desta urbe!
Teríamos uma falsa, todavia, maligna,
invectiva de que traímos os hóspedes.

DEMOFONTE
Nobres palavras tuas, mas impossíveis.
Não por ti o rei para cá conduz a tropa. 465
Que lucra Euristeu da morte do velho?
Mas ele tem a intenção de matá-los.
Terror de inimigos os rebentos nobres
jovens e relembrados dos maus-tratos
ao pai, tudo de que se deve precaver. 470
Mas se tens outro plano mais oportuno,
prepara! Porque eu mesmo impotente
ouvi oráculos e estou cheio de pavor.

MACÁRIA
Ó forasteiros, não atribuais audácia
à minha saída, isso primeiro imploro, 475
pois nas mulheres silêncio e prudência
é o mais belo, e ficar quieta em casa.
Ao ouvir os teus gemidos, ó Iolau,
saí não designada núncio da família,
mas sou conveniente e antes cuido 480
mais destes irmãos e de mim mesma,
quero saber se alguma dor somada
aos males antigos te morde o ânimo.

IOLAU
Ó filha, dos filhos de Héracles mais
tenho não recente teu justo louvor. 485
O percurso que nos parecia ir bem
mudou-se outra vez em impossível,
pois ele diz que vaticínios indicam

οὐ ταῦρον οὐδὲ μόσχον ἀλλὰ παρθένον
σφάξαι κόρηι Δήμητρος ἥτις εὐγενής, 490
εἰ χρὴ μὲν ἡμᾶς, χρὴ δὲ τήνδ' εἶναι πόλιν.
ταῦτ' οὖν ἀμηχανοῦμεν· οὔτε γὰρ τέκνα
σφάξειν ὅδ' αὑτοῦ φησιν οὔτ' ἄλλου τινός.
κἀμοὶ λέγει μὲν οὐ σαφῶς, λέγει δέ πως,
εἰ μή τι τούτων ἐξαμηχανήσομεν, 495
ἡμᾶς μὲν ἄλλην γαῖαν εὑρίσκειν τινά,
αὐτὸς δὲ σῶσαι τήνδε βούλεσθαι χθόνα.

ΠΑΡΘΕΝΟΣ

ἐν τῶιδε κἀχόμεσθα σωθῆναι λόγωι;

ΙΟΛΑΟΣ

ἐν τῶιδε, τἄλλα γ' εὐτυχῶς πεπραγότες.

ΠΑΡΘΕΝΟΣ

μή νυν τρέσηις ἔτ' ἐχθρὸν Ἀργείων δόρυ· 500
ἐγὼ γὰρ αὐτὴ πρὶν κελευσθῆναι, γέρον,
θνήισκειν ἑτοίμη καὶ παρίστασθαι σφαγῆι.
τί φήσομεν γάρ, εἰ πόλις μὲν ἀξιοῖ
κίνδυνον ἡμῶν οὕνεκ' αἴρεσθαι μέγαν,
αὐτοὶ δὲ προστιθέντες ἄλλοισιν πόνους, 505
παρόν σφε σῶσαι, φευξόμεσθα μὴ θανεῖν;
οὐ δῆτ', ἐπεί τοι καὶ γέλωτος ἄξια,
στένειν μὲν ἱκέτας δαιμόνων καθημένους,
πατρὸς δ' ἐκείνου φύντας οὗ πεφύκαμεν
κακοὺς ὁρᾶσθαι· ποῦ τάδ' ἐν χρηστοῖς πρέπει; 510
κάλλιον, οἶμαι, τῆσδ' — ὃ μὴ τύχοι ποτέ —
πόλεως ἁλούσης χεῖρας εἰς ἐχθρῶν πεσεῖν
κἄπειτ' ἄτιμα πατρὸς οὖσαν εὐγενοῦς
παθοῦσαν Ἅιδην μηδὲν ἧσσον εἰσιδεῖν.
ἀλλ' ἐκπεσοῦσα τῆσδ' ἀλητεύσω χθονός; 515
κοὐκ αἰσχυνοῦμαι δῆτ', ἐὰν δή τις λέγηι
Τί δεῦρ' ἀφίκεσθ' ἱκεσίοισι σὺν κλάδοις

que se imole não touro, nem novilha,
mas nobre virgem à filha de Deméter, 490
se nós e se esta urbe devemos viver.
Assim não temos recurso; ele diz que
não imolará filhos seus, nem alheios.
Não me diz com clareza, mas diz sim,
se não tivermos algum recurso disso, 495
que descubramos nós uma outra terra,
e que ele mesmo quer salvar esta terra.

MACÁRIA
Nesta palavra temos nossa salvação?

IOLAU
Nesta temos boa sorte quanto ao mais.

MACÁRIA
Não mais temas lança hostil de argivos! 500
Estou mesmo antes de pedirem, ó velho,
disposta a morrer e a deixar-me imolar.
Que diremos? Se esta urbe considera
correr grande perigo por nossa conta,
nós mesmos, impondo males a outros, 505
podendo salvá-la, fugiremos da morte?
Não, porque ainda seria digno de riso
gemerem sentados súplices de Numes
e filhos daquele pai de que nascemos
verem-se vis. Isso convém a bravos? 510
Mui belo, creio — tal não aconteça! —,
tomada esta urbe, cair em mãos hostis,
e por ser filha de pai nobre, padecer
afrontas e então não menos ver Hades.
Mas banida irei errante desta terra? 515
Não me vexarei, então, se disserem:
“Por que cá viestes, apegados à vida,

αὐτοὶ φιλοψυχοῦντες; ἔξιτε χθονός·
κακοῖς γὰρ ἡμεῖς οὐ προσωφελήσομεν.
ἀλλ' οὐδὲ μέντοι, τῶνδε μὲν τεθνηκότων, 520
αὐτὴ δὲ σωθεῖσ', ἐλπίδ' εὖ πράξειν ἔχω·
πολλοὶ γὰρ ἤδη τῆιδε προύδοσαν φίλους.
τίς γὰρ κόρην ἔρημον ἢ δάμαρτ' ἔχειν
ἢ παιδοποιεῖν ἐξ ἐμοῦ βουλήσεται;
οὔκουν θανεῖν ἄμεινον ἢ τούτων τυχεῖν 525
ἀναξίαν; ἄλληι δὲ κἂν πρέποι τινὶ
μᾶλλον τάδ', ἥτις μὴ 'πίσημος ὡς ἐγώ.
ἡγεῖσθ' ὅπου δεῖ σῶμα κατθανεῖν τόδε
καὶ στεμματοῦτε καὶ †κατάρχεσθ' εἰ δοκεῖ†·
νικᾶτε δ' ἐχθρούς· ἥδε γὰρ ψυχὴ πάρα 530
ἑκοῦσα κοὐκ ἄκουσα, κἀξαγγέλλομαι
θνῄσκειν ἀδελφῶν τῶνδε κἀμαυτῆς ὕπερ.
εὕρημα γάρ τοι μὴ φιλοψυχοῦσ' ἐγὼ
κάλλιστον ηὕρηκ', εὐκλεῶς λιπεῖν βίον.

ΧΟΡΟΣ

φεῦ φεῦ, τί λέξω παρθένου μέγαν λόγον 535
κλύων, ἀδελφῶν ἣ πάρος θέλει θανεῖν;
τούτων τίς ἂν λέξειε γενναίους λόγους
μᾶλλον, τίς ἂν δράσειεν ἀνθρώπων ἔτι;

ΙΟΛΑΟΣ

ὦ τέκνον, οὐκ ἔστ' ἄλλοθεν τὸ σὸν κάρα
ἀλλ' ἐξ ἐκείνου· σπέρμα τῆς θείας φρενὸς 540
πέφυκας Ἡράκλειον· οὐδ' αἰσχύνομαι
τοῖς σοῖς λόγοισι, τῆι τύχηι δ' ἀλγύνομαι.
ἀλλ' ἧι γένοιτ' ἂν ἐνδικωτέρως φράσω·
πάσας ἀδελφὰς τῆσδε δεῦρο χρὴ καλεῖν,
κᾆιθ' ἡ λαχοῦσα θνῃσκέτω γένους ὕπερ· 545
σὲ δ' οὐ δίκαιον κατθανεῖν ἄνευ πάλου.

com ramos súplices? Ide da terra,
porque não socorreremos covardes!"
Todavia, se estes estiverem mortos, 520
e eu salva, não espero estar bem,
muitos já traíram assim aos seus.
Quem há de querer desposar órfã
ou há de querer fazer filhos comigo?
Não é melhor morta que com indigna 525
sorte? Isso, aliás, conviria a outrem
que não fosse assinalada como eu.
Levai-me vós aonde devo morrer!
Coroai e consagrai, se é a decisão!
Vencei inimigos! Esta vida se oferece 530
espontânea e não coagida, e anuncio
morrer por estes irmãos e por mim.
Por não ser apegada à vida, achei
o mais belo achado, morrer gloriosa.

CORO

Pheû pheû! Que dizer às nobres palavras 535
da virgem que por irmãos quer morrer?
Qual deles diria mais nobres palavras?
Quem dos homens ainda agiria assim?

IOLAU

Ó filha, o teu rosto não é de alhures,
mas dele. Semente de espírito divino, 540
nasceste de Héracles, eu não me vexo
de tuas palavras, mas a sorte me dói.
Já direi como isto seria mais justo.
Devem-se cá chamar todas as irmãs
e deve a sorteada morrer pela família. 545
Não é justo que tu sem sorteio morras.

ΠΑΡΘΕΝΟΣ

οὐκ ἂν θάνοιμι τῆι τύχηι λαχοῦσ' ἐγώ·
χάρις γὰρ οὐ πρόσεστι· μὴ λέξηις, γέρον.
ἀλλ', εἰ μὲν ἐνδέχεσθε καὶ βούλεσθέ μοι
χρῆσθαι προθύμωι, τὴν ἐμὴν ψυχὴν ἐγὼ 550
δίδωμ' ἑκοῦσα τοῖσδ', ἀναγκασθεῖσα δ' οὔ.

ΙΟΛΑΟΣ

φεῦ·
ὅδ' αὖ λόγος σοι τοῦ πρὶν εὐγενέστερος,
κἀκεῖνος ἦν ἄριστος· ἀλλ' ὑπερφέρεις
τόλμηι τε τόλμαν καὶ λόγωι χρηστῶι λόγον. 555
οὐ μὴν κελεύω γ' οὐδ' ἀπεννέπω, τέκνον,
θνήισκειν σ'· ἀδελφοὺς <δ'> ὠφελεῖς θανοῦσα σούς.

ΠΑΡΘΕΝΟΣ

σοφῶς †κελεύεις†· μὴ τρέσηις μιάσματος
τοὐμοῦ μετασχεῖν, ἀλλ' ἐλευθέρως θάνω, 559
ἐπεὶ σφαγῆς γε πρὸς τὸ δεινὸν εἶμ' ἐγώ, 562
εἴπερ πέφυκα πατρὸς οὗπερ εὔχομαι. 563
ἕπου δέ, πρέσβυ· σῆι γὰρ ἐνθανεῖν χερὶ 560
θέλω, πέπλοις δὲ σῶμ' ἐμὸν κρύψον παρών. 561

ΙΟΛΑΟΣ

οὐκ ἂν δυναίμην σῶι παρεστάναι μόρωι. 564

ΠΑΡΘΕΝΟΣ

σὺ δ' ἀλλὰ τοῦδε χρῄζε, μή μ' ἐν ἀρσένων 565
ἀλλ' ἐν γυναικῶν χερσὶν ἐκπνεῦσαι βίον.

ΔΗΜΟΦΩΝ

ἔσται τάδ', ὦ τάλαινα παρθένων, ἐπεὶ
κἀμοὶ τόδ' αἰσχρόν, μή σε κοσμεῖσθαι καλῶς,
πολλῶν ἕκατι, τῆς τε σῆς εὐψυχίας
καὶ τοῦ δικαίου. τλημονεστάτην δέ σε 570

MACÁRIA

Eu não morreria por ter por sorteio,
graça não preside. Não fales, ó velho!
Mas se vós aceitais e quereis dispor
de mim, animada, dou a minha vida 550
por eles espontânea, não sob coerção.

IOLAU

Pheû!
Esta fala tua é mais nobre que a de antes
e era máxima, mas superaste em audácia
a audácia e a palavra em palavra nobre. 555
Deveras não exorto nem proíbo, ó filha,
que morras; servirás a teus irmãos morta.

MACÁRIA

Habilmente exortas. Não temas participar
de poluente meu! Mas livremente morro, 559
quando eu for para o terror da imolação, 562
se é que sou filha do pai de que me ufano. 563
Segue, velho! Quero morrer em teu braço 560
e presente cobre meu corpo com mantos! 561

IOLAU

Eu não poderia estar presente à tua morte. 564

MACÁRIA

Mas pede-lhe que eu expire a vida não 565
nos braços de varões, mas de mulheres!

DEMOFONTE

Assim será, ó virgem desafortunada!
Seria feio para mim não te honrar
por muitas razões, por tua valentia
e por justiça. A mais audaz de todas 570

πασῶν γυναικῶν εἶδον ὀφθαλμοῖς ἐγώ.
ἀλλ', εἴ τι βούληι, τούσδε τὸν γέροντά τε
χώρει προσειποῦσ' ὑστάτοις προσφθέγμασιν.

ΠΑΡΘΕΝΟΣ

ὦ χαῖρε, πρέσβυ, χαῖρε καὶ δίδασκέ μοι
τοιούσδε τούσδε παῖδας, ἐς τὸ πᾶν σοφούς, 575
ὥσπερ σύ, μηδὲν μᾶλλον· ἀρκέσουσι γάρ.
πειρῶ δὲ σῶσαι μὴ θανεῖν, πρόθυμος ὤν·
σοὶ παῖδές ἐσμεν, σαῖν χεροῖν τεθράμμεθα·
ὁρᾶις δὲ κἀμὲ τὴν ἐμὴν ὥραν γάμου
διδοῦσαν, ἀντὶ τῶνδε κατθανουμένην. 580
ὑμεῖς τ', ἀδελφῶν ἡ παροῦσ' ὁμιλία,
εὐδαιμονοῖτε καὶ γένοιθ' ὑμῖν ὅσων
ἡμὴ πάροιθε καρδία σφαλήσεται.
καὶ τὸν γέροντα τήν τ' ἔσω γραῖαν δόμων
τιμᾶτε πατρὸς μητέρ' Ἀλκμήνην ἐμοῦ 585
ξένους τε τούσδε. κἂν ἀπαλλαγὴ πόνων
καὶ νόστος ὑμῖν εὑρεθῆι ποτ' ἐκ θεῶν,
μέμνησθε τὴν σώτειραν ὡς θάψαι χρεών·
κάλλιστά τοι δίκαιον· οὐ γὰρ ἐνδεὴς
ὑμῖν παρέστην ἀλλὰ προὔθανον γένους. 590
τάδ' ἀντὶ παίδων ἐστί μοι κειμήλια
καὶ παρθενείας, εἴ τι δὴ κατὰ χθονός.
εἴη γε μέντοι μηδέν· εἰ γὰρ ἕξομεν
κἀκεῖ μερίμνας οἱ θανούμενοι βροτῶν,
οὐκ οἶδ' ὅποι τις τρέψεται· τὸ γὰρ θανεῖν 595
κακῶν μέγιστον φάρμακον νομίζεται.

ΙΟΛΑΟΣ

ἀλλ', ὦ μέγιστον ἐκπρέπουσ' εὐψυχίαι,
πασῶν γυναικῶν, ἴσθι, τιμιωτάτη
καὶ ζῶσ' ὑφ' ἡμῶν καὶ θανοῦσ' ἔσηι πολύ.
καὶ χαῖρε· δυσφημεῖν γὰρ ἅζομαι θεὰν 600
ἧι σὸν κατῆρκται σῶμα, Δήμητρος κόρην.

as mulheres eu vi em ti com os olhos.
Mas se queres, dirige-lhes e ao velho
as tuas últimas palavras antes de ir!

MACÁRIA

Salve, ó velho! Salve e ensina estes
meninos a serem em tudo tão sábios 575
como és tu, não mais, assim basta!
Tenta animado salvá-los da morte!
Somos teus filhos educados por ti.
Vês que eu, para morrer por eles,
concedo a minha hora de núpcias. 580
Vós, irmãos presentes reunidos,
tenhais bom Nume e tenhais vós
o que meu coração perderá antes!
Honrai o velho e dentro de casa
a velha mãe de meu pai Alcmena, 585
e estes hóspedes! Se dos Deuses
tiverdes fim de males e regresso,
lembrai que à salvadora deveis
funerais! Os mais belos, é justo.
Não vos faltei, morri pela família. 590
Tenho estes bens em vez de filhos
e virgindade, se algo sob a terra.
Não haja nada! Se lá os mortais
mortos tivermos as aflições ainda,
não sei aonde voltar. Considera-se 595
a morte o maior remédio de males.

IOLAU

Ó tu, a de mais brilhante valentia
de todas elas, sabe, serás por nós
honradíssima em tua vida e morta!
Salve! Receio maldizer a Deusa 600
filha de Deméter, a que te sagras.

ὦ παῖδες, οἰχόμεσθα· λύεται μέλη
λύπηι· λάβεσθε κἀς ἕδραν μ' ἐρείσατε
αὐτοῦ πέπλοισι τοῖσδε κρύψαντες, τέκνα.
ὡς οὔτε τούτοις ἥδομαι πεπραγμένοις 605
χρησμοῦ τε μὴ κρανθέντος οὐ βιώσιμον·
μείζων γὰρ ἄτη· συμφορὰ δὲ καὶ τάδε.

ΧΟΡΟΣ

οὔτινά φημι θεῶν ἄτερ ὄλβιον, οὐ βαρύποτμον, Est.
ἄνδρα γενέσθαι·
οὐδὲ τὸν αὐτὸν ἀεὶ 'μβεβάναι δόμον 610
εὐτυχίαι· παρὰ δ' ἄλλαν ἄλλα
μοῖρα διώκει.
τὸν μὲν ἀφ' ὑψηλῶν βραχὺν ᾤκισε,
τὸν δ' †ἀλήταν† εὐδαίμονα τεύχει.
μόρσιμα δ' οὔτι φυγεῖν θέμις, οὐ σοφί- 615
αι τις ἀπώσεται, ἀλλὰ μάταν ὁ πρόθυμος ἀεὶ πόνον ἕξει.

ἀλλὰ σὺ μὴ προπεσὼν τὰ θεῶν φέρε μηδ' Ant.
ὑπεράλγει φροντίδα λύπαι· 620
εὐδόκιμον γὰρ ἔχει θανάτου μέρος
ἁ μελέα πρό τ' ἀδελφῶν καὶ γᾶς,
οὐδ' ἀκλεής νιν
δόξα πρὸς ἀνθρώπων ὑποδέξεται·
ἁ δ' ἀρετὰ βαίνει διὰ μόχθων. 625
ἄξια μὲν πατρός, ἄξια δ' εὐγενί-
ας τάδε γίγνεται· εἰ δὲ σέβεις θανά-
τους ἀγαθῶν, μετέχω σοι.

Ó filhos, vou-me! Solta membros
a dor. Pegai e sentai-me no templo!
Cobri-me ali com este manto, filhos!
Os acontecimentos não me agradam 605
e se não se dá o oráculo, não se vive
e maior é a ruína. Esta é a situação.

[*Segundo estásimo* (608-629)]

CORO
Penso ninguém sem Deuses Est.
ser opulento ou sofrer golpe,
nem a mesma casa sempre 610
ter firme boa sorte. Parte
persegue ora um ora outro,
instala o altivo na míngua
e ao errante dá bom Nume.
Não se pode fugir da sorte, 615
nem ciente repelir, mas essa
tentativa sempre será faina vã.

Não caias! O que vem dos Deuses Ant.
acolhe! Não te doa demais a dor! 620
A mísera tem glorioso quinhão
de morte pela pátria e irmãos,
e não inglório rumor
receberá dos homens.
O valor vem através de fadigas. 625
Digno do pai, digno da família
isto se fez. Se a morte dos bons
veneras, estou contigo.

ΘΕΡΑΠΩΝ

ὦ τέκνα, χαίρετ'· Ἰόλεως δὲ ποῦ γέρων 630

μήτηρ τε πατρὸς τῆσδ' ἕδρας ἀποστατεῖ;

ΙΟΛΑΟΣ

πάρεσμεν, οἵα δή γ' ἐμοῦ παρουσία.

ΘΕΡΑΠΩΝ

τί χρῆμα κεῖσαι καὶ κατηφὲς ὄμμ' ἔχεις;

ΙΟΛΑΟΣ

φροντίς τις ἦλθ' οἰκεῖος, ἧι συνειχόμην.

ΘΕΡΑΠΩΝ

ἔπαιρέ νυν σεαυτόν, ὄρθωσον κάρα. 635

ΙΟΛΑΟΣ

γέροντές ἐσμεν κοὐδαμῶς ἐρρώμεθα.

ΘΕΡΑΠΩΝ

ἥκω γε μέντοι χάρμα σοι φέρων μέγα.

ΙΟΛΑΟΣ

τίς δ' εἶ σύ; ποῦ σοι συντυχὼν ἀμνημονῶ;

ΘΕΡΑΠΩΝ

Ὕλλου πενέστης· οὔ με γιγνώσκεις ὁρῶν;

ΙΟΛΑΟΣ

ὦ φίλταθ', ἥκεις ἆρα σωτὴρ νῶιν βλάβης; 640

ΘΕΡΑΠΩΝ

μάλιστα· καὶ πρός γ' εὐτυχεῖς τὰ νῦν τάδε.

[*Terceiro episódio* (630-747)]

SERVO

Ó jovens, salve! Onde o velho Iolau 630

e a mãe do pai estão longe do templo?

IOLAU

Estou presente tal qual minha presença.

SERVO

Por que jazes e tens o rosto coberto?

IOLAU

Um cuidado próprio me veio e tem.

SERVO

Ergue-te então! Endireita a cabeça! 635

IOLAU

Somos anciãos e já não temos força.

SERVO

Venho, porém, trazer-te grande júbilo.

IOLAU

Quem és tu? Onde eu te vi não lembro.

SERVO

Servo de Hilo. Vê! Não me conheces?

IOLAU

Ó caríssimo, vens salvar-nos do mal? 640

SERVO

Sim, venho a esta presente boa sorte.

ΙΟΛΑΟΣ

ὦ μῆτερ ἐσθλοῦ παιδός, Ἀλκμήνην λέγω,
ἔξελθ', ἄκουσον τοῦδε φιλτάτους λόγους.
πάλαι γὰρ ὠδίνουσα τῶν ἀφιγμένων
ψυχὴν ἐτήκου νόστος εἰ γενήσεται. 645

ΑΛΚΜΗΝΗ

τί χρῆμ' ἀυτῆς πᾶν τόδ' ἐπλήσθη στέγος,
Ἰόλαε; μῶν τίς σ' αὖ βιάζεται παρὼν
κῆρυξ ἀπ' Ἄργους; ἀσθενὴς μὲν ἥ γ' ἐμὴ
ῥώμη, τοσόνδε δ' εἰδέναι σε χρή, ξένε·
οὐκ ἔστ' ἄγειν σε τούσδ' ἐμοῦ ζώσης ποτέ. 650
ἦ τἄρ' ἐκείνου μὴ νομιζοίμην ἐγὼ
μήτηρ ἔτ'· εἰ δὲ τῶνδε προσθίξηι χερί,
δυοῖν γερόντοιν οὐ καλῶς ἀγωνιῆι.

ΙΟΛΑΟΣ

θάρσει, γεραιά, μὴ τρέσηις· οὐκ Ἀργόθεν
κῆρυξ ἀφῖκται πολεμίους λόγους ἔχων. 655

ΑΛΚΜΗΝΗ

τί γὰρ βοὴν ἔστησας ἄγγελον φόβου;

ΙΟΛΑΟΣ

σὺ πρόσθε ναοῦ τοῦδ' ὅπως βαίης πέλας.

ΑΛΚΜΗΝΗ

οὐκ ἴσμεν ἡμεῖς ταῦτα· τίς γάρ ἐσθ' ὅδε;

ΙΟΛΑΟΣ

ἥκοντα παῖδα παιδὸς ἀγγέλλει σέθεν.

ΑΛΚΜΗΝΗ

ὦ χαῖρε καὶ σὺ τοῖσδε τοῖς ἀγγέλμασιν. 660
ἀτὰρ τί χώραι τῆιδε προσβαλὼν πόδα

IOLAU

Ó mãe de nobre filho, digo Alcmena,
sai! Ouve dele as bem-vindas palavras!
Faz tempo tu consumias a vida aflita
se haveria o regresso dos que vieram. 645

ALCMENA

Por que esta casa ficou cheia de gritos,
Iolau? Que arauto presente de Argos
te constrange? Fraco é o meu vigor,
mas tanto deves conhecer, forasteiro!
Não os levarás, enquanto eu viver! 650
Ou não mais eu seja considerada mãe
dele! Mas se puseres a mão nos jovens,
não darás belo combate a dois velhos.

IOLAU

Coragem, velha! Não temas. O arauto
não veio de Argos com palavras hostis. 655

ALCMENA

Por que ergueste grito núncio de pavor?

IOLAU

Para que te aproximasses ante o templo.

ALCMENA

Nós não sabemos isto: quem esse é.

IOLAU

Anuncia que veio o filho de teu filho.

ALCMENA

Ó salve também tu por estas notícias! 660
Mas por que está ausente, se pôs o pé

ποῦ νῦν ἄπεστι; τίς νιν εἶργε συμφορὰ
σὺν σοὶ φανέντα δεῦρ' ἐμὴν τέρψαι φρένα;

ΘΕΡΑΠΩΝ

στρατὸν καθίζει τάσσεταί θ' ὃν ἦλθ' ἔχων.

ΑΛΚΜΗΝΗ

τοῦδ' οὐκέθ' ἡμῖν τοῦ λόγου μέτεστι δή. 665

ΙΟΛΑΟΣ

μέτεστιν· ἡμῶν δ' ἔργον ἱστορεῖν τάδε.

ΘΕΡΑΠΩΝ

τί δῆτα βούληι τῶν πεπραγμένων μαθεῖν;

ΙΟΛΑΟΣ

πόσον τι πλῆθος συμμάχων πάρεστ' ἔχων;

ΘΕΡΑΠΩΝ

πολλούς· ἀριθμὸν δ' ἄλλον οὐκ ἔχω φράσαι.

ΙΟΛΑΟΣ

ἴσασιν, οἶμαι, ταῦτ' Ἀθηναίων πρόμοι. 670

ΘΕΡΑΠΩΝ

ἴσασι, καὶ δὴ λαιὸν ἕστηκεν κέρας.

ΙΟΛΑΟΣ

ἤδη γὰρ ὡς ἐς ἔργον ὥπλισται στρατός;

ΘΕΡΑΠΩΝ

καὶ δὴ παρῆκται σφάγια τάξεων ἕκας.

ΙΟΛΑΟΣ

πόσον τι δ' ἔστ' ἄπωθεν Ἀργεῖον δόρυ;

neste solo? Onde está? Que o impede
de aparecer e alegrar o meu coração?

SERVO

Acampa e dispõe a tropa com que veio.

ALCMENA

Este assunto já não me interessa mais. 665

IOLAU

Interessa, nosso trabalho é saber isso.

ALCMENA

O que dos fatos então queres saber?

IOLAU

Com quantos aliados ele se apresenta?

SERVO

Muitos. Não posso dizer outro número.

IOLAU

Sabem isso, creio, chefes em Atenas? 670

SERVO

Sabem, e ele está ante a ala esquerda.

IOLAU

A tropa está armada pronta para agir?

SERVO

E as vítimas levadas fora das fileiras.

IOLAU

A lança argiva está a qual distância?

ΘΕΡΑΠΩΝ

ὥστ' ἐξορᾶσθαι τὸν στρατηγὸν ἐμφανῶς. 675

ΙΟΛΑΟΣ

τί δρῶντα; μῶν τάσσοντα πολεμίων στίχας;

ΘΕΡΑΠΩΝ

ᾐκάζομεν ταῦτ'· οὐ γὰρ ἐξηκούομεν.
ἀλλ' εἶμ'· ἐρήμους δεσπότας τοὐμὸν μέρος
οὐκ ἂν θέλοιμι πολεμίοισι συμβαλεῖν.

ΙΟΛΑΟΣ

κἄγωγε σὺν σοί· ταὐτὰ γὰρ φροντίζομεν, 680
φίλοις παρόντες, ὡς ἔοιγμεν, ὠφελεῖν.

ΘΕΡΑΠΩΝ

ἥκιστα πρὸς σοῦ μῶρον ἦν εἰπεῖν ἔπος.

ΙΟΛΑΟΣ

καὶ μὴ μετασχεῖν γ' ἀλκίμου μάχης φίλοις. 683

ΘΕΡΑΠΩΝ

οὐκ ἔστιν, ὦ τᾶν, ἥ ποτ' ἦν ῥώμη σέθεν. 688

ΙΟΛΑΟΣ

ἀλλ' οὖν μαχοῦμαί γ' ἀριθμὸν οὐκ ἐλάσσοσιν. 689

ΘΕΡΑΠΩΝ

σμικρὸν τὸ σὸν σήκωμα προστίθης φίλοις. 690

ΙΟΛΑΟΣ

οὐδεὶς ἔμ' ἐχθρῶν προσβλέπων ἀνέξεται. 687

ΘΕΡΑΠΩΝ

οὐκ ἔστ' ἐν ὄψει τραῦμα μὴ δρώσης χερός. 684

SERVO

De modo a se ver bem o estratego. 675

IOLAU

E que faz? Dispõe fileiras inimigas?

SERVO

Imaginamos isso, pois não ouvimos.
Mas irei. Não gostaria que os senhores
travem combate sem que eu participe.

IOLAU

Irei contigo, pois pensamos o mesmo, 680
presentes cremos ser úteis aos amigos.

SERVO

Não podias jamais dizer palavra tola.

IOLAU

Nem faltar aos amigos em luta audaz. 683

SERVO

Meu caro, não há o que foi teu vigor. 688

IOLAU

Mas ainda lutarei com não menor número. 689

SERVO

Acrescentas breve contrapeso aos amigos. 690

IOLAU

Inimigo não suportará olhar-me de frente. 687

SERVO

Não há lesão em olhar sem agir o braço. 684

ΙΟΛΑΟΣ

τί δ'; οὐ θένοιμι κἂν ἐγὼ δι' ἀσπίδος; 685

ΘΕΡΑΠΩΝ

θένοις ἄν, ἀλλὰ πρόσθεν αὐτὸς ἂν πέσοις. 686

ΙΟΛΑΟΣ

μή τοί μ' ἔρυκε δρᾶν παρεσκευασμένον. 691

ΘΕΡΑΠΩΝ

δρᾶν μὲν σύ γ' οὐχ οἷός τε, βούλεσθαι δ' ἴσως.

ΙΟΛΑΟΣ

ὡς μὴ μενοῦντι τἄλλα σοι λέγειν πάρα.

ΘΕΡΑΠΩΝ

πῶς οὖν ὁπλίτης τευχέων ἄτερ φανῆι;

ΙΟΛΑΟΣ

ἔστ' ἐν δόμοισιν ἔνδον αἰχμάλωθ' ὅπλα 695
τοῖσδ', οἷσι χρησόμεσθα· κἀποδώσομεν
ζῶντες, θανόντας δ' οὐκ ἀπαιτήσει θεός.
ἀλλ' εἴσιθ' εἴσω κἀπὸ πασσάλων ἑλὼν
ἔνεγχ' ὁπλίτην κόσμον ὡς τάχιστά μοι.
αἰσχρὸν γὰρ οἰκούρημα γίγνεται τόδε, 700
τοὺς μὲν μάχεσθαι, τοὺς δὲ δειλίαι μένειν.

ΧΟΡΟΣ

λῆμα μὲν οὔπω στόρνυσι χρόνος
τὸ σόν, ἀλλ' ἡβᾶι, σῶμα δὲ φροῦδον.
τί πονεῖς ἄλλως ἃ σὲ μὲν βλάψει,
σμικρὰ δ' ὀνήσει πόλιν ἡμετέραν; 705
χρὴ γνωσιμαχεῖν σὴν ἡλικίαν,
τὰ δ' ἀμήχαν' ἐᾶν· οὐκ ἔστιν ὅπως
ἥβην κτήσηι πάλιν αὖθις.

IOLAU

Por quê? Eu não fenderia mais o escudo? 685

SERVO

Fenderias sim, mas antes cairias tu mesmo. 686

IOLAU

Não me impeças de agir com meu preparo. 691

SERVO

De agir não és capaz, mas de querer talvez.

IOLAU

Desde que não fique, o mais podes dizer.

SERVO

Como, sem as armas, parecerás armado?

IOLAU

Há neste templo armas, despojos de guerra, 695
de que nos serviremos. Devolveremos,
se vivermos. Deus não cobrará de mortos.
Mas entra lá dentro, retira dos suportes
e traz-me o mais rápido o equipamento!
Oprobriosa se torna esta guarda de casa, 700
se uns lutam, e outros por frouxos ficam.

CORO

O tempo ainda não aplana a audácia
tua, mas ela floresce, passado o corpo.
Por que fazes em vão o que te lesará
e terá pouca utilidade para nossa urbe? 705
Deves lutar por reconhecer tua idade
e deixar os impossíveis. Não há como
obter outra vez de volta a juventude.

ΑΛΚΜΗΝΗ

τί χρῆμα μέλλεις σῶν φρενῶν οὐκ ἔνδον ὢν
λιπεῖν μ' ἔρημον σὺν <τέκνου> τέκνοις ἐμοῖς; 710

ΙΟΛΑΟΣ

ἀνδρῶν γὰρ ἀλκή· σοὶ δὲ χρὴ τούτων μέλειν.

ΑΛΚΜΗΝΗ

τί δ'; ἢν θάνηις σύ, πῶς ἐγὼ σωθήσομαι;

ΙΟΛΑΟΣ

παιδὸς μελήσει παισὶ τοῖς λελειμμένοις.

ΑΛΚΜΗΝΗ

ἢν δ' οὖν, ὃ μὴ γένοιτο, χρήσωνται τύχηι;

ΙΟΛΑΟΣ

οἵδ' οὐ προδώσουσίν σε, μὴ τρέσηις, ξένοι. 715

ΑΛΚΜΗΝΗ

τοσόνδε γάρ τοι θάρσος, οὐδὲν ἄλλ' ἔχω.

ΙΟΛΑΟΣ

καὶ Ζηνὶ τῶν σῶν, οἶδ' ἐγώ, μέλει πόνων.

ΑΛΚΜΗΝΗ

φεῦ·
Ζεὺς ἐξ ἐμοῦ μὲν οὐκ ἀκούσεται κακῶς·
εἰ δ' ἐστὶν ὅσιος αὐτὸς οἶδεν εἰς ἐμέ.

ΘΕΡΑΠΩΝ

ὅπλων μὲν ἤδη τήνδ' ὁρᾶις παντευχίαν, 720
φθάνοις δ' ἂν οὐκ ἂν τοῖσδε σὸν κρύπτων δέμας·
ὡς ἐγγὺς ἀγὼν καὶ μάλιστ' Ἄρης στυγεῖ
μέλλοντας· εἰ δὲ τευχέων φοβῆι βάρος,

ALCMENA

Por que tu, não estando em teu juízo,
deixas-me só com meus filhos do filho? 710

IOLAU

De varões é a defesa. Cuides tu deles!

ALCMENA

O quê? Se morreres, como me salvarei?

IOLAU

Os filhos do filho restados cuidarão de ti.

ALCMENA

Se (que não aconteça) eles tiverem sorte?

IOLAU

Os forasteiros não te trairão. Não temas! 715

ALCMENA

Tamanha é a confiança. Nada mais tenho.

IOLAU

Zeus ainda cuida de tuas fadigas, eu sei.

ALCMENA

Pheû!
Zeus junto a mim não será mal falado;
se ele é lícito comigo, ele mesmo sabe.

SERVO

Já vês aqui todo o arsenal das armas, 720
não seria apressado cobrir-te com elas,
porque perto é a luta e Ares mais odeia
os vacilantes. Se temes o peso das armas,

νῦν μὲν πορεύου γυμνός, ἐν δὲ τάξεσιν
κόσμωι πυκάζου τῶιδ'· ἐγὼ δ' οἴσω τέως. 725

ΙΟΛΑΟΣ

καλῶς ἔλεξας· ἀλλ' ἐμοὶ πρόχειρ' ἔχων
τεύχη κόμιζε, χειρὶ δ' ἔνθες ὀξύην,
λαιόν τ' ἔπαιρε πῆχυν, εὐθύνων πόδα.

ΘΕΡΑΠΩΝ

ἦ παιδαγωγεῖν γὰρ τὸν ὁπλίτην χρεών;

ΙΟΛΑΟΣ

ὄρνιθος οὕνεκ' ἀσφαλῶς πορευτέον. 730

ΘΕΡΑΠΩΝ

εἴθ' ἦσθα δυνατὸς δρᾶν ὅσον πρόθυμος εἶ.

ΙΟΛΑΟΣ

ἔπειγε· λειφθεὶς δεινὰ πείσομαι μάχης.

ΘΕΡΑΠΩΝ

σύ τοι βραδύνεις, οὐκ ἐγώ, δοκῶν τι δρᾶν.

ΙΟΛΑΟΣ

οὔκουν ὁρᾶις μου κῶλον ὡς ἐπείγεται;

ΘΕΡΑΠΩΝ

ὁρῶ δοκοῦντα μᾶλλον ἢ σπεύδοντά σε. 735

ΙΟΛΑΟΣ

οὐ ταῦτα λέξεις ἡνίκ' ἂν λεύσσηις μ' ἐκεῖ...

ΘΕΡΑΠΩΝ

τί δρῶντα; βουλοίμην δ' ἂν εὐτυχοῦντά γε.

faz nu agora a caminhada e nas fileiras
cobre-te com este adorno, que levo lá! 725

IOLAU

Disseste bem. Mas leva contigo as armas
à mão para mim, põe-me na mão a lança,
ergue o cotovelo esquerdo e dirige o pé!

SERVO

É necessário um pedagogo de hoplita?

IOLAU

Por auspício deve-se ir com segurança. 730

SERVO

Se tu pudesses agir como és animado!

IOLAU

Depressa! Será terrível, se falto à luta.

SERVO

Se crês fazer algo, tu és lento, não eu.

IOLAU

Não vês como minha perna se apressa?

SERVO

Vejo que crês mais do que te apressas. 735

IOLAU

Não dirás isso, quando me vires lá...

SERVO

Fazendo o quê? Quisera tua boa sorte!

ΙΟΛΑΟΣ

δι’ ἀσπίδος θείνοντα πολεμίων τινά.

ΘΕΡΑΠΩΝ

εἰ δή ποθ’ ἥξομέν γε· τοῦτο γὰρ φόβος.

ΙΟΛΑΟΣ

φεῦ·
εἴθ’, ὦ βραχίων, οἷον ἡβήσαντά σε 740
μεμνήμεθ’ ἡμεῖς, ἡνίκα ξὺν Ἡρακλεῖ
Σπάρτην ἐπόρθεις, σύμμαχος γένοιό μοι
τοιοῦτος· οἵαν ἂν τροπὴν Εὐρυσθέως
θείμην· ἐπεί τοι καὶ κακὸς μένειν δόρυ.
ἔστιν δ’ ἐν ὄλβωι καὶ τόδ’ οὐκ ὀρθῶς ἔχον, 745
εὐψυχίας δόκησις· οἰόμεσθα γὰρ
τὸν εὐτυχοῦντα πάντ’ ἐπίστασθαι καλῶς.

ΧΟΡΟΣ

Γᾶ καὶ παννύχιος σελά- Est. 1
να καὶ λαμπρόταται θεοῦ
φαεσιμβρότου αὐγαί, 750
ἀγγελίαν μοι ἐνέγκαι,
ἰαχήσατε δ’ οὐρανῶι
καὶ παρὰ θρόνον ἀρχέταν
γλαυκᾶς τ’ ἐν Ἀθάνας·
μέλλω τᾶς πατριώτιδος 755
γᾶς, μέλλω καὶ ὑπὲρ δόμων
ἱκέτας ὑποδεχθεὶς
κίνδυνον πολιῶι τεμεῖν σιδάρωι.

δεινὸν μὲν πόλιν ὡς Μυκή- Ant. 1
νας εὐδαίμονα καὶ δορὸς 760
πολυαίνετον ἀλκᾶι

IOLAU
Fendendo o escudo de algum inimigo.

SERVO
Se ainda lá chegarmos, este é o pavor.

IOLAU
Pheû!
Ó braço, qual sendo vigoroso, tomara 740
nós nos lembremos quando com Héracles
devastavas Esparta, faz-te meu aliado
igualmente! Que derrota nós imporíamos
a Euristeu, covarde para esperar a lança!
Vive na opulência ainda esta incorreção: 745
a aparência de valentia, pois imaginamos
quem tem boa sorte conhecer bem tudo.

[*Terceiro estásimo* (748-783)]

CORO
Terra e Lua de toda a noite Est. 1
e os mais brilhantes raios
do Deus luz dos mortais, 750
levai o meu anúncio
e propalai no céu
ante o trono real
e a glauca Atena:
pela terra pátria 755
e ainda em defesa da casa
aceitarei suplicantes e com
ferro gris cortarei o perigo.

Terrível é urbe qual Micenas Ant. 1
de bom Nume e por força 760
de lança muito louvada

μῆνιν ἐμᾶι χθονὶ κεύθειν·
κακὸν δ', ὦ πόλις, εἰ ξένους
ἱκτῆρας παραδώσομεν
κελεύσμασιν Ἄργους. 765
Ζεύς μοι σύμμαχος, οὐ φοβοῦ-
μαι, Ζεύς μοι χάριν ἐνδίκως
ἔχει· οὔποτε θνατῶν
ἥσσους <δαίμονες> ἔκ γ' ἐμοῦ φανοῦνται.

ἀλλ', ὦ πότνια, σὸν γὰρ οὖ- Est. 2
δας γᾶς καὶ πόλις, ἇς σὺ μά- 771
τηρ δέσποινά τε καὶ φύλαξ,
πόρευσον ἄλλαι τὸν οὐ δικαίως
τᾶιδ' ἐπάγοντα δορυσσοῦν
στρατὸν Ἀργόθεν· οὐ γὰρ ἐμᾶι γ' ἀρετᾶι 775
δίκαιός εἰμ' ἐκπεσεῖν μελάθρων.

ἐπεί σοι πολύθυτος ἀεὶ Ant. 2
τιμὰ κραίνεται οὐδὲ λά-
θει μηνῶν φθινὰς ἁμέρα
νέων τ' ἀοιδαὶ χορῶν τε μολπαί. 780
ἀνεμόεντι δ' ἐπ' ὄχθωι
ὀλολύγματα παννυχίοις ὑπὸ παρθένων ἰαχεῖ ποδῶν κρότοισιν.

ΑΓΓΕΛΟΣ
δέσποινα, μύθους σοί τε †συντομωτάτους
κλύειν ἐμοί τε τῶιδε καλλίστους φέρω†· 785
νικῶμεν ἐχθροὺς καὶ τροπαῖ' ἱδρύεται
παντευχίαν ἔχοντα πολεμίων σέθεν.

ΑΛΚΜΗΝΗ
ὦ φίλταθ', ἥδε σ' ἡμέρα †διήλασεν†·

conter ira de meu solo.
Ó urbe, mal é se trairmos
os súplices forasteiros
por ordens de Argos. 765
Zeus é meu aliado, não temo.
Zeus com justiça tem graça.
Numes não me parecerão
nunca menores que mortais.

Ó Rainha, teu é o chão Est. 2
da terra e a urbe de que 771
és mãe, dona e guardiã.
Leva alhures o injusto
que traz a tropa de lanceiros
de Argos para cá! Por virtude 775
não é justo banir-me de casa.

Sempre tens as tuas honras Ant. 2
feitas de muitos sacrifícios,
não se ignoram dia final de luas,
cantos de jovens e danças corais. 780
Na colina dos ventos
o clamor ressoa a noite toda
a batida dos pés das virgens.

[*Quarto episódio* (784-891)]

MENSAGEIRO
Rainha, as falas mais breves de ouvir
porto para ti e para mim as mais belas: 785
vencemos inimigos e erguemos troféu
com todas as armas dos inimigos teus.

ALCMENA
Ó caríssimo, este dia te promoveu,

ἠλευθέρωσαι τοῖσδε τοῖς ἀγγέλμασιν.
μιᾶς δ’ ἔμ’ οὔπω συμφορᾶς ἐλευθεροῖς· 790
φόβος γὰρ εἴ μοι ζῶσιν οὓς ἐγὼ θέλω.

ΑΓΓΕΛΟΣ

ζῶσιν, μέγιστόν γ’ εὐκλεεῖς κατὰ στρατόν.

ΑΛΚΜΗΝΗ

ὁ μὲν γέρων †οὐκ ἔστιν Ἰόλεως ὅδε†;

ΑΓΓΕΛΟΣ

μάλιστα, πράξας γ’ ἐκ θεῶν κάλλιστα δή.

ΑΛΚΜΗΝΗ

τί δ’ ἔστι; μῶν τι κεδνὸν ἠγωνίζετο; 795

ΑΓΓΕΛΟΣ

νέος μεθέστηκ’ ἐκ γέροντος αὖθις αὖ.

ΑΛΚΜΗΝΗ

θαυμάστ’ ἔλεξας· ἀλλά σ’ εὐτυχῆ φίλων
μάχης ἀγῶνα πρῶτον ἀγγεῖλαι θέλω.

ΑΓΓΕΛΟΣ

εἷς μου λόγος σοι πάντα σημανεῖ τάδε.
ἐπεὶ γὰρ ἀλλήλοισιν ὁπλίτην στρατὸν 800
κατὰ στόμ’ ἐκτείνοντες ἀντετάξαμεν,
ἐκβὰς τεθρίππων Ὕλλος ἁρμάτων πόδα
ἔστη μέσοισιν ἐν μεταιχμίοις δορός.
κἄπειτ’ ἔλεξεν· Ὦ στρατήγ’ ὃς Ἀργόθεν
ἥκεις, τί τήνδε γαῖαν οὐκ εἰάσαμεν 805
<καὶ τὰς Μυκήνας αὖθις εἰρήνην ἄγειν; [Kovacs] 805a
ἢν γὰρ πίθῃ μοι, τήνδ’ Ἀθηναίαν πόλιν [Kovacs] 805b
λεὼν γε δεινόν, πολεμίαν οὐχ ἕξετε,> [Kovacs] 805c
καὶ τὰς Μυκήνας οὐδὲν ἐργάσῃι κακὸν

foste libertado por essa mensagem,
mas da aflição não me livraste ainda, 790
pois o pavor se os que estimo vivem.

MENSAGEIRO
Vivem, com a maior glória na tropa.

ALCMENA
O velho Iolau, também ele está vivo?

MENSAGEIRO
Sim, por Deuses está muitíssimo bem.

ALCMENA
Por quê? Terá combatido com denodo? 795

MENSAGEIRO
Tornou-se de ancião outra vez jovem.

ALCMENA
Dizes portento, mas quero que contes
primeiro a boa sorte dos meus na luta.

MENSAGEIRO
Uma só palavra minha te dirá isso tudo.
Quando nos contrapusemos uns aos outros 800
ao estendermos de frente a tropa armada,
Hilo desceu do carro de quatro cavalos,
e pôs-se no meio do intervalo da tropa,
e então disse: "Ó estratego que de Argos
vens, por que não deixamos esta terra 805
e Micenas outra vez viverem em paz? [Kovacs] 805a
Se me atendes, esta urbe ateniense, [Kovacs] 805b
povo terrível, não terás por inimigo [Kovacs] 805c
e não farás nenhum mal a Micenas,

ἀνδρὸς στερήσας· ἀλλ' ἐμοὶ μόνος μόνωι
μάχην συνάψας, ἢ κτανὼν ἄγου λαβὼν
τοὺς Ἡρακλείους παῖδας ἢ θανὼν ἐμοὶ
τιμὰς πατρώιους καὶ δόμους ἔχειν ἄφες. 810
στρατὸς δ' ἐπήινεσ' ἔς τ' ἀπαλλαγὰς πόνων
καλῶς λελέχθαι μῦθον ἔς τ' εὐψυχίαν.
ὁ δ' οὔτε τοὺς κλύοντας αἰδεσθεὶς λόγων
οὔτ' αὐτὸς αὑτοῦ δειλίαν στρατηγὸς ὢν
ἐλθεῖν ἐτόλμησ' ἐγγὺς ἀλκίμου δορός, 815
ἀλλ' ἦν κάκιστος· εἶτα τοιοῦτος γεγὼς
τοὺς Ἡρακλείους ἦλθε δουλώσων γόνους;
Ὕλλος μὲν οὖν ἀπώιχετ' ἐς τάξιν πάλιν·
μάντεις δ', ἐπειδὴ μονομάχου δι' ἀσπίδος
διαλλαγὰς ἔγνωσαν οὐ τελουμένας, 820
ἔσφαζον, οὐκ ἔμελλον, ἀλλ' ἀφίεσαν
λαιμῶν βοείων εὐθὺς οὔριον φόνον.
οἱ δ' ἅρματ' εἰσέβαινον, οἱ δ' ὑπ' ἀσπίδων
πλευροῖς ἔχριμπτον πλεύρ'· Ἀθηναίων δ' ἄναξ
στρατῶι παρήγγειλ' οἷα χρὴ τὸν εὐγενῆ· 825
Ὦ ξυμπολῖται, τῆι τε βοσκούσηι χθονὶ
καὶ τῆι τεκούσηι νῦν τιν' ἀρκέσαι χρεών.
ὁ δ' αὖ τό τ' Ἄργος μὴ καταισχῦναι θέλειν
καὶ τὰς Μυκήνας συμμάχους ἐλίσσετο.
ἐπεὶ δ' ἐσήμην' ὄρθιον Τυρσηνικῆι 830
σάλπιγγι καὶ συνῆψαν ἀλλήλοις μάχην,
πόσον τιν' αὐχεῖς πάταγον ἀσπίδων βρέμειν,
πόσον τινὰ στεναγμὸν οἰμωγήν θ' ὁμοῦ;
τὰ πρῶτα μέν νυν πίτυλος Ἀργείου δορὸς
ἐρρήξαθ' ἡμᾶς, εἶτ' ἐχώρησαν πάλιν. 835
τὸ δεύτερον δὲ ποὺς ἐπαλλαχθεὶς ποδί,
ἀνὴρ δ' ἐπ' ἀνδρὶ στάς, ἐκαρτέρει μάχη·
πολλοὶ δ' ἔπιπτον. ἦν δὲ †τοῦ κελεύσματος†
Ὦ τὰς Ἀθήνας — Ὦ τὸν Ἀργείων γύην
σπείροντες — οὐκ ἀρήξετ' αἰσχύνην πόλει; 840
μόλις δὲ πάντα δρῶντες οὐκ ἄτερ πόνων

espoliando varão. Mas, se só a sós
lutares comigo, se matares, leva tu
os filhos de Héracles, e se morreres,
deixa-me ter honras e casa paterna!" 810
A tropa aprovou, pelo fim das fainas
e pela valentia, bem falada a palavra.
Mas ele, sem pudor de seus ouvintes
nem de sua covardia, sendo estratego,
não ousou fazer frente à valente lança, 815
mas foi péssimo. Então, sendo assim,
veio para escravizar os filhos de Héracles?
Hilo, portanto, retornou à sua posição.
Quando souberam que a reconciliação
não se concluiria em combate singular, 820
vates imolavam sem tardar e logo jorram
das gargantas bovinas o sangue propício.
Uns entravam no carro, outros sob escudos
roçavam lado a lado. O rei dos atenienses
conclamou a tropa como convém ao nobre: 825
"Ó concidadãos, deve cada um defender
agora a terra que o nutriu e que o gerou!"
O outro, por sua vez, pedia aos aliados
não anuir em aviltar Argos e Micenas.
Quando soou agudo sinal do salpinge 830
tirreno e deram-se mútuo combate,
que estrépito de escudos crês troar,
que gemido e lamento a um só tempo?
Primeiro o assalto da lança argiva
quebrou-nos e então voltaram atrás, 835
em seguida, com pé contraposto a pé,
varão contra varão, a luta perdurava,
muitos caíam. Ouviam-se exortações:
"Ó Atenas!" — "Ó semeadores argivos!"
— "Não afastareis da urbe o vexame?" 840
Fizemos tudo a custo não sem fadiga

ἐτρεψάμεσθ᾽ Ἀργεῖον ἐς φυγὴν δόρυ.
κἀνταῦθ᾽ ὁ πρέσβυς Ὕλλον ἐξορμώμενον
ἰδών, ὀρέξας ἱκέτευσε δεξιὰν
Ἰόλαος ἐμβῆσαί νιν ἵππειον δίφρον. 845
λαβὼν δὲ χερσὶν ἡνίας Εὐρυσθέως
πώλοις ἐπεῖχε. τἀπὸ τοῦδ᾽ ἤδη κλύων
λέγοιμ᾽ ἂν ἄλλων, δεῦρό γ᾽ αὐτὸς εἰσιδών.
Παλληνίδος γὰρ σεμνὸν ἐκπερῶν πάγον
δίας Ἀθάνας, ἅρμ᾽ ἰδὼν Εὐρυσθέως, 850
ἠράσαθ᾽ Ἥβηι Ζηνί θ᾽ ἡμέραν μίαν
νέος γενέσθαι κἀποτείσασθαι δίκην
ἐχθρούς. κλύειν δὴ θαύματος πάρεστί σοι·
δισσὼ γὰρ ἀστέρ᾽ ἱππικοῖς ἐπὶ ζυγοῖς
σταθέντ᾽ ἔκρυψαν ἅρμα λυγαίωι νέφει· 855
σὸν δὴ λέγουσι παῖδά γ᾽ οἱ σοφώτεροι
Ἥβην θ᾽· ὁ δ᾽ ὄρφνης ἐκ δυσαιθρίου νέων
βραχιόνων ἔδειξεν ἡβητὴν τύπον.
αἱρεῖ δ᾽ ὁ κλεινὸς Ἰόλεως Εὐρυσθέως
τέτρωρον ἅρμα πρὸς πέτραις Σκιρωνίσιν, 860
δεσμοῖς τε δήσας χεῖρας ἀκροθίνιον
κάλλιστον ἥκει τὸν στρατηλάτην ἄγων
τὸν ὄλβιον πάροιθε. τῆι δὲ νῦν τύχηι
βροτοῖς ἅπασι λαμπρὰ κηρύσσει μαθεῖν,
τὸν εὐτυχεῖν δοκοῦντα μὴ ζηλοῦν πρὶν ἂν 865
θανόντ᾽ ἴδηι τις· ὡς ἐφήμεροι τύχαι.

ΧΟΡΟΣ
ὦ Ζεῦ τροπαῖε, νῦν ἐμοὶ δεινοῦ φόβου
ἐλεύθερον πάρεστιν ἦμαρ εἰσιδεῖν.

ΑΛΚΜΗΝΗ
ὦ Ζεῦ, χρόνωι μὲν τἄμ᾽ ἐπεσκέψω κακά,
χάριν δ᾽ ὅμως σοι τῶν πεπραγμένων ἔχω· 870
καὶ παῖδα τὸν ἐμὸν πρόσθεν οὐ δοκοῦσ᾽ ἐγὼ
θεοῖς ὁμιλεῖν νῦν ἐπίσταμαι σαφῶς.

e pusemos em fuga o exército argivo.
Então, o velho Iolau, quando viu Hilo
avançar, estendeu a destra e suplicou
que entrasse no carro de cavalos, 845
e com as rédeas nas mãos, dirigia
contra éguas de Euristeu. Doravante
diria por ouvir de outros, vi até aqui.
Além da rocha santa da Deusa Atena
de Palene, ao ver o carro de Euristeu, 850
orou a Juventude e a Zeus por só um
dia tornar-se jovem e revidar justiça
a inimigos. Tu podes ouvir o portento.
Dois astros, fixos no jugo dos cavalos,
ocultaram o carro em sombria nuvem; 855
os mais sábios dizem que são teu filho
e Juventude; e ele, das trevas sombrias,
mostrou o tipo jovem de braços novos.
O ínclito Iolau toma o carro quadriga
de Euristeu defronte das pedras Cirônides. 860
Após atar-lhe as mãos, vem e conduz
o estratego qual belíssimas primícias,
antes próspero. Com a sorte de agora,
anuncia a todos os mortais clara lição:
não invejar quem parece ter boa sorte 865
antes de vê-lo morto, efêmeras sortes!

CORO

Ó Zeus vencedor, agora posso ver
a luz do dia livre de terrível pavor!

ALCMENA

Ó Zeus, a tempo viste meus males,
tenho de ti todavia a graça dos fatos, 870
e se antes não cria, agora sei claro
que meu filho convive com Deuses.

ὦ τέκνα, νῦν δὴ νῦν ἐλεύθεροι πόνων,
ἐλεύθεροι δὲ τοῦ κακῶς ὀλουμένου
Εὐρυσθέως ἔσεσθε καὶ πόλιν πατρὸς 875
ὄψεσθε, κλήρους δ' ἐμβατεύσετε χθονὸς
καὶ θεοῖς πατρώιοις θύσεθ', ὧν ἀπειργμένοι
ξένοι πλανήτην εἴχετ' ἄθλιον βίον.
ἀτὰρ τί κεύθων Ἰόλεως σοφόν ποτε
Εὐρυσθέως ἐφείσαθ' ὥστε μὴ κτανεῖν; 880
λέξον· παρ' ἡμῖν μὲν γὰρ οὐ σοφὸν τόδε,
ἐχθροὺς λαβόντα μὴ ἀποτείσασθαι δίκην.

ΑΓΓΕΛΟΣ

τὸ σὸν προτιμῶν, ὥς νιν ὀφθαλμοῖς ἴδοις
†κρατοῦντα† καὶ σῆι δεσποτούμενον χερί.
οὐ μὴν ἑκόντα γ' αὐτὸν ἀλλὰ πρὸς βίαν 885
ἔζευξ' ἀνάγκηι· καὶ γὰρ οὐκ ἐβούλετο
ζῶν ἐς σὸν ἐλθεῖν ὄμμα καὶ δοῦναι δίκην.
ἀλλ', ὦ γεραιά, χαῖρε καὶ μέμνησό μοι
ὃ πρῶτον εἶπας ἡνίκ' ἠρχόμην λόγου,
ἐλευθερώσειν μ'· ἐν δὲ τοῖς τοιοῖσδε χρὴ 890
ἀψευδὲς εἶναι τοῖσι γενναίοις στόμα.

ΧΟΡΟΣ

ἐμοὶ χορὸς μὲν ἡδύς, εἰ λίγεια λω- Est. 1
τοῦ χάρις †ἐνὶ δαΐ†·
ἡδεῖα δ' εὔχαρις Ἀφροδί-
τα· τερπνὸν δέ τι καὶ φίλων 895
ἆρ' εὐτυχίαν ἰδέσθαι
τῶν πάρος οὐ δοκούντων.
πολλὰ γὰρ τίκτει Μοῖρα τελεσσιδώ-
τειρ' Αἰών τε Χρόνου παῖς. 900

Ó filhos, agora sim, agora livres
de males, sereis livres de Euristeu
malfeitor, e vereis a urbe do pai, 875
tomareis a posse da gleba do solo
e sagrareis Deuses pátrios de que
exclusos teríeis triste vida errante,
hóspedes. Mas por que oculta arte
Iolau poupou sem matar Euristeu? 880
Diz! Pois para mim isto não é arte,
pegar inimigos sem revidar justiça.

MENSAGEIRO

Em tua honra para com teus olhos
vires o rei submetido ao teu braço.
Não concorde, mas com violência, 885
jungiu-o à coerção, pois não queria
vivo vir ante teus olhos e dar justiça.
Mas, ó anciã, salve! Lembra-te tu
do que disseste quando iniciei a fala,
que me libertarias. Em tal situação, 890
a nobres convém falar sem mentir.

[*Quarto estásimo* (892-927)]

CORO

Doce é o coro, se sonora Est. 1
graça de flauta esplende,
doce é a bela graça de
Afrodite, é um prazer 895
ver boa sorte de amigos,
que antes não pareciam.
Férteis, Parte perfectiva
e Vida, filha de Tempo. 900

ἔχεις ὁδόν τιν', ὦ πόλις, δίκαιον· οὐ Ant. 1
χρή ποτε τοῦδ' ἀφέσθαι,
τιμᾶν θεούς· ὁ <δὲ> μή σε φά-
σκων ἐγγὺς μανιᾶν ἐλαύ-
νει, δεικνυμένων ἐλέγχων 905
τῶνδ'· ἐπίσημα γάρ τοι
θεὸς παραγγέλλει, τῶν ἀδίκων παραι-
ρῶν φρονήματος αἰεί.

ἔστιν ἐν οὐρανῶι βεβα- Est. 2
κὼς ὁ σὸς γόνος, ὦ γεραι- 911
ά· φεύγω λόγον ὡς τὸν Ἅι-
δα δόμον κατέβα, πυρὸς
δεινᾶι φλογὶ σῶμα δαισθείς·
Ἥβας τ' ἐρατὸν χροΐ- 915
ζει λέχος χρυσέαν κατ' αὐλάν.
ὦ Ὑμέναιε, δισ-
σοὺς παῖδας Διὸς ἠξίωσας.

συμφέρεται τὰ πολλὰ πολ- Ant. 2
λοῖς· καὶ γὰρ πατρὶ τῶνδ' Ἀθά- 920
ναν λέγουσ' ἐπίκουρον εἶ-
ναι, καὶ τούσδε θεᾶς πόλις
καὶ λαὸς ἔσωσε κείνας·
ἔσχεν δ' ὕβριν ἀνδρὸς ὧι
θυμὸς ἦν πρὸ δίκας βίαιος. 925
μήποτ' ἐμοὶ φρόνη-
μα ψυχά τ' ἀκόρεστος εἴη.

ΘΕΡΑΠΩΝ

δέσποιν', ὁρᾶις μὲν ἀλλ' ὅμως εἰρήσεται·
Εὐρυσθέα σοι τόνδ' ἄγοντες ἥκομεν,
ἄελπτον ὄψιν τῶιδέ τ' οὐχ ἧσσον τύχην· 930

Tens uma via justa, ó urbe. Ant. 1
Não deves disto te afastar,
honrar os Deuses. Negá-lo
passa perto da loucura,
estão mostrando 905
estas provas: um sinal
Deus anuncia, ao destruir
sempre a intenção dos injustos.

Teu filho está firme Est. 2
no céu, ó anciã! 911
Evito rumor de que desceu
à casa de Hades por ígnea
terrível chama devorado.
Em aposento áureo tange 915
o amável leito de Juventude.
Ó Himeneu, foste digno
dos dois filhos de Zeus.

Muitas falas conferem Ant. 2
com muitas e dizem 920
Atena aliada do pai deles
e a urbe e tropa da Deusa
os salvaram e detiveram
a transgressão do varão
violento perante Justiça. 925
Meu pensamento e vida
nunca sejam insaciáveis!

[*Êxodo* (928-1055)]

SERVO

Senhora, vês, todavia será anunciado:
viemos a ti conduzindo aqui Euristeu,
inopina visão e sorte para ele não menos. 930

οὐ γάρ ποτ' ηὔχει χεῖρας ἵξεσθαι σέθεν,
ὅτ' ἐκ Μυκηνῶν πολυπόνωι σὺν ἀσπίδι
ἔστειχε μείζω τῆς δίκης φρονῶν, πόλιν
πέρσων Ἀθάνας. ἀλλὰ τὴν ἐναντίαν
δαίμων ἔθηκε καὶ μετέστησεν τύχην. 935
Ὕλλος μὲν οὖν ὅ τ' ἐσθλὸς Ἰόλεως βρέτας
Διὸς τροπαίου καλλίνικον ἵστασαν·
ἐμοὶ δὲ πρὸς σὲ τόνδ' ἐπιστέλλουσ' ἄγειν,
τέρψαι θέλοντες σὴν φρέν'· ἐκ γὰρ εὐτυχοῦς
ἥδιστον ἐχθρὸν ἄνδρα δυστυχοῦνθ' ὁρᾶν. 940

ΑΛΚΜΗΝΗ
ὦ μῖσος, ἥκεις; εἷλέ σ' ἡ Δίκη χρόνωι;
πρῶτον μὲν οὖν μοι δεῦρ' ἐπίστρεψον κάρα
καὶ τλῆθι τοὺς σοὺς προσβλέπειν ἐναντίον
ἐχθρούς· κρατῆι γὰρ νῦν γε κοὐ κρατεῖς ἔτι.
ἐκεῖνος εἶ σύ, βούλομαι γὰρ εἰδέναι, 945
ὃς πολλὰ μὲν τὸν ὄνθ' ὅπου 'στὶ νῦν ἐμὸν
παῖδ' ἀξιώσας, ὦ πανοῦργ', ἐφυβρίσαι 947
ὕδρας λέοντάς τ' ἐξαπολλύναι λέγων 950
ἔπεμπες; ἄλλα δ' οἷ' ἐμηχανῶ κακὰ 951
σιγῶ· μακρὸς γὰρ μῦθος ἂν γένοιτό μοι. 952
τί γὰρ σὺ κεῖνον οὐκ ἔτλης καθυβρίσαι; 948
ὃς καὶ παρ' Ἅιδην ζῶντά νιν κατήγαγες. 949
κοὐκ ἤρκεσέν σοι ταῦτα τολμῆσαι μόνον, 953
ἀλλ' ἐξ ἁπάσης κἀμὲ καὶ τέκν' Ἑλλάδος
ἤλαυνες ἱκέτας δαιμόνων καθημένους, 955
τοὺς μὲν γέροντας, τοὺς δὲ νηπίους ἔτι.
ἀλλ' ηὗρες ἄνδρας καὶ πόλισμ' ἐλεύθερον,
οἵ σ' οὐκ ἔδεισαν. δεῖ σε κατθανεῖν κακῶς,
καὶ κερδανεῖς ἅπαντα· χρῆν γὰρ οὐχ ἅπαξ
θνήισκειν σε πολλὰ πήματ' ἐξειργασμένον. 960

ΘΕΡΑΠΩΝ
οὐκ ἔστ' ἀνυστὸν τόνδε σοι κατακτανεῖν.

Não presumia que cairia em tuas mãos,
ao vir de Micenas com escudo fadigoso,
crendo-se mais que Justiça para pilhar
a urbe de Atena. O Nume, porém, fez
ao contrário e transformou a sua sorte. 935
Hilo e o bom Iolau ergueram estátua
pela bela vitória de Zeus vencedor
e ordenam-me conduzi-lo aqui a ti
para te agradar, o mais doce é ver
o inimigo de boa sorte ter má sorte. 940

ALCMENA

Vieste, odioso? Pegou-te Justiça a tempo?
Vira primeiro teu rosto para cá para mim
e ousa olhar de frente os teus inimigos!
És dominado agora e não mais dominas.
Aquele és tu, pois isto eu quero saber, 945
que te dignaste de ultrajar o meu filho,
que está onde agora está, ó perverso, 947
e dizias que destruísse hidras e leões 950
e enviavas? Outros males que tramaste 951
calo, pois longo seria o meu relatório. 952
Que ultraje não ousaste tu fazer-lhe? 948
Tu o fizeste descer vivo até Hades. 949
Não te bastaram só essas ousadias, 953
mas de toda a Grécia me perseguias,
e aos filhos, súplices perante Numes, 955
nós, idosos, e eles, ainda crianças.
Mas descobriste varões e urbe livre
destemidos de ti. Deves morrer mal
e terás todo lucro, tendo feito muitos
males não devias morrer uma só vez. 960

SERVO

A execução dele não te é possível.

ΑΛΚΜΗΝΗ

ἄλλως ἄρ' αὐτὸν αἰχμάλωτον εἵλομεν.
εἴργει δὲ δὴ τίς τόνδε μὴ θνήισκειν νόμος;

ΘΕΡΑΠΩΝ

τοῖς τῆσδε χώρας προστάταισιν οὐ δοκεῖ.

ΑΛΚΜΗΝΗ

τί δὴ τόδ'; ἐχθροὺς τοισίδ' οὐ καλὸν κτανεῖν; 965

ΘΕΡΑΠΩΝ

οὐχ ὅντιν' ἄν γε ζῶνθ' ἕλωσιν ἐν μάχηι.

ΑΛΚΜΗΝΗ

καὶ ταῦτα δόξανθ' Ὕλλος ἐξηνέσχετο;

ΘΕΡΑΠΩΝ

χρῆν αὐτόν, οἶμαι, τῆιδ' ἀπιστῆσαι χθονί.

ΑΛΚΜΗΝΗ

χρῆν τόνδε μὴ ζῆν μηδ' †ὁρᾶν φάος ἔτι†.

ΘΕΡΑΠΩΝ

τότ' ἠδικήθη πρῶτον οὐ θανὼν ὅδε. 970

ΑΛΚΜΗΝΗ

οὔκουν ἔτ' ἐστὶν ἐν καλῶι δοῦναι δίκην;

ΘΕΡΑΠΩΝ

οὐκ ἔστι τοῦτον ὅστις ἂν κατακτάνοι.

ΑΛΚΜΗΝΗ

ἔγωγε· καίτοι φημὶ κἄμ' εἶναί τινα.

ALCMENA

Ora, em vão o fizemos prisioneiro.
Mas que lei impede que ele morra?

SERVO

Os chefes desta terra decidem não.

ALCMENA

O quê? Não é belo matar inimigos? 965

SERVO

Não a quem pegam vivo na batalha.

ALCMENA

E Hilo tolerou que assim decidissem?

SERVO

Ele devia não ouvir esta terra, creio.

ALCMENA

Este devia não viver nem ver a luz.

SERVO

Primeiro foi injusto não ser morto. 970

ALCMENA

Não pode ainda dar a bela justiça?

SERVO

Não há ninguém que o executasse.

ALCMENA

Eu mesma! Penso que sou alguém.

ΘΕΡΑΠΩΝ

πολλὴν ἄρ' ἕξεις μέμψιν, εἰ δράσεις τόδε.

ΑΛΚΜΗΝΗ

φιλῶ πόλιν τήνδ'· οὐδὲν ἀντιλεκτέον. 975
τοῦτον δ', ἐπείπερ χεῖρας ἦλθεν εἰς ἐμάς,
οὐκ ἔστι θνητῶν ὅστις ἐξαιρήσεται.
πρὸς ταῦτα τὴν θρασεῖαν ὅστις ἂν θέλῃ
καὶ τὴν φρονοῦσαν μεῖζον ἢ γυναῖκα χρὴ
λέξει· τὸ δ' ἔργον τοῦτ' ἐμοὶ πεπράξεται. 980

ΧΟΡΟΣ

δεινόν τι καὶ συγγνωστόν, ὦ γύναι, σ' ἔχει
νεῖκος πρὸς ἄνδρα τόνδε, γιγνώσκω καλῶς.

ΕΥΡΥΣΘΕΥΣ

γύναι, σάφ' ἴσθι μή με θωπεύσοντά σε
μηδ' ἄλλο μηδὲν τῆς ἐμῆς ψυχῆς πέρι
λέξονθ' ὅθεν χρὴ δειλίαν ὀφλεῖν τινα. 985
ἐγὼ δὲ νεῖκος οὐχ ἑκὼν τόδ' ἠράμην·
ᾔδη γε σοὶ μὲν αὐτανέψιος γεγώς,
τῶι σῶι δὲ παιδὶ συγγενὴς Ἡρακλέει.
ἀλλ' εἴτ' ἔχρῃζον εἴτε μή — θεὸς γὰρ ἦν —
Ἥρα με κάμνειν τήνδ' ἔθηκε τὴν νόσον. 990
ἐπεὶ δ' ἐκείνωι δυσμένειαν ἠράμην
κἄγνων ἀγῶνα τόνδ' ἀγωνιούμενος,
πολλῶν σοφιστὴς πημάτων ἐγιγνόμην
καὶ πόλλ' ἔτικτον νυκτὶ συνθακῶν ἀεί,
ὅπως διώσας καὶ κατακτείνας ἐμοὺς 995
ἐχθροὺς τὸ λοιπὸν μὴ συνοικοίην φόβωι,
εἰδὼς μὲν οὐκ ἀριθμὸν ἀλλ' ἐτητύμως
ἄνδρ' ὄντα τὸν σὸν παῖδα· καὶ γὰρ ἐχθρὸς ὢν
ἀκούσεται †γ' ἐσθλὰ† χρηστὸς ὢν ἀνήρ.
κείνου δ' ἀπαλλαχθέντος οὐκ ἐχρῆν μ' ἄρα, 1000
μισούμενον πρὸς τῶνδε καὶ ξυνειδότα

SERVO

Ora, terás muito veto se o fizeres.

ALCMENA

Amo esta urbe, não se contradiga! 975
Já que esse veio às minhas mãos,
não há entre mortais quem me tire.
Disso, quem quiser dirá que ouso
e sou mais soberba do que mulher
deve ser, mas este feito executarei. 980

CORO

Ó mulher, terrível e compreensível
é teu ódio a esse homem, bem sei!

EURISTEU

Ó mulher, sabe claro! Não te adularei
nem direi, em defesa de minha vida,
nada por que me imputem covardia. 985
Essa rixa eu não voluntário assumi.
Sabia, sim, que sou teu primo-irmão,
consanguíneo de teu filho Héracles.
Mas, se quisesse, ou não, era Deusa,
Hera me fez padecer esse distúrbio. 990
Quando assumi a hostilidade a ele,
e reconheci que essa luta eu lutaria,
tornava-me perito em muitos males,
muitos criei perante Noite cada vez
para destruindo e matando inimigos 995
no porvir não conviver com pavor,
ciente de que teu filho não era número,
mas deveras varão, ainda que hostil,
será bem falado, por ser bom varão.
Ora, desaparecido ele, não devia eu, 1000
sendo odiado por eles e estando ciente

ἔχθραν πατρῴαν, πάντα κινῆσαι πέτρον
κτείνοντα κἀκβάλλοντα καὶ τεχνώμενον;
τοιαῦτα δρῶντι τἄμ' ἐγίγνετ' ἀσφαλῆ.
οὔκουν σύ γ' ἀναλαβοῦσα τὰς ἐμὰς τύχας 1005
ἐχθροῦ λέοντος δυσμενῆ βλαστήματα
ἤλαυνες ἂν κακοῖσιν ἀλλὰ σωφρόνως
εἴασας οἰκεῖν Ἄργος· οὔτιν' ἂν πίθοις.
νῦν οὖν ἐπειδή μ' οὐ διώλεσαν τότε
πρόθυμον ὄντα, τοῖσιν Ἑλλήνων νόμοις 1010
οὐχ ἁγνός εἰμι τῶι κτανόντι κατθανών·
πόλις τ' ἀφῆκε σωφρονοῦσα, τὸν θεὸν
μεῖζον τίουσα τῆς ἐμῆς ἔχθρας πολύ.
προσεῖπας, ἀντήκουσας· ἐντεῦθεν δὲ χρὴ
τὸν προστρόπαιον †τόν τε γενναῖον† καλεῖν. 1015
οὕτω γε μέντοι τἄμ' ἔχει· θανεῖν μὲν οὐ
χρήιζω, λιπὼν δ' ἂν οὐδὲν ἀχθοίμην βίον.

ΧΟΡΟΣ
παραινέσαι σοι σμικρόν, Ἀλκμήνη, θέλω,
τὸν ἄνδρ' ἀφεῖναι τόνδ', ἐπεὶ δοκεῖ πόλει.

ΑΛΚΜΗΝΗ
τί δ' ἢν θάνηι τε καὶ πόλει πιθώμεθα; 1020

ΧΟΡΟΣ
τὰ λῶιστ' ἂν εἴη· πῶς τάδ' οὖν γενήσεται;

ΑΛΚΜΗΝΗ
ἐγὼ διδάξω ῥαιδίως· κτανοῦσα γὰρ
τόνδ' εἶτα νεκρὸν τοῖς μετελθοῦσιν φίλων
δώσω· τὸ γὰρ σῶμ' οὐκ ἀπιστήσω χθονί,
οὗτος δὲ δώσει τὴν δίκην θανὼν ἐμοί. 1025

ΕΥΡΥΣΘΕΥΣ
κτεῖν', οὐ παραιτοῦμαί σε· τήνδε δὲ πτόλιν,

do ódio paterno, mover toda pedra,
tentando matar, banindo e tramando?
Com essas ações eu teria segurança.
Tu, se tivesses tido a minha sorte, 1005
aos filhos adversos do leão inimigo
não farias mal, mas por prudência
deixarias ter Argos? Seria incrível.
Agora que não me mataram quando
era propenso, perante as leis gregas 1010
morto sou impuro para quem mata.
A urbe liberou, prudente, honrando
mais ao Deus do que ao ódio a mim.
Falaste, ouviste resposta. Doravante
devem-se dizer o execrado e o nobre. 1015
Por certo, assim estamos, nem quero
morrer, nem me iraria perder a vida.

CORO

Quero dar breve conselho, Alcmena,
libera esse varão porque a urbe diz!

ALCMENA

E se morresse e atendêssemos à urbe? 1020

CORO

Seria ótimo. Como será isso, então?

ALCMENA

Eu instruirei facilmente: matá-lo-ei
e dá-lo-ei morto a seus reclamantes
e quanto ao corpo não desatenderei
à terra e ele morto me dará justiça. 1025

EURISTEU

Mata! Não te implorarei. A esta urbe,

ἐπεί μ' ἀφῆκε καὶ κατηιδέσθη κτανεῖν,
χρησμῶι παλαιῶι Λοξίου δωρήσομαι,
ὃς ὠφελήσει μεῖζον' ἢ δοκεῖ χρόνωι.
θανόντα γάρ με θάψεθ' οὗ τὸ μόρσιμον, 1030
δίας πάροιθε παρθένου Παλληνίδος·
καὶ σοὶ μὲν εὔνους καὶ πόλει σωτήριος
μέτοικος αἰεὶ κείσομαι κατὰ χθονός,
τοῖς τῶνδε δ' ἐκγόνοισι πολεμιώτατος,
ὅταν μόλωσι δεῦρο σὺν πολλῆι χερὶ 1035
χάριν προδόντες τήνδε· τοιούτων ξένων
προύστητε. πῶς οὖν ταῦτ' ἐγὼ πεπυσμένος
δεῦρ' ἦλθον ἀλλ' οὐ χρησμὸν ἡζόμην θεοῦ;
Ἥραν νομίζων θεσφάτων κρείσσω πολὺ
κοὐκ ἂν προδοῦναί μ'. ἀλλὰ μήτε μοι χοὰς 1040
μήθ' αἷμ' ἐάσητ' εἰς ἐμὸν στάξαι τάφον.
κακὸν γὰρ αὐτοῖς νόστον ἀντὶ τῶνδ' ἐγὼ
δώσω· διπλοῦν δὲ κέρδος ἕξετ' ἐξ ἐμοῦ·
ὑμᾶς τ' ὀνήσω τούσδε τε βλάψω θανών.

ΑΛΚΜΗΝΗ

τί δῆτα μέλλετ', εἰ πόλει σωτηρίαν 1045
κατεργάσασθαι τοῖσί τ' ἐξ ὑμῶν χρεών,
κτείνειν τὸν ἄνδρα τόνδ', ἀκούοντες τάδε;
δείκνυσι γὰρ κέλευθον ἀσφαλεστάτην·
ἐχθρὸς μὲν ἀνήρ, ὠφελεῖ δὲ κατθανών,
κομίζετ' αὐτόν, δμῶες, εἶτα χρὴ κυσὶν 1050
δοῦναι κτανόντας· μὴ γὰρ ἐλπίσηις ὅπως
αὖθις πατρώιας ζῶν ἔμ' ἐκβαλεῖς χθονός.

ΧΟΡΟΣ

ταῦτα δοκεῖ μοι. στείχετ', ὀπαδοί.
τὰ γὰρ ἐξ ἡμῶν
καθαρῶς ἔσται βασιλεῦσιν. 1055

porque me liberou e temeu de matar,
farei dom de antigo oráculo de Lóxias,
que a tempo valerá mais do que parece.
Morto, sepultai-me onde é o destino, 1030
diante da divina virgem de Palene.
Benévolo contigo e salvador da urbe,
eu eterno meteco jazerei sob a terra
inimicíssimo aos descendentes deles,
quando vierem aqui com muitas mãos, 1035
traidores desta graça. Hóspedes tais
defendestes. Como eu, ciente disso,
vim aqui, sem temer oráculo divino?
Crendo que Hera é maior que oráculos
e não me trairia. Não deixeis verter 1040
libações nem sangue em meu túmulo!
Por isso, eu lhes darei mau regresso
e vós tereis de mim um duplo lucro,
morto vos serei útil e a eles, nocivo.

ALCMENA

Ao ouvires isso, se vosso dever 1045
é prover salvação à urbe e a eles,
por que tardais matar esse varão?
Ele mostra o meio mais seguro,
o varão é hostil, mas útil, morto.
Servos, levai-o aonde vós deveis 1050
matar e dar aos cães! Não esperes
vivo banir-me outra vez da pátria!

CORO

Assim me parece. Ide, servos!
As nossas incumbências
os reis terão com pureza. 1055

HIPÓLITO

A noção mítica de Justiça

Jaa Torrano

Como a questão da justiça se coloca e se desenvolve na tragédia *Hipólito* de Eurípides? Qual a atitude de cada personagem diante dessa questão?

No monólogo prologal, a Deusa Cípris (Afrodite) proclama a universalidade de seu poder sobre mortais e Deuses, declara respeito aos que a veneram e intolerância aos soberbos com ela, estabelece o princípio de que também os Deuses se comprazem com as honrarias dos mortais, e acusa Hipólito, filho de Teseu, de lhe recusar as devidas honras por se dedicar exclusivamente a Ártemis, o que, por questão de justiça, exige punição e ressarcimento.

Esse princípio teológico da reciprocidade entre Deuses e mortais (vv. 6-7) ecoa a justificativa da Deusa Morte a Apolo em *Alceste*, ao rejeitar o pedido de poupar a vida da rainha alegando que "honras ainda (a) agradam" (v. 53) e antecipa, em *As Bacas*, a justificativa de Tirésias a Penteu para as honras devidas a Dioniso: "Vês? Tu te alegras, se há muitos de pé/ às portas e a urbe faz o louvor a Penteu;/ também ele, creio, se compraz de honras" (vv. 319-21).

Afrodite diz que já suscitou em Fedra, esposa de Teseu, incontrolável paixão por seu enteado Hipólito e ainda revelará o fato a Teseu, que, indignado com essa ofensa, mediante imprecação a Posídon, matará o jovem inimigo de Cípris. Afrodite define explicitamente em termos de justiça esse plano contra Hipólito (vv. 47-50):

> Fedra, ainda que tenha bela glória,
> morre, pois não apreciarei seu mal
> de modo a deixar de dar a inimigos
> tanta justiça quanto me esteja bem.

Para bem compreendermos essa determinação de punir e de retaliar, anunciada por Afrodite (v. 21) e em contrapartida também por Ártemis (v. 1422), é necessário termos presente que a noção mítica de *Theós*, "Deus(es)", não significa nem "espírito" nem "pessoa", mas os aspectos permanentes do mundo, tanto os aspectos visíveis do mundo físico, quanto os modos de agir e de se comportar, entendidos uns e outros como as fontes transcendentes das possibilidades que se abrem para os mortais no mundo, inclusive a de ser mortais no mundo. Assim, a noção mítica de *Theós* significa fundamentos transcendentes que contemplam e interpelam os mortais, de tal modo que nessa interlocução entre Deuses e mortais a atitude destes perante aqueles é a determinante decisiva da sorte e do destino destes. Os Deuses, portanto, enquanto aspectos fundamentais do mundo, se importam unicamente com o que lhes concerne e com o âmbito que lhes é próprio, sem se ocuparem nem se preocuparem com o que está fora desse âmbito. A distribuição dos diversos âmbitos a cada Deus, bem como a observação vigilante de que assim se mantenham, é a manifestação e a competência da justiça de Zeus.[1]

No diálogo prologal, Hipólito entra com grande cortejo de servos a cantar em honra de Ártemis e exemplifica a atitude que Afrodite lhe reprova, dando respaldo à reivindicação de justiça contra ele. Sua prece a Ártemis descreve o âmbito da Deusa como o prado intacto, virgem de pastores e de lavradores, frequentado somente de Pudor (*Aidós*, v. 78) e de seus afins, e conclui com o voto ominoso — "termine eu como principiei a vida" (v. 87) —, que confirma os desígnios de Afrodite e se cumprirá mediante a imprecação de Teseu a Posídon (vv. 887-90). Na esticomitia, os conselhos do servo reiteram o princípio da reciprocidade entre Deuses e mortais enunciado por Afrodite[2] e a reação de Hipólito aos conselhos respalda a queixa de Afrodite (vv. 102, 113).

O coro são mulheres de Trezena. No párodo, na primeira estrofe, diz que molhava mantos purpúreos nas águas de fonte oceânica e estendia-os nas pedras ao sol — como no párodo de *Helena* — quando

---

[1] Cf. vv. 1328-32.

[2] Cf. vv. 6-7, 97-8.

teve a primeira (má) notícia da rainha. Na antístrofe, descreve o estado moribundo da rainha: doente, extenuada, sem comer há três dias, aflita de dor oculta e desejosa de morrer. Na segunda estrofe, a primeira hipótese da causa do mal seria possessão por Deuses silvestres: Pã, Hécate, Coribantes, Mãe Montesa (Cíbele) ou Dictina (Ártemis). Na terceira, outra hipótese da causa seriam problemas conjugais (infidelidade de Teseu) ou familiares (más notícias de Creta, pátria da Fedra). No epodo, nova hipótese da causa seria a condição feminina, convivente com partos e demência, valendo nos partos o socorro de Ártemis, Deusa parteira e sagitária.

O primeiro episódio traz à cena a nutriz e Fedra. A nutriz primeiro se queixa da fadiga de servir aos desejos volúveis da senhora doente, justificando como imposição dessa volubilidade estarem ambas elas no espaço público (próprio dos varões), diante do palácio, em vez de se confinarem no interior de casa (próprio das mulheres), e, como se falasse sozinha, tenta mitigar a fadiga com o devaneio de que possa haver algo mais valioso do que viver, subterrâneo e ignoto, oculto por trevas com nuvens. Fedra alterna lucidez e delírio: primeiro deplora o estado mórbido, depois tomada de desejos delirantes imagina fontes orvalhadas, álamos negros, prados frondosos, caçada a corça com cães e lança tessália no monte, e invoca Ártemis, laguna salina, ginásios, cavalos e potros vênetos. O delírio a leva ao espaço silvestre (de Hipólito), para ainda maior aflição da nutriz, mas, ao recobrar a lucidez, envergonha-se e lastima o que considera erronia, opróbrio e loucura.

O coro indaga a causa da doença, constata fraqueza e devastação, pede providências do marido. A nutriz ignora a causa, e o marido está fora desta terra. O coro sugere o uso de coerção para saber da doença. A nutriz em vão aconselha confiança à senhora e pede esclarecimentos, por fim argumenta que, se nessa obstinação a senhora morrer, trairá os próprios filhos, que perderiam a casa paterna para um herdeiro bastardo, o filho da Amazona, Hipólito. Esse nome arranca da rainha um suspiro (*oímoi*, v. 310). A nutriz constata a lucidez da rainha e insiste que aos filhos interessa a preservação da vida da mãe.

Longa esticomitia demarca o jogo de perquirição e evasivas (vv. 315-52). Fedra replica que ama seus filhos, mas sofre tormenta de outra sorte. A nutriz a indaga de várias possíveis causas do mal e, ante as recusas da rainha, recorre à coerção do gesto ritual da súplica, pegando-lhe a mão e os joelhos (vv. 325-6, 330, 333, 335). No percurso da esticomitia, ao se ver presa do poder ineludível da súplica feita pela nutriz, Fedra rememora o amor de sua mãe pelo touro, a mísera irmã (Ariadne) noiva de Dioniso, a duplicidade doce e dolorosa do amor humano, de que só teria tido um lado (vv. 350-2).

— Que dizes? Amas, filha? Que homem?
— Seja quem for esse filho de Amazona.
— Dizes Hipólito?
— Ouves-te, não a mim.

Diante dessa revelação, a nutriz primeiro constata que o poder irresistível de Cípris a destrói, destrói a rainha e destrói a família real. O coro, solidário com essa reação da nutriz, ressoa a sua constatação.

Como que aliviada pela confissão de seu mal, Fedra expõe ampla reflexão explicando que a preguiça, a anteposição de muitos prazeres e a duplicidade boa e má do pudor se contrapõem ao saber, à prudência e ao conhecimento do útil, de modo a arruinar a vida dos mortais. Aparentemente, esse introito é uma tentativa de afastar o tradicional intelectualismo ético grego que se consumaria na tese socrático-platônica de que o conhecimento do bem não tolera nem comporta a prática do mal. Fedra em seguida descreve a crescente invasiva opressão do amor e a crescente contraposta resistência, delimitando três sucessivas atitudes: primeiro, "calar e ocultar esta doença" (v. 304), "depois [...] suportar bem/ a insânia, vencendo com prudência" (vv. 398-9), "por fim [...] morrer,/ a melhor e incontestável decisão" (vv. 400-3).

Anunciada a decisão de morrer, justifica-a com as considerações sociais e familiares: de um lado, a reputação e a conduta esperada da nobreza e, de outro, o respeito pelo marido e a preservação moral dos filhos. Resumindo as justificativas, conclui que na vida importa "a opinião justa e boa para quem a tem" (v. 427).

O coro louva a decisão de Fedra como bela prudência, causa de nobre renome.

A nutriz reconsidera sua primeira reação e apresenta uma alternativa: ceder. Argumenta que "Cípris é irresistível, se irrompe forte", mas "segue serena junto ao que cede" (vv. 443-4). Aponta a universalidade de seu poder e o paradigma dos amantes divinos Zeus e Sêmele, e Aurora e Céfalo, que cederam ao amor e, no entanto, "moram no céu/ e não são banidos longe dos Deuses" (vv. 456-7). Exorta: "Cessa a soberba! Não é senão soberba/ isso de querer ser maior que Numes./ Ousa o amor! Assim um Deus quis" (vv. 474-6).

O coro reconhece na presente situação a utilidade do conselho da nutriz, mas louva a decisão anunciada de Fedra, que por sua vez declara preferir o valor perene da glória às palavras agradáveis ao ouvido. A nutriz replica cruamente que Fedra necessita não de belas palavras, mas de varão, e reconhece ser Fedra não uma "mulher prudente" — *sophrón*, "prudente", tem aqui a clara conotação de "casta" (v. 494) —, argumentando que nessa situação se trata, antes de mais nada, de lhe salvar a vida.

Fedra rejeita esses conselhos como "as mais vis palavras" (v. 599), ao que a nutriz retruca: "vis, mas são melhores que as belas/ e o efeito, se te salvar, mais forte/ que o nome de tua ufanada morte" (vv. 500-3). Fedra a proíbe de ir além disso, temerosa de que possa ser destruída pelo que evita, mas a nutriz prossegue mencionando ter em casa "um filtro encantatório/ de amor" (vv. 509-10), que desperta a curiosidade da rainha, embora ainda mantenha a proibição de dizer algo disso ao filho de Teseu.

Em sua servil fidelidade e dedicação à rainha, a nutriz lhe diz uma palavra tranquilizadora, mas dirige uma prece à Deusa Cípris, pedindo cooperação e confiando que lhe bastará dizer o mais que pensa aos seus em casa.

No primeiro estásimo, o coro dirige por sua vez uma prece ao Deus Amor, cuja ambiguidade ressalta e a quem pede que não se lhe pareça com mal, nem lhe venha sem ritmo, e, ao exaltar seu poder, atribui-lhe o epíteto "filho de Zeus" para dar maior ênfase à noção de poder. Na primeira antístrofe, lamenta que não veneremos Amor soberano à altura de seu poder e grandeza. No segundo par de estâncias, dá dois exemplos do poder destrutivo de Cípris: na segunda estrofe, "as núpcias sangrentas" de Íole, filha do rei Êurito, cuja cidade, Ecália, Héracles atacou e devastou para raptar e desposar a princesa Íole; na segunda antístrofe, as núpcias de Zeus e Sêmele "com sangrenta sorte" são contrapostas ao paradigma dos amantes divinos felizes propostos pela nutriz à rainha (vv. 453-4). Retomando no remate do estásimo a ambiguidade já ressaltada no início, conclui que Amor "inspira todos os terrores/ e qual abelha sobrepaira" (vv. 563-4).

No segundo episódio, na primeira cena, Fedra e o coro ouvem a altercação entre Hipólito e a nutriz e constatam que o segredo foi revelado; Fedra sente-se traída e vê na morte a única solução de seus males. Na segunda cena, Hipólito alterca com a nutriz, inclui-a entre os "injustos" (v. 614) e, preso ao juramento antes feito à nutriz, dá vazão à cólera com um discurso que ecoa tradicional misoginia. Na terceira cena, Fedra coloca essa revelação do segredo com a eventual consequência de denúncia como uma intervenção da justiça (*díkas*, v. 672), e considera impossível encontrar guarida de Deus defensor ou apoio de mortal cúmplice de "atos injustos" (*adíkon érgon*, v. 676), reconhecendo assim a injustiça de sua paixão pelo enteado. A nutriz se defende atribuindo à falta de sorte o malogro de sua boa intenção e Fedra, antes de a despedir, lhe pergunta se, ao feri-la com os atos, é "justo e suficiente" (*díkaia... ka'xarkoûnta*, v. 702) acudir com palavras. Por fim, Fedra pede ao coro silêncio sobre o que se ouviu e diz ter como dar aos filhos "vida gloriosa" (*eukleâ... bíon*, v. 717) e ela mesma ganhar com a queda.

A insistência na glória (*dyskleâ*, v. 405; *eukleés*, v. 489; *eukleîs*, v. 688), o empenho na glória de seus filhos (*eukleeîs*, v. 423; *eukleâ*, v. 717) e a anteposição da glória à vida (vv. 401, 721) inscrevem Fedra nas referências do código moral da aristocracia guerreira iliádica e lhe conferem um caráter heroico. No prólogo, a Deusa Cípris reconhece em Fedra esse traço de *eukleés*, "gloriosa" (v. 47), mas a meu ver essa mesma palavra tem conotações diversas se a Deusa a diz ou se Fedra a reivindica; dita pela Deusa, a palavra aponta a glória da plenitude de viver na proximidade — que pode ser venturosa ou malventurosa — do divino; dita por Fedra, a mesma palavra aponta a referência de um código moral aristocrático que sobrepõe a aspiração da glória ao apego à vida. No êxodo, a Deusa Ártemis se refere ao "estro" de Fedra, definindo-o como "de certo modo, nobreza" (*oîstron è trópon tinà/ gennaióteta*, vv. 1300-1). "Estro" é a paixão pungente, lancinante, que se revela "nobreza" na integridade do caráter inamovível e inarredável.

No segundo estásimo, na primeira estrofe, o coro formula um desejo impossível, que ressalta quão inelutável e inevitável é o presente mal, com o voto de que um Deus o fizesse "alado pássaro/ de um bando em voo" (vv. 733-4). Na segunda estrofe, o desejo impossível se reitera com o voto de não ser, mediante a imagem mítica da "orla de macieiras/ das cantoras Hespérides" (vv. 741-2), pois as Hespérides são filhas da Deusa Noite e situam-se além do ínclito Oceano, a última fronteira do ser, além do qual se estende a Noite imortal, domínio da privação de ser.[3] Na segunda estrofe, o coro constata que as núpcias da rainha em Atenas se deram sob maus auspícios. Na segunda antístrofe, prevê a morte da rainha, enforcada, por preferir a morte gloriosa ao amor doloroso, e com esta previsão se realça e se enfatiza o caráter heroico de Fedra, que antepõe a honra à vida.

No terceiro episódio, na primeira cena, a nutriz pede socorro a quem possa soltar o laço do pescoço da rainha morta.

Na segunda cena, Teseu, diante de casa, tem a cabeça coroada de folhas trançadas e, surpreso com o clamor dos servos e ausência de recepção, se diz teoro, mas não donde veio (já se sabia que não se encontrava em casa, v. 281). Perante a esposa morta, trazida à vista por enciclema, Teseu se lastima no canto ritual da sequência de estrofe e antístrofe.

Na estrofe, atribui seu infortúnio a "algum dos ilatentes" (*ex alastóron tinós*, v. 820), por entender que "de outrora de alhures cumpro/ a sorte dos Numes por errores/ de um dos antigos" (vv. 831-3). "Ilatente", *alástor*, se diz do agente divino, ignorado dos mortais, que se manifesta no curso dos acontecimentos como punição de algum antigo crime, assim resgatado da impunidade, senão do olvido. A noção mítica de *alástor* implica tanto a concepção arcaica de justiça coletiva, pela qual o crime do antepassado pode ser expiado por um de seus descendentes, quanto a de justiça divina, nascida de Zeus e inerente ao desdobramento dos fatos. Explicação similar ocorre a Hipólito para a sua própria morte (*Hipólito*, vv. 1378-82).

Na antístrofe, Teseu, conforme a praxe do ritual funerário grego, exprime o desejo de estar morto e habitar as trevas subterrâneas,[4] declarando a falecida "a melhor das mulheres/ todas que o brilho do Sol/ e a luz sideral da Noite veem" (vv. 849-51).

A descoberta e leitura de uma carta suspensa da mão da rainha morta induz Teseu a acusar Hipólito de agressão sexual contra sua própria madrasta. A carta produz uma refração na qual a aparência se mostra no sentido contrário do ser: nessa refração, o virgíneo e casto cultor da Deusa Ártemis se mostra um predador sexual. Inteiramente

---

[3] Hesíodo, *Teogonia*, v. 215.

[4] Christiane Sourvinou-Inwood, *Tragedy and Athenian Religion*, Lanham, Lexington Books, 2003, p. 319.

convencido do teor da carta caluniosa, Teseu faz uma prece ao seu pai divino (vv. 887-90):

> Ó pai Posídon, se afinal me prometeste
> três imprecações, executa o meu filho
> com uma! Que não escape deste dia,
> se me deste imprecações verdadeiras!

O coro, testemunha da trama em que a rainha se enredou e morreu, mas preso ao juramento de silêncio sobre o que ouviu (vv. 713-4), pede a Teseu a revogação dessa prece fatídica, alegando que ele ainda se arrependeria dela. Teseu, como se duvidasse da assistência de seu pai divino, mas não das palavras escritas pela falecida, duplica a prece com um decreto de exílio contra Hipólito: "de duas sortes, uma há de se cumprir" (v. 894).

Na terceira cena, Hipólito interpela Teseu sobre o clamor que, ouvido à distância, o trouxe ao palácio e se surpreende ao ver morta a rainha; ante o silêncio de Teseu, declara que não é "justo" (*díkaion*, v. 915) ocultar-lhe os males.

A atitude inicial de Teseu perante Hipólito é emblemática da relação entre ambos: ignora-o e, falando como se, ausente Hipólito, se dirigisse a todos e a ninguém, primeiro reclama que com tantas descobertas dos homens não se descobriu como ensinar "prudência aos néscios" (v. 920), depois reclama que não haja um claro indício para distinguir do espírito falso o verdadeiro e imagina que todos os homens devessem ter duas vozes: "uma justa e outra qualquer que fosse,/ para que as injustiças fossem refutadas/ pela voz justa e não seríamos enganados" (vv. 929-31).

Ante essa atitude distante e estranha de Teseu, Hipólito suspeita que um dos próximos o calunie aos ouvidos do pai. No mesmo tom distante e impessoal, Teseu se queixa da multiplicação dos "injustos e maldosos" (*toùs mè dikaíous kaì kakoús*, v. 942) e formula esta acusação: "observai este que de mim nascido/ ultrajou meu leito e foi denunciado/ pela morta por ser às claras o pior" (vv. 943-5). Somente então se dirige diretamente a Hipólito, classificando como "poluência" (*míasma*, v. 946) o crime de que o acusa e multiplicando a acusação ao desdobrá-la em fingimento perante os Deuses e em sectarismo órfico.

Míasma, "poluência", é a impureza contagiosa resultante do contato indevido e interdito de duas coisas que em si mesmas são puras se mantidas cada qual em seu próprio ambiente. O *míasma*, portanto, neste caso, adviria do contato sexual entre o enteado e a madrasta.

A acusação de fingimento perante os Deuses decorre da suposição de ter sido real o abuso imputado ao supostamente casto cultor da Deusa Ártemis. No entanto, a acusação de sectarismo órfico surpreende. Os órficos constituíam uma seita de vegetarianos que se abstinham do consumo de carne por acreditarem na doutrina da metempsicose, segundo a qual a alma imortal passa por diversas formas de vida e transmigra de corpos de animais a humanos. Numa sociedade em que o sacrifício de animais para o consumo comunitário estava no centro do ritualismo e da comunicação com os Deuses, essa abstinência de carne era suspeita e excludente. Mas por que um caçador, cultor de Ártemis Dictina e para quem "o prazer da caça/ é a mesa farta" (vv. 109-10), seria acusado de orfismo no sentido de vegetarianismo (vv. 952-3)?

A acusação de vegetarianismo dirigida ao caçador é paralela à de abuso dirigida ao casto cultor de Ártemis, e ambas elas resultam do distanciamento e alheamento de Teseu em relação a Hipólito. Esse distanciamento se trai na atitude inicial de Teseu, alheio à presença do filho, antes de formular a acusação diretamente (vv. 916-20, 925-31, 936-42), e no introito retórico da defesa de Hipólito, no qual se declara inábil ao falar perante muitos, mas mais hábil se o faz perante poucos (vv. 986-7): situar à mesma distância de si o próprio pai e o coro de mulheres estranhas revela a completa falta de intimidade e alheamento entre pai e filho.

Hipólito replica somente a acusação de abuso, ignorando as de fingimento e de orfismo, e impugnando-a com quatro argumentos: primeiro, a castidade cultual, que implica tanto a ciência de venerar os Deuses e ter amigos inexperientes de injustiças quanto a integridade moral (vv. 994-1006); segundo, a contestação da beleza e desejabilidade da suposta abusada (vv. 1009-10); terceiro, a contestação de eventual ambição política que motivasse o abuso (vv. 1010-24); quarto, o juramento por Zeus e pelo chão da terra (vv. 1025-31).

Jogando com a amplitude semântica do adjetivo *sophrón*, "prudente", e dos derivados verbo *sophroneîn* e substantivo *sophrosýne*, cuja gama abrange "prudência", "moderação" e "castidade", Hipólito conclui com trocadilho que ressoa o mesmo jogo verbal da última fala de Fedra. Ele diz: "ela foi prudente sem ter prudência,/ e nós tendo-a não a usamos bem" (vv. 1034-5). Ela diz (vv. 728-31):

> Mas, morta, serei ainda a outrem
> mal para que saiba não ser altivo
> ante meus males, participe deste
> meu mal e aprenda a ser prudente.

Hipólito admite que a morte é pena proporcional ao crime de que é acusado, mas contesta a verdade e legitimidade da acusação, e pede o testemunho do tempo para o julgamento e ainda que se consulte oráculo. Teseu considera o testemunho e a acusação da carta os mais confiáveis, e desdenha o vaticínio das aves com as mesmas palavras que Hipólito, no diálogo prologal com o servo, desdenhara Afrodite: "eu lhe(s) digo muito salve" (*póll'egò khaírein légo*, vv. 113, 1064, 1058-9).

Hipólito avalia a inutilidade de quebrar o juramento, pois incorreria em perjúrio sem persuadir a quem deveria. O sarcasmo com que Teseu reiteradamente reage a todas as suas ponderações dá a Hipólito pleno conhecimento dessa ominosa refração pela qual sua aparência se mostra no sentido contrário ao seu ser, só lhe restando despedir-se de tudo que mais amava e partir para o exílio. A imprecação de Teseu a Posídon contra Hipólito (vv. 887-90), reiterada após o coro aconselhar sua revogação (vv. 985-6), permanece como que esquecida nesta cena do *agón*, concentrada na convicção obstinada do pai e na veemente, mas inútil, defesa do filho.

O terceiro estásimo parece combinar os servos de Hipólito nas estrofes e as visitantes de Fedra nas antístrofes. Os servos constatam tanto o alívio que desvelos divinos dão às aflições do espírito quanto as mutações e instabilidade na vida dos varões que a tornam imprevisível e incompreensível. O coro, ressaltando a piedade dessa constatação, pede que a sorte lhe seja próspera, o ânimo isento de dores, a opinião nem rígida nem espúria e a índole dócil às circunstâncias. Essa prece por boa sorte nessas condições parece contraposta tanto a Hipólito, por sua pretensão a uma prudência inata e imutável (vv. 79-80, 87), quanto a Teseu, por sua convicção obstinada e impermeável a apelos e argumentos (vv. 893, 1057-9).

Na segunda estrofe, os servos lastimam o iminente exílio de Hipólito, apodado "fúlgido astro de Afeia (Ártemis) grega" (v. 1123), e invoca os lugares por ele frequentados. Na segunda antístrofe, o coro invoca as atividades habituais de Hipólito e lamenta a previsão de sua ausência. No epodo, deplora sua perda para imerecido exílio, invocando a mãe, Deuses e as Graças.

No quarto episódio, o mensageiro anuncia que a imprecação paterna se cumpriu e Hipólito se acha moribundo. Ao ouvir, Teseu invoca Posídon como pai verdadeiro e pergunta: "como a clava/ da Justiça o feriu por me desonrar?" (vv. 1171-2). Após Teseu reafirmar nessa pergunta sua convicção de sua própria justiça, o mensageiro narra o acidente sofrido por Hipólito e conclui sua narrativa com veemente profissão de fé na inocência de Hipólito. Teseu permite o transporte de Hipólito moribundo à sua presença, para que possa "refutar por razão e junção de Numes/ esse que nega ter tocado o meu leito" (vv. 1267-6).

No quarto estásimo, o coro celebra o poder irresistível e universal de Afrodite.

No êxodo, a teofania de Ártemis restaura a verdade. Para que compreendamos a natureza dessa restauração da verdade, é preciso ter presente que a noção mítica de Deus(es) remete à plenitude de ser e às fontes de possibilidades que se abrem para os mortais no mundo, inclusive e sobretudo a de ser mortal no mundo. O contato com um (dos) Deus(es) comunica tal riqueza de sentido e plenitude de ser própria desse aspecto fundamental do mundo, cujo nome é o deste(s) Deus(es), que reconfigura tanto a perspectiva quanto a atitude do mortal assim interpelado nesse contato.

Ao interpelar Teseu, Ártemis descreve Hipólito como "justo" (*phréna... dikaían*, vv. 1298-9; *díkaion*, v. 1307) e como "pio" (*eusebés*, v. 1309) e descreve sua morte como "gloriosa" (*hyp' eukleías*, v. 1299). A meu ver, "gloriosa" aqui tem o mesmo sentido que o da referência de Afrodite a Fedra (*eukleés*, v. 47): a glória da proximidade do(s) Deus(es).

Ártemis cobra a Teseu não ter feito nem consulta a adivinhos (v. 1321) nem longa perquirição (vv. 1322-3) sobre o crime imputado a Hipólito. Consulta a oráculo e a adivinhos eram aspectos relevantes da piedade antiga, por serem os recursos do pensamento mítico para ultrapassar os dados imediatos, alcançar a transcendência e perscrutar o oculto. Nesse sentido, o desprezo por oráculos e pela adivinhação equivale ao desdém pelos Deuses e ao consequente confinamento do saber ao imediatamente dado.

Além de imputar insciência e açodamento a Teseu, Ártemis, reportando-se à "lei dos Deuses" (*Theoîs... nómos*, v. 1328), explica por que não pôde intervir de modo a preservar o seu favorito. Os Deuses devem observar a partilha das honras, presidida por Zeus e, sem violação das atribuições dessa partilha, não podem interferir no âmbito uns dos outros. Assim, os Deuses podem agir a seu grado sobre os mortais, mas não podem impedir uns aos outros de exercer as atribuições concedidas por Zeus. Por isso, Ártemis não pôde salvar o seu favorito, mas poderia posteriormente vingá-lo abatendo um dos favoritos de sua rival Afrodite.

Transportado para a presença de Teseu, Hipólito se diz maltratado "por oráculo injusto de pai injusto" (*patròs ex adíkou/ khresmoîs adíkois*, vv. 1348-9) e, invocando Zeus por testemunha, se queixa de seu atual estado moribundo em contraste com sua precedente santidade, piedade e prudência; transido de dores, pressente a iminência de Hades e invoca Morte Peã. Peã é o título médico de Apolo, mas nestas circunstâncias o único médico a lhe curar as dores seria a Deusa Morte.

Ártemis reconforta Hipólito e lhe revela que "Cípris, que tudo ousa, assim tramou" (v. 1400). O conhecimento da causa de seus males, revelado pela Deusa, traz consigo a compreensão dos envolvidos e o perdão ao pai (vv. 1403-5).

Cônscio de que sua morte se deve a seu desdém por Afrodite, Hipólito não recua do desdém, mas lamenta não poder rogar-lhe pragas como o faria a um dos mortais, de modo a incitar as Erínies, incumbindo-as da retaliação. Ártemis não só o ratifica no desdém, mas assume a retaliação (vv. 1420-2) e promete-lhe "honras máximas" em Trezena, mediante culto que lhe perpetuará a memória, celebrado pelas moças antes das núpcias (vv. 1423-30). Após convalidar a reconciliação de pai e filho, despede-se, pois não é lícito a Deuses celestes presenciar óbitos.

Na reconciliação final de pai e filho, e no reconhecimento da piedade do filho por seu pai, vislumbra-se a justiça divina inerente ao curso dos acontecimentos. Na morte relutante e obstinada de Fedra e na morte precoce de Hipólito, verifica-se quanto a justiça divina é opaca, senão incompreensível e imperceptível, aos mortais. No entanto, os votos finais da prece de Hipólito a Ártemis ("termine eu como principiei a vida", v. 87) somente se cumprem mediante a prece de Teseu a Posídon, de tal modo que, pela insciência e açodamento de Teseu, pôde Hipólito realizar a aspiração mais alta de sua vida.

Ὑπόθεσις Ἱππολύτου

Θησεὺς υἱὸς μὲν ἦν Αἴθρας καὶ Ποσειδῶνος, βασιλεὺς δὲ Ἀθηναίων· γήμας δὲ μίαν τῶν Ἀμαζονίδων Ἱππολύτην Ἱππόλυτον ἐγέννησε, κάλλει τε καὶ σωφροσύνηι διαφέροντα. ἐπεὶ δὲ ἡ συνοικοῦσα τὸν βίον μετήλλαξεν, ἐπεισηγάγετο Κρητικὴν γυναῖκα, τὴν Μίνω τοῦ Κρητῶν βασιλέως καὶ Πασιφάης θυγατέρα Φαίδραν. ὁ δὲ Θησεὺς Πάλλαντα ἕνα τῶν συγγενῶν φονεύσας φεύγει εἰς Τροιζῆνα μετὰ τῆς γυναικός, οὗ συνέβαινε τὸν Ἱππόλυτον παρὰ Πιτθεῖ τρέφεσθαι. θεασαμένη δὲ τὸν νεανίσκον ἡ Φαίδρα εἰς ἐπιθυμίαν ὤλισθεν, οὐκ ἀκόλαστος οὖσα, πληροῦσα δὲ Ἀφροδίτης μῆνιν, ἣ τὸν Ἱππόλυτον διὰ σωφροσύνην ἀνελεῖν κρίνασα τὴν Φαίδραν εἰς ἔρωτα παρώρμησε, τέλος δὲ τοῖς προτεθεῖσιν ἔθηκεν. στέγουσα δὲ τὴν νόσον χρόνωι πρὸς τὴν τροφὸν δηλῶσαι ἠναγκάσθη, ἥτις κατεπαγγειλαμένη αὐτῆι βοηθήσειν παρὰ τὴν προαίρεσιν λόγους προσήνεγκε τῶι νεανίσκωι. τραχυνόμενον δὲ αὐτὸν ἡ Φαίδρα καταμαθοῦσα τῆι μὲν τροφῶι ἐπέπληξεν, ἑαυτὴν δὲ ἀνήρτησεν. καθ᾽ ὃν καιρὸν φανεὶς Θησεὺς καὶ καθελεῖν σπεύδων τὴν ἀπηγχονισμένην, εὗρεν αὐτῆι προσηρτημένην δέλτον δι᾽ ἧς Ἱππολύτου φθορὰν κατηγόρει καὶ ἐπιβουλήν. πιστεύσας δὲ τοῖς γεγραμμένοις τὸν μὲν Ἱππόλυτον ἐπέταξε φεύγειν, αὐτὸς δὲ τῶι Ποσειδῶνι ἀρὰς ἔθετο, ὧν ἐπακούσας ὁ θεὸς τὸν Ἱππόλυτον διέφθειρεν. Ἄρτεμις δὲ τῶν γεγενημένων ἕκαστα διασαφήσασα Θησεῖ, τὴν μὲν Φαίδραν οὐ κατεμέμψατο, τοῦτον δὲ παρεμυθήσατο υἱοῦ καὶ γυναικὸς στερηθέντα· τῶι δὲ Ἱππολύτωι τιμὰς ἔφη γῆι ἐγκαταστήσεσθαι.

Ἀριστοφάνους Γραμματικοῦ Ὑπόθεσις

ἡ σκηνὴ τοῦ δράματος ὑπόκειται ἐν θήβαις. ἐδιδάχθη ἐπὶ Ἐπαμείνονος ἄρχοντος ὀλυμπιάδι πζ᾽ ἔτει δ᾽. πρῶτος Εὐριπίδης, δεύτερος

Argumento

Teseu era filho de Etra e Posídon e era rei de Atenas. Desposou Hipólita, uma das Amazonas, e gerou Hipólito, notável pela beleza e castidade. Quando a companheira deixou a vida, trouxe para casa a cretense Fedra, filha de Pasífae e Minos, rei de Creta. Teseu, ao matar Palas, um de seus parentes, exila-se em Trezena, onde se dava que Hipólito era criado por Piteu. Quando Fedra viu o moço, caiu em desejo, não por ser intemperante, mas por ira de Afrodite. Esta, decidida a matar Hipólito por sua castidade, impeliu Fedra ao amor e por fim executou o seu propósito. Ao suportar o distúrbio, com o tempo foi obrigada a revelá-lo à nutriz, que lhe prometeu auxiliar e contra sua opção delatou-a ao jovem. Fedra, ao saber que ele se irritou, repreendeu a nutriz e enforcou-se. Ao aparecer na ocasião e apressando-se em recolher a enforcada, Teseu descobriu presa a ela uma carta na qual acusava Hipólito da morte e de traição, e em confiança nos escritos ordenou o exílio de Hipólito e ele mesmo fez preces a Posídon. O Deus as atendeu e destruiu Hipólito. Ártemis esclareceu cada acontecimento a Teseu, não reprovou Fedra, mas consolou-o pela perda do filho e da mulher e disse que na terra instituísse honras a Hipólito.

Segundo o gramático Aristófanes

A cena do drama situa-se em Atenas. Representou-se no arcontado de Epamínon no quarto ano da octogésima sétima Olimpíada. Eurípides foi o primeiro, Iofonte o segundo e Íon o terceiro. Este é o segundo *Hipólito*, intitulado *Coroado*. Parece ter sido escrito posteriormente, pois neste drama corrigiu-se o impróprio e digno de reprovação. O drama é dos primeiros.

᾿Ιοφῶν, τρίτος ῎Ιων. ἔστι δὲ οὗτος Ἱππόλυτος δεύτερος, ὁ καὶ στεφανίας προσαγορευόμενος. ἐμφαίνεται δὲ ὕστερος γεγραμμένος· τὸ γὰρ ἀπρεπὲς καὶ κατηγορίας ἄξιον ἐν τούτωι διώρθωται τῶι δράματι. τὸ δὲ δρᾶμα τῶν πρώτων.

τὰ τοῦ δράματος πρόσωπα· Ἀφροδίτη, Ἱππόλυτος, οἰκέτης, τροφός, Φαίδρα, θεράπαινα, Θησεύς, ἄγγελος, Ἄρτεμις, χορός.

Personagens do drama: Afrodite, Hipólito, Servo, nutriz, Fedra, Serva, Teseu, Mensageiro, Ártemis, coro.

Drama representado em 428 a.C.

Ἱππόλυτος

ΑΦΡΟΔΙΤΗ

Πολλὴ μὲν ἐν βροτοῖσι κοὐκ ἀνώνυμος
θεὰ κέκλημαι Κύπρις οὐρανοῦ τ' ἔσω·
ὅσοι τε Πόντου τερμόνων τ' Ἀτλαντικῶν
ναίουσιν εἴσω, φῶς ὁρῶντες ἡλίου,
τοὺς μὲν σέβοντας τἀμὰ πρεσβεύω κράτη, 5
σφάλλω δ' ὅσοι φρονοῦσιν εἰς ἡμᾶς μέγα.
ἔνεστι γὰρ δὴ κἀν θεῶν γένει τόδε·
τιμώμενοι χαίρουσιν ἀνθρώπων ὕπο.
δείξω δὲ μύθων τῶνδ' ἀλήθειαν τάχα.
ὁ γάρ με Θησέως παῖς, Ἀμαζόνος τόκος, 10
Ἱππόλυτος, ἁγνοῦ Πιτθέως παιδεύματα,
μόνος πολιτῶν τῆσδε γῆς Τροζηνίας
λέγει κακίστην δαιμόνων πεφυκέναι·
ἀναίνεται δὲ λέκτρα κοὐ ψαύει γάμων,
Φοίβου δ' ἀδελφὴν Ἄρτεμιν, Διὸς κόρην, 15
τιμᾶι, μεγίστην δαιμόνων ἡγούμενος,
χλωρὰν δ' ἀν' ὕλην παρθένωι ξυνὼν ἀεὶ
κυσὶν ταχείαις θῆρας ἐξαιρεῖ χθονός,
μείζω βροτείας προσπεσὼν ὁμιλίας.
τούτοισι μέν νυν οὐ φθονῶ· τί γάρ με δεῖ; 20
ἃ δ' εἰς ἔμ' ἡμάρτηκε τιμωρήσομαι
Ἱππόλυτον ἐν τῆιδ' ἡμέραι· τὰ πολλὰ δὲ
πάλαι προκόψασ', οὐ πόνου πολλοῦ με δεῖ.
ἐλθόντα γάρ νιν Πιτθέως ποτ' ἐκ δόμων

Hipólito

[*Prólogo* (1-120)]

AFRODITE

Grande, e não anônima, entre mortais,
e no céu, Deusa tenho o nome de Cípris.
Quantos entre Mar e os confins de Atlas
habitam e contemplam o brilho do sol,
respeito os que veneram meus poderes, 5
mas abato os soberbos diante de mim.
Há mesmo até no ser dos Deuses isto:
alegram-se com as honras dos homens.
Logo mostrarei a verdade destas falas.
O filho de Teseu, nascido de Amazona, 10
Hipólito, o educado pelo puro Piteu,
entre os cidadãos desta terra trezênia
só ele diz que sou o pior dos Numes,
repele os leitos e não contrai núpcias;
e honra, crendo-a o maior dos Numes, 15
a irmã de Apolo, Ártemis, filha de Zeus;
na verde selva sempre sócio da virgem
com velozes cães extrai feras da região,
caído em convívio maior que o mortal.
Disso não tenho inveja, por que teria? 20
Por seu desacerto comigo quero punir
Hipólito ainda hoje; porque antecipei
muito, não é preciso de muito esforço.
Ao ir-se ele outrora da casa de Piteu

σεμνῶν ἐς ὄψιν καὶ τέλη μυστηρίων 25
Πανδίονος γῆν πατρὸς εὐγενὴς δάμαρ
ἰδοῦσα Φαίδρα καρδίαν κατέσχετο
ἔρωτι δεινῶι τοῖς ἐμοῖς βουλεύμασιν.
καὶ πρὶν μὲν ἐλθεῖν τήνδε γῆν Τροζηνίαν,
πέτραν παρ' αὐτὴν Παλλάδος, κατόψιον 30
γῆς τῆσδε, ναὸν Κύπριδος ἐγκαθείσατο,
ἐρῶσ' ἔρωτ' ἔκδημον, Ἱππολύτωι δ' ἔπι
τὸ λοιπὸν ὀνομάσουσιν ἱδρῦσθαι θεάν.
ἐπεὶ δὲ Θησεὺς Κεκροπίαν λείπει χθόνα
μίασμα φεύγων αἵματος Παλλαντιδῶν 35
καὶ τήνδε σὺν δάμαρτι ναυστολεῖ χθόνα
ἐνιαυσίαν ἔκδημον αἰνέσας φυγήν,
ἐνταῦθα δὴ στένουσα κἀκπεπληγμένη
κέντροις ἔρωτος ἡ τάλαιν' ἀπόλλυται
σιγῆι, ξύνοιδε δ' οὔτις οἰκετῶν νόσον. 40
ἀλλ' οὔτι ταύτηι τόνδ' ἔρωτα χρὴ πεσεῖν,
δείξω δὲ Θησεῖ πρᾶγμα κἀκφανήσεται.
καὶ τὸν μὲν ἡμῖν πολέμιον νεανίαν
κτενεῖ πατὴρ ἀραῖσιν ἃς ὁ πόντιος
ἄναξ Ποσειδῶν ὤπασεν Θησεῖ γέρας, 45
μηδὲν μάταιον ἐς τρὶς εὔξασθαι θεῶι·
ἡ δ' εὐκλεὴς μὲν ἀλλ' ὅμως ἀπόλλυται
Φαίδρα· τὸ γὰρ τῆσδ' οὐ προτιμήσω κακὸν
τὸ μὴ οὐ παρασχεῖν τοὺς ἐμοὺς ἐχθροὺς ἐμοὶ
δίκην τοσαύτην ὥστε μοι καλῶς ἔχειν. 50
ἀλλ' εἰσορῶ γὰρ τόνδε παῖδα Θησέως
στείχοντα, θήρας μόχθον ἐκλελοιπότα,
Ἱππόλυτον, ἔξω τῶνδε βήσομαι τόπων.
πολὺς δ' ἅμ' αὐτῶι προσπόλων ὀπισθόπους
κῶμος λέλακεν, Ἄρτεμιν τιμῶν θεὰν 55
ὕμνοισιν· οὐ γὰρ οἶδ' ἀνεωιγμένας πύλας
Ἅιδου, φάος δὲ λοίσθιον βλέπων τόδε.

para ver e cumprir os veneráveis ritos 25
à terra de Pandíon, Fedra, nobre esposa
do pai, ao vê-lo, teve o coração tomado
por amor terrível, por meus desígnios.
Ela, antes de vir a esta terra trezênia,
bem ao pé da pedra de Palas, visível 30
desta terra, fundou o templo de Cípris,
por amor de amor ausente, e no porvir
dirão a Deusa ter o templo "por Hipólito".
Dês que Teseu deixou o solo de Cécrops,
evitando contágio do sangue de Palântidas, 35
e navegou com a esposa para esta terra,
aceitando exílio no exterior por um ano,
agora aqui mesmo, chorosa e golpeada
por aguilhões de amor, a mísera morre
calada, nenhum servo conhece o mal. 40
Mas este amor não deverá cair assim,
mostrarei o fato a Teseu e revelarei.
Ainda o pai matará o jovem inimigo
nosso com as pragas que o marinho
rei Posídon deu por prêmio a Teseu 45
pedir ao Deus não em vão três vezes.
Fedra, ainda que tenha bela glória,
morre, pois não apreciarei seu mal
de modo a deixar de dar a inimigos
tanta justiça quanto me esteja bem. 50
Mas vejo Hipólito filho de Teseu
vir para cá, finda a faina da caça,
por isso, irei para fora deste lugar.
Grande cortejo de servos sequaz
canta em honra da Deusa Ártemis 55
hinos, e ignora as portas abertas
de Hades, ao ver esta última luz.

ΙΠΠΟΛΥΤΟΣ

ἕπεσθ' ἄιδοντες ἕπεσθε
τὰν Διὸς οὐρανίαν
Ἄρτεμιν, ἇι μελόμεσθα. 60

ΙΠΠΟΛΥΤΟΣ ΚΑΙ ΘΕΡΑΠΟΝΤΕΣ

πότνια πότνια σεμνοτάτα,
Ζηνὸς γένεθλον,
χαῖρε χαῖρέ μοι, ὦ κόρα
Λατοῦς Ἄρτεμι καὶ Διός, 65
καλλίστα πολὺ παρθένων,
ἃ μέγαν κατ' οὐρανὸν
ναίεις εὐπατέρειαν αὐ-
λάν, Ζηνὸς πολύχρυσον οἶκον.
χαῖρέ μοι, ὦ καλλίστα 70
καλλίστα τῶν κατ' Ὄλυμπον. 71

ΙΠΠΟΛΥΤΟΣ

σοὶ τόνδε πλεκτὸν στέφανον ἐξ ἀκηράτου 73
λειμῶνος, ὦ δέσποινα, κοσμήσας φέρω,
ἔνθ' οὔτε ποιμὴν ἀξιοῖ φέρβειν βοτὰ 75
οὔτ' ἦλθέ πω σίδηρος, ἀλλ' ἀκήρατον
μέλισσα λειμῶν' ἠρινὴ διέρχεται,
Αἰδὼς δὲ ποταμίαισι κηπεύει δρόσοις,
ὅσοις διδακτὸν μηδὲν ἀλλ' ἐν τῆι φύσει
τὸ σωφρονεῖν εἴληχεν ἐς τὰ πάντ' ἀεί, 80
τούτοις δρέπεσθαι, τοῖς κακοῖσι δ' οὐ θέμις.
ἀλλ', ὦ φίλη δέσποινα, χρυσέας κόμης
ἀνάδημα δέξαι χειρὸς εὐσεβοῦς ἄπο.
μόνωι γάρ ἐστι τοῦτ' ἐμοὶ γέρας βροτῶν·
σοὶ καὶ ξύνειμι καὶ λόγοις ἀμείβομαι, 85
κλύων μὲν αὐδῆς, ὄμμα δ' οὐχ ὁρῶν τὸ σόν.
τέλος δὲ κάμψαιμ' ὥσπερ ἠρξάμην βίου.

HIPÓLITO

Vinde, vinde, cantai
a celeste filha de Zeus,
Ártemis, de quem cuidamos. 60

HIPÓLITO E SERVOS

Rainha, rainha, a mais venerável,
descendente de Zeus,
salve, salve, ó filha
de Zeus e Leto, Ártemis, 65
a mais bela das virgens,
que no vasto céu habitas
a bela corte paterna,
a áurea casa de Zeus!
Salve, ó belíssima, 70
a mais bela do Olimpo! 71

HIPÓLITO

Esta entrelaçada coroa de intacto 73
prado colhida ofereço-te, ó rainha,
lá nem pastor se digna criar reses, 75
nem o ferro penetrou, mas intacto
prado a abelha primaveril percorre
e Pudor cultiva com orvalho do rio.
Quem sempre teve toda prudência
não instruído, mas por natureza, 80
pode colhê-la, aos vis não é lícito.
Ó minha rainha, recebe desta mão
reverente a coroa de áurea cabeleira!
Dos mortais só eu tenho esta regalia,
convivo contigo e respondo às falas, 85
ouvindo a voz, sem ver o teu vulto.
Termine eu como principiei a vida!

ΘΕΡΑΠΩΝ

ἄναξ, θεοὺς γὰρ δεσπότας καλεῖν χρεών,
ἆρ' ἄν τί μου δέξαιο βουλεύσαντος εὖ;

ΙΠΠΟΛΥΤΟΣ

καὶ κάρτα γ'· ἦ γὰρ οὐ σοφοὶ φαινοίμεθ' ἄν. 90

ΘΕΡΑΠΩΝ

οἶσθ' οὖν βροτοῖσιν ὃς καθέστηκεν νόμος;

ΙΠΠΟΛΥΤΟΣ

οὐκ οἶδα· τοῦ δὲ καί μ' ἀνιστορεῖς πέρι;

ΘΕΡΑΠΩΝ

μισεῖν τὸ σεμνὸν καὶ τὸ μὴ πᾶσιν φίλον.

ΙΠΠΟΛΥΤΟΣ

ὀρθῶς γε· τίς δ' οὐ σεμνὸς ἀχθεινὸς βροτῶν;

ΘΕΡΑΠΩΝ

ἐν δ' εὐπροσηγόροισίν ἐστί τις χάρις; 95

ΙΠΠΟΛΥΤΟΣ

πλείστη γε, καὶ κέρδος γε σὺν μόχθωι βραχεῖ.

ΘΕΡΑΠΩΝ

ἦ κἀν θεοῖσι ταὐτὸν ἐλπίζεις τόδε;

ΙΠΠΟΛΥΤΟΣ

εἴπερ γε θνητοὶ θεῶν νόμοισι χρώμεθα.

ΘΕΡΑΠΩΝ

πῶς οὖν σὺ σεμνὴν δαίμον' οὐ προσεννέπεις;

SERVO

Ó rei, dos Deuses devo dizer donos,
aceitarias de mim um bom conselho?

HIPÓLITO

Sim, por certo, ou não seria sábio. 90

SERVO

Sabes que lei vigora entre mortais?

HIPÓLITO

Não sei, mas o que me perguntas?

SERVO

Odiar a altivez e o ingrato a todos.

HIPÓLITO

Sim, que altivez não aflige mortais?

SERVO

Mas há nos afáveis alguma graça? 95

HIPÓLITO

A maior, e lucro com baixo custo.

SERVO

Entre os Deuses esperas o mesmo?

HIPÓLITO

Se os mortais têm as leis dos Deuses.

SERVO

Como não saúdas venerável Nume?

ΙΠΠΟΛΥΤΟΣ

τίν'; εὐλαβοῦ δὲ μή τί σου σφαλῆι στόμα. 100

ΘΕΡΑΠΩΝ

τήνδ' ἣ πύλαισι σαῖς ἐφέστηκεν Κύπρις.

ΙΠΠΟΛΥΤΟΣ

πρόσωθεν αὐτὴν ἁγνὸς ὢν ἀσπάζομαι.

ΘΕΡΑΠΩΝ

σεμνή γε μέντοι κἀπίσημος ἐν βροτοῖς. 103

ΙΠΠΟΛΥΤΟΣ

οὐδείς μ' ἀρέσκει νυκτὶ θαυμαστὸς θεῶν. 106

ΘΕΡΑΠΩΝ

τιμαῖσιν, ὦ παῖ, δαιμόνων χρῆσθαι χρεών. 107

ΙΠΠΟΛΥΤΟΣ

ἄλλοισιν ἄλλος θεῶν τε κἀνθρώπων μέλει. 104

ΘΕΡΑΠΩΝ

εὐδαιμονοίης, νοῦν ἔχων ὅσον σε δεῖ. 105

ΙΠΠΟΛΥΤΟΣ

χωρεῖτ', ὀπαδοί, καὶ παρελθόντες δόμους 108
σίτων μέλεσθε· τερπνὸν ἐκ κυναγίας
τράπεζα πλήρης· καὶ καταψήχειν χρεὼν 110
ἵππους, ὅπως ἂν ἅρμασι ζεύξας ὕπο
βορᾶς κορεσθεὶς γυμνάσω τὰ πρόσφορα.
τὴν σὴν δὲ Κύπριν πόλλ' ἐγὼ χαίρειν λέγω.

ΘΕΡΑΠΩΝ

ἡμεῖς δέ, τοὺς νέους γὰρ οὐ μιμητέον
φρονοῦντας οὕτως, ὡς πρέπει δούλοις λέγειν 115

HIPÓLITO

Qual? Cuidado, não resvales na fala! 100

SERVO

Esta que está ante as portas, Cípris.

HIPÓLITO

De longe, sendo puro, eu a saúdo.

SERVO

Venerável, e insigne entre mortais. 103

HIPÓLITO

Não me agrada Deus visto à noite. 106

SERVO

Ó filho, convém honrar os Numes. 107

HIPÓLITO

Cada um com seus Deuses e homens. 104

SERVO

Tenhas bom Nume a ver o devido! 105

HIPÓLITO

Ide, servos, entrai em casa, 108
cuidai do repasto! O prazer da caça
é a mesa farta. É necessário escovar 110
os cavalos, para que atrele ao carro
e saciado de comer treine adequado.
À tua Cípris eu lhe digo muito salve!

SERVO

Nós não devemos imitar os jovens,
se assim pensam. Prece que a servos 115

προσευξόμεσθα τοῖσι σοῖς ἀγάλμασιν,
δέσποινα Κύπρι· χρὴ δὲ συγγνώμην ἔχειν.
εἴ τίς σ᾽ ὑφ᾽ ἥβης σπλάγχνον ἔντονον φέρων
μάταια βάζει, μὴ δόκει τούτου κλύειν·
σοφωτέρους γὰρ χρὴ βροτῶν εἶναι θεούς. 120

ΧΟΡΟΣ
Ὠκεανοῦ τις ὕδωρ στάζουσα πέτρα λέγεται, Est. 1
βαπτὰν κάλπισι πα- 123
γὰν ῥυτὰν προιεῖσα κρημνῶν.
τόθι μοί τις ἦν φίλα 125
πορφύρεα φάρεα
ποταμίαι δρόσωι
τέγγουσα, θερμᾶς δ᾽ ἐπὶ νῶτα πέτρας
εὐαλίου κατέβαλλ᾽· ὅθεν μοι
πρώτα φάτις ἦλθε δεσποίνας, 130

τειρομέναν νοσερᾶι κοίται δέμας ἐντὸς ἔχειν Ant. 1
οἴκων, λεπτὰ δὲ φά- 133
ρη ξανθὰν κεφαλὰν σκιάζειν·
τριτάταν δέ νιν κλύω 135
τάνδ᾽ ἀβρωσίαι
στόματος ἀμέραν
Δάματρος ἀκτᾶς δέμας ἁγνὸν ἴσχειν,
κρυπτῶι πάθει θανάτου θέλουσαν
κέλσαι ποτὶ τέρμα δύστανον. 140

†σὺ γὰρ† ἔνθεος, ὦ κούρα, Est. 2
εἴτ᾽ ἐκ Πανὸς εἴθ᾽ Ἑκάτας
ἢ σεμνῶν Κορυβάντων
φοιτᾶις ἢ ματρὸς ὀρείας;
†σὺ δ᾽† ἀμφὶ τὰν πολύθη- 145
ρον Δίκτυνναν ἀμπλακίαις

convém faremos ante as tuas estátuas,
rainha Cípris! É preciso que perdoes,
se por juventude com ímpeto veemente
falam fatuidades. Crê não ouvir! Devem
Deuses ser mais sábios que os mortais. 120

[*Párodo* (121-169)]

CORO

Pedra a destilar água, dizem, de Oceano, Est. 1
a soltar dos lábios haurível 123
fluente fonte nas bilhas,
lá estava minha amiga, 125
a molhar mantos purpúreos
no orvalho do rio,
e estendia no dorso da pedra
cálida ao sol. Aí me veio
a primeira notícia da senhora: 130

jaz doente extenuada e mantém-se dentro Ant. 1
de casa, leves mantos 133
sombreiam a loira cabeça.
Ouço que há três dias 135
ela mantém
a boca sem comer,
e puro do trigo de Deméter o corpo,
por dor oculta ela quer aportar
o mísero termo de morte. 140

Tu, ó filha, inspirada Est. 2
ou por Pã ou por Hécate
ou por veneráveis Coribantes
ou por Mãe Montesa, vagueias?
Tu te consomes, por faltas 145
perante bravia Dictina

ἀνίερος ἀθύτων πελανῶν τρύχηι;
φοιτᾶι γὰρ καὶ διὰ Λί-
μνας χέρσον θ' ὕπερ πελάγους
δίναις ἐν νοτίαις ἅλμας. 150

ἢ πόσιν, τὸν Ἐρεχθειδᾶν Ant. 2
ἀρχαγόν, τὸν εὐπατρίδαν,
ποιμαίνει τις ἐν οἴκοις
κρυπτᾶι κοίται λεχέων σῶν;
ἢ ναυβάτας τις ἔπλευ- 155
σεν Κρήτας ἔξορμος ἀνὴρ
λιμένα τὸν εὐξεινότατον ναύταις
φήμαν πέμπων βασιλεί-
αι, λύπαι δ' ὑπὲρ παθέων
εὐναία δέδεται ψυχά; 160

φιλεῖ δὲ τᾶι δυστρόπωι γυναικῶν Epodo
ἁρμονίαι κακὰ
δύστανος ἀμηχανία συνοικεῖν
ὠδίνων τε καὶ ἀφροσύνας.
δι' ἐμᾶς ἦιξέν ποτε νηδύος ἅδ' 165
αὔρα· τὰν δ' εὔλοχον οὐρανίαν
τόξων μεδέουσαν ἀύτευν
Ἄρτεμιν, καί μοι πολυζήλωτος αἰεὶ
σὺν θεοῖσι φοιτᾶι.

ΧΟΡΟΣ

ἀλλ' ἥδε τροφὸς γεραιὰ πρὸ θυρῶν 170
τήνδε κομίζουσ' ἔξω μελάθρων.
στυγνὸν δ' ὀφρύων νέφος αὐξάνεται·
τί ποτ' ἐστὶ μαθεῖν ἔραται ψυχή,
τί δεδήληται
δέμας ἀλλόχροον βασιλείας. 175

sem lhe consagrar oferendas?
Ainda vagueia através
da laguna e do pélago além-terra
nos úmidos remoinhos marinhos. 150

Ou alguém apascenta Ant. 2
em casa teu nobre esposo
soberano dos Erectidas
com leito oculto a tuas núpcias?
Ou um varão marinheiro 155
desde Creta navegou
ao porto mais hospitaleiro
com notícia à rainha,
e por aflição do sofrimento
tem o ânimo atado à cama? 160

Na difícil têmpera das mulheres Epodo
a mísera falta de recursos vil
tende a conviver
com partos e com demência.
Correu por meu ventre este sopro 165
e clamava eu à dos bons partos
celeste senhora dos arcos
Ártemis e a sempre desejável
com os Deuses me visita.

[*Primeiro episódio* (170-524)]

CORO
Mas eis diante das portas a velha nutriz 170
que a traz para fora do palácio.
Cresce dos cenhos hedionda nuvem.
O ânimo quer saber o que há,
por que está desfeito
de outra cor o corpo da rainha? 175

ΤΡΟΦΟΣ

ὦ κακὰ θνητῶν στυγεραί τε νόσοι·
τί σ' ἐγὼ δράσω, τί δὲ μὴ δράσω;
τόδε σοι φέγγος, λαμπρὸς ὅδ' αἰθήρ,
ἔξω δὲ δόμων ἤδη νοσερᾶς
δέμνια κοίτης. 180
δεῦρο γὰρ ἐλθεῖν πᾶν ἔπος ἦν σοι,
τάχα δ' ἐς θαλάμους σπεύσεις τὸ πάλιν.
ταχὺ γὰρ σφάλληι κοὐδενὶ χαίρεις,
οὐδέ σ' ἀρέσκει τὸ παρόν, τὸ δ' ἀπὸν
φίλτερον ἡγῆι. 185
κρεῖσσον δὲ νοσεῖν ἢ θεραπεύειν·
τὸ μέν ἐστιν ἁπλοῦν, τῶι δὲ συνάπτει
λύπη τε φρενῶν χερσίν τε πόνος.
πᾶς δ' ὀδυνηρὸς βίος ἀνθρώπων
κοὐκ ἔστι πόνων ἀνάπαυσις. 190
ἀλλ' ὅτι τοῦ ζῆν φίλτερον ἄλλο
σκότος ἀμπίσχων κρύπτει νεφέλαις.
δυσέρωτες δὴ φαινόμεθ' ὄντες
τοῦδ' ὅτι τοῦτο στίλβει κατὰ γῆν
δι' ἀπειροσύνην ἄλλου βιότου 195
κοὐκ ἀπόδειξιν τῶν ὑπὸ γαίας,
μύθοις δ' ἄλλως φερόμεσθα.

ΦΑΙΔΡΑ

αἴρετέ μου δέμας, ὀρθοῦτε κάρα·
λέλυμαι μελέων σύνδεσμα φίλων.
λάβετ' εὐπήχεις χεῖρας, πρόπολοι. 200
βαρύ μοι κεφαλῆς ἐπίκρανον ἔχειν·
ἄφελ', ἀμπέτασον βόστρυχον ὤμοις.

ΤΡΟΦΟΣ

θάρσει, τέκνον, καὶ μὴ χαλεπῶς
μετάβαλλε δέμας·
ῥᾶιον δὲ νόσον μετά θ' ἡσυχίας 205

NUTRIZ

Ó males de mortais, hediondas doenças!
Que fazer por ti? Que não fazer?
Eis a luz, eis o céu fulgente,
já está fora de casa
o leito de tua enfermidade. 180
Vir aqui era toda a tua fala,
logo aos aposentos te apressas outra vez.
Logo vacilas e com nada te alegras,
não te satisfaz o presente, e o ausente
consideras mais valioso. 185
É melhor ser o doente do que servir,
um é simples, no outro a aflição
ata o espírito, e a fadiga, as mãos.
Toda a vida dos homens é dolorosa,
e não há repouso das fadigas. 190
Mas o que é mais valioso que viver
trevas envolventes ocultam com nuvens.
Parece que somos difíceis amantes
do que ora brilha sobre a terra
por inexperiência de outra vida 195
e não se mostrar o subterrâneo,
aliás por palavras somos levados.

FEDRA

Levantai-me, erguei-me a cabeça!
Soltou-se a junção de meus membros.
Servas, tomai os braços formosos! 200
Pesa-me ter o enfeite da cabeça,
tira-o, solta os cabelos nos ombros!

NUTRIZ

Anima-te, filha, e não revires
o corpo bruscamente!
Mais fácil suportarás a doença 205

καὶ γενναίου λήματος οἴσεις.
μοχθεῖν δὲ βροτοῖσιν ἀνάγκη.

ΦΑΙΔΡΑ

αἰαῖ·
πῶς ἂν δροσερᾶς ἀπὸ κρηνῖδος
καθαρῶν ὑδάτων πῶμ' ἀρυσαίμαν,
ὑπό τ' αἰγείροις ἔν τε κομήτηι 210
λειμῶνι κλιθεῖσ' ἀναπαυσαίμαν;

ΤΡΟΦΟΣ

ὦ παῖ, τί θροεῖς;
οὐ μὴ παρ' ὄχλωι τάδε γηρύσηι,
μανίας ἔποχον ῥίπτουσα λόγον;

ΦΑΙΔΡΑ

πέμπετέ μ' εἰς ὄρος· εἶμι πρὸς ὕλαν 215
καὶ παρὰ πεύκας, ἵνα θηροφόνοι
στείβουσι κύνες
βαλιαῖς ἐλάφοις ἐγχριμπτόμεναι.
πρὸς θεῶν· ἔραμαι κυσὶ θωύξαι
καὶ παρὰ χαίταν ξανθὰν ῥῖψαι 220
Θεσσαλὸν ὅρπακ', ἐπίλογχον ἔχουσ'
ἐν χειρὶ βέλος.

ΤΡΟΦΟΣ

τί ποτ', ὦ τέκνον, τάδε κηραίνεις;
τί κυνηγεσίων καὶ σοὶ μελέτη;
τί δὲ κρηναίων νασμῶν ἔρασαι; 225
πάρα γὰρ δροσερὰ πύργοις συνεχὴς
κλειτύς, ὅθεν σοι πῶμα γένοιτ' ἄν.

ΦΑΙΔΡΑ

δέσποιν' ἁλίας Ἄρτεμι Λίμνας
καὶ γυμνασίων τῶν ἱπποκρότων,

com serenidade e boa vontade.
Mortais têm necessárias fadigas.

FEDRA

Aiaî!
Como eu das orvalhadas fontes
hauriria os sorvos de água pura,
e reclinada, sob álamos negros, 210
repousaria em frondosos prados?

NUTRIZ

Ó filha, que dizes?
Não cantes assim perante o povo,
a lançar fala possuída de loucura.

FEDRA

Conduzi-me ao monte, irei ao bosque 215
e aos pinheiros, por onde
percorrem cães caçadores
ao encalço de corça malhada.
Por Deuses, amo açular cães
e, ao lado da cabeleira loira, 220
lançar a lança tessália,
com o afiado dardo na mão.

NUTRIZ

Por que, filha, assim te inquietas,
por que ainda cuidas de caçadas?
Por que queres fluxos de fontes? 225
Há contígua às torres orvalhada
colina, onde tu poderias beber.

FEDRA

Ó Senhora Ártemis da laguna salina
e de ginásios de cavalos a relinchar,

εἴθε γενοίμαν ἐν σοῖς δαπέδοις 230
πώλους Ἐνετὰς δαμαλιζομένα.

ΤΡΟΦΟΣ

τί τόδ' αὖ παράφρων ἔρριψας ἔπος;
νῦν δὴ μὲν ὄρος βᾶσ' ἐπὶ θήρας
πόθον ἐστέλλου, νῦν δ' αὖ ψαμάθοις
ἐπ' ἀκυμάντοις πώλων ἔρασαι. 235
τάδε μαντείας ἄξια πολλῆς,
ὅστις σε θεῶν ἀνασειράζει
καὶ παρακόπτει φρένας, ὦ παῖ.

ΦΑΙΔΡΑ

δύστηνος ἐγώ, τί ποτ' εἰργασάμην;
ποῖ παρεπλάγχθην γνώμης ἀγαθῆς; 240
ἐμάνην, ἔπεσον δαίμονος ἄτηι.
φεῦ φεῦ τλήμων.
μαῖα, πάλιν μου κρύψον κεφαλήν,
αἰδούμεθα γὰρ τὰ λελεγμένα μοι.
κρύπτε· κατ' ὄσσων δάκρυ μοι βαίνει 245
καὶ ἐπ' αἰσχύνην ὄμμα τέτραπται.
τὸ γὰρ ὀρθοῦσθαι γνώμην ὀδυνᾶι,
τὸ δὲ μαινόμενον κακόν· ἀλλὰ κρατεῖ
μὴ γιγνώσκοντ' ἀπολέσθαι.

ΤΡΟΦΟΣ

κρύπτω· τὸ δ' ἐμὸν πότε δὴ θάνατος 250
σῶμα καλύψει;
πολλὰ διδάσκει μ' ὁ πολὺς βίοτος·
χρῆν γὰρ μετρίας εἰς ἀλλήλους
φιλίας θνητοὺς ἀνακίρνασθαι
καὶ μὴ πρὸς ἄκρον μυελὸν ψυχῆς, 255
εὔλυτα δ' εἶναι στέργηθρα φρενῶν
ἀπό τ' ὤσασθαι καὶ ξυντεῖναι·
τὸ δ' ὑπὲρ δισσῶν μίαν ὠδίνειν

pudesse eu estar em teu domínio 230
e domar os potros vênetos!

NUTRIZ

Por que repetes esta fala demente?
Ora indo à montanha remetias
o desejo de caçar, ora queres
potros nas areias não marinhas. 235
Isto é digno de grande vaticínio,
qual dos Deuses te puxa as rédeas
e aturde o espírito, ó filha.

FEDRA

Mísera sou, o que eu fiz?
Onde desviei do bom senso? 240
Enlouqueci, caí na erronia de Nume.
Pheû pheû! Mísera!
Mãe, recobre minha cabeça,
Sinto vergonha do que disse.
Esconde; dos olhos descem lágrimas 245
e a visão se volta ao opróbrio.
O verdadeiro conhecimento dói,
a loucura é mal, mas o melhor é
sem conhecimento extinguir-se.

NUTRIZ

Escondo; e a meu corpo afinal 250
Morte ocultará?
Muito me ensinou a vasta vida:
os mortais em recíproca amizade
devem unir-se com moderação,
e não até o alto cerne da alma, 255
mas afeições do espírito fáceis
de repelir e de contrair.
Sofrer por duas uma única

ψυχὴν χαλεπὸν βάρος, ὡς κἀγὼ
τῆσδ' ὑπεραλγῶ. 260
βιότου δ' ἀτρεκεῖς ἐπιτηδεύσεις
φασὶ σφάλλειν πλέον ἢ τέρπειν
τῆι θ' ὑγιείαι μᾶλλον πολεμεῖν.
οὕτω τὸ λίαν ἧσσον ἐπαινῶ
τοῦ μηδὲν ἄγαν· 265
καὶ ξυμφήσουσι σοφοί μοι.

ΧΟΡΟΣ

γύναι γεραιά, βασιλίδος πιστὴ τροφέ,
Φαίδρας ὁρῶμεν τάσδε δυστήνους τύχας,
ἄσημα δ' ἡμῖν ἥτις ἐστὶν ἡ νόσος·
σοῦ δ' ἂν πυθέσθαι καὶ κλύειν βουλοίμεθ' ἄν. 270

ΤΡΟΦΟΣ

οὐκ οἶδ', ἐλέγχουσ'· οὐ γὰρ ἐννέπειν θέλει.

ΧΟΡΟΣ

οὐδ' ἥτις ἀρχὴ τῶνδε πημάτων ἔφυ;

ΤΡΟΦΟΣ

ἐς ταὐτὸν ἥκεις· πάντα γὰρ σιγᾶι τάδε.

ΧΟΡΟΣ

ὡς ἀσθενεῖ τε καὶ κατέξανται δέμας.

ΤΡΟΦΟΣ

πῶς δ' οὔ, τριταίαν γ' οὖσ' ἄσιτος ἡμέραν; 275

ΧΟΡΟΣ

πότερον ὑπ' ἄτης ἢ θανεῖν πειρωμένη;

ΤΡΟΦΟΣ

θανεῖν; ἀσιτεῖ γ' εἰς ἀπόστασιν βίου.

alma é áspero fardo, que me
dói por ela. 260
A rígida conduta na vida,
dizem, traz mais queda que gozo,
e é inimiga da saúde.
Assim, louvo menos o excesso
que nenhum excesso; 265
ainda condirão comigo os sábios.

CORO

Mulher anciã, fiel nutriz da rainha,
vemos esta mísera sorte de Fedra,
nada nos diz o que seja a doença;
mas queríamos ouvir e saber de ti. 270

NUTRIZ

Não sei dizer; ela não quer falar.

CORO

Nem como começaram estas dores?

NUTRIZ

Tornas ao mesmo; nada diz disso tudo.

CORO

Como está fraca e o corpo devastado.

NUTRIZ

Como não, há três dias sem comer? 275

CORO

Por erronia, ou por tentar se matar?

NUTRIZ

Matar-se? Não come, a perder a vida.

ΧΟΡΟΣ

θαυμαστὸν εἶπας, εἰ τάδ' ἐξαρκεῖ πόσει.

ΤΡΟΦΟΣ

κρύπτει γὰρ ἥδε πῆμα κοὔ φησιν νοσεῖν.

ΧΟΡΟΣ

ὁ δ' ἐς πρόσωπον οὐ τεκμαίρεται βλέπων; 280

ΤΡΟΦΟΣ

ἔκδημος ὢν γὰρ τῆσδε τυγχάνει χθονός.

ΧΟΡΟΣ

σὺ δ' οὐκ ἀνάγκην προσφέρεις, πειρωμένη
νόσον πυθέσθαι τῆσδε καὶ πλάνον φρενῶν;

ΤΡΟΦΟΣ

ἐς πάντ' ἀφῖγμαι κοὐδὲν εἴργασμαι πλέον.
οὐ μὴν ἀνήσω γ' οὐδὲ νῦν προθυμίας, 285
ὡς ἂν παροῦσα καὶ σύ μοι ξυμμαρτυρῇς
οἵα πέφυκα δυστυχοῦσι δεσπόταις.
ἄγ', ὦ φίλη παῖ, τῶν πάροιθε μὲν λόγων
λαθώμεθ' ἄμφω, καὶ σύ θ' ἡδίων γενοῦ
στυγνὴν ὀφρῦν λύσασα καὶ γνώμης ὁδόν, 290
ἐγώ θ' ὅπηι σοι μὴ καλῶς τόθ' εἰπόμην
μεθεῖσ' ἐπ' ἄλλον εἶμι βελτίω λόγον.
κεἰ μὲν νοσεῖς τι τῶν ἀπορρήτων κακῶν,
γυναῖκες αἵδε συγκαθιστάναι νόσον·
εἰ δ' ἔκφορός σοι συμφορὰ πρὸς ἄρσενας, 295
λέγ', ὡς ἰατροῖς πρᾶγμα μηνυθῆι τόδε.
εἶἑν, τί σιγᾶις; οὐκ ἐχρῆν σιγᾶν, τέκνον,
ἀλλ' ἤ μ' ἐλέγχειν, εἴ τι μὴ καλῶς λέγω,
ἢ τοῖσιν εὖ λεχθεῖσι συγχωρεῖν λόγοις.
φθέγξαι τι, δεῦρ' ἄθρησον. ὢ τάλαιν' ἐγώ, 300
γυναῖκες, ἄλλως τούσδε μοχθοῦμεν πόνους,

CORO
Admirável dito, se isso basta ao marido.

NUTRIZ
Ela oculta a dor e nega estar doente.

CORO
Ele, ao ver o rosto, não tem indícios? 280

NUTRIZ
Acontece que está fora desta terra.

CORO
Não te serves de coerção ao tentar
saber da doença e do desvio mental?

NUTRIZ
Fiz de tudo, e nada mais consegui.
Mas nem agora não relaxarei o zelo, 285
para que tu presente testemunhes
como sou na má sorte dos senhores.
Vamos, minha filha, do dito antes
esqueçamos ambas, e sê tu mais doce,
solta o hórrido cenho e a via do saber, 290
eu, onde então não te seguia bem,
desisto e vou a outra melhor razão.
Se te dói um dos males interditos,
eis mulheres para tratar a doença;
mas se o mal se pode expor a varões, 295
diz, para revelar o fato aos médicos.
Por que te calas? Não te cales, filha,
mas, ou refuta-me, se não falo bem,
ou aquiesce às palavras bem faladas.
Diz algo! Olha para cá! Ai de mim! 300
Mulheres, fadigamos nesta faina vã,

ἴσον δ' ἄπεσμεν τῶι πρίν· οὔτε γὰρ τότε
λόγοις ἐτέγγεθ' ἥδε νῦν τ' οὐ πείθεται.
ἀλλ' ἴσθι μέντοι — πρὸς τάδ' αὐθαδεστέρα
γίγνου θαλάσσης — εἰ θανῆι, προδοῦσα σοὺς 305
παῖδας, πατρώιων μὴ μεθέξοντας δόμων,
μὰ τὴν ἄνασσαν ἱππίαν Ἀμαζόνα,
ἣ σοῖς τέκνοισι δεσπότην ἐγείνατο,
νόθον φρονοῦντα γνήσι', οἶσθά νιν καλῶς,
Ἱππόλυτον...

ΦΑΙΔΡΑ

οἴμοι.

ΤΡΟΦΟΣ

θιγγάνει σέθεν τόδε; 310

ΦΑΙΔΡΑ

ἀπώλεσάς με, μαῖα, καί σε πρὸς θεῶν
τοῦδ' ἀνδρὸς αὖθις λίσσομαι σιγᾶν πέρι.

ΤΡΟΦΟΣ

ὁρᾶις; φρονεῖς μὲν εὖ, φρονοῦσα δ' οὐ θέλεις
παῖδάς τ' ὀνῆσαι καὶ σὸν ἐκσῶσαι βίον.

ΦΑΙΔΡΑ

φιλῶ τέκν'· ἄλληι δ' ἐν τύχηι χειμάζομαι. 315

ΤΡΟΦΟΣ

ἁγνὰς μέν, ὦ παῖ, χεῖρας αἵματος φορεῖς;

ΦΑΙΔΡΑ

χεῖρες μὲν ἁγναί, φρὴν δ' ἔχει μίασμά τι.

ΤΡΟΦΟΣ

μῶν ἐξ ἐπακτοῦ πημονῆς ἐχθρῶν τινος;

e distamos igual antes, nem foi então
terna às falas, nem agora se persuade.
Sabe, porém, torna-te mais obstinada
nisso que o mar: se morreres, trairás 305
teus filhos, não terão da casa paterna,
oh aquela rainha equestre Amazona,
ela gerou entre teus filhos o herdeiro
bastardo a crer-se lídimo, sabe-o bem,
Hipólito...

FEDRA

Oímoi!

NUTRIZ

Isso te toca? 310

FEDRA

Destruíste-me, mãe, e por Deuses
peço-te, cala-te sobre esse varão!

NUTRIZ

Vês? Estás lúcida, mas lúcida não queres
ser útil aos filhos e conservar tua vida.

FEDRA

Amo-os. De outra sorte sofro tormenta. 315

NUTRIZ

Ó filha, tens as mãos puras de sangue?

FEDRA

As mãos puras, mas a mente poluída.

NUTRIZ

Por um mal vindo de algum inimigo?

ΦΑΙΔΡΑ

φίλος μ' ἀπόλλυσ' οὐχ ἑκοῦσαν οὐχ ἑκών.

ΤΡΟΦΟΣ

Θησεύς τιν' ἡμάρτηκεν ἐς σ' ἁμαρτίαν; 320

ΦΑΙΔΡΑ

μὴ δρῶσ' ἔγωγ' ἐκεῖνον ὀφθείην κακῶς.

ΤΡΟΦΟΣ

τί γὰρ τὸ δεινὸν τοῦθ' ὅ σ' ἐξαίρει θανεῖν;

ΦΑΙΔΡΑ

ἔα μ' ἁμαρτεῖν· οὐ γὰρ ἐς σ' ἁμαρτάνω.

ΤΡΟΦΟΣ

οὐ δῆθ' ἑκοῦσά γ', ἐν δὲ σοὶ λελείψομαι.

ΦΑΙΔΡΑ

τί δρᾶις; βιάζηι, χειρὸς ἐξαρτωμένη; 325

ΤΡΟΦΟΣ

καὶ σῶν γε γονάτων, κοὐ μεθήσομαί ποτε.

ΦΑΙΔΡΑ

κάκ' ὦ τάλαινά σοι τάδ', εἰ πεύσηι, κακά.

ΤΡΟΦΟΣ

μεῖζον γὰρ ἤ σου μὴ τυχεῖν τί μοι κακόν;

ΦΑΙΔΡΑ

ὀλῆι. τὸ μέντοι πρᾶγμ' ἐμοὶ τιμὴν φέρει.

ΤΡΟΦΟΣ

κἄπειτα κρύπτεις, χρήσθ' ἱκνουμένης ἐμοῦ; 330

FEDRA

Amigo coagido destrói-me coagida.

NUTRIZ

Teseu cometeu algum erro contra ti? 320

FEDRA

Não me vejam jamais a tratá-lo mal!

NUTRIZ

Que terror esse te move a matar-te?

FEDRA

Deixa-me errar! Não erro contra ti.

NUTRIZ

Nunca por anuir falharei contigo.

FEDRA

Que fazes? Forças, pegando a mão? 325

NUTRIZ

E teus joelhos. Não desistirei nunca.

FEDRA

Mísera, se souberes, são teus males!

NUTRIZ

Que mal maior do que não te tocar?

FEDRA

Morrerás. O fato, porém, me honra.

NUTRIZ

E ainda ocultas, se suplico por bem? 330

ΦΑΙΔΡΑ

ἐκ τῶν γὰρ αἰσχρῶν ἐσθλὰ μηχανώμεθα.

ΤΡΟΦΟΣ

οὔκουν λέγουσα τιμιωτέρα φανῆι;

ΦΑΙΔΡΑ

ἄπελθε πρὸς θεῶν δεξιάν τ' ἐμὴν μέθες.

ΤΡΟΦΟΣ

οὐ δῆτ', ἐπεί μοι δῶρον οὐ δίδως ὃ χρῆν.

ΦΑΙΔΡΑ

δώσω· σέβας γὰρ χειρὸς αἰδοῦμαι τὸ σόν. 335

ΤΡΟΦΟΣ

σιγῶιμ' ἂν ἤδη· σὸς γὰρ οὑντεῦθεν λόγος.

ΦΑΙΔΡΑ

ὦ τλῆμον, οἷον, μῆτερ, ἠράσθης ἔρον.

ΤΡΟΦΟΣ

ὃν ἔσχε ταύρου, τέκνον; ἢ τί φὴις τόδε;

ΦΑΙΔΡΑ

σύ τ', ὦ τάλαιν' ὅμαιμε, Διονύσου δάμαρ.

ΤΡΟΦΟΣ

τέκνον, τί πάσχεις; συγγόνους κακορροθεῖς; 340

ΦΑΙΔΡΑ

τρίτη δ' ἐγὼ δύστηνος ὡς ἀπόλλυμαι.

ΤΡΟΦΟΣ

ἔκ τοι πέπληγμαι· ποῖ προβήσεται λόγος;

FEDRA

Dos opróbrios produzimos os bens.

NUTRIZ

Não serás mais honrada se disser?

FEDRA

Para, por Deuses! Solta minha mão!

NUTRIZ

Não, se não me dás o dom que peço.

FEDRA

Darei, respeito a venerável mão tua. 335

NUTRIZ

Calo-me já, agora a palavra é tua.

FEDRA

Ó mísera mãe, que amor amaste!

NUTRIZ

Amor ao touro, filha? Ou que dizes?

FEDRA

Tu, ó mísera irmã, esposa de Dioniso!

NUTRIZ

Filha, que sofres? Difamas a família? 340

FEDRA

Eu, terceira, mísera, como termino!

NUTRIZ

Estou atônita. Aonde irá a palavra?

ΦΑΙΔΡΑ

ἐκεῖθεν ἡμεῖς, οὐ νεωστί, δυστυχεῖς.

ΤΡΟΦΟΣ

οὐδέν τι μᾶλλον οἶδ' ἃ βούλομαι κλύειν.

ΦΑΙΔΡΑ

φεῦ·

πῶς ἂν σύ μοι λέξειας ἁμὲ χρὴ λέγειν; 345

ΤΡΟΦΟΣ

οὐ μάντις εἰμὶ τἀφανῆ γνῶναι σαφῶς.

ΦΑΙΔΡΑ

τί τοῦθ' ὃ δὴ λέγουσιν ἀνθρώπους ἐρᾶν;

ΤΡΟΦΟΣ

ἥδιστον, ὦ παῖ, ταὐτὸν ἀλγεινόν θ' ἅμα.

ΦΑΙΔΡΑ

ἡμεῖς ἂν εἶμεν θατέρωι κεχρημένοι.

ΤΡΟΦΟΣ

τί φήις; ἐρᾶις, ὦ τέκνον; ἀνθρώπων τίνος; 350

ΦΑΙΔΡΑ

ὅστις ποθ' οὗτός ἐσθ', ὁ τῆς Ἀμαζόνος...

ΤΡΟΦΟΣ

Ἱππόλυτον αὐδᾶις;

ΦΑΙΔΡΑ

σοῦ τάδ', οὐκ ἐμοῦ, κλύεις.

FEDRA

É de lá, não recente, nossa má sorte.

NUTRIZ

Nada ainda sei do que quero ouvir.

FEDRA

Pheû!

Como tu me dirias o que devo dizer? 345

NUTRIZ

Não sou vate, a ver claro o invisível.

FEDRA

O que dizem que é o humano amor?

NUTRIZ

O mais doce e ainda o mesmo dó, filha.

FEDRA

Nós teríamos usado só um dos dois.

NUTRIZ

Que dizes? Amas, filha? Que homem? 350

FEDRA

Seja quem for esse filho de Amazona.

NUTRIZ

Dizes Hipólito?

FEDRA

Ouves-te, não a mim.

ΤΡΟΦΟΣ

οἴμοι, τί λέξεις, τέκνον; ὥς μ' ἀπώλεσας.
γυναῖκες, οὐκ ἀνασχέτ', οὐκ ἀνέξομαι
ζῶσ'· ἐχθρὸν ἦμαρ, ἐχθρὸν εἰσορῶ φάος. 355
ῥίψω μεθήσω σῶμ', ἀπαλλαχθήσομαι
βίου θανοῦσα· χαίρετ', οὐκέτ' εἴμ' ἐγώ.
οἱ σώφρονες γάρ, οὐχ ἑκόντες ἀλλ' ὅμως,
κακῶν ἐρῶσι. Κύπρις οὐκ ἄρ' ἦν θεός,
ἀλλ' εἴ τι μεῖζον ἄλλο γίγνεται θεοῦ, 360
ἣ τήνδε κἀμὲ καὶ δόμους ἀπώλεσεν.

ΧΟΡΟΣ

ἄιες ὤ, ἔκλυες ὤν, Est.
ἀνήκουστα τᾶς
τυράννου πάθεα μέλεα θρεομένας;
ὀλοίμαν ἔγωγε πρὶν σᾶν, φίλα,
κατανύσαι φρενῶν. ἰώ μοι, φεῦ φεῦ· 365
ὦ τάλαινα τῶνδ' ἀλγέων·
ὦ πόνοι τρέφοντες βροτούς.
ὄλωλας, ἐξέφηνας ἐς φάος κακά.
τίς σε παναμέριος ὅδε χρόνος μένει;
τελευτάσεταί τι καινὸν δόμοις· 370
ἄσημα δ' οὐκέτ' ἐστὶν οἷ φθίνει τύχα
Κύπριδος, ὦ τάλαινα παῖ Κρησία.

ΦΑΙΔΡΑ

Τροζήνιαι γυναῖκες, αἳ τόδ' ἔσχατον
οἰκεῖτε χώρας Πελοπίας προνώπιον,
ἤδη ποτ' ἄλλως νυκτὸς ἐν μακρῶι χρόνωι 375
θνητῶν ἐφρόντισ' ἧι διέφθαρται βίος.
καί μοι δοκοῦσιν οὐ κατὰ γνώμης φύσιν
πράσσειν κακίον'· ἔστι γὰρ τό γ' εὖ φρονεῖν
πολλοῖσιν· ἀλλὰ τῆιδ' ἀθρητέον τόδε·
τὰ χρήστ' ἐπιστάμεσθα καὶ γιγνώσκομεν, 380
οὐκ ἐκπονοῦμεν δ', οἱ μὲν ἀργίας ὕπο,

NUTRIZ

Oímoi! Que dirás, filha? Destruíste-me!
Mulheres, não suportarei o insuportável,
viva. Em odioso dia, avisto odiosa luz. 355
Lançar-me-ei, soltar-me-ei, livrar-me-ei
da vida, morta. Salve! Não sou mais eu.
Os prudentes, não por anuírem, porém,
amam os males. Cípris não era Deusa,
mas se há algo ainda maior que Deusa, 360
ela destruiu a esta, a mim e a esta casa.

CORO

Soubeste — *ó!* — ouviste — *ó!* — Est.
as inauditas
míseras dores ditas pela rainha?
Amiga, morra eu, antes de tocar
teu espírito! *Ió moi*, *pheû pheû!* 365
Ó mísera, que dores são estas!
Ó dores nutrizes dos mortais!
Morreste, mostraste males à luz.
Que tempo te espera o dia todo?
Má novidade terminará em casa. 370
A sorte de Cípris não mais oculta
que míngua, mísera moça cretense.

FEDRA

Mulheres trezênias, que viveis nesta
extrema fronteira da terra de Pélops,
por longo tempo à noite já refleti 375
como se destrói a vida dos mortais.
Não me parece que por sua opinião
estão pior, pois a prudência pertence
a muitos, mas deve-se aqui ver isto:
conhecemos as utilidades e sabemos, 380
e não praticamos, uns por preguiça,

οἱ δ’ ἡδονὴν προθέντες ἀντὶ τοῦ καλοῦ
ἄλλην τιν’· εἰσὶ δ’ ἡδοναὶ πολλαὶ βίου,
μακραί τε λέσχαι καὶ σχολή, τερπνὸν κακόν,
αἰδώς τε· δισσαὶ δ’ εἰσίν, ἡ μὲν οὐ κακή, 385
ἡ δ’ ἄχθος οἴκων· εἰ δ’ ὁ καιρὸς ἦν σαφής,
οὐκ ἂν δύ’ ἤστην ταὔτ’ ἔχοντε γράμματα.
ταῦτ’ οὖν ἐπειδὴ τυγχάνω φρονοῦσ’ ἐγώ,
οὐκ ἔσθ’ ὁποίωι φαρμάκωι διαφθερεῖν
ἔμελλον, ὥστε τοὔμπαλιν πεσεῖν φρενῶν. 390
λέξω δὲ καί σοι τῆς ἐμῆς γνώμης ὁδόν.
ἐπεί μ’ ἔρως ἔτρωσεν, ἐσκόπουν ὅπως
κάλλιστ’ ἐνέγκαιμ’ αὐτόν. ἠρξάμην μὲν οὖν
ἐκ τοῦδε, σιγᾶν τήνδε καὶ κρύπτειν νόσον·
γλώσσηι γὰρ οὐδὲν πιστόν, ἣ θυραῖα μὲν 395
φρονήματ’ ἀνδρῶν νουθετεῖν ἐπίσταται,
αὐτὴ δ’ ὑφ’ αὑτῆς πλεῖστα κέκτηται κακά.
τὸ δεύτερον δὲ τὴν ἄνοιαν εὖ φέρειν
τῶι σωφρονεῖν νικῶσα προυνοησάμην.
τρίτον δ’, ἐπειδὴ τοισίδ’ οὐκ ἐξήνυτον 400
Κύπριν κρατῆσαι, κατθανεῖν ἔδοξέ μοι,
κράτιστον (οὐδεὶς ἀντερεῖ) βουλευμάτων.
ἐμοὶ γὰρ εἴη μήτε λανθάνειν καλὰ
μήτ’ αἰσχρὰ δρώσηι μάρτυρας πολλοὺς ἔχειν.
τὸ δ’ ἔργον ἤιδη τὴν νόσον τε δυσκλεᾶ, 405
γυνή τε πρὸς τοῖσδ’ οὖσ’ ἐγίγνωσκον καλῶς,
μίσημα πᾶσιν· ὡς ὄλοιτο παγκάκως
ἥτις πρὸς ἄνδρας ἤρξατ’ αἰσχύνειν λέχη
πρώτη θυραίους. ἐκ δὲ γενναίων δόμων
τόδ’ ἦρξε θηλείαισι γίγνεσθαι κακόν· 410
ὅταν γὰρ αἰσχρὰ τοῖσιν ἐσθλοῖσιν δοκῆι,
ἦ κάρτα δόξει τοῖς κακοῖς γ’ εἶναι καλά.
μισῶ δὲ καὶ τὰς σώφρονας μὲν ἐν λόγοις,
λάθραι δὲ τόλμας οὐ καλὰς κεκτημένας·
αἳ πῶς ποτ’, ὦ δέσποινα ποντία Κύπρι, 415
βλέπουσιν ἐς πρόσωπα τῶν ξυνευνετῶν

outros por anteporem outro prazer
ao bem. Muitos prazeres há na vida,
longas palestras e ócio, álacre mal,
e pudor, duplo: um não é mau, o outro 385
oprime a casa. Se a ocasião fosse clara,
não seriam dois com o mesmo nome.
Quando me acontece pensar assim,
nenhum remédio há com que apagar
de modo a cair em opinião contrária. 390
Também te direi a via de meu saber.
Ao ferir-me o amor, intentava como
mais bem o suportaria, e principiei
então a calar e ocultar esta doença,
pois não se pode confiar na língua 395
que sabe aconselhar mentes alheias,
mas a si mesma se fez muitos males.
Depois, providenciei suportar bem
a insânia, vencendo com prudência.
Por fim, porque assim não pude 400
superar Cípris, eu decidi morrer,
a melhor e incontestável decisão.
Possa não ser oculta ao agir bem,
nem ter testemunhas ao agir mal!
Sabia inglórios o ato e a doença, 405
e mais, por ser mulher, bem sabia
repulsivos a todos. Morresse mal
a primeira que ultrajou leito com
forasteiros! De nobres casas, este
mal teve princípio entre mulheres. 410
Quando os nobres tomam decisões
más, a plebe crê serem muito boas.
Odeio as prudentes nas falas, mas
à socapa com ousadias não belas.
Como, ó rainha marinha Cípris, 415
olham elas para o rosto dos maridos

οὐδὲ σκότον φρίσσουσι τὸν ξυνεργάτην
τέραμνά τ' οἴκων μή ποτε φθογγὴν ἀφῆι;
ἡμᾶς γὰρ αὐτὸ τοῦτ' ἀποκτείνει, φίλαι,
ὡς μήποτ' ἄνδρα τὸν ἐμὸν αἰσχύνασ' ἁλῶ, 420
μὴ παῖδας οὓς ἔτικτον· ἀλλ' ἐλεύθεροι
παρρησίαι θάλλοντες οἰκοῖεν πόλιν
κλεινῶν Ἀθηνῶν, μητρὸς οὕνεκ' εὐκλεεῖς.
δουλοῖ γὰρ ἄνδρα, κἂν θρασύσπλαγχνός τις ἦι,
ὅταν ξυνειδῆι μητρὸς ἢ πατρὸς κακά. 425
μόνον δὲ τοῦτό φασ' ἁμιλλᾶσθαι βίωι,
γνώμην δικαίαν κἀγαθὴν ὅτωι παρῆι·
κακοὺς δὲ θνητῶν ἐξέφην' ὅταν τύχηι,
προθεὶς κάτοπτρον ὥστε παρθένωι νέαι,
χρόνος· παρ' οἷσι μήποτ' ὀφθείην ἐγώ. 430

ΧΟΡΟΣ

φεῦ φεῦ, τὸ σῶφρον ὡς ἁπανταχοῦ καλὸν
καὶ δόξαν ἐσθλὴν ἐν βροτοῖς καρπίζεται.

ΤΡΟΦΟΣ

δέσποιν', ἐμοί τοι συμφορὰ μὲν ἀρτίως
ἡ σὴ παρέσχε δεινὸν ἐξαίφνης φόβον·
νῦν δ' ἐννοοῦμαι φαῦλος οὖσα, κἀν βροτοῖς 435
αἱ δεύτεραί πως φροντίδες σοφώτεραι.
οὐ γὰρ περισσὸν οὐδὲν οὐδ' ἔξω λόγου
πέπονθας, ὀργαὶ δ' ἐς σ' ἀπέσκηψαν θεᾶς.
ἐρᾶις (τί τοῦτο θαῦμα;) σὺν πολλοῖς βροτῶν·
κἄπειτ' ἔρωτος οὕνεκα ψυχὴν ὀλεῖς; 440
οὔ τἄρα λύει τοῖς ἐρῶσι τῶν πέλας,
ὅσοι τε μέλλουσ', εἰ θανεῖν αὐτοὺς χρεών.
Κύπρις γὰρ οὐ φορητὸν ἢν πολλὴ ῥυῆι,
ἣ τὸν μὲν εἴκονθ' ἡσυχῆι μετέρχεται,
ὃν δ' ἂν περισσὸν καὶ φρονοῦνθ' εὕρηι μέγα, 445
τοῦτον λαβοῦσα πῶς δοκεῖς καθύβρισεν.
φοιτᾶι δ' ἀν' αἰθέρ', ἔστι δ' ἐν θαλασσίωι

e não temem que as cúmplices trevas
e o teto da casa afinal soltem a voz?
Isso mesmo nos destrói, ó mulheres,
não me peguem em ultraje ao marido 420
nem aos filhos que gerei, mas livres
prósperos e francos vivam na ínclita
urbe de Atenas, por mãe gloriosos.
O varão, ainda que audaz, se faz servo,
ao conhecer os males da mãe ou do pai. 425
Dizem somente isto competir na vida,
a opinião justa e boa para quem a tem.
Entre mortais, o tempo mostra os maus,
ao lhes antepor espelho como perante
virgem. Ao lado deles nunca me veja! 430

CORO

Pheû, pheû! Sempre bela é a prudência
e colhe entre os mortais nobre renome.

NUTRIZ

Senhora, a circunstância nesse instante
me inspirou um terrível e súbito pavor.
Agora percebo a tolice. Entre mortais, 435
os pensamentos tardios são mais sábios.
Não sofreste nada estranho, nem fora
da conta, sobre ti caiu a ira da Deusa.
Amas. Que espanto? Muitos mortais
também. E por amar, perderás a vida? 440
Ora, não serve a quem ama o vizinho,
nem a quem amará, se devem morrer.
Cípris é irresistível, se irrompe forte.
Ela segue serena junto ao que cede.
A quem descobre superior e soberbo, 445
ao agarrá-lo, ultraja, como imaginas.
Anda pelo céu fulgente, está na onda

κλύδωνι Κύπρις, πάντα δ' ἐκ ταύτης ἔφυ·
ἥδ' ἐστὶν ἡ σπείρουσα καὶ διδοῦσ' ἔρον,
οὗ πάντες ἐσμὲν οἱ κατὰ χθόν' ἔκγονοι. 450
ὅσοι μὲν οὖν γραφάς τε τῶν παλαιτέρων
ἔχουσιν αὐτοί τ' εἰσὶν ἐν μούσαις ἀεὶ
ἴσασι μὲν Ζεὺς ὥς ποτ' ἠράσθη γάμων
Σεμέλης, ἴσασι δ' ὡς ἀνήρπασέν ποτε
ἡ καλλιφεγγὴς Κέφαλον ἐς θεοὺς Ἕως 455
ἔρωτος οὕνεκ'· ἀλλ' ὅμως ἐν οὐρανῶι
ναίουσι κοὐ φεύγουσιν ἐκποδὼν θεούς,
στέργουσι δ', οἶμαι, ξυμφορᾶι νικώμενοι.
σὺ δ' οὐκ ἀνέξηι; χρῆν σ' ἐπὶ ῥητοῖς ἄρα
πατέρα φυτεύειν ἢ 'πὶ δεσπόταις θεοῖς 460
ἄλλοισιν, εἰ μὴ τούσδε γε στέρξεις νόμους.
πόσους δοκεῖς δὴ κάρτ' ἔχοντας εὖ φρενῶν
νοσοῦνθ' ὁρῶντας λέκτρα μὴ δοκεῖν ὁρᾶν;
πόσους δὲ παισὶ πατέρας ἡμαρτηκόσιν
συνεκκομίζειν Κύπριν; ἐν σοφοῖσι γὰρ 465
τόδ' ἐστὶ θνητῶν, λανθάνειν τὰ μὴ καλά.
οὐδ' ἐκπονεῖν τοι χρὴ βίον λίαν βροτούς·
οὐδὲ στέγην γὰρ ἧι κατηρεφεῖς δόμοι
καλῶς ἀκριβώσαις ἄν· ἐς δὲ τὴν τύχην
πεσοῦσ' ὅσην σύ, πῶς ἂν ἐκνεῦσαι δοκεῖς; 470
ἀλλ' εἰ τὰ πλείω χρηστὰ τῶν κακῶν ἔχεις,
ἄνθρωπος οὖσα κάρτα γ' εὖ πράξειας ἄν.
ἀλλ', ὦ φίλη παῖ, λῆγε μὲν κακῶν φρενῶν,
λῆξον δ' ὑβρίζουσ', οὐ γὰρ ἄλλο πλὴν ὕβρις
τάδ' ἐστί, κρείσσω δαιμόνων εἶναι θέλειν, 475
τόλμα δ' ἐρῶσα· θεὸς ἐβουλήθη τάδε·
νοσοῦσα δ' εὖ πως τὴν νόσον καταστρέφου.
εἰσὶν δ' ἐπωιδαὶ καὶ λόγοι θελκτήριοι·
φανήσεταί τι τῆσδε φάρμακον νόσου.
ἦ τἄρ' ἂν ὀψέ γ' ἄνδρες ἐξεύροιεν ἄν, 480
εἰ μὴ γυναῖκες μηχανὰς εὑρήσομεν.

marinha — Cípris, e tudo dela surgiu.
Ela é semeadora e doadora de amor,
do qual todos na terra somos filhos. 450
Os que têm os escritos dos antigos
e que convivem sempre com Musas
sabem que Zeus desejou as núpcias
de Sêmele, sabem que resplandecente
Aurora levou Céfalo para os Deuses 455
por amor. Entretanto, moram no céu
e não são banidos longe dos Deuses.
Amam, vencidos pela situação, penso.
E tu não suportarás? Devesse teu pai
gerar-te para outros fados ou Deuses 460
donos, se não amares estes costumes.
Quantos, se veem turvar o leito, crês
que por bom senso parecem não ver?
Quantos pais com filhos desacertados
acobertam Cípris? Entre os sábios 465
cabe a mortais ignorar o indecente.
Mortais não penem demais na vida,
pois nem o telhado que coroa a casa
fariam com exatidão. Se em tal sorte
caíste, como pensas que escaparias? 470
Mas se tens mais bens do que males,
por seres mortal, estarias muito bem.
Mas, minha filha, cessa a má cisma!
Cessa a soberba! Não é senão soberba
isso de querer ser maior que Numes. 475
Ousa o amor! Assim um Deus quis.
Doente, bem reverte então a doença!
Há encantos e palavras encantatórias.
Aparecerá um remédio desta doença.
Ora, os varões o descobririam tarde, 480
se mulheres não inventarmos ardis.

ΧΟΡΟΣ

Φαίδρα, λέγει μὲν ἥδε χρησιμώτερα
πρὸς τὴν παροῦσαν ξυμφοράν, αἰνῶ δὲ σέ.
ὁ δ' αἶνος οὗτος δυσχερέστερος λόγων
τῶν τῆσδε καί σοι μᾶλλον ἀλγίων κλύειν. 485

ΦΑΙΔΡΑ

τοῦτ' ἔσθ' ὃ θνητῶν εὖ πόλεις οἰκουμένας
δόμους τ' ἀπόλλυσ', οἱ καλοὶ λίαν λόγοι·
οὐ γάρ τι τοῖσιν ὠσὶ τερπνὰ χρὴ λέγειν
ἀλλ' ἐξ ὅτου τις εὐκλεὴς γενήσεται.

ΤΡΟΦΟΣ

τί σεμνομυθεῖς; οὐ λόγων εὐσχημόνων 490
δεῖ σ' ἀλλὰ τἀνδρός. ὡς τάχος διιστέον,
τὸν εὐθὺς ἐξειπόντας ἀμφὶ σοῦ λόγον.
εἰ μὲν γὰρ ἦν σοι μὴ 'πὶ συμφοραῖς βίος
τοιαῖσδε, σώφρων δ' οὖσ' ἐτύγχανες γυνή,
οὐκ ἄν ποτ' εὐνῆς οὕνεχ' ἡδονῆς τε σῆς 495
προῆγον ἄν σε δεῦρο· νῦν δ' ἀγὼν μέγας,
σῶσαι βίον σόν, κοὐκ ἐπίφθονον τόδε.

ΦΑΙΔΡΑ

ὦ δεινὰ λέξασ', οὐχὶ συγκλήισεις στόμα
καὶ μὴ μεθήσεις αὖθις αἰσχίστους λόγους;

ΤΡΟΦΟΣ

αἴσχρ', ἀλλ' ἀμείνω τῶν καλῶν τάδ' ἐστί σοι· 500
κρεῖσσον δὲ τοὔργον, εἴπερ ἐκσώσει γέ σε,
ἢ τοὔνομ', ὧι σὺ κατθανῆι γαυρουμένη.

ΦΑΙΔΡΑ

ἆ μή σε πρὸς θεῶν, εὖ λέγεις γὰρ αἰσχρὰ δέ,
πέρα προβῆις τῶνδ'· ὡς ὑπείργασμαι μὲν εὖ

CORO
Fedra, ela indica o que é mais útil
à presente situação, mas eu te louvo.
Este louvor é mais doloroso e mais
difícil de ouvir que as palavras dela. 485

FEDRA
Palavras belas demais, isso destruiu
casas e bem teúdas urbes de mortais.
Não se fale para o prazer de ouvidos,
mas por que se tornará bem glorioso!

NUTRIZ
Que falas solene? Não de belas falas, 490
mas de varão necessitas. Veja-se logo
se palavra direta a teu respeito se fala.
Se a tua vida não estivesse nessa tal
situação, mas fosses mulher prudente,
não te traria aqui por causa de cama 495
e de teu prazer, mas é grande porfia
salvar a tua vida e isso não é negável.

FEDRA
Ó terrível faladora, não te calarás?
Não rejeitarás as mais vis palavras?

NUTRIZ
Vis, mas são melhores que as belas, 500
e o efeito, se te salvar, mais forte
que o nome de tua ufanada morte.

FEDRA
Â! Deuses, não! Tu bem dizes vilezas.
Não vás além disso! Tenho bem lavrada

ψυχὴν ἔρωτι, τἀισχρὰ δ᾽ ἢν λέγηις καλῶς 505
ἐς τοῦθ᾽ ὃ φεύγω νῦν ἀναλωθήσομαι.

ΤΡΟΦΟΣ

εἴ τοι δοκεῖ σοι, χρῆν μὲν οὔ σ᾽ ἁμαρτάνειν,
εἰ δ᾽ οὖν, πιθοῦ μοι· δευτέρα γὰρ ἡ χάρις.
ἔστιν κατ᾽ οἴκους φίλτρα μοι θελκτήρια
ἔρωτος, ἦλθε δ᾽ ἄρτι μοι γνώμης ἔσω, 510
ἅ σ᾽ οὔτ᾽ ἐπ᾽ αἰσχροῖς οὔτ᾽ ἐπὶ βλάβηι φρενῶν
παύσει νόσου τῆσδ᾽, ἢν σὺ μὴ γένηι κακή.
δεῖ δ᾽ ἐξ ἐκείνου δή τι τοῦ ποθουμένου
σημεῖον, ἢ πλόκον τιν᾽ ἢ πέπλων ἄπο,
λαβεῖν, συνάψαι τ᾽ ἐκ δυοῖν μίαν χάριν. 515

ΦΑΙΔΡΑ

πότερα δὲ χριστὸν ἢ ποτὸν τὸ φάρμακον;

ΤΡΟΦΟΣ

οὐκ οἶδ᾽· ὄνασθαι, μὴ μαθεῖν, βούλου, τέκνον.

ΦΑΙΔΡΑ

δέδοιχ᾽ ὅπως μοι μὴ λίαν φανῇις σοφή.

ΤΡΟΦΟΣ

πάντ᾽ ἂν φοβηθεῖσ᾽ ἴσθι. δειμαίνεις δὲ τί;

ΦΑΙΔΡΑ

μή μοί τι Θησέως τῶνδε μηνύσηις τόκωι. 520

ΤΡΟΦΟΣ

ἔασον, ὦ παῖ· ταῦτ᾽ ἐγὼ θήσω καλῶς.
μόνον σύ μοι, δέσποινα ποντία Κύπρι,
συνεργὸς εἴης· τἄλλα δ᾽ οἷ᾽ ἐγὼ φρονῶ
τοῖς ἔνδον ἡμῖν ἀρκέσει λέξαι φίλοις.

a vida por amor e, se bem dizes vilezas, 505
eu serei agora destruída pelo que evito.

NUTRIZ

Se assim te parece, tu devias não errar,
mas se erras, ouve-me! A graça segue.
Tenho em casa um filtro encantatório
de amor. Veio-me agora o pensamento 510
de que sem vileza nem dano ao espírito
cessará a doença, se não fores covarde.
É necessário pegar de quem é desejado
um sinal ou cabelo ou fiapo de manto
e desses dois amarrar uma única graça. 515

FEDRA

Será unguento ou poção esse remédio?

NUTRIZ

Não sei. Queiras usar, não saber, filha!

FEDRA

Temo que tu te mostres sábia demais.

NUTRIZ

Sabe que temes tudo. Temes por quê?

FEDRA

Que digas algo disto ao filho de Teseu. 520

NUTRIZ

Descansa, ó filha! Isso eu farei bem.
Ó rainha marinha Cípris, somente tu
cooperes comigo! O mais que penso
nos bastará dizer aos nossos em casa.

ΧΟΡΟΣ

Ἔρως Ἔρως, ὁ κατ᾽ ὀμμάτων Est. 1
στάζων πόθον, εἰσάγων γλυκεῖαν 526
ψυχᾶι χάριν οὓς ἐπιστρατεύσηι,
μή μοί ποτε σὺν κακῶι φανείης
μηδ᾽ ἄρρυθμος ἔλθοις.
οὔτε γὰρ πυρὸς οὔτ᾽ ἄστρων ὑπέρτερον βέλος 530
οἷον τὸ τᾶς Ἀφροδίτας ἵησιν ἐκ χερῶν
Ἔρως ὁ Διὸς παῖς.

ἄλλως ἄλλως παρά τ᾽ Ἀλφεῶι Ant. 1
Φοίβου τ᾽ ἐπὶ Πυθίοις τεράμνοις 536
βούταν φόνον Ἑλλὰς <αἶ> ἀέξει,
Ἔρωτα δέ, τὸν τύραννον ἀνδρῶν,
τὸν τᾶς Ἀφροδίτας
φιλτάτων θαλάμων κληιδοῦχον, οὐ σεβίζομεν, 540
πέρθοντα καὶ διὰ πάσας ἱέντα συμφορᾶς
θνατοὺς ὅταν ἔλθηι.

τὰν μὲν Οἰχαλίαι Est. 2
πῶλον ἄζυγα λέκτρων, 546
ἄνανδρον τὸ πρὶν καὶ ἄνυμφον, οἴκων
ζεύξασ᾽ ἀπ᾽ Εὐρυτίων
δρομάδα ναΐδ᾽ ὅπως τε βάκ- 550
χαν σὺν αἵματι, σὺν καπνῶι,
φονίοισι νυμφείοις
Ἀλκμήνας τόκωι Κύπρις ἐξέδωκεν· ὦ
τλάμων ὑμεναίων.

ὦ Θήβας ἱερὸν Ant. 2
τεῖχος, ὦ στόμα Δίρκας, 556
συνείποιτ᾽ ἂν ἁ Κύπρις οἷον ἕρπει·
βρονταῖ γὰρ ἀμφιπύρωι

[*Primeiro estásimo* (525-564)]

CORO

Amor, amor, que pelos olhos — Est. 1
destilas desejo, ao dares doce — 526
graça à vida de quem atacas,
não me pareças com mal,
nem venhas sem ritmo!
Nem míssil de fogo nem de astros — 530
supera o de Afrodite lançado
por Amor filho de Zeus.

Em vão, em vão, junto de Alfeu — Ant. 1
e na pítia moradia de Febo, — 536
Grécia faz mais matança bovina,
e não veneramos Amor soberano
dos varões, guardião dos aposentos
caríssimos de Afrodite, predador — 540
e invasor de toda situação,
quando vem aos mortais.

Em Ecália Cípris jungiu — Est. 2
potra sem jugo de leito, — 546
inúbil e inupta antes,
longe da casa de Êurito,
qual veloz Náiade e Baca, — 550
com sangue, com fumo,
com as sangrentas núpcias,
e deu ao filho de Alcmena,
ó mísero himeneu!

Ó sacra fortaleza de — Ant. 2
Tebas, ó voz de Dirce, — 556
diríeis como vem Cípris:
com trovão em chamas

τοκάδα τὰν διγόνοιο Βάκ- 560
χου νυμφευσαμένα πότμωι
φονίωι κατηύνασεν.
δεινὰ γὰρ τὰ πάντ' ἐπιπνεῖ, μέλισσα δ' οἵ-
α τις πεπόταται.

ΦΑΙΔΡΑ

σιγήσατ', ὦ γυναῖκες· ἐξειργάσμεθα. 565

ΧΟΡΟΣ

τί δ' ἐστί, Φαίδρα, δεινὸν ἐν δόμοισί σοι;

ΦΑΙΔΡΑ

ἐπίσχετ', αὐδὴν τῶν ἔσωθεν ἐκμάθω.

ΧΟΡΟΣ

σιγῶ· τὸ μέντοι φροίμιον κακὸν τόδε.

ΦΑΙΔΡΑ

ἰώ μοι, αἰαῖ·
ὢ δυστάλαινα τῶν ἐμῶν παθημάτων. 570

ΧΟΡΟΣ

τίνα θροεῖς αὐδάν; τίνα βοᾶις λόγον; 572
ἔνεπε, τίς φοβεῖ σε φήμα, γύναι,
φρένας ἐπίσσυτος;

ΦΑΙΔΡΑ

ἀπωλόμεσθα· ταῖσδ' ἐπιστᾶσαι πύλαις 575
ἀκούσαθ' οἷος κέλαδος ἐν δόμοις πίτνει.

ΧΟΡΟΣ

σὺ παρὰ κλῆιθρα, σοὶ μέλει πομπίμα

a mãe de Baco binato 560
casou-se e deitou-se
com a sangrenta sorte.
Inspira todos os terrores
e qual abelha sobrepaira.

[*Segundo episódio* (565-731)]

FEDRA
Calai-vos, ó mulheres. Estamos feitas. 565

CORO
Que tens de terrível em casa, Fedra?

FEDRA
Esperai, escuto o clamor dos de fora.

CORO
Calo-me. Isso, porém, é mau proêmio.

FEDRA
Ió moi, aiaî!
Ó misérrima, que sofrimentos meus! 570

CORO
O que clamas? Que palavras bradas? 572
Diz, que voz súbito sobrevinda
ao espírito te apavora, ó mulher?

FEDRA
Estamos perdidas. Perto das portas, 575
escutai que clamor tomba em casa.

CORO
Tu junto à porta, importa-te a voz

φάτις δωμάτων·
ἔνεπε δ' ἔνεπέ μοι, τί ποτ' ἔβα κακόν; 580

ΦΑΙΔΡΑ

ὁ τῆς φιλίππου παῖς Ἀμαζόνος βοᾶι
Ἱππόλυτος, αὐδῶν δεινὰ πρόσπολον κακά.

ΧΟΡΟΣ

ἰὰν μὲν κλύω, σαφὲς δ' οὐκ ἔχω· 585
γεγώνει δ' οἷα διὰ πύλας ἔμολεν
ἔμολέ σοι βοά.

ΦΑΙΔΡΑ

καὶ μὴν σαφῶς γε τὴν κακῶν προμνήστριαν, 589
τὴν δεσπότου προδοῦσαν ἐξαυδᾶι λέχος. 590

ΧΟΡΟΣ

ὤμοι ἐγὼ κακῶν· προδέδοσαι, φίλα.
τί σοι μήσομαι; 593
τὰ κρυπτὰ γὰρ πέφηνε, διὰ δ' ὄλλυσαι,
αἰαῖ ἒ ἕ, πρόδοτος ἐκ φίλων. 595

ΦΑΙΔΡΑ

ἀπώλεσέν μ' εἰποῦσα συμφορὰς ἐμάς,
φίλως καλῶς δ' οὐ τήνδ' ἰωμένη νόσον.

ΧΟΡΟΣ

πῶς οὖν; τί δράσεις, ὦ παθοῦσ' ἀμήχανα;

ΦΑΙΔΡΑ

οὐκ οἶδα πλὴν ἕν, κατθανεῖν ὅσον τάχος,
τῶν νῦν παρόντων πημάτων ἄκος μόνον. 600

vinda de casa,
diz-me, diz-me que mal aconteceu? 580

FEDRA

O cavaleiro filho de Amazona grita,
Hipólito mal diz terrível aos servos.

CORO

Ouço a voz, mas não tenho clareza, 585
ressoa como através das portas veio,
veio a ti o grito.

FEDRA

É claro que fala à alcoviteira de males, 589
à traidora do casamento de seu dono. 590

CORO

Ómoi! Que mal! Foste traída, amiga.
Que te aconselharei? 593
O oculto apareceu, tu sucumbiste
— *aiaî è é* — traída por um dos teus! 595

FEDRA

Destruiu-me, ao contar meu infortúnio,
amiga, por bem, sem curar esta doença.

CORO

E agora, que farás com males inelutáveis?

FEDRA

Sei somente que morrer o quanto antes
é o único remédio dos males presentes. 600

ΙΠΠΟΛΥΤΟΣ

ὦ γαῖα μῆτερ ἡλίου τ' ἀναπτυχαί,
οἵων λόγων ἄρρητον εἰσήκουσ' ὄπα.

ΤΡΟΦΟΣ

σίγησον, ὦ παῖ, πρίν τιν' αἰσθέσθαι βοῆς.

ΙΠΠΟΛΥΤΟΣ

οὐκ ἔστ' ἀκούσας δείν' ὅπως σιγήσομαι.

ΤΡΟΦΟΣ

ναί, πρός σε τῆσδε δεξιᾶς εὐωλένου. 605

ΙΠΠΟΛΥΤΟΣ

οὐ μὴ προσοίσεις χεῖρα μηδ' ἅψηι πέπλων;

ΤΡΟΦΟΣ

ὦ πρός σε γονάτων, μηδαμῶς μ' ἐξεργάσηι.

ΙΠΠΟΛΥΤΟΣ

τί δ', εἴπερ, ὡς φῄς, μηδὲν εἴρηκας κακόν;

ΤΡΟΦΟΣ

ὁ μῦθος, ὦ παῖ, κοινὸς οὐδαμῶς ὅδε.

ΙΠΠΟΛΥΤΟΣ

τά τοι κάλ' ἐν πολλοῖσι κάλλιον λέγειν. 610

ΤΡΟΦΟΣ

ὦ τέκνον, ὅρκους μηδαμῶς ἀτιμάσηις.

ΙΠΠΟΛΥΤΟΣ

ἡ γλῶσσ' ὀμώμοχ', ἡ δὲ φρὴν ἀνώμοτος.

HIPÓLITO

Ó Terra mãe e raios de Sol,
que palavras nefandas ouvi!

NUTRIZ

Cala-te, ó filho, antes que ouçam.

HIPÓLITO

Ouvi terríveis, não há que calar.

NUTRIZ

Sim, por teu bravo braço destro! 605

HIPÓLITO

Não ponhas mão! Nem toques manto!

NUTRIZ

Ô! Por teus joelhos, não me executes!

HIPÓLITO

O quê, se dizes que nada mal disseste?

NUTRIZ

Ó filho, não é essa a palavra comum.

HIPÓLITO

Mais belo é dizer o bem na multidão. 610

NUTRIZ

Ó filho, nunca desonres juramentos.

HIPÓLITO

A língua jurou, o espírito não jurou.

ΤΡΟΦΟΣ

ὦ παῖ, τί δράσεις; σοὺς φίλους διεργάσηι;

ΙΠΠΟΛΥΤΟΣ

ἀπέπτυσ'· οὐδεὶς ἄδικός ἐστί μοι φίλος.

ΤΡΟΦΟΣ

σύγγνωθ'· ἁμαρτεῖν εἰκὸς ἀνθρώπους, τέκνον. 615

ΙΠΠΟΛΥΤΟΣ

ὦ Ζεῦ, τί δὴ κίβδηλον ἀνθρώποις κακὸν
γυναῖκας ἐς φῶς ἡλίου κατώικισας;
εἰ γὰρ βρότειον ἤθελες σπεῖραι γένος,
οὐκ ἐκ γυναικῶν χρῆν παρασχέσθαι τόδε,
ἀλλ' ἀντιθέντας σοῖσιν ἐν ναοῖς βροτοὺς 620
ἢ χαλκὸν ἢ σίδηρον ἢ χρυσοῦ βάρος
παίδων πρίασθαι σπέρμα του τιμήματος,
τῆς ἀξίας ἕκαστον, ἐν δὲ δώμασιν
ναίειν ἐλευθέροισι θηλειῶν ἄτερ.
[νῦν δ' ἐς δόμους μὲν πρῶτον ἄξεσθαι κακὸν 625
μέλλοντες ὄλβον δωμάτων ἐκτίνομεν.]
τούτωι δὲ δῆλον ὡς γυνὴ κακὸν μέγα·
προσθεὶς γὰρ ὁ σπείρας τε καὶ θρέψας πατὴρ
φερνὰς ἀπώικισ', ὡς ἀπαλλαχθῆι κακοῦ.
ὁ δ' αὖ λαβὼν ἀτηρὸν ἐς δόμους φυτὸν 630
γέγηθε κόσμον προστιθεὶς ἀγάλματι
καλὸν κακίστωι καὶ πέπλοισιν ἐκπονεῖ
δύστηνος, ὄλβον δωμάτων ὑπεξελών.
[ἔχει δ' ἀνάγκην· ὥστε κηδεύσας καλῶς
γαμβροῖσι χαίρων σώιζεται πικρὸν λέχος, 635
ἢ χρηστὰ λέκτρα πενθεροὺς δ' ἀνωφελεῖς
λαβὼν πιέζει τἀγαθῶι τὸ δυστυχές.]
ῥᾶιστον δ' ὅτωι τὸ μηδέν· ἀλλ' ἀνωφελὴς
εὐηθίαι κατ' οἶκον ἵδρυται γυνή.
σοφὴν δὲ μισῶ· μὴ γὰρ ἔν γ' ἐμοῖς δόμοις 640

NUTRIZ
Que farás, filho? Executarás os teus?

HIPÓLITO
Cuspi. Nenhum injusto é dos meus.

NUTRIZ
Perdoa! Podem mortais errar, filho! 615

HIPÓLITO
Ó Zeus, que manhoso mal a mortais,
as mulheres, instalaste à luz do Sol!
Se querias semear o ser dos mortais,
não devias oferecê-lo por mulheres,
mas pondo-se perante teus templos 620
ou bronze ou ferro ou peso de ouro
comprar-se cada semente de filhos
ao preço de seu valor e ter em casa
generoso domicílio, sem mulheres.
Agora para ter em casa o mal primeiro 625
comprometemos a opulência da casa.
Eis claro que grande mal é a mulher:
o pai genitor e criador, com acréscimo
de dotes, casa-a, para livrar-se do mal.
Quem, aliás, aceita em casa esse mal 630
alegra-se de oferecer adorno ao ícone,
belo ao péssimo, e orna-a com mantos
o mísero, a exaurir o pecúlio da casa.
Suporta coerção, feliz por boa aliança
de famílias, conserva amarga esposa, 635
ou possuindo boa esposa, mas parentes
inúteis, essa má sorte reprime o bem.
O mais fácil é a inepta, mas inútil
instala-se em casa mulher ingênua.
Odeio a sábia, não em minha casa 640

εἴη φρονοῦσα πλείον' ἢ γυναῖκα χρή.
τὸ γὰρ κακοῦργον μᾶλλον ἐντίκτει Κύπρις
ἐν ταῖς σοφαῖσιν· ἡ δ' ἀμήχανος γυνὴ
γνώμηι βραχείαι μωρίαν ἀφηιρέθη.
χρῆν δ' ἐς γυναῖκα πρόσπολον μὲν οὐ περᾶν, 645
ἄφθογγα δ' αὐταῖς συγκατοικίζειν δάκη
θηρῶν, ἵν' εἶχον μήτε προσφωνεῖν τινα
μήτ' ἐξ ἐκείνων φθέγμα δέξασθαι πάλιν.
νῦν δ' †αἱ μὲν ἔνδον δρῶσιν αἱ κακαὶ† κακὰ
βουλεύματ', ἔξω δ' ἐκφέρουσι πρόσπολοι. 650
ὡς καὶ σύ γ' ἡμῖν πατρός, ὦ κακὸν κάρα,
λέκτρων ἀθίκτων ἦλθες ἐς συναλλαγάς·
ἁγὼ ῥυτοῖς νασμοῖσιν ἐξομόρξομαι
ἐς ὦτα κλύζων. πῶς ἂν οὖν εἴην κακός,
ὃς οὐδ' ἀκούσας τοιάδ' ἁγνεύειν δοκῶ; 655
εὖ δ' ἴσθι, τοὐμόν σ' εὐσεβὲς σώιζει, γύναι·
εἰ μὴ γὰρ ὅρκοις θεῶν ἄφαρκτος ἡιρέθην,
οὐκ ἄν ποτ' ἔσχον μὴ οὐ τάδ' ἐξειπεῖν πατρί.
νῦν δ' ἐκ δόμων μέν, ἔστ' ἂν ἐκδημῆι χθονὸς
Θησεύς, ἄπειμι, σῖγα δ' ἕξομεν στόμα· 660
θεάσομαι δὲ σὺν πατρὸς μολὼν ποδὶ
πῶς νιν προσόψηι, καὶ σὺ καὶ δέσποινα σή.
[τῆς σῆς δὲ τόλμης εἴσομαι γεγευμένος.]
ὄλοισθε. μισῶν δ' οὔποτ' ἐμπλησθήσομαι
γυναῖκας, οὐδ' εἴ φησί τίς μ' ἀεὶ λέγειν· 665
ἀεὶ γὰρ οὖν πώς εἰσι κἀκεῖναι κακαί.
ἤ νύν τις αὐτὰς σωφρονεῖν διδαξάτω
ἢ κἄμ' ἐάτω ταῖσδ' ἐπεμβαίνειν ἀεί.

ΦΑΙΔΡΑ

τάλανες ὦ κακοτυχεῖς Ant.
γυναικῶν πότμοι·
τίν' ἢ νῦν τέχναν ἔχομεν ἢ λόγον 670
σφαλεῖσαι κάθαμμα λύειν λόγου;
ἐτύχομεν δίκας. ἰὼ γᾶ καὶ φῶς·

a mulher pense mais que convém.
Cípris engendra mais maleficência
nas sábias, e a mulher sem recurso
de pouco saber livra-se de luxúria.
Nenhum servo devia ir às mulheres, 645
mas feras sem voz morar com elas,
para que nem possam interpelar
nem receber de outrem a resposta.
Mas as más em casa têm os maus
desígnios, e serventes levam fora. 650
Tal vieste também tu, ó gente má,
para unir-me a leito intacto do pai?
Isso enxaguarei com água corrente
limpando os ouvidos. Como seria vil
eu que por ouvir penso não ser puro? 655
Vê bem, ó mulher, piedoso te salvo!
Se não me atassem juras dos Deuses,
não me deteria de dizer tudo ao pai.
Agora, estando Teseu fora de casa,
sairei de casa e ficarei em silêncio. 660
Mas ao retornar com o pai, verei
como tu e tua dona o defrontareis.
Saberei que provei de tua audácia.
Fineis! Não me fartarei de odiá-las
nem se me disserem dizê-lo sempre, 665
pois elas em algo sempre são más.
Ou agora lhes ensinem prudência,
ou deixem-me pisoteá-las sempre!

FEDRA

Ó míseros de má sorte Ant.
destinos de mulheres,
agora, que arte ou razão temos, 670
falhas ao soltar o nó da razão?
Temos justiça. *Iò!* Terra e Luz,

πᾶι ποτ᾽ ἐξαλύξω τύχας;
πῶς δὲ πῆμα κρύψω, φίλαι;
τίς ἂν θεῶν ἀρωγὸς ἢ τίς ἂν βροτῶν 675
πάρεδρος ἢ ξυνεργὸς ἀδίκων ἔργων
φανείη; τὸ γὰρ παρ᾽ ἡμῖν πάθος
πέραν δυσεκπέρατον ἔρχεται βίου.
κακοτυχεστάτα γυναικῶν ἐγώ.

ΧΟΡΟΣ

φεῦ φεῦ, πέπρακται, κοὐ κατώρθωνται τέχναι, 680
δέσποινα, τῆς σῆς προσπόλου, κακῶς δ᾽ ἔχει.

ΦΑΙΔΡΑ

ὦ παγκακίστη καὶ φίλων διαφθορεῦ,
οἷ᾽ εἰργάσω με. Ζεύς σε γεννήτωρ ἐμὸς
πρόρριζον ἐκτρίψειεν οὐτάσας πυρί.
οὐκ εἶπον, οὐ σῆς προυνοησάμην φρενός, 685
σιγᾶν ἐφ᾽ οἷσι νῦν ἐγὼ κακύνομαι;
σὺ δ᾽ οὐκ ἀνέσχου· τοιγὰρ οὐκέτ᾽ εὐκλεεῖς
θανούμεθ᾽. ἀλλὰ δεῖ με δὴ καινῶν λόγων·
οὗτος γὰρ ὀργῆι συντεθηγμένος φρένας
ἐρεῖ καθ᾽ ἡμῶν πατρὶ σὰς ἁμαρτίας, 690
ἐρεῖ δὲ Πιτθεῖ τῶι γέροντι συμφοράς,
πλήσει τε πᾶσαν γαῖαν αἰσχίστων λόγων.
ὄλοιο καὶ σὺ χὤστις ἄκοντας φίλους
πρόθυμός ἐστι μὴ καλῶς εὐεργετεῖν.

ΤΡΟΦΟΣ

δέσποιν᾽, ἔχεις μὲν τἀμὰ μέμψασθαι κακά, 695
τὸ γὰρ δάκνον σου τὴν διάγνωσιν κρατεῖ·
ἔχω δὲ κἀγὼ πρὸς τάδ᾽, εἰ δέξηι, λέγειν.
ἔθρεψά σ᾽ εὔνους τ᾽ εἰμί· τῆς νόσου δέ σοι
ζητοῦσα φάρμαχ᾽ ηὗρον οὐχ ἁβουλόμην.
εἰ δ᾽ εὖ γ᾽ ἔπραξα, κάρτ᾽ ἂν ἐν σοφοῖσιν ἦ· 700
πρὸς τὰς τύχας γὰρ τὰς φρένας κεκτήμεθα.

como afinal escaparei da sorte?
Como ocultarei o mal, amigas?
Que Deus defensor, que mortal 675
parceiro, cúmplice de atos injustos
surgiria? O sofrimento nos vem
por inviável limite da vida.
A mulher de pior sorte, eu.

CORO

Pheû pheû! Pronto, não deram certo, 680
senhora, artes de tua serva, está mal.

FEDRA

Ó de todo má destruidora dos teus,
que me fizeste! Zeus, meu genitor,
te extirpe e extermine com o fogo!
Não disse, não preveni o teu espírito, 685
que calasses o que agora me arruína?
Não te contiveste, não mais teremos
morte gloriosa. Faltam-me novas falas.
Ele, com o espírito instigado por ira,
dirá ao pai, contra nós, os teus erros, 690
dirá ao velho Piteu as circunstâncias,
e de piores falas encherá a terra toda.
Pereçais tu e os propensos a prestar
desserviços a constrangidos amigos!

NUTRIZ

Senhora, podes invectivar meus males, 695
o que te aflige domina a inteligência.
Posso ainda disso, se ouves, dizer-te:
criei-te, quero-te bem; buscando cura
de tua doença, encontrei o não quisto.
Se fosse bem, estaria entre os sábios. 700
É por termos sorte que somos peritos.

ΦΑΙΔΡΑ

ἦ γὰρ δίκαια ταῦτα κἀξαρκοῦντά μοι,
τρώσασαν ἡμᾶς εἶτα συγχωρεῖν λόγοις;

ΤΡΟΦΟΣ

μακρηγοροῦμεν· οὐκ ἐσωφρόνουν ἐγώ.
ἀλλ' ἔστι κἀκ τῶνδ' ὥστε σωθῆναι, τέκνον. 705

ΦΑΙΔΡΑ

παῦσαι λέγουσα· καὶ τὰ πρὶν γὰρ οὐ καλῶς
παρήινεσάς μοι κἀπεχείρησας κακά.
ἀλλ' ἐκποδὼν ἄπελθε καὶ σαυτῆς πέρι
φρόντιζ'· ἐγὼ δὲ τἀμὰ θήσομαι καλῶς.
ὑμεῖς δέ, παῖδες εὐγενεῖς Τροζήνιαι, 710
τοσόνδε μοι παράσχετ' ἐξαιτουμένηι·
σιγῆι καλύψαθ' ἁνθάδ' εἰσηκούσατε.

ΧΟΡΟΣ

ὄμνυμι σεμνὴν Ἄρτεμιν, Διὸς κόρην,
μηδὲν κακῶν σῶν ἐς φάος δείξειν ποτέ.

ΦΑΙΔΡΑ

καλῶς ἐλέξαθ'· ἓν δὲ πρὸς τούτοις ἐρῶ [Barrett] 715
εὕρημα δή τι τῆσδε συμφορᾶς ἔχω
ὥστ' εὐκλεᾶ μὲν παισὶ προσθεῖναι βίον
αὐτή τ' ὄνασθαι πρὸς τὰ νῦν πεπτωκότα.
οὐ γάρ ποτ' αἰσχυνῶ γε Κρησίους δόμους
οὐδ' ἐς πρόσωπον Θησέως ἀφίξομαι 720
αἰσχροῖς ἐπ' ἔργοις οὕνεκα ψυχῆς μιᾶς.

ΧΟΡΟΣ

μέλλεις δὲ δὴ τί δρᾶν ἀνήκεστον κακόν;

ΦΑΙΔΡΑ

θανεῖν· ὅπως δέ, τοῦτ' ἐγὼ βουλεύσομαι.

FEDRA

Será isso justo e suficiente para mim?
Ao me ferires, acudir com palavras?

NUTRIZ

Alongamos a fala. Não fui prudente.
Mas ainda há como sair disto, filha. 705

FEDRA

Cessa a fala. Já antes não me deste
bons conselhos, e perpetraste males.
Mas, fora, vai-te, cuida de ti mesma,
eu farei bem o que me diz respeito.
Vós, ó nobres filhas de Trezena, 710
eu vos peço, mantende tudo isto
em silêncio, ocultai o que ouvistes.

CORO

Por augusta Ártemis, filha de Zeus,
juro nunca mostrar teus males à luz.

FEDRA

Disseste bem. Só acrescentarei: [Barrett] 715
tenho um invento desta situação
para dar aos filhos vida gloriosa
e ganhar eu mesma com a queda.
Não aviltarei o palácio cretense,
e não irei à presença de Teseu 720
com desonra por uma só vida.

CORO

Que irremediável mal irás fazer?

FEDRA

Morrer. Como? Isso resolverei.

ΧΟΡΟΣ

εὔφημος ἴσθι.

ΦΑΙΔΡΑ

καὶ σύ γ' εὖ με νουθέτει.
ἐγὼ δὲ Κύπριν, ἥπερ ἐξόλλυσί με, 725
ψυχῆς ἀπαλλαχθεῖσα τῆιδ' ἐν ἡμέραι
τέρψω· πικροῦ δ' ἔρωτος ἡσσηθήσομαι.
ἀτὰρ κακόν γε χἀτέρωι γενήσομαι
θανοῦσ', ἵν' εἰδῆι μὴ 'πὶ τοῖς ἐμοῖς κακοῖς
ὑψηλὸς εἶναι· τῆς νόσου δὲ τῆσδέ μοι 730
κοινῆι μετασχὼν σωφρονεῖν μαθήσεται.

ΧΟΡΟΣ

ἠλιβάτοις ὑπὸ κευθμῶσι γενοίμαν, Est. 1
ἵνα με πτεροῦσσαν ὄρνιν
θεὸς ἐν ποταναῖς
ἀγέλαις θείη·
ἀρθείην δ' ἐπὶ πόντιον 735
κῦμα τᾶς Ἀδριηνᾶς
ἀκτᾶς Ἠριδανοῦ θ' ὕδωρ,
ἔνθα πορφύρεον σταλάσ-
σουσ' ἐς οἶδμα τάλαιναι
κόραι Φαέθοντος οἴκτωι δακρύων 740
τὰς ἠλεκτροφαεῖς αὐγάς·

Ἑσπερίδων δ' ἐπὶ μηλόσπορον ἀκτὰν Ant. 1
ἀνύσαιμι τᾶν ἀοιδῶν,
ἵν' ὁ πορφυρέας πον-
τομέδων λίμνας
ναύταις οὐκέθ' ὁδὸν νέμει, 745
σεμνὸν τέρμονα κυρῶν
οὐρανοῦ, τὸν Ἄτλας ἔχει,

CORO
Sê boa voz!

FEDRA
E tu, bem adverte!
Darei a Cípris, que me destrói, 725
o prazer de eu abandonar a vida
hoje vencida por amargo amor.
Mas, morta, serei ainda a outrem
mal para que saiba não ser altivo
ante meus males, participe deste 730
meu mal e aprenda a ser prudente.

[*Segundo estásimo* (732-775)]

CORO
Fosse eu a íngreme furna Est. 1
onde Deus me fizesse
alado pássaro
de um bando em voo!
Alçasse-me eu às ondas 735
marinas da orla adriática
e às águas do Erídano,
onde irmãs de Faetonte
míseras nas vagas purpúreas
vertem com lacrimoso pranto 740
fulgores cor de âmbar!

Chegasse à orla de macieiras Ant. 1
das cantoras Hespérides,
onde o rei do mar
não mais guia os nautas
por via de água purpúrea 745
cumprindo venerável termo
do Céu, que Atlas sustém,

κρῆναί τ' ἀμβρόσιαι χέον-
ται Ζηνὸς παρὰ κοίταις,
ἵν' ὀλβιόδωρος αὔξει ζαθέα 750
χθὼν εὐδαιμονίαν θεοῖς.

ὦ λευκόπτερε Κρησία Est. 2
πορθμίς, ἃ διὰ πόντιον
κῦμ' ἁλίκτυπον ἅλμας
ἐπόρευσας ἐμὰν ἄνασσαν ὀλβίων ἀπ' οἴκων 755
κακονυμφοτάταν ὄνασιν·
ἦ γὰρ ἀπ' ἀμφοτέρων οἱ Κρησίας <τ'> ἐκ γᾶς
δυσόρνις
ἔπτατο κλεινὰς Ἀθήνας Μουνίχου τ' ἀ- 760
κταῖσιν ἐκδήσαντο πλεκτὰς πεισμάτων ἀρ-
χὰς ἐπ' ἀπείρου τε γᾶς ἔβασαν.

ἀνθ' ὧν οὐχ ὁσίων ἐρώ- Ant. 2
των δεινᾶι φρένας Ἀφροδί- 765
τας νόσωι κατεκλάσθη·
χαλεπᾶι δ' ὑπέραντλος οὖσα συμφορᾶι τεράμνων
ἄπο νυμφιδίων κρεμαστὸν
ἅψεται ἀμφὶ βρόχον λευκᾶι καθαρμόζουσα δειρᾶι, 770
δαίμονα στυγνὸν καταιδεσθεῖσα τάν τ' εὔ-
δοξον ἀνθαιρουμένα φήμαν ἀπαλλάσ-
σουσά τ' ἀλγεινὸν φρενῶν ἔρωτα. 775

ΤΡΟΦΟΣ (ἔσωθεν)
ἰοὺ ἰού·
βοηδρομεῖτε πάντες οἱ πέλας δόμων·
ἐν ἀγχόναις δέσποινα, Θησέως δάμαρ.

e fontes imortais vertidas
desde o leito de Zeus,
onde o divino chão dadivoso 750
amplia bom Nume aos Deuses!

Ó navio de alvas asas Est. 2
cretense, que por salina
onda estrepitosa do mar
trouxeste minha rainha de fausta casa 755
para o gozo de más núpcias!
Sob duplo mau presságio
voaram da terra cretense
à ínclita Atenas e na orla de Múnico 760
ataram pontas de cordas trançadas
e pisaram solo continental.

Com terrível distúrbio Ant. 2
de ilícito amor, Afrodite 765
assim lhe quebrou o espírito,
e submersa em situação difícil
atará suspenso ao teto nupcial
laço ajustado ao alvo pescoço, 770
vexada por Nume hediondo,
preferindo fama gloriosa
e afastando amor doloroso. 775

[*Terceiro episódio* (775-1101)]

NUTRIZ (dentro)

Ioù ioú!
Socorrei todos vós próximos da casa!
Na forca, a rainha esposa de Teseu!

ΧΟΡΟΣ

φεῦ φεῦ, πέπρακται· βασιλὶς οὐκέτ᾽ ἔστι δὴ
γυνή, κρεμαστοῖς ἐν βρόχοις ἠρτημένη.

ΤΡΟΦΟΣ

οὐ σπεύσετ'; οὐκ οἴσει τις ἀμφιδέξιον 780
σίδηρον, ᾧι τόδ᾽ ἅμμα λύσομεν δέρης;

ΧΟΡΟΣ

φίλαι, τί δρῶμεν; ἦ δοκεῖ περᾶν δόμους
λῦσαί τ᾽ ἄνασσαν ἐξ ἐπισπαστῶν βρόχων;
— τί δ'; οὐ πάρεισι πρόσπολοι νεανίαι;
τὸ πολλὰ πράσσειν οὐκ ἐν ἀσφαλεῖ βίου. 785

ΤΡΟΦΟΣ

ὀρθώσατ᾽ ἐκτείναντες ἄθλιον νέκυν·
πικρὸν τόδ᾽ οἰκούρημα δεσπόταις ἐμοῖς.

ΧΟΡΟΣ

ὄλωλεν ἡ δύστηνος, ὡς κλύω, γυνή·
ἤδη γὰρ ὡς νεκρόν νιν ἐκτείνουσι δή.

ΘΗΣΕΥΣ

γυναῖκες, ἴστε τίς ποτ᾽ ἐν δόμοις βοὴ 790
†ἠχὼ βαρεῖα προσπόλων† ἀφίκετο;
οὐ γάρ τί μ᾽ ὡς θεωρὸν ἀξιοῖ δόμος
πύλας ἀνοίξας εὐφρόνως προσεννέπειν.
μῶν Πιτθέως τι γῆρας εἴργασται νέον;
πρόσω μὲν ἤδη βίοτος, ἀλλ᾽ ὅμως ἔτ᾽ ἂν 795
λυπηρὸς ἡμῖν τούσδ᾽ ἂν ἐκλίποι δόμους.

ΧΟΡΟΣ

οὐκ ἐς γέροντας ἥδε σοι τείνει τύχη,
Θησεῦ· νέοι θανόντες ἀλγύνουσί σε.

CORO

Pheû pheû! Está feito! Já não vive mais
a mulher do rei, atada a suspenso laço.

NUTRIZ

Apressai-vos! Não se terá o ambidestro 780
ferro, com que soltar o nó do pescoço?

CORO

Amigas, que fazermos? Decidis entrar
em casa e tirar a rainha do laço puxado?
— Não estão presentes os servos jovens?
Muita atividade não torna a vida segura. 785

NUTRIZ

Erguei e estendei o mísero cadáver,
esta amarga guarda de meu senhor.

CORO

Está morta a mísera, ao que ouço,
eis que a estendem como cadáver.

TESEU

Mulheres, sabeis que soa em casa? 790
Clamor grave de servos me chegou.
A casa não se digna abrir as portas
e benévola saudar-me por ser teoro.
A velhice de Piteu teve algo novo?
Tem a idade avançada, no entanto 795
lastimaríamos, se deixasse a casa.

CORO

Esta sorte não atinge teus velhos,
Teseu. Afligem-te jovens mortos.

ΘΗΣΕΥΣ

οἴμοι, τέκνων μοι μή τι συλᾶται βίος;

ΧΟΡΟΣ

ζῶσιν, θανούσης μητρὸς ὡς ἄλγιστά σοι. 800

ΘΗΣΕΥΣ

τί φῄς; ὄλωλεν ἄλοχος; ἐκ τίνος τύχης;

ΧΟΡΟΣ

βρόχον κρεμαστὸν ἀγχόνης ἀνήψατο.

ΘΗΣΕΥΣ

λύπηι παχνωθεῖσ' ἢ ἀπὸ συμφορᾶς τίνος;

ΧΟΡΟΣ

τοσοῦτον ἴσμεν· ἄρτι γὰρ κἀγὼ δόμους,
Θησεῦ, πάρειμι σῶν κακῶν πενθήτρια. 805

ΘΗΣΕΥΣ

αἰαῖ, τί δῆτα τοῖσδ' ἀνέστεμμαι κάρα
πλεκτοῖσι φύλλοις, δυστυχὴς θεωρὸς ὤν;
χαλᾶτε κλῇθρα, πρόσπολοι, πυλωμάτων,
ἐκλύεθ' ἁρμούς, ὡς ἴδω πικρὰν θέαν
γυναικός, ἥ με κατθανοῦσ' ἀπώλεσεν. 810

ΧΟΡΟΣ

ἰὼ ἰὼ τάλαινα μελέων κακῶν·
ἔπαθες, εἰργάσω
τοσοῦτον ὥστε τούσδε συγχέαι δόμους,
αἰαῖ τόλμας,
βιαίως θανοῦσ' ἀνοσίωι τε συμφορᾶι, σᾶς χερὸς πάλαισμα μελέας. 815
τίς ἄρα σάν, τάλαιν', ἀμαυροῖ ζόαν;

TESEU

Oímoi! Não me tira filhos a vida?

CORO

Vivem, morta a mãe, mais te dói. 800

TESEU

Que dizes? Morreu a mulher? Como?

CORO

Atou-se em laço de forca suspenso.

TESEU

Transida de dor, ou por que motivo?

CORO

Tanto sei, Teseu, cheguei agora
em casa, de luto por teus males. 805

TESEU

Aiaî! Por que tenho a cabeça coroada
de folhas trançadas, teoro de má sorte?
Servos, soltai as trancas das portas,
tirai traves, para eu ver amarga visão
da mulher, que morta me destruiu. 810

CORO

Iò iò! Mísera por míseros males!
Sofreste, fizeste
tanto que ruísse a casa.
Aiaî, que ousadia!
Morta por violência, por ímpio
concurso, tua mísera manobra. 815
Mísera, quem apaga tua vida?

ΘΗΣΕΥΣ

ὤμοι ἐγὼ πόνων· ἔπαθον, ὦ τάλας, Est.
τὰ μάκιστ' ἐμῶν κακῶν. ὦ τύχα,
ὥς μοι βαρεῖα καὶ δόμοις ἐπεστάθης,
κηλὶς ἄφραστος ἐξ ἀλαστόρων τινός· 820
κατακονὰ μὲν οὖν ἀβίοτος βίου.
κακῶν δ', ὦ τάλας, πέλαγος εἰσορῶ
τοσοῦτον ὥστε μήποτ' ἐκνεῦσαι πάλιν
μηδ' ἐκπερᾶσαι κῦμα τῆσδε συμφορᾶς. 824
τίνι λόγωι, τάλας, τίνι τύχαν σέθεν 826
βαρύποτμον, γύναι, προσαυδῶν τύχω;
ὄρνις γὰρ ὥς τις ἐκ χερῶν ἄφαντος εἶ,
πήδημ' ἐς Ἅιδου κραιπνὸν ὁρμήσασά μοι.
αἰαῖ αἰαῖ, μέλεα μέλεα τάδε πάθη· 830
πρόσωθεν δέ ποθεν ἀνακομίζομαι
τύχαν δαιμόνων ἀμπλακίαισι τῶν
πάροιθέν τινος.

ΧΟΡΟΣ

οὐ σοὶ τάδ', ὦναξ, ἦλθε δὴ μόνωι κακά,
πολλῶν μετ' ἄλλων δ' ὤλεσας κεδνὸν λέχος. 835

ΘΗΣΕΥΣ

τὸ κατὰ γᾶς θέλω, τὸ κατὰ γᾶς κνέφας Ant.
μετοικεῖν σκότωι θανών, ὦ τλάμων,
τῆς σῆς στερηθεὶς φιλτάτης ὁμιλίας·
ἀπώλεσας γὰρ μᾶλλον ἢ κατέφθισο.
†τίνος κλύω† πόθεν θανάσιμος τύχα, 840
γύναι, σὰν ἔβα, τάλαινα, κραδίαν;
εἴποι τις ἂν τὸ πραχθέν, ἢ μάτην ὄχλον
στέγει τυραννὸν δῶμα προσπόλων ἐμῶν;
ὤμοι μοι <τάλας, ἰώ μοι> σέθεν, [Kovacs]
μέλεος, οἷον εἶδον ἄλγος δόμων, 845
οὐ τλητὸν οὐδὲ ῥητόν. ἀλλ' ἀπωλόμην·
ἔρημος οἶκος, καὶ τέκν' ὀρφανεύεται.

TESEU

Oímoi, meus males! Sofri, ó mísero, Est.
os maiores de meus males. Ó Sorte,
tão grave oprimiste a mim e à casa,
labéu nefando dalgum dos ilatentes, 820
destruição mesmo inviável à vida.
Vejo o pélago de males, ó mísero,
tanto que nunca mais reemergisse,
nem transpusesse a onda deste mal. 824
Mísera, com que palavra consigo 826
interpelar tua sorte de grave tombo?
Vais das mãos qual invisível pássaro,
lançada em abrupto salto em Hades.
Aiaî aiaî! Míseras, míseras dores! 830
De outrora de alhures cumpro
a sorte dos Numes por errores
de um dos antigos.

CORO

Não tiveste estes males só tu, ó rei.
Com muitos outros perdeste boa esposa. 835

TESEU

Quero habitar as subtérreas, subtérreas Ant.
trevas, morto, na escuridão, ó mísera,
privado de tua caríssima companhia,
pois destruíste mais do que pereceste.
De quem ouvir donde a sorte funesta 840
veio ao teu coração, ó mísera mulher?
Alguém diria o fato, ou o palácio real
cobre em vão a turba dos meus servos?
Ómoi moi! Mísero — *ió moi* — por ti! [Kovacs]
Mísero, que sofrimento vi em casa, 845
insuportável, indizível! Mas pereci,
erma está a casa, e os filhos, órfãos.

<αἰαῖ αἰαῖ,> ἔλιπες ἔλιπες, ὦ φίλα
γυναικῶν ἀρίστα θ' ὁπόσας ὁρᾶι
φέγγος θ' ἁλίοιο καὶ νυκτὸς ἀ- 850
στερωπὸν σέλας.

ΧΟΡΟΣ
ὦ τάλας, ὅσον κακὸν ἔχει δόμος·
δάκρυσί μου βλέφαρα καταχυθέντα τέγ-
γεται σᾶι τύχαι.
τὸ δ' ἐπὶ τῶιδε πῆμα φρίσσω πάλαι. 855

ΘΗΣΕΥΣ
ἔα ἔα·
τί δή ποθ' ἥδε δέλτος ἐκ φίλης χερὸς
ἠρτημένη; θέλει τι σημῆναι νέον;
ἀλλ' ἦ λέχους μοι καὶ τέκνων ἐπιστολὰς
ἔγραψεν ἡ δύστηνος, ἐξαιτουμένη;
θάρσει, τάλαινα· λέκτρα γὰρ τὰ Θησέως 860
οὐκ ἔστι δῶμά θ' ἥτις εἴσεισιν γυνή.
καὶ μὴν τύποι γε σφενδόνης χρυσηλάτου
τῆς οὐκέτ' οὔσης οἵδε προσσαίνουσί με.
φέρ' ἐξελίξας περιβολὰς σφραγισμάτων
ἴδω τί λέξαι δέλτος ἥδε μοι θέλει. 865

ΧΟΡΟΣ
φεῦ φεῦ, τόδ' αὖ νεοχμὸν ἐκδοχαῖς
ἐπεισφρεῖ θεὸς κακόν· †ἐμοὶ [μὲν οὖν ἀβίοτος βίου]
τύχα πρὸς τὸ κρανθὲν εἴη τυχεῖν·†
ὀλομένους γάρ, οὐκέτ' ὄντας, λέγω,
φεῦ φεῦ, τῶν ἐμῶν τυράννων δόμους. 870
[ὦ δαῖμον, εἴ πως ἔστι, μὴ σφήλῃς δόμους,
αἰτουμένης δὲ κλῦθί μου· πρὸς γάρ τινος
οἰωνὸν ὥστε μάντις εἰσορῶ κακόν.]

Aiaî aiaî! Foste, foste, ó minha
e a melhor das mulheres
todas que o brilho do Sol 850
e a luz sideral da Noite veem.

CORO

Ó mísero, que mal a casa tem!
Tenho os olhos úmidos de lágrimas
por tua sorte.
Há muito temo a dor além desta. 855

TESEU

Éa éa!
Que é esta carta suspensa de sua
mão? Ela quer dizer algo novo?
Ou a infeliz escreveu a missiva
a pedir-me por núpcias e filhos?
Coragem, mísera! Não há mulher 860
que entre no leito e lar de Teseu.
Até esta marca do sinete de ouro,
da que não é mais, me faz carícia.
Vamos, desata o cordão do selo!
Vê que esta carta nos quer dizer! 865

CORO

Pheû pheû! Deus interpõe este novo
mal sucessivo. Diante deste decreto
seja sem vida a minha sorte na vida!
Digo que é destruída, não mais viva,
— *pheû pheû* — a casa dos meus reis. 870
Ó Nume, não arruínes, se possível,
a casa! Ouve-me a súplica! Algures,
qual adivinho, avisto mau presságio.

ΘΗΣΕΥΣ

οἴμοι, τόδ᾽ οἷον ἄλλο πρὸς κακῶι κακόν,
οὐ τλητὸν οὐδὲ λεκτόν· ὢ τάλας ἐγώ. 875

ΧΟΡΟΣ

τί χρῆμα; λέξον, εἴ τί μοι λόγου μέτα.

ΘΗΣΕΥΣ

βοᾶι βοᾶι δέλτος ἄλαστα· πᾶι φύγω
βάρος κακῶν; ἀπὸ γὰρ ὀλόμενος οἴχομαι,
οἷον οἷον εἶδον γραφαῖς μέλος
φθεγγόμενον τλάμων. 880

ΧΟΡΟΣ

αἰαῖ, κακῶν ἀρχηγὸν ἐκφαίνεις λόγον.

ΘΗΣΕΥΣ

τόδε μὲν οὐκέτι στόματος ἐν πύλαις
καθέξω δυσεκπέρατον ὀλοὸν
κακόν· ἰὼ πόλις.
Ἱππόλυτος εὐνῆς τῆς ἐμῆς ἔτλη θιγεῖν 885
βίαι, τὸ σεμνὸν Ζηνὸς ὄμμ᾽ ἀτιμάσας.
ἀλλ᾽, ὦ πάτερ Πόσειδον, ἃς ἐμοί ποτε
ἀρὰς ὑπέσχου τρεῖς, μιᾶι κατέργασαι
τούτων ἐμὸν παῖδ᾽, ἡμέραν δὲ μὴ φύγοι
τήνδ᾽, εἴπερ ἡμῖν ὤπασας σαφεῖς ἀράς. 890

ΧΟΡΟΣ

ἄναξ, ἀπεύχου ταῦτα πρὸς θεῶν πάλιν,
γνώσηι γὰρ αὖθις ἀμπλακών· ἐμοὶ πιθοῦ.

ΘΗΣΕΥΣ

οὐκ ἔστι. καὶ πρός γ᾽ ἐξελῶ σφε τῆσδε γῆς,
δυοῖν δὲ μοίραιν θατέραι πεπλήξεται·
ἢ γὰρ Ποσειδῶν αὐτὸν εἰς Ἅιδου δόμους 895

TESEU

Oímoi! Que outro mal a mais do mal,
insuportável, nefando! Mísero de mim! 875

CORO

Que é? Diz-me, se me for participável.

TESEU

Grita, grita carta ilatente. Onde fugir
do peso dos males? Destruído, pereço.
Que melodia, que melodia
mísero vi ressoar nas letras! 880

CORO

Aiaî, dizes a fala inicial de males!

TESEU

Não mais nas portas da boca
reterei este mal intransponível
funesto! *Ió*, urbe!
Hipólito ousou tocar meu leito 885
à força, desonra do olho santo de Zeus.
Ó pai Posídon, se afinal me prometeste
três imprecações, executa o meu filho
com uma! Que não escape deste dia,
se me deste imprecações verdadeiras! 890

CORO

Ó rei, revoga essa prece aos Deuses!
Reconhecerás ainda o erro, crê-me!

TESEU

Impossível! Antes o expulsarei daqui.
De duas sortes, uma há de se cumprir:
ou Posídon o mandará à casa de Hades, 895

θανόντα πέμψει τὰς ἐμὰς ἀρὰς σέβων
ἢ τῆσδε χώρας ἐκπεσὼν ἀλώμενος
ξένην ἐπ’ αἶαν λυπρὸν ἀντλήσει βίον.

ΧΟΡΟΣ

καὶ μὴν ὅδ’ αὐτὸς παῖς σὸς ἐς καιρὸν πάρα
Ἱππόλυτος· ὀργῆς δ’ ἐξανεὶς κακῆς, ἄναξ 900
Θησεῦ, τὸ λῷστον σοῖσι βούλευσαι δόμοις.

ΙΠΠΟΛΥΤΟΣ

κραυγῆς ἀκούσας σῆς ἀφικόμην, πάτερ,
σπουδῆι· τὸ μέντοι πρᾶγμ’ ὅτωι στένεις ἔπι
οὐκ οἶδα, βουλοίμην δ’ ἂν ἐκ σέθεν κλύειν.
ἔα, τί χρῆμα; σὴν δάμαρθ’ ὁρῶ, πάτερ, 905
νεκρόν· μεγίστου θαύματος τόδ’ ἄξιον·
ἣν ἀρτίως ἔλειπον, ἣ φάος τόδε
οὔπω χρόνος παλαιὸς εἰσεδέρκετο.
τί χρῆμα πάσχει; τῶι τρόπωι διόλλυται;
πάτερ, πυθέσθαι βούλομαι σέθεν πάρα. 910
σιγᾶις; σιωπῆς δ’ οὐδὲν ἔργον ἐν κακοῖς.
[ἡ γὰρ ποθοῦσα πάντα καρδία κλύειν
κἀν τοῖς κακοῖσι λίχνος οὖσ’ ἁλίσκεται.]
οὐ μὴν φίλους γε, κἄτι μᾶλλον ἢ φίλους,
κρύπτειν δίκαιον σάς, πάτερ, δυσπραξίας. 915

ΘΗΣΕΥΣ

ὦ πόλλ’ ἁμαρτάνοντες ἄνθρωποι μάτην,
τί δὴ τέχνας μὲν μυρίας διδάσκετε
καὶ πάντα μηχανᾶσθε κἀξευρίσκετε,
ἓν δ’ οὐκ ἐπίστασθ’ οὐδ’ ἐθηράσασθέ πω,
φρονεῖν διδάσκειν οἷσιν οὐκ ἔνεστι νοῦς; 920

ΙΠΠΟΛΥΤΟΣ

δεινὸν σοφιστὴν εἶπας, ὅστις εὖ φρονεῖν
τοὺς μὴ φρονοῦντας δυνατός ἐστ’ ἀναγκάσαι.

morto, por venerar-me as imprecações,
ou, exilado desta região, há de exaurir
triste vida, errante por terra estranha.

CORO

Eis a tempo aqui o teu filho mesmo,
Hipólito. Despede a ira ruim, ó rei 900
Teseu, pensa no melhor para tua casa.

HIPÓLITO

Ó pai, ouvi o teu clamor e vim
depressa. Por que clamas, porém,
não sei, mas gostaria de saber de ti.
Éa! O quê? Vejo tua esposa, ó pai, 905
morta! Isso causa o maior espanto.
Há pouco a deixei, contemplava
ela esta luz não faz muito tempo.
O que acontece? Pereceu como?
Ó pai, quero inteirar-me por ti. 910
Calas-te? Calar não cura males.
O coração, ávido de ouvir tudo,
se flagra sôfrego até nos males.
A amigo e mais que amigo, pai,
não é justo ocultares teus males. 915

TESEU

Ó erradios e frívolos humanos,
por que ensinais dez mil artes
e tudo maquinais e descobris,
mas não sabeis nem perseguistes
o ensino da prudência aos néscios? 920

HIPÓLITO

Falaste de hábil perito, que é capaz
de forçar imprudentes a pensar bem.

ἀλλ᾽ οὐ γὰρ ἐν δέοντι λεπτουργεῖς, πάτερ,
δέδοικα μή σου γλῶσσ᾽ ὑπερβάλληι κακοῖς.

ΘΗΣΕΥΣ

φεῦ, χρῆν βροτοῖσι τῶν φίλων τεκμήριον 925
σαφές τι κεῖσθαι καὶ διάγνωσιν φρενῶν,
ὅστις τ᾽ ἀληθής ἐστιν ὅς τε μὴ φίλος,
δισσάς τε φωνὰς πάντας ἀνθρώπους ἔχειν,
τὴν μὲν δικαίαν τὴν δ᾽ ὅπως ἐτύγχανεν,
ὡς ἡ φρονοῦσα τἄδικ᾽ ἐξηλέγχετο 930
πρὸς τῆς δικαίας, κοὐκ ἂν ἠπατώμεθα.

ΙΠΠΟΛΥΤΟΣ

ἀλλ᾽ ἦ τις ἐς σὸν οὖς με διαβαλὼν ἔχει
φίλων, νοσοῦμεν δ᾽ οὐδὲν ὄντες αἴτιοι;
ἔκ τοι πέπληγμαι· σοὶ γὰρ ἐκπλήσσουσί με
λόγοι, παραλλάσσοντες ἔξεδροι φρενῶν. 935

ΘΗΣΕΥΣ

φεῦ τῆς βροτείας — ποῖ προβήσεται; — φρενός.
τί τέρμα τόλμης καὶ θράσους γενήσεται;
εἰ γὰρ κατ᾽ ἀνδρὸς βίοτον ἐξογκώσεται,
ὁ δ᾽ ὕστερος τοῦ πρόσθεν εἰς ὑπερβολὴν
πανοῦργος ἔσται, θεοῖσι προσβαλεῖν χθονὶ 940
ἄλλην δεήσει γαῖαν ἣ χωρήσεται
τοὺς μὴ δικαίους καὶ κακοὺς πεφυκότας.
σκέψασθε δ᾽ ἐς τόνδ᾽, ὅστις ἐξ ἐμοῦ γεγὼς
ἤισχυνε τἀμὰ λέκτρα κἀξελέγχεται
πρὸς τῆς θανούσης ἐμφανῶς κάκιστος ὤν. 945
δεῖξον δ᾽, ἐπειδή γ᾽ ἐς μίασμ᾽ ἐλήλυθα,
τὸ σὸν πρόσωπον δεῦρ᾽ ἐναντίον πατρί.
σὺ δὴ θεοῖσιν ὡς περισσὸς ὢν ἀνὴρ
ξύνει; σὺ σώφρων καὶ κακῶν ἀκήρατος;
οὐκ ἂν πιθοίμην τοῖσι σοῖς κόμποις ἐγὼ 950
θεοῖσι προσθεὶς ἀμαθίαν φρονεῖν κακῶς.

Mas não deves usar de sutilezas, pai.
Temo que tua língua transborde males.

TESEU

Pheû! Os mortais deviam possuir claro 925
indício de amigos e distinção de espíritos,
quem é verdadeiro, e quem não é amigo.
Todos os homens deviam ter duas vozes,
uma justa e a outra qualquer que fosse,
para que as injustiças fossem refutadas 930
pela voz justa e não seríamos enganados.

HIPÓLITO

Mas calunia-me a teus ouvidos algum
dos nossos e sofremos sem ter culpa?
Estou perplexo, perturbam-me as tuas
palavras distantes estranhas ao espírito. 935

TESEU

Pheû, espírito mortal! Até onde irá?
Que será termo de audácia e ousadia?
Se isso se avolumar na vida humana,
e o posterior, suplantando o anterior,
for habilidoso, os Deuses deverão 940
juntar outra terra à terra para caber
os que nascem injustos e maldosos.
Observai este que de mim nascido
ultrajou meu leito e foi denunciado
pela morta por ser às claras o pior. 945
Já que cheguei à poluência, mostra
tua cara aqui mesmo diante do pai!
Tu convives com Deuses qual ímpar
varão? Prudente tu e isento de vícios?
Eu não teria em teus alardes confiança 950
de pensar mal supondo Deuses néscios.

ἤδη νυν αὔχει καὶ δι' ἀψύχου βορᾶς
σίτοις καπήλευ' Ὀρφέα τ' ἄνακτ' ἔχων
βάκχευε πολλῶν γραμμάτων τιμῶν καπνούς·
ἐπεί γ' ἐλήφθης. τοὺς δὲ τοιούτους ἐγὼ 955
φεύγειν προφωνῶ πᾶσι· θηρεύουσι γὰρ
σεμνοῖς λόγοισιν, αἰσχρὰ μηχανώμενοι.
τέθνηκεν ἥδε· τοῦτό σ' ἐκσώσειν δοκεῖς;
ἐν τῶιδ' ἁλίσκηι πλεῖστον, ὦ κάκιστε σύ·
ποῖοι γὰρ ὅρκοι κρείσσονες, τίνες λόγοι 960
τῆσδ' ἂν γένοιντ' ἄν, ὥστε σ' αἰτίαν φυγεῖν;
μισεῖν σε φήσεις τήνδε, καὶ τὸ δὴ νόθον
τοῖς γνησίοισι πολέμιον πεφυκέναι;
κακὴν ἄρ' αὐτὴν ἔμπορον βίου λέγεις
εἰ δυσμενείαι σῆι τὰ φίλτατ' ὤλεσεν. 965
ἀλλ' ὡς τὸ σῶφρον ἀνδράσιν μὲν οὐκ ἔνι,
γυναιξὶ δ' ἐμπέφυκεν; οἶδ' ἐγὼ νέους
οὐδὲν γυναικῶν ὄντας ἀσφαλεστέρους,
ὅταν ταράξηι Κύπρις ἡβῶσαν φρένα·
τὸ δ' ἄρσεν αὐτοὺς ὠφελεῖ προσκείμενον. 970
νῦν οὖν — τί ταῦτα σοῖς ἁμιλλῶμαι λόγοις
νεκροῦ παρόντος μάρτυρος σαφεστάτου;
ἔξερρε γαίας τῆσδ' ὅσον τάχος φυγάς,
καὶ μήτ' Ἀθήνας τὰς θεοδμήτους μόλῃς
μήτ' εἰς ὅρους γῆς ἧς ἐμὸν κρατεῖ δόρυ. 975
εἰ γὰρ παθών γέ σου τάδ' ἡσσηθήσομαι,
οὐ μαρτυρήσει μ' Ἴσθμιος Σίνις ποτὲ
κτανεῖν ἑαυτὸν ἀλλὰ κομπάζειν μάτην,
οὐδ' αἱ θαλάσσηι σύννομοι Σκιρωνίδες
φήσουσι πέτραι τοῖς κακοῖς μ' εἶναι βαρύν. 980

ΧΟΡΟΣ

οὐκ οἶδ' ὅπως εἴποιμ' ἂν εὐτυχεῖν τινα
θνητῶν· τὰ γὰρ δὴ πρῶτ' ἀνέστραπται πάλιν.

Alardeia já! Por inanimado cardápio
comercia o pasto! Com Orfeu por rei
debaca honrando fumos de muitas letras!
Tu foste pego. A todos exorto fugirem 955
de tais homens, com palavras santas
são caçadores, maquinando vilezas.
Ela está morta, assim te crês salvo?
Assim mais te implicas, ó sórdido!
Que juras, que palavras poderiam 960
mais que ela, eximindo-te de culpa?
Dirás que ela te odiava e o bastardo
já nasce inimigo dos filhos legítimos?
Ora, má barganha da vida lhe atribuis,
se, por ser hostil a ti, perdeu os seus. 965
Mas como não há luxúria nos varões,
e surge nas mulheres? Sei que os jovens
não são mais irresvaláveis que mulheres,
quando Cípris perturba o espírito juvenil,
e a virilidade exposta lhes tem serventia. 970
Agora — por que debater com tuas falas,
presente a morta, testemunha claríssima?
Some desta terra, o mais breve, banido!
E não vás à Atenas morada dos Deuses,
nem a confins de terra onde tenho poder! 975
Se assim tratado por ti eu for submisso,
Sínis do Istmo não testemunhará nunca
que o matei, mas que faço vãos alardes,
e as pedras Cirônides consortes do mar
dirão que eu não sou duro com os maus. 980

CORO

Não sei como diria ter boa sorte algum
mortal, com os nobres de ponta-cabeça.

ΙΠΠΟΛΥΤΟΣ

πάτερ, μένος μὲν ξύντασις τε σῶν φρενῶν
δεινή· τὸ μέντοι πρᾶγμ', ἔχον καλοὺς λόγους,
εἴ τις διαπτύξειεν οὐ καλὸν τόδε. 985
ἐγὼ δ' ἄκομψος εἰς ὄχλον δοῦναι λόγον,
ἐς ἥλικας δὲ κὠλίγους σοφώτερος·
ἔχει δὲ μοῖραν καὶ τόδ'· οἱ γὰρ ἐν σοφοῖς
φαῦλοι παρ' ὄχλωι μουσικώτεροι λέγειν.
ὅμως δ' ἀνάγκη, ξυμφορᾶς ἀφιγμένης, 990
γλῶσσάν μ' ἀφεῖναι. πρῶτα δ' ἄρξομαι λέγειν
ὅθεν μ' ὑπῆλθες πρῶτον ὡς διαφθερῶν
οὐκ ἀντιλέξοντ'. εἰσορᾶις φάος τόδε
καὶ γαῖαν· ἐν τοῖσδ' οὐκ ἔνεστ' ἀνὴρ ἐμοῦ,
οὐδ' ἢν σὺ μὴ φῆις, σωφρονέστερος γεγώς. 995
ἐπίσταμαι γὰρ πρῶτα μὲν θεοὺς σέβειν
φίλοις τε χρῆσθαι μὴ ἀδικεῖν πειρωμένοις
ἀλλ' οἷσιν αἰδὼς μήτ' ἐπαγγέλλειν κακὰ
μήτ' ἀνθυπουργεῖν αἰσχρὰ τοῖσι χρωμένοις,
οὐκ ἐγγελαστὴς τῶν ὁμιλούντων, πάτερ, 1000
ἀλλ' αὑτὸς οὐ παροῦσι κἀγγὺς ὢν φίλοις.
ἑνὸς δ' ἄθικτος, ὧι με νῦν ἔχειν δοκεῖς·
λέχους γὰρ ἐς τόδ' ἡμέρας ἁγνὸν δέμας.
οὐκ οἶδα πρᾶξιν τήνδε πλὴν λόγωι κλύων
γραφῆι τε λεύσσων· οὐδὲ ταῦτα γὰρ σκοπεῖν 1005
πρόθυμός εἰμι, παρθένον ψυχὴν ἔχων.
καὶ δὴ τὸ σῶφρον τοὐμὸν οὐ πείθει σ'· ἴτω·
δεῖ δή σε δεῖξαι τῶι τρόπωι διεφθάρην.
πότερα τὸ τῆσδε σῶμ' ἐκαλλιστεύετο
πασῶν γυναικῶν; ἢ σὸν οἰκήσειν δόμον 1010
ἔγκληρον εὐνὴν προσλαβὼν ἐπήλπισα;
μάταιος ἆρ' ἦν, οὐδαμοῦ μὲν οὖν φρενῶν.
ἀλλ' ὡς τυραννεῖν ἡδὺ τοῖσι σώφροσιν;
†ἥκιστά γ', εἰ μὴ† τὰς φρένας διέφθορεν
θνητῶν ὅσοισιν ἁνδάνει μοναρχία. 1015
ἐγὼ δ' ἀγῶνας μὲν κρατεῖν Ἑλληνικοὺς

HIPÓLITO

Ó pai, o ânimo e tensão de teu espírito
são terríveis, mas a causa de belas falas,
se fosse explicada, não seria essa beleza. 985
Sou deselegante ao falar perante muitos,
perante colegas e poucos, sou mais hábil.
Isto ainda faz parte, os pífios entre sábios
falarem com mais Musa perante muitos.
É forçoso, porém, na presente situação, 990
soltar a língua. Principio por dizer antes
onde antes me vieste querendo destruir
sem que eu contradissesse. Vês esta luz
e terra: não há nelas, ainda que negues,
varão nascido mais prudente que eu. 995
Tenho a ciência de venerar os Deuses,
e ter amigos inexperientes de injustiças,
mas que têm pudor de más instruções
e de retribuir aos que cometem vilezas,
não sou de zombar dos parceiros, ó pai, 1000
mas o mesmo, se ausentes ou presentes.
Estou intacto de onde crês que me tens,
até este dia o corpo está puro de núpcias.
Desconheço esse ato, exceto por ouvir
e ver figura, mas nem estou propenso 1005
a observar isso, por ter a vida virgínea.
Minha castidade não te persuade. Seja!
Deves tu mostrar como eu me corrompi.
Era o corpo dela o mais belo de todas
as mulheres? Ou contava que, casado 1010
com a herdeira, moraria em tua casa?
Ora, seria inútil, sem nenhuma razão.
Por que aos prudentes é doce ser rei?
Nunca, se não se destruiu o espírito
de mortais aos quais apraz monarquia. 1015
Eu quereria vencer nos jogos gregos

πρῶτος θέλοιμ’ ἄν, ἐν πόλει δὲ δεύτερος
σὺν τοῖς ἀρίστοις εὐτυχεῖν ἀεὶ φίλοις·
πράσσειν τε γὰρ πάρεστι, κίνδυνός τ’ ἀπὼν
κρείσσω δίδωσι τῆς τυραννίδος χάριν. 1020
ἓν οὐ λέλεκται τῶν ἐμῶν, τὰ δ’ ἄλλ’ ἔχεις·
εἰ μὲν γὰρ ἦν μοι μάρτυς οἷός εἰμ’ ἐγὼ
καὶ τῆσδ’ ὁρώσης φέγγος ἠγωνιζόμην,
ἔργοις ἂν εἶδες τοὺς κακοὺς διεξιών·
νῦν δ’ ὅρκιόν σοι Ζῆνα καὶ πέδον χθονὸς 1025
ὄμνυμι τῶν σῶν μήποθ’ ἅψασθαι γάμων
μηδ’ ἂν θελῆσαι μηδ’ ἂν ἔννοιαν λαβεῖν.
ἦ τἄρ’ ὀλοίμην ἀκλεὴς ἀνώνυμος
[ἄπολις ἄοικος, φυγὰς ἀλητεύων χθόνα,]
καὶ μήτε πόντος μήτε γῆ δέξαιτό μου 1030
σάρκας θανόντος, εἰ κακὸς πέφυκ’ ἀνήρ.
τί δ’ ἥδε δειμαίνουσ’ ἀπώλεσεν βίον
οὐκ οἶδ’, ἐμοὶ γὰρ οὐ θέμις πέρα λέγειν·
ἐσωφρόνησε δ’ οὐκ ἔχουσα σωφρονεῖν,
ἡμεῖς δ’ ἔχοντες οὐ καλῶς ἐχρώμεθα. 1035

ΧΟΡΟΣ
ἀρκοῦσαν εἶπας αἰτίας ἀποστροφὴν
ὅρκους παρασχών, πίστιν οὐ σμικράν, θεῶν.

ΘΗΣΕΥΣ
ἆρ’ οὐκ ἐπῳδὸς καὶ γόης πέφυχ’ ὅδε,
ὃς τὴν ἐμὴν πέποιθεν εὐοργησίαι
ψυχὴν κρατήσειν, τὸν τεκόντ’ ἀτιμάσας; 1040

ΙΠΠΟΛΥΤΟΣ
καὶ σοῦ γε ταὐτὰ κάρτα θαυμάζω, πάτερ·
εἰ γὰρ σὺ μὲν παῖς ἦσθ’, ἐγὼ δὲ σὸς πατήρ,
ἔκτεινά τοί σ’ ἂν κοὐ φυγαῖς ἐζημίουν,
εἴπερ γυναικὸς ἠξίους ἐμῆς θιγεῖν.

primeiro, mas segundo na urbe ter
boa sorte sempre com os melhores,
pois pode-se agir. Ausente, o perigo
concede graça maior que a realeza. 1020
De mim algo não disse, tens o mais.
Se com testemunhas de como sou
e se ela visse a luz, eu debatesse,
pelas ações distinguirias os maus.
Por Zeus jurado e o chão da terra, 1025
juro nunca ter tocado tua esposa,
nem ter querido, nem ter pensado.
Morresse eu sem glória nem nome
nem urbe nem casa, banido errante!
Nem mar nem terra não recebesse 1030
meu corpo morto, se fui varão vil!
Por que temor ela perdeu a vida,
não sei, dizer mais não me é lícito.
Ela foi prudente sem ter prudência,
e nós tendo-a não a usamos bem. 1035

CORO
Disseste bastante repulsa de culpa,
ao jurar, não pouco aval de Deuses.

TESEU
Ora, ele não é cantor e encantador,
que confia dominar a minha vida
por boa índole, desonrador do pai? 1040

HIPÓLITO
O mesmo também admiro em ti, pai,
pois se tu fosses filho e eu o teu pai,
eu te mataria, não puniria com exílio,
se pretendesses tocar minha mulher.

ΘΗΣΕΥΣ

ὡς ἄξιον τόδ' εἶπας. οὐχ οὕτω θανῆι, 1045
ὥσπερ σὺ σαυτῶι τόνδε προύθηκας νόμον·
ταχὺς γὰρ Ἅιδης ῥᾶιστος ἀνδρὶ δυστυχεῖ·
ἀλλ' ἐκ πατρώιας φυγὰς ἀλητεύων χθονὸς
ξένην ἐπ' αἶαν λυπρὸν ἀντλήσεις βίον.
[μισθὸς γὰρ οὗτός ἐστιν ἀνδρὶ δυσσεβεῖ.] 1050

ΙΠΠΟΛΥΤΟΣ

οἴμοι, τί δράσεις; οὐδὲ μηνυτὴν χρόνον
δέξηι καθ' ἡμῶν, ἀλλά μ' ἐξελᾶις χθονός;

ΘΗΣΕΥΣ

πέραν γε Πόντου καὶ τόπων Ἀτλαντικῶν,
εἴ πως δυναίμην, ὡς σὸν ἐχθαίρω κάρα.

ΙΠΠΟΛΥΤΟΣ

οὐδ' ὅρκον οὐδὲ πίστιν οὐδὲ μάντεων 1055
φήμας ἐλέγξας ἄκριτον ἐκβαλεῖς με γῆς;

ΘΗΣΕΥΣ

ἡ δέλτος ἥδε κλῆρον οὐ δεδεγμένη
κατηγορεῖ σου πιστά· τοὺς δ' ὑπὲρ κάρα
φοιτῶντας ὄρνις πόλλ' ἐγὼ χαίρειν λέγω.

ΙΠΠΟΛΥΤΟΣ

ὦ θεοί, τί δῆτα τοὐμὸν οὐ λύω στόμα, 1060
ὅστις γ' ὑφ' ὑμῶν, οὓς σέβω, διόλλυμαι;
οὐ δῆτα· πάντως οὐ πίθοιμ' ἂν οὕς με δεῖ,
μάτην δ' ἂν ὅρκους συγχέαιμ' οὓς ὤμοσα.

ΘΗΣΕΥΣ

οἴμοι, τὸ σεμνὸν ὥς μ' ἀποκτενεῖ τὸ σόν.
οὐκ εἶ πατρώιας ἐκτὸς ὡς τάχιστα γῆς; 1065

TESEU

Que digno o disseste! Não morrerás 1045
como propuseste lei para ti mesmo.
Hades rápido é fácil na sorte difícil,
mas, banido da terra pátria e errante,
exaurirás triste vida em terra estranha,
pois essa é a paga para homem ímpio. 1050

HIPÓLITO

Oímoi, que farás? Não terás o tempo
por meu delator, mas me expulsarás?

TESEU

Além de Mar e da região de Atlas,
se eu assim pudesse, tanto te odeio.

HIPÓLITO

Sem ver jura, nem aval, nem voz 1055
de oráculos, sem juízo, me banirás?

TESEU

Esta carta, sem ter recebido oráculo,
acusa-te, confiável. Às aves acima
frequentes eu lhes digo muito salve!

HIPÓLITO

Ó Deuses, por que não abro a boca, 1060
quando por vós que venero pereço?
Não. Sem persuadir a quem deveria,
quebraria em vão o meu juramento.

TESEU

Oímoi, tanta santidade tua me mata!
Não irás o mais rápido fora da pátria? 1065

ΙΠΠΟΛΥΤΟΣ

ποῖ δῆθ' ὁ τλήμων τρέψομαι; τίνος ξένων
δόμους ἔσειμι, τῆιδ' ἐπ' αἰτίαι φυγών;

ΘΗΣΕΥΣ

ὅστις γυναικῶν λυμεῶνας ἥδεται
ξένους κομίζων καὶ ξυνοικούρους κακῶν.

ΙΠΠΟΛΥΤΟΣ

αἰαῖ, πρὸς ἧπαρ· δακρύων ἐγγὺς τόδε, 1070
εἰ δὴ κακός γε φαίνομαι δοκῶ τε σοί.

ΘΗΣΕΥΣ

τότε στενάζειν καὶ προγιγνώσκειν σ' ἐχρῆν
ὅτ' ἐς πατρώιαν ἄλοχον ὑβρίζειν ἔτλης.

ΙΠΠΟΛΥΤΟΣ

ὦ δώματ', εἴθε φθέγμα γηρύσαισθέ μοι
καὶ μαρτυρήσαιτ' εἰ κακὸς πέφυκ' ἀνήρ. 1075

ΘΗΣΕΥΣ

ἐς τοὺς ἀφώνους μάρτυρας φεύγεις σοφῶς·
τὸ δ' ἔργον οὐ λέγον σε μηνύει κακόν.

ΙΠΠΟΛΥΤΟΣ

φεῦ·
εἴθ' ἦν ἐμαυτὸν προσβλέπειν ἐναντίον
στάνθ', ὡς ἐδάκρυσ' οἷα πάσχομεν κακά.

ΘΗΣΕΥΣ

πολλῶι γε μᾶλλον σαυτὸν ἤσκησας σέβειν 1080
ἢ τοὺς τεκόντας ὅσια δρᾶν δίκαιος ὤν.

HIPÓLITO

Aonde me volto mísero? De que hóspede
visitarei a casa, banido por essa causa?

TESEU

Quem se compraz em receber hóspede
corruptor de mulheres e sócio de males.

HIPÓLITO

Aiaî no fígado! Isto é perto de lágrimas, 1070
se te pareço vil e assim crês que sou.

TESEU

Devias lastimar e antecipar outrora,
ao ousares ultrajar a mulher do pai.

HIPÓLITO

Ó palácio, se pudesses vibrar voz
serias testemunha se fui varão vil! 1075

TESEU

Hábil refúgio, testemunhas sem voz!
Sem falar, não denuncia teu malfeito.

HIPÓLITO

Pheû!
Se pudesse olhar-me de frente ereto,
como choraria que males sofremos!

TESEU

Treinaste muito mais veneração a ti 1080
que agir lícito e ser justo com o pai.

ΙΠΠΟΛΥΤΟΣ

ὦ δυστάλαινα μῆτερ, ὦ πικραὶ γοναί·
μηδείς ποτ' εἴη τῶν ἐμῶν φίλων νόθος.

ΘΗΣΕΥΣ

οὐχ ἕλξετ' αὐτόν, δμῶες; οὐκ ἀκούετε
πάλαι ξενοῦσθαι τόνδε προυννέποντά με; 1085

ΙΠΠΟΛΥΤΟΣ

κλαίων τις αὐτῶν ἆρ' ἐμοῦ γε θίξεται·
σὺ δ' αὐτός, εἴ σοι θυμός, ἐξώθει χθονός.

ΘΗΣΕΥΣ

δράσω τάδ', εἰ μὴ τοῖς ἐμοῖς πείσηι λόγοις·
οὐ γάρ τις οἶκτος σῆς μ' ὑπέρχεται φυγῆς.

ΙΠΠΟΛΥΤΟΣ

ἄραρεν, ὡς ἔοικεν. ὦ τάλας ἐγώ, 1090
ὡς οἶδα μὲν ταῦτ', οἶδα δ' οὐχ ὅπως φράσω.
ὦ φιλτάτη μοι δαιμόνων Λητοῦς κόρη,
σύνθακε, συγκύναγε, φευξούμεσθα δὴ
κλεινὰς Ἀθήνας. ἀλλὰ χαιρέτω πόλις
καὶ γαῖ' Ἐρεχθέως· ὦ πέδον Τροζήνιον, 1095
ὡς ἐγκαθηβᾶν πόλλ' ἔχεις εὐδαίμονα,
χαῖρ'· ὕστατον γάρ σ' εἰσορῶν προσφθέγγομαι.
ἴτ', ὦ νέοι μοι τῆσδε γῆς ὁμήλικες,
προσείπαθ' ἡμᾶς καὶ προπέμψατε χθονός·
ὡς οὔποτ' ἄλλον ἄνδρα σωφρονέστερον 1100
ὄψεσθε, κεἰ μὴ ταῦτ' ἐμῶι δοκεῖ πατρί.

ΘΕΡΑΠΟΝΤΕΣ

ἦ μέγα μοι τὰ θεῶν μελεδήμαθ', ὅταν φρένας ἔλθηι, Est. 1
λύπας παραιρεῖ· ξύνεσιν δέ τιν' ἐλπίδι κεύθων 1105

HIPÓLITO

Ó mãe misérrima, ó prole amarga,
ninguém dos meus fosse bastardo!

TESEU

Não o tirareis, servos? Não ouvistes
que há muito proclamei o seu exílio? 1085

HIPÓLITO

Ora, um deles, choroso, me tocará.
Se te animas, expulsa-me tu da terra!

TESEU

Assim farei, se fala não te persuadir.
Nenhum dó de teu exílio me comove.

HIPÓLITO

Está feito, parece. Ó mísero de mim, 1090
porque o sei, mas não sei como dizer!
Ó meu mais caro Nume, filha de Leto,
com sede e caça comum, serei banido
de ínclita Atenas! Vamos, saúde-se urbe
e terra de Erecteu! Ó solo de Trezena, 1095
que podes ser jovem com bom Nume,
salve! Pela última vez à vista interpelo.
Ide, ó meus jovens colegas desta terra!
Saudai-nos e escoltai-nos do território!
Não vereis outro varão mais prudente, 1100
ainda que a meu pai assim não pareça.

[*Terceiro estásimo* (1102-1152)]

SERVOS

Desvelos dos Deuses, quando vêm ao espírito, Est. 1
tiram muita aflição. Desisto de ter esperança 1105

λείπομαι ἔν τε τύχαις θνατῶν καὶ ἐν ἔργμασι λεύσσων·
ἄλλα γὰρ ἄλλοθεν ἀμείβεται, μετὰ δ' ἵσταται
ἀνδράσιν αἰὼν πολυπλάνητος αἰεί. 1110

ΧΟΡΟΣ

εἴθε μοι εὐξαμέναι θεόθεν τάδε μοῖρα παράσχοι, Ant. 1
τύχαν μετ' ὄλβου καὶ ἀκήρατον ἄλγεσι θυμόν·
δόξα δὲ μήτ' ἀτρεκὴς μήτ' αὖ παράσημος ἐνείη, 1115
ῥάιδια δ' ἤθεα τὸν αὔριον μεταβαλλομένα χρόνον αἰεὶ
βίον συνευτυχοίην. 1119

ΘΕΡΑΠΟΝΤΕΣ

οὐκέτι γὰρ καθαρὰν φρέν' ἔχω, παρὰ δ' ἐλπίδ' ἃ λεύσσω· Est. 2
ἐπεὶ τὸν Ἑλλανίας φανερώτατον ἀστέρ' Ἀφαίας 1123
εἴδομεν εἴδομεν ἐκ πατρὸς ὀργᾶς
ἄλλαν ἐπ' αἶαν ἱέμενον. 1125
ὦ ψάμαθοι πολιήτιδος ἀκτᾶς,
ὦ δρυμὸς ὄρεος ὅθι κυνῶν
ὠκυπόδων μέτα θῆρας ἔναιρεν
Δίκτυνναν ἀμφὶ σεμνάν. 1130

ΧΟΡΟΣ

οὐκέτι συζυγίαν πώλων Ἐνετᾶν ἐπιβάσηι Ant. 2
τὸν ἀμφὶ Λίμνας τρόχον κατέχων ποδὶ γυμνάδος ἵππου·
μοῦσα δ' ἄυπνος ὑπ' ἄντυγι χορδᾶν 1135
λήξει πατρῶιον ἀνὰ δόμον·
ἀστέφανοι δὲ κόρας ἀνάπαυλαι
Λατοῦς βαθεῖαν ἀνὰ χλόαν·
νυμφιδία δ' ἀπόλωλε φυγᾶι σᾶι 1140
λέκτρων ἅμιλλα κούραις.

ἐγὼ δὲ σᾶι δυστυχίαι Epodo
δάκρυσιν διοίσω
πότμον ἄποτμον. ὦ τάλαινα μᾶτερ,
ἔτεκες ἀνόνατα· φεῦ, 1145

de entender, ao ver as sortes e atos de mortais.
Uns por outros se permutam, vidas de varões
sempre têm muitas errâncias. 1110

CORO

Por esta prece possa Parte dar-me dos Deuses Ant. 1
próspera sorte e ânimo sem mistura de dores!
Não me seja a opinião nem rígida nem espúria! 1115
Por mudar índole dócil ao tempo de amanhã
valha-me boa sorte na vida! 1119

SERVOS

Não mais com espírito puro, vi o inesperado, Est. 2
quando fúlgido astro de Afeia grega 1123
vimos, vimos lançado em terra alheia
por ira paterna. 1125
Ó areias da orla urbana!
Ó carvalhais monteses, onde com cães
de ágeis pés despojava feras
junto à veneranda Dictina! 1130

CORO

Não pisarás mais carro de potros vênetos, Ant. 2
correndo com pés de cavalo treinado.
Musa insone sob o arco das cordas 1135
cessará na casa paterna.
Sem coroas repousa a filha
de Leto na floresta profunda.
A esponsal competição das moças 1140
por núpcias se perde com teu exílio.

Eu por tua má sorte Epodo
suportarei com lágrimas
o lance sem lance. Ó mísera mãe,
foste mãe sem proveito, *pheû!* 1145

μανίω θεοῖσιν.
ἰὼ ἰώ·
συζύγιαι Χάριτες, τί τὸν τάλαν' ἐκ πατρίας γᾶς
οὐδὲν ἄτας αἴτιον
πέμπετε τῶνδ' ἀπ' οἴκων; 1150

καὶ μὴν ὀπαδὸν Ἱππολύτου τόνδ' εἰσορῶ
σπουδῆι σκυθρωπὸν πρὸς δόμους ὁρμώμενον.

ΑΓΓΕΛΟΣ

ποῖ γῆς ἄνακτα τῆσδε Θησέα μολὼν
εὕροιμ' ἄν, ὦ γυναῖκες; εἴπερ ἴστε μοι
σημήνατ'· ἆρα τῶνδε δωμάτων ἔσω; 1155

ΧΟΡΟΣ

ὅδ' αὐτὸς ἔξω δωμάτων πορεύεται.

ΑΓΓΕΛΟΣ

Θησεῦ, μερίμνης ἄξιον φέρω λόγον
σοὶ καὶ πολίταις οἵ τ' Ἀθηναίων πόλιν
ναίουσι καὶ γῆς τέρμονας Τροζηνίας.

ΘΗΣΕΥΣ

τί δ' ἔστι; μῶν τις συμφορὰ νεωτέρα 1160
δισσὰς κατείληφ' ἀστυγείτονας πόλεις;

ΑΓΓΕΛΟΣ

Ἱππόλυτος οὐκέτ' ἔστιν, ὡς εἰπεῖν ἔπος·
δέδορκε μέντοι φῶς ἐπὶ σμικρᾶς ῥοπῆς.

ΘΗΣΕΥΣ

πρὸς τοῦ; δι' ἔχθρας μῶν τις ἦν ἀφιγμένος
ὅτου κατήισχυν' ἄλοχον ὡς πατρὸς βίαι; 1165

Enlouqueço com Deuses.
Iò ió,
Graças jungidas, por que da pátria mísero
sem culpa de ruína
expulsais desta casa? 1150

Vejo que este servo de Hipólito vem
depressa com rosto sombrio ao palácio.

[*Quarto episódio* (1153-1267)]

MENSAGEIRO
Onde nesta terra iria encontrar
o rei Teseu, mulheres? Se sabeis,
dizei-me. Ele estaria em casa? 1155

CORO
Ele mesmo está saindo de casa.

MENSAGEIRO
Teseu, trago notícia digna de pesar
para ti e para os cidadãos da cidade
de Atenas e dos confins de Trezena.

TESEU
O que é? Outra nova circunstância 1160
envolveu as duas cidades vizinhas?

MENSAGEIRO
Hipólito já não vive, pode-se dizer.
Vê a luz, todavia, por breve instante.

TESEU
Por quê? Alguém se inimistou dele,
por violentar esposa como à do pai? 1165

ΑΓΓΕΛΟΣ

οἰκεῖος αὐτὸν ὤλεσ' ἁρμάτων ὄχος
ἀραί τε τοῦ σοῦ στόματος, ἃς σὺ σῶι πατρὶ
πόντου κρέοντι παιδὸς ἠράσω πέρι.

ΘΗΣΕΥΣ

ὦ θεοί, Πόσειδόν θ'· ὡς ἄρ' ἦσθ' ἐμὸς πατὴρ
ὀρθῶς, ἀκούσας τῶν ἐμῶν κατευγμάτων. 1170
πῶς καὶ διώλετ'; εἰπέ, τῶι τρόπωι Δίκης
ἔπαισεν αὐτὸν ῥόπτρον αἰσχύναντά με;

ΑΓΓΕΛΟΣ

ἡμεῖς μὲν ἀκτῆς κυμοδέγμονος πέλας
ψήκτραισιν ἵππων ἐκτενίζομεν τρίχας
κλαίοντες· ἦλθε γάρ τις ἄγγελος λέγων 1175
ὡς οὐκέτ' ἐν γῆι τῆιδ' ἀναστρέψοι πόδα
Ἱππόλυτος, ἐκ σοῦ τλήμονας φυγὰς ἔχων.
ὁ δ' ἦλθε ταὐτὸν δακρύων ἔχων μέλος
ἡμῖν ἐπ' ἀκτάς, μυρία δ' ὀπισθόπους
φίλων ἅμ' ἔστειχ' ἡλίκων <θ'> ὁμήγυρις. 1180
χρόνωι δὲ δή ποτ' εἶπ' ἀπαλλαχθεὶς γόων·
Τί ταῦτ' ἀλύω; πειστέον πατρὸς λόγοις.
ἐντύναθ' ἵππους ἅρμασι ζυγηφόρους,
δμῶες, πόλις γὰρ οὐκέτ' ἔστιν ἥδε μοι.
τοὐνθένδε μέντοι πᾶς ἀνὴρ ἠπείγετο, 1185
καὶ θᾶσσον ἢ λέγοι τις ἐξηρτυμένας
πώλους παρ' αὐτὸν δεσπότην ἐστήσαμεν.
μάρπτει δὲ χερσὶν ἡνίας ἀπ' ἄντυγος,
αὐταῖς ἐν ἀρβύλαισιν ἁρμόσας πόδας.
καὶ πρῶτα μὲν θεοῖς εἶπ' ἀναπτύξας χέρας· 1190
Ζεῦ, μηκέτ' εἴην εἰ κακὸς πέφυκ' ἀνήρ·
αἴσθοιτο δ' ἡμᾶς ὡς ἀτιμάζει πατὴρ
ἤτοι θανόντας ἢ φάος δεδορκότας.
κἀν τῶιδ' ἐπῆγε κέντρον ἐς χεῖρας λαβὼν
πώλοις ἁμαρτῆι· πρόσπολοι δ' ὑφ' ἅρματος 1195

MENSAGEIRO

O próprio porte do carro o destruiu,
e as preces que tu de tua boca oraste
a teu pai, rei do mar, contra teu filho.

TESEU

Ó Deuses! Ó Posídon, foste meu pai
verdadeiro, ouvindo minhas preces! 1170
Como pereceu? Diz! Como a clava
da Justiça o feriu por me desonrar?

MENSAGEIRO

Nós, próximos à praia batida de ondas,
com escovas penteávamos crinas equinas
aos prantos, pois mensageiro veio e disse 1175
que Hipólito não mais voltaria a pôr o pé
nesta terra, suportando por ti triste exílio.
E com o mesmo tom de pranto que nós,
ele veio à praia e o séquito de dez mil
dos seus e agregados colegas o seguem. 1180
Com tempo afinal livre do choro disse:
"Por que errar? Ouça-se a fala do pai!
Atrelai as éguas jungidas aos carros!
Servos, esta urbe não mais é minha."
Em seguida todo varão se apressava, 1185
e mais breve do que se diria pusemos
as potras prontas junto ao seu dono.
Pôs as mãos nas rédeas do anteparo,
tendo calçado os pés com as botinas.
Ergueu as mãos e disse aos Deuses: 1190
"Zeus, se fui varão vil, não mais viva!
Perceba o pai como nos desonrou,
se somos mortos ou vemos a luz!"
Nesse ínterim, com açoite nas mãos,
conduzia as potras. Servos no carro 1195

πέλας χαλινῶν εἱπόμεσθα δεσπότηι
τὴν εὐθὺς Ἄργους κἀπιδαυρίας ὁδόν.
ἐπεὶ δ' ἔρημον χῶρον εἰσεβάλλομεν,
ἀκτή τις ἔστι τοὐπέκεινα τῆσδε γῆς
πρὸς πόντον ἤδη κειμένη Σαρωνικόν. 1200
ἔνθεν τις ἠχὼ χθόνιος, ὡς βροντὴ Διός,
βαρὺν βρόμον μεθῆκε, φρικώδη κλύειν·
ὀρθὸν δὲ κρᾶτ' ἔστησαν οὖς τ' ἐς οὐρανὸν
ἵπποι, παρ' ἡμῖν δ' ἦν φόβος νεανικὸς
πόθεν ποτ' εἴη φθόγγος. ἐς δ' ἁλιρρόθους 1205
ἀκτὰς ἀποβλέψαντες ἱερὸν εἴδομεν
κῦμ' οὐρανῶι στηρίζον, ὥστ' ἀφῃρέθη
Σκίρωνος ἀκτὰς ὄμμα τοὐμὸν εἰσορᾶν,
ἔκρυπτε δ' Ἰσθμὸν καὶ πέτραν Ἀσκληπιοῦ.
κἄπειτ' ἀνοιδῆσάν τε καὶ πέριξ ἀφρὸν 1210
πολὺν καχλάζον ποντίωι φυσήματι
χωρεῖ πρὸς ἀκτὰς οὗ τέθριππος ἦν ὄχος.
αὐτῶι δὲ σὺν κλύδωνι καὶ τρικυμίαι
κῦμ' ἐξέθηκε ταῦρον, ἄγριον τέρας·
οὗ πᾶσα μὲν χθὼν φθέγματος πληρουμένη 1215
φρικῶδες ἀντεφθέγγετ', εἰσορῶσι δὲ
κρεῖσσον θέαμα δεργμάτων ἐφαίνετο.
εὐθὺς δὲ πώλοις δεινὸς ἐμπίπτει φόβος·
καὶ δεσπότης μὲν ἱππικοῖσιν ἤθεσιν
πολὺς ξυνοικῶν ἥρπασ' ἡνίας χεροῖν, 1220
ἕλκει δὲ κώπην ὥστε ναυβάτης ἀνήρ,
ἱμᾶσιν ἐς τοὔπισθεν ἀρτήσας δέμας·
αἱ δ' ἐνδακοῦσαι στόμια πυριγενῆ γνάθοις
βίαι φέρουσιν, οὔτε ναυκλήρου χερὸς
οὔθ' ἱπποδέσμων οὔτε κολλητῶν ὄχων 1225
μεταστρέφουσαι. κεἰ μὲν ἐς τὰ μαλθακὰ
γαίας ἔχων οἴακας εὐθύνοι δρόμον,
προυφαίνετ' ἐς τὸ πρόσθεν, ὥστ' ἀναστρέφειν,
ταῦρος, φόβωι τέτρωρον ἐκμαίνων ὄχον·
εἰ δ' ἐς πέτρας φέροιντο μαργῶσαι φρένας, 1230

perto dos freios seguíamos o dono
por via reta para Argos e Epidauro.
Quando entramos em região erma,
há uma ponta por acolá desta terra,
já situada diante do Sarônico Mar. 1200
Aí eco térreo, qual trovão de Zeus,
soltou grave estalo hórrido de ouvir,
as éguas têm cabeça e orelhas retas
ao céu, e era conosco forte pavor.
Donde era o som? Ante as escarpas 1205
marulhosas vimos sacro vagalhão
erguido no céu de modo a impedir
minha visão das escarpas de Círon,
e cobria Istmo e pedra de Asclépio.
Então, a espuma túrgida ao redor 1210
bem borbulhante ao sopro do mar
vai à praia onde corria a quadriga.
Com o vagalhão e a tríplice vaga,
onda mostrou touro, rude portento.
A terra toda repletada por sua voz 1215
ressoava horrenda e aos que viam
a visão parecia superior às vistas.
Logo terrível pavor cai nas potras,
e por muito convívio dos hábitos
equinos, o dono tomou as rédeas 1220
e puxa o remo, qual marinheiro,
com o corpo preso a correias atrás.
Elas com o ígneo freio nos dentes
puxam à força, nem mão de piloto,
nem o cabresto, nem o carro coeso 1225
não as revolvendo. Se com o timão
guiava o carro para a terra macia,
o touro surgia na frente de modo a
volver, infundindo pavor à quadriga.
Se aturdidas puxavam para as pedras, 1230

σιγῆι πελάζων ἄντυγι ξυνείπετο,
ἐς τοῦθ' ἕως ἔσφηλε κἀνεχαίτισεν
ἁψῖδα πέτρωι προσβαλὼν ὀχήματος.
σύμφυρτα δ' ἦν ἅπαντα· σύριγγές τ' ἄνω
τροχῶν ἐπήδων ἀξόνων τ' ἐνήλατα, 1235
αὐτὸς δ' ὁ τλήμων ἡνίαισιν ἐμπλακεὶς
δεσμὸν δυσεξέλικτον ἕλκεται δεθείς,
σποδούμενος μὲν πρὸς πέτραις φίλον κάρα
θραύων τε σάρκας, δεινὰ δ' ἐξαυδῶν κλύειν·
Στῆτ', ὦ φάτναισι ταῖς ἐμαῖς τεθραμμέναι, 1240
μή μ' ἐξαλείψητ'. ὢ πατρὸς τάλαιν' ἀρά·
τίς ἄνδρ' ἄριστον βούλεται σῶσαι παρών;
πολλοὶ δὲ βουληθέντες ὑστέρωι ποδὶ
ἐλειπόμεσθα. χὡ μὲν ἐκ δεσμῶν λυθεὶς
τμητῶν ἱμάντων οὐ κάτοιδ' ὅτωι τρόπωι 1245
πίπτει, βραχὺν δὴ βίοτον ἐμπνέων ἔτι·
ἵπποι δ' ἔκρυφθεν καὶ τὸ δύστηνον τέρας
ταύρου λεπαίας οὐ κάτοιδ' ὅποι χθονός.
δοῦλος μὲν οὖν ἔγωγε σῶν δόμων, ἄναξ,
ἀτὰρ τοσοῦτόν γ' οὐ δυνήσομαί ποτε, 1250
τὸν σὸν πιθέσθαι παῖδ' ὅπως ἐστὶν κακός,
οὐδ' εἰ γυναικῶν πᾶν κρεμασθείη γένος
καὶ τὴν ἐν Ἴδηι γραμμάτων πλήσειέ τις
πεύκην· ἐπεί νιν ἐσθλὸν ὄντ' ἐπίσταμαι.

ΧΟΡΟΣ

αἰαῖ, κέκρανται συμφορὰ νέων κακῶν, 1255
οὐδ' ἔστι μοίρας τοῦ χρεών τ' ἀπαλλαγή.

ΘΗΣΕΥΣ

μίσει μὲν ἀνδρὸς τοῦ πεπονθότος τάδε
λόγοισιν ἥσθην τοῖσδε· νῦν δ' αἰδούμενος
θεούς τ' ἐκεῖνόν θ', οὕνεκ' ἐστὶν ἐξ ἐμοῦ,
οὔθ' ἥδομαι τοῖσδ' οὔτ' ἐπάχθομαι κακοῖς. 1260

seguia silente próximo ao anteparo,
até que ele as fez resvalar e revirar
ao bater numa pedra a roda do carro.
Tudo se confunde, os cubos saltam
das rodas e as cavilhas dos eixos, 1235
e ele, mísero, enlaçado nas rédeas,
arrastado, atado a inextricável atilho,
moendo a própria cabeça nas pedras,
rompendo carne e gritando terrível:
"Parai, ó crias de minhas cocheiras! 1240
Não me mateis! Mísera prece do pai!
Quem presente salvará nobre varão?"
Muitos na tentativa fomos relegados
por tardo passo. Ele, livre do atilho
das lavradas correias não sei como, 1245
tomba, respirando ainda breve alento.
As éguas e infausto portento de touro
sumiram não sei onde no chão rochoso.
Eu sou servidor em teu palácio, ó rei,
mas não poderei nunca me persuadir 1250
de que teu filho fosse vil, ainda que
todo o gênero feminino se enforcasse
e de letras se enchessem os pinhais
no Ida, porque sei que ele é honesto.

CORO

Aiaî! A situação é de novos males. 1255
Não se foge da Parte e do fadado.

TESEU

Por ódio ao varão que assim sofreu,
gostei do anúncio, agora por receio
dos Deuses e dele, já que ele é meu,
não gosto nem desgosto destes males. 1260

ΑΓΓΕΛΟΣ

πῶς οὖν; κομίζειν, ἢ τί χρὴ τὸν ἄθλιον
δράσαντας ἡμᾶς σῆι χαρίζεσθαι φρενί;
φρόντιζ'· ἐμοῖς δὲ χρώμενος βουλεύμασιν
οὐκ ὠμὸς ἐς σὸν παῖδα δυστυχοῦντ' ἔσηι.

ΘΗΣΕΥΣ

κομίζετ' αὐτόν, ὡς ἰδὼν ἐν ὄμμασιν 1265
λόγοις τ' ἐλέγξω δαιμόνων τε συμφοραῖς 1267
τὸν τἄμ' ἀπαρνηθέντα μὴ χρᾶναι λέχη. 1266

ΧΟΡΟΣ

σὺ τὰν θεῶν ἄκαμπτον φρένα καὶ βροτῶν
ἄγεις, Κύπρι, σὺν δ' ὁ ποι- 1270
κιλόπτερος ἀμφιβαλὼν
ὠκυτάτωι πτερῶι·
ποτᾶται δὲ γαῖαν εὐάχητόν θ'
ἁλμυρὸν ἐπὶ πόντον,
θέλγει δ' Ἔρως ὧι μαινομέναι κραδίαι
πτανὸς ἐφορμάσηι χρυσοφαής, 1275
φύσιν ὀρεσκόων σκύμνων πελαγίων θ'
ὅσα τε γᾶ τρέφει
τά τ' αἰθόμενος ἅλιος δέρκεται
ἄνδρας τε· συμπάντων βασιληίδα τι- 1280
μάν, Κύπρι, τῶνδε μόνα κρατύνεις.

ΑΡΤΕΜΙΣ

σὲ τὸν εὐπατρίδην Αἰγέως κέλομαι
παῖδ' ἐπακοῦσαι·
Λητοῦς δὲ κόρη σ' Ἄρτεμις αὐδῶ. 1285
Θησεῦ, τί τάλας τοῖσδε συνήδηι,

MENSAGEIRO
Então? Devo trazê-lo, ou que fazer
do mísero para que nós te agrademos?
Reflete! Se ouvires meus conselhos,
não serás rude com teu filho de má sorte.

TESEU
Trazei-o para eu ver diante dos olhos 1265
e refutar por razão e junção de Numes 1267
esse que nega ter tocado o meu leito. 1266

[*Quarto estásimo* (1268-1281)]

CORO
O indômito coração de Deuses e de mortais
tu levas, ó Cípris, e contigo 1270
o de asa volúvel ao circundar
com asa velocíssima
e sobrevoa a terra
e o rumoroso mar salino.
Amor fascina o coração louco
e alado ataca com áureo fulgor, 1275
e filhotes monteses e marinhos,
e todos os que a terra nutre
e o brilhante Sol contempla,
e varões. Somente tu, Cípris, 1280
tens de todos eles honra de rainha.

[*Êxodo* (1282-1466)]

ÁRTEMIS
Ó nobre filho de Egeu,
exorto-te a escutar-me.
Ártemis, filha de Leto, te falo. 1285
Teseu, mísero, por que te apraz

παῖδ' οὐχ ὁσίως σὸν ἀποκτείνας
ψεύδεσι μύθοις ἀλόχου πεισθεὶς
ἀφανῆ; φανερὰν δ' ἔσχεθες ἄτην.
πῶς οὐχ ὑπὸ γῆς τάρταρα κρύπτεις 1290
δέμας αἰσχυνθείς,
ἢ πτηνὸν ἄω μεταβὰς βίοτον
πήματος ἔξω πόδα τοῦδ' ἀνέχεις;
ὡς ἔν γ' ἀγαθοῖς ἀνδράσιν οὔ σοι
κτητὸν βιότου μέρος ἐστίν. 1295

ἄκουε, Θησεῦ, σῶν κακῶν κατάστασιν.
καίτοι προκόψω γ' οὐδέν, ἀλγυνῶ δέ σε·
ἀλλ' ἐς τόδ' ἦλθον, παιδὸς ἐκδεῖξαι φρένα
τοῦ σοῦ δικαίαν, ὡς ὑπ' εὐκλείας θάνηι,
καὶ σῆς γυναικὸς οἶστρον ἢ τρόπον τινὰ 1300
γενναιότητα. τῆς γὰρ ἐχθίστης θεῶν
ἡμῖν ὅσαισι παρθένειος ἡδονὴ
δηχθεῖσα κέντροις παιδὸς ἠράσθη σέθεν·
γνώμηι δὲ νικᾶν τὴν Κύπριν πειρωμένη
τροφοῦ διώλετ' οὐχ ἑκοῦσα μηχαναῖς, 1305
ἣ σῶι δι' ὅρκων παιδὶ σημαίνει νόσον.
ὁ δ', ὥσπερ οὖν δίκαιον, οὐκ ἐφέσπετο
λόγοισιν, οὐδ' αὖ πρὸς σέθεν κακούμενος
ὅρκων ἀφεῖλε πίστιν, εὐσεβὴς γεγώς·
ἡ δ' εἰς ἔλεγχον μὴ πέσηι φοβουμένη 1310
ψευδεῖς γραφὰς ἔγραψε καὶ διώλεσεν
δόλοισι σὸν παῖδ', ἀλλ' ὅμως ἔπεισέ σε.

ΘΗΣΕΥΣ
οἴμοι.

ΑΡΤΕΜΙΣ
δάκνει σε, Θησεῦ, μῦθος; ἀλλ' ἔχ' ἥσυχος,
τοὐνθένδ' ἀκούσας ὡς ἂν οἰμώξηις πλέον.
ἆρ' οἶσθα πατρὸς τρεῖς ἀρὰς ἔχων σαφεῖς; 1315

essa ilícita matança de teu filho,
confiado em falsa fala da esposa,
sem ter visto? Tens visível ruína.
Como sob a terra no Tártaro 1290
não te escondes de vergonha,
ou acima transfeito em vida alada
não retiras o pé fora desta dor?
Entre os bons varões
não participas da vida. 1295

Ouve, Teseu, a lista de teus males.
Não me alongarei, não te afligirei,
mas vim mostrar o coração justo
de teu filho, que morra glorioso,
e o estro de tua mulher, ou, certo, 1300
nobreza. Ferida por ferrão da pior
dos Deuses para nós prazenteiras
de ser virgem, desejou teu filho.
Tentando vencer Cípris em saber,
morreu invita por ardis da nutriz, 1305
que ao teu filho sob jura disse
o distúrbio. Justo não aprovou
as palavras e maltratado por ti
por ser pio não desfez fé jurada.
Ela por temor de cair refutada 1310
escreveu escrita falsa e destruiu
teu filho, dolosa, mas persuadiu.

TESEU

Oímoi!

ÁRTEMIS

Teseu, a palavra te pica, mas tem calma,
porque ouvindo o seguinte chorarás mais.
Sabes que tens três preces claras do pai? 1315

ὧν τὴν μίαν παρεῖλες, ὦ κάκιστε σύ,
ἐς παῖδα τὸν σόν, ἐξὸν εἰς ἐχθρῶν τινα.
πατὴρ μὲν οὖν σοι πόντιος φρονῶν καλῶς
ἔδωχ' ὅσονπερ χρῆν, ἐπείπερ ᾔνεσεν·
σὺ δ' ἔν τ' ἐκείνωι κἀν ἐμοὶ φαίνηι κακός, 1320
ὃς οὔτε πίστιν οὔτε μάντεων ὄπα
ἔμεινας, οὐκ ἤλεγξας, οὐ χρόνωι μακρῶι
σκέψιν παρέσχες, ἀλλὰ θᾶσσον ἤ σ' ἐχρῆν
ἀρὰς ἐφῆκας παιδὶ καὶ κατέκτανες.

ΘΗΣΕΥΣ
δέσποιν', ὀλοίμην.

ΑΡΤΕΜΙΣ
δείν' ἔπραξας, ἀλλ' ὅμως 1325
ἔτ' ἔστι καί σοι τῶνδε συγγνώμης τυχεῖν·
Κύπρις γὰρ ἤθελ' ὥστε γίγνεσθαι τάδε,
πληροῦσα θυμόν. θεοῖσι δ' ὧδ' ἔχει νόμος·
οὐδεὶς ἀπαντᾶν βούλεται προθυμίαι
τῆι τοῦ θέλοντος, ἀλλ' ἀφιστάμεσθ' ἀεί. 1330
ἐπεί, σάφ' ἴσθι, Ζῆνα μὴ φοβουμένη
οὐκ ἄν ποτ' ἦλθον ἐς τόδ' αἰσχύνης ἐγὼ
ὥστ' ἄνδρα πάντων φίλτατον βροτῶν ἐμοὶ
θανεῖν ἐᾶσαι. τὴν δὲ σὴν ἁμαρτίαν
τὸ μὴ εἰδέναι μὲν πρῶτον ἐκλύει κάκης· 1335
ἔπειτα δ' ἡ θανοῦσ' ἀνήλωσεν γυνὴ
λόγων ἐλέγχους, ὥστε σὴν πεῖσαι φρένα.
μάλιστα μέν νυν σοὶ τάδ' ἔρρωγεν κακά,
λύπη δὲ κἀμοί· τοὺς γὰρ εὐσεβεῖς θεοὶ
θνήισκοντας οὐ χαίρουσι· τούς γε μὴν κακοὺς 1340
αὐτοῖς τέκνοισι καὶ δόμοις ἐξόλλυμεν.

ΧΟΡΟΣ
καὶ μὴν ὁ τάλας ὅδε δὴ στείχει,
σάρκας νεαρὰς ξανθόν τε κάρα

Uma das três lançaste, ó misérrimo tu,
em teu filho, podendo ser em inimigo.
O teu pai marinho com bela prudência
concedeu quanto devia, já que aprovou.
Tu te mostras vil, diante dele e de mim, 1320
não esperaste fé nem palavra de vates,
não examinaste, nem por longo tempo
perquiriste, mas mais breve que devias
imprecaste contra teu filho e o mataste.

TESEU
Senhora, que eu morra!

ÁRTEMIS
Terríveis atos, 1325
mas ainda podes obter o perdão disso.
Cípris queria de modo a suceder assim,
cheia de ímpeto. Assim é lei dos Deuses:
ninguém quer se contrapor ao empenho
de quem concede, mas sempre se afasta. 1330
Logo, sabe claro, se não temesse Zeus,
eu não chegaria nunca a esta vergonha
de deixar morrer o mais caro a mim
de todos os mortais. Por tua erronia,
primeiro a insciência ouviu a vileza; 1335
depois, ao morrer, a mulher destruiu
as provas faladas, para te persuadir.
Máximos te surgem estes males a ti,
e a mim, aflição. Deuses não gostam
da morte dos pios, mas destruímos 1340
malfeitores, seus filhos e suas casas.

CORO
Miserando ele aí está vindo,
maltratado nas carnes jovens

διαλυμανθείς. ὦ πόνος οἴκων,
οἷον ἐκράνθη δίδυμον μελάθροις 1345
πένθος θεόθεν καταληπτόν.

ΙΠΠΟΛΥΤΟΣ

αἰαῖ αἰαῖ·
δύστηνος ἐγώ, πατρὸς ἐξ ἀδίκου
χρησμοῖς ἀδίκοις διελυμάνθην.
ἀπόλωλα τάλας, οἴμοι μοι. 1350
διά μου κεφαλῆς ἄισσουσ᾽ ὀδύναι
κατά τ᾽ ἐγκέφαλον πηδᾶι σφάκελος·
σχές, ἀπειρηκὸς σῶμ᾽ ἀναπαύσω.
ἒ ἔ·
ὦ στυγνὸν ὄχημ᾽ ἵππειον, ἐμῆς 1355
βόσκημα χερός,
διά μ᾽ ἔφθειρας, κατὰ δ᾽ ἔκτεινας.
φεῦ φεῦ· πρὸς θεῶν, ἀτρέμα, δμῶες,
χροὸς ἑλκώδους ἅπτεσθε χεροῖν.
τίς ἐφέστηκεν δεξιὰ πλευροῖς; 1360
πρόσφορά μ᾽ αἴρετε, σύντονα δ᾽ ἕλκετε
τὸν κακοδαίμονα καὶ κατάρατον
πατρὸς ἀμπλακίαις. Ζεῦ Ζεῦ, τάδ᾽ ὁρᾶις;
ὅδ᾽ ὁ σεμνὸς ἐγὼ καὶ θεοσέπτωρ,
ὅδ᾽ ὁ σωφροσύνηι πάντας ὑπερσχών, 1365
προὖπτον ἐς Ἅιδην στείχω, κατ᾽ ἄκρας
ὀλέσας βίοτον, μόχθους δ᾽ ἄλλως
τῆς εὐσεβίας
εἰς ἀνθρώπους ἐπόνησα.

αἰαῖ αἰαῖ· 1370
καὶ νῦν ὀδύνα μ᾽ ὀδύνα βαίνει·
μέθετέ με τάλανα,
καί μοι θάνατος παιὰν ἔλθοι.
†προσαπόλλυτέ μ᾽ ὄλλυτε τὸν δυσδαί-
μονα·† ἀμφιτόμου λόγχας ἔραμαι, 1375

e cabeça loira. Ó dor em casa,
que duplo luto na residência 1345
recebido de Deus se cumpre!

HIPÓLITO

Aiaî aiaî!
Mísero, por oráculo injusto
de pai injusto fui maltratado.
Morri, mísero, *oímoi moi!* 1350
Dores me assaltam a cabeça.
Convulsão ataca o encéfalo.
Para! Pouse corpo interdito!
È é!
Ó horrendo veículo equino 1355
nutrido por minha mão,
destruíste-me, mataste-me!
Pheû pheû! Por Deuses, servos, sem tremor
tocai a pele ferida com ambas as mãos!
Quem está do lado direito? 1360
Tomai-me aptos, puxai juntos
o de mau Nume e imprecado
por erro do pai. Zeus, Zeus, tu o vês?
Este santo sou eu, cultor de Deus.
Este, superior a todos em prudência, 1365
estou indo a previsto Hades, toda
a vida perdi e fadigas vãs
da veneração
entre homens sofri.

Aiaî aiaî! 1370
Agora ainda a dor, a dor me vem.
Deixai-me, a mim, mísero,
e venha-me Morte Peã!
Executai-me! Executai
o de mau Nume! Peço lança bigúmea. 1375

διαμοιρᾶσαι κατά τ' εὐνᾶσαι
τὸν ἐμὸν βίοτον.
ὦ πατρὸς ἐμοῦ δύστανος ἀρά·
μιαιφόνον τι σύγγονον
παλαιῶν προγεννη- 1380
τόρων ἐξορίζεται κακὸν οὐδὲ μένει,
ἔμολέ τ' ἐπ' ἐμέ — τί ποτε, τὸν οὐδὲν ὄντ' ἐπαίτιον κακῶν;
ἰώ μοί μοι.
τί φῶ; πῶς ἀπαλλά- 1385
ξω βιοτὰν ἐμὰν
τοῦδ' ἀνάλγητον πάθους;
εἴθε με κοιμάσειε τὸν
δυσδαίμον' Ἅιδα μέλαι-
να νύκτερός τ' ἀνάγκα.

ΑΡΤΕΜΙΣ

ὦ τλῆμον, οἵαι συμφορᾶι συνεζύγης·
τὸ δ' εὐγενές σε τῶν φρενῶν ἀπώλεσεν. 1390

ΙΠΠΟΛΥΤΟΣ

ἔα·
ὦ θεῖον ὀσμῆς πνεῦμα· καὶ γὰρ ἐν κακοῖς
ὢν ἠισθόμην σου κἀνεκουφίσθην δέμας.
ἔστ' ἐν τόποισι τοισίδ' Ἄρτεμις θεά.

ΑΡΤΕΜΙΣ

ὦ τλῆμον, ἔστι, σοί γε φιλτάτη θεῶν.

ΙΠΠΟΛΥΤΟΣ

ὁρᾶις με, δέσποιν', ὡς ἔχω, τὸν ἄθλιον; 1395

ΑΡΤΕΜΙΣ

ὁρῶ· κατ' ὄσσων δ' οὐ θέμις βαλεῖν δάκρυ.

Despedaçai e dai repouso
à minha vida!
Ó infausta prece de meu pai!
Conspurcado de matança
provém de prístinos avós 1380
mal congênito e não espera,
veio a mim. — Por quê,
se não sou causa de males?
Ió moi moi!
Que dizer? Como livrar 1385
minha vida
desta insofrível dor?
Possa-me adormecer
a mim de mau Nume
Coerção negra noturna de Hades!

ÁRTEMIS
Ó mísero, a que injunções jungido!
A nobreza de espírito te destruiu. 1390

HIPÓLITO
Éa!
Ó divino sopro de olor! Até nos males
eu te percebi e reconfortou-me o corpo.
Neste lugar aqui está a Deusa Ártemis.

ÁRTEMIS
Ó mísero, está a mais tua dos Deuses!

HIPÓLITO
Vês-me, senhora, que mísero estou? 1395

ÁRTEMIS
Vejo, mas é ilícito o choro dos olhos.

ΙΠΠΟΛΥΤΟΣ

οὐκ ἔστι σοι κυναγὸς οὐδ' ὑπηρέτης.

ΑΡΤΕΜΙΣ

οὐ δῆτ'· ἀτάρ μοι προσφιλής γ' ἀπόλλυσαι.

ΙΠΠΟΛΥΤΟΣ

οὐδ' ἱππονώμας οὐδ' ἀγαλμάτων φύλαξ.

ΑΡΤΕΜΙΣ

Κύπρις γὰρ ἡ πανοῦργος ὧδ' ἐμήσατο. 1400

ΙΠΠΟΛΥΤΟΣ

οἴμοι, φρονῶ δὴ δαίμον' ἥ μ' ἀπώλεσεν.

ΑΡΤΕΜΙΣ

τιμῆς ἐμέμφθη, σωφρονοῦντι δ' ἤχθετο.

ΙΠΠΟΛΥΤΟΣ

τρεῖς ὄντας ἡμᾶς ὤλεσ', ᾔσθημαι, μία.

ΑΡΤΕΜΙΣ

πατέρα γε καὶ σὲ καὶ τρίτην ξυνάορον.

ΙΠΠΟΛΥΤΟΣ

ᾤμωξα τοίνυν καὶ πατρὸς δυσπραξίας. 1405

ΑΡΤΕΜΙΣ

ἐξηπατήθη δαίμονος βουλεύμασιν.

ΙΠΠΟΛΥΤΟΣ

ὦ δυστάλας σὺ τῆσδε συμφορᾶς, πάτερ.

ΘΗΣΕΥΣ

ὄλωλα, τέκνον, οὐδέ μοι χάρις βίου.

HIPÓLITO

O teu caçador não está, nem o servo!

ÁRTEMIS

Não mesmo, mas caro a mim morres.

HIPÓLITO

Nem o cavaleiro, nem o imagineiro!

ÁRTEMIS

Cípris, que tudo ousa, assim tramou. 1400

HIPÓLITO

Oímoi! Sei o Nume que me matou.

ÁRTEMIS

Pleiteou a honra, repelia o prudente.

HIPÓLITO

Ela, uma, nos destruiu os três, vi.

ÁRTEMIS

Ao pai, a ti e, terceira, à sua esposa.

HIPÓLITO

Lastimei ainda o infortúnio do pai. 1405

ÁRTEMIS

Enganado por desígnios do Nume.

HIPÓLITO

Ó tu, pai, nesta infausta situação!

TESEU

Morri, filho, não há graça na vida.

ΙΠΠΟΛΥΤΟΣ

στένω σε μᾶλλον ἢ ‘μὲ τῆς ἁμαρτίας.

ΘΗΣΕΥΣ

εἰ γὰρ γενοίμην, τέκνον, ἀντὶ σοῦ νεκρός. 1410

ΙΠΠΟΛΥΤΟΣ

ὦ δῶρα πατρὸς σοῦ Ποσειδῶνος πικρά.

ΘΗΣΕΥΣ

ὡς μήποτ' ἐλθεῖν ὤφελ' ἐς τοὐμὸν στόμα.

ΙΠΠΟΛΥΤΟΣ

τί δ'; ἔκτανές τἄν μ', ὡς τότ' ἦσθ' ὠργισμένος.

ΘΗΣΕΥΣ

δόξης γὰρ ἦμεν πρὸς θεῶν ἐσφαλμένοι.

ΙΠΠΟΛΥΤΟΣ

φεῦ·
εἴθ' ἦν ἀραῖον δαίμοσιν βροτῶν γένος. 1415

ΑΡΤΕΜΙΣ

ἔασον· οὐ γὰρ οὐδὲ γῆς ὑπὸ ζόφον
θεᾶς ἄτιμοι Κύπριδος ἐκ προθυμίας
ὀργαὶ κατασκήψουσιν ἐς τὸ σὸν δέμας,
σῆς εὐσεβείας κἀγαθῆς φρενὸς χάριν·
ἐγὼ γὰρ αὐτῆς ἄλλον ἐξ ἐμῆς χερὸς 1420
ὃς ἂν μάλιστα φίλτατος κυρῇ βροτῶν
τόξοις ἀφύκτοις τοῖσδε τιμωρήσομαι.
σοὶ δ', ὦ ταλαίπωρ', ἀντὶ τῶνδε τῶν κακῶν
τιμὰς μεγίστας ἐν πόλει Τροζηνίαι
δώσω· κόραι γὰρ ἄζυγες γάμων πάρος 1425
κόμας κεροῦνταί σοι, δι' αἰῶνος μακροῦ
πένθη μέγιστα δακρύων καρπουμένωι·

HIPÓLITO

Choro-te mais que a mim pelo erro.

TESEU

Fosse morto eu em vez de ti, filho! 1410

HIPÓLITO

Ó amargos dons de teu pai Posídon!

TESEU

Não viessem nunca à minha boca!

HIPÓLITO

Por quê? Com tua ira me matarias.

TESEU

Resvalamos em opinião de Deuses.

HIPÓLITO

Pheû!
Imprecassem os mortais aos Numes! 1415

ÁRTEMIS

Deixa! Nem sob as trevas da terra
as iras por empenho da Deusa Cípris
desonrosas não te atingirão o porte
graças a tua piedade e bom espírito.
Eu com minha mão a quem dela 1420
for o mais caro dentre os mortais
punirei com este arco inevitável.
Ó pobre, por estes males te darei
honras máximas na urbe trezênia,
as moças inuptas antes das núpcias 1425
cortam cabelos por ti por longa era,
colhedor de máximo luto choroso.

ἀεὶ δὲ μουσοποιὸς ἐς σὲ παρθένων
ἔσται μέριμνα, κοὐκ ἀνώνυμος πεσὼν
ἔρως ὁ Φαίδρας ἐς σὲ σιγηθήσεται. 1430
σὺ δ', ὦ γεραιοῦ τέκνον Αἰγέως, λαβὲ
σὸν παῖδ' ἐν ἀγκάλαισι καὶ προσέλκυσαι·
ἄκων γὰρ ὤλεσάς νιν, ἀνθρώποισι δὲ
θεῶν διδόντων εἰκὸς ἐξαμαρτάνειν.
καὶ σοὶ παραινῶ πατέρα μὴ στυγεῖν σέθεν, 1435
Ἱππόλυτ'· ἔχεις γὰρ μοῖραν ᾗ διεφθάρης.
καὶ χαῖρ'· ἐμοὶ γὰρ οὐ θέμις φθιτοὺς ὁρᾶν
οὐδ' ὄμμα χραίνειν θανασίμοισιν ἐκπνοαῖς·
ὁρῶ δέ σ' ἤδη τοῦδε πλησίον κακοῦ.

ΙΠΠΟΛΥΤΟΣ

χαίρουσα καὶ σὺ στεῖχε, παρθέν' ὀλβία· 1440
μακρὰν δὲ λείπεις ῥαιδίως ὁμιλίαν.
λύω δὲ νεῖκος πατρὶ χρῃζούσης σέθεν·
καὶ γὰρ πάροιθε σοῖς ἐπειθόμην λόγοις.
αἰαῖ, κατ' ὄσσων κιγχάνει μ' ἤδη σκότος·
λαβοῦ πάτερ μου καὶ κατόρθωσον δέμας. 1445

ΘΗΣΕΥΣ

οἴμοι, τέκνον, τί δρᾶις με τὸν δυσδαίμονα;

ΙΠΠΟΛΥΤΟΣ

ὄλωλα καὶ δὴ νερτέρων ὁρῶ πύλας.

ΘΗΣΕΥΣ

ἦ τὴν ἐμὴν ἄναγνον ἐκλιπὼν χέρα;

ΙΠΠΟΛΥΤΟΣ

οὐ δῆτ', ἐπεί σε τοῦδ' ἐλευθερῶ φόνου.

ΘΗΣΕΥΣ

τί φῄς; ἀφίης αἵματός μ' ἐλεύθερον; 1450

Sempre a canção das virgens será
teu pesar e sem tombar sem nome
o amor de Fedra por ti não calará. 1430
Tu, ó filho do antigo Egeu, recebe
o teu filho nos abraços, e abraça!
Ínscio o mataste, e entre homens,
se Deuses dão, é natural a erronia.
A ti, aconselho-te não odiar o pai, 1435
Hipólito. Tens parte como finaste.
Salve! Não me é licito ver finados,
nem roçar vista em suspiro fúnebre,
mas já próximo desse mal te vejo.

HIPÓLITO

Salve e vai-te, ó virgem faustosa! 1440
Deixas facilmente longo convívio.
Cesso rixa com o pai porque queres,
persuadiram-me antes tuas palavras.
Aiaî! Trevas já me ferem os olhos.
Pai, toma-me e ergue-me o corpo! 1445

TESEU

Oímoi! Filho, que faz mau Nume?

HIPÓLITO

Morri e já vejo os ínferos portões.

TESEU

Abandonando impura minha mão?

HIPÓLITO

Não, porque te liberto desta morte.

TESEU

Que dizes? Livras-me do sangue? 1450

ΙΠΠΟΛΥΤΟΣ

τὴν τοξόδαμνον Ἄρτεμιν μαρτύρομαι.

ΘΗΣΕΥΣ

ὦ φίλταθ', ὡς γενναῖος ἐκφαίνηι πατρί.

ΙΠΠΟΛΥΤΟΣ

ὦ χαῖρε καὶ σύ, χαῖρε πολλά μοι, πάτερ.

ΘΗΣΕΥΣ

οἴμοι φρενὸς σῆς εὐσεβοῦς τε κἀγαθῆς.

ΙΠΠΟΛΥΤΟΣ

τοιῶνδε παίδων γνησίων εὔχου τυχεῖν. 1455

ΘΗΣΕΥΣ

μή νυν προδῶις με, τέκνον, ἀλλὰ καρτέρει.

ΙΠΠΟΛΥΤΟΣ

κεκαρτέρηται τἄμ'· ὄλωλα γάρ, πάτερ.
κρύψον δέ μου πρόσωπον ὡς τάχος πέπλοις.

ΘΗΣΕΥΣ

ὦ κλείν' Ἀφαίας Παλλάδος θ' ὁρίσματα,
οἵου στερήσεσθ' ἀνδρός. ὦ τλήμων ἐγώ, 1460
ὡς πολλά, Κύπρι, σῶν κακῶν μεμνήσομαι.

ΧΟΡΟΣ

κοινὸν τόδ' ἄχος πᾶσι πολίταις
ἦλθεν ἀέλπτως.
πολλῶν δακρύων ἔσται πίτυλος·
τῶν γὰρ μεγάλων ἀξιοπενθεῖς 1465
φῆμαι μᾶλλον κατέχουσιν.

HIPÓLITO

Testemunha-me Ártemis arqueira.

TESEU

Ó caro, que nobre te mostras ao pai!

HIPÓLITO

Salve, ó tu, pai, salve muitas vezes!

TESEU

Oímoi, teu espírito piedoso e bom!

HIPÓLITO

Peço que tenhas filhos lídimos tais. 1455

TESEU

Não me abandones, filho! Resiste!

HIPÓLITO

Já resisti. Morro, ó pai! Cobre-me
o mais breve o rosto com o manto!

TESEU

Ó ínclitos lindes de Afeia e de Palas,
que varão perdeis! Ó mísero de mim, 1460
ó Cípris, lembrarei muito teus males!

CORO

Comum a todos os cidadãos
esta dor veio inesperada.
O som será de muito pranto.
Mais condigna de luto 1465
a fama contém os grandes.

ANDRÔMACA

As abscônditas vias da Justiça

Jaa Torrano

A noção mítica de justiça, definida nos termos do repertório tradicional de imagens próprio do pensamento mítico, guia o urdimento desta tragédia e confere unidade às cenas justapostas que a compõem. Para percebermos essa unidade e compreendermos a coesão deste drama, deixemo-nos guiar por esta noção de justiça. Mas como se dá esta justiça? Como ela se mostra e se consuma?

No monólogo prologal, Andrômaca contrasta os sucessivos esplendor e misérias do passado em Troia com a sua presente situação de suplicante no chamado Tetídio, templo da Deusa Tétis na Ftia, onde recorre ao asilo no santuário contra a perseguição que lhe movem Hermíone e seu pai Menelau sob acusação de torná-la sem filhos com drogas secretas. Cativa de guerra, concubina de Neoptólemo, Andrômaca ocultou em outra casa o filho que teve com o seu dono, temerosa de que o matem. Neoptólemo não pode defendê-los, pois foi a Delfos, em busca de conciliar-se com o Deus a quem antes cobrara ressarcimento pela morte de seu pai, Aquiles.

A súplica à Deusa Tétis configura tanto o reconhecimento de desamparo entre os mortais quanto o pedido de amparo e justiça à instância divina. No entanto, paira um mau presságio na menção à finalidade da viagem de Neoptólemo a Delfos: prestar justiça a Lóxias por antes lhe ter reclamado justiça da morte infligida pelo Deus a Aquiles (vv. 51-3). A malignidade do presságio reside na ambivalência da justiça quando interposta entre Deuses e mortais, pois, em se tratando de justiça, a medida humana não é a mesma que a divina.

No diálogo prologal, a serva troiana, manifestando fidelidade à sua antiga dona, anuncia que Menelau está em busca do filho escondido de Andrômaca, e se compromete a levar o pedido de socorro ao avô, Peleu.

Na conclusão do prólogo, de novo a sós diante da estátua da Deusa Tétis, Andrômaca lamenta o duro Nume da servidão e a imprevisibilidade das vicissitudes da vida mortal e conclui com a elegia aos infortúnios de sua pátria e seus próprios.

No párodo, o coro de mulheres ftiotas realça, na primeira estrofe, a rixa de mulheres pelo mesmo marido; na primeira antístrofe, ressalta a disparidade social entre os senhores espartanos e a cativa troiana, a impotência desta perante aqueles e aconselha-a a desistir do asilo sagrado e entregar-se a eles; na segunda estrofe, reitera a exortação à desistência do asilo e insiste no isolamento e derrelição da cativa; na segunda antístrofe, solidariza-se com a refugiada do santuário e revela o temor de que essa solidariedade chegue ao conhecimento da "filha da filha de Zeus", Hermíone.

O primeiro episódio põe em confronto (*agón*) Hermíone e Andrômaca. Michael Lloyd assinalou quão formais são os *agónes* euripidianos, nos quais dois antagonistas contrapõem argumentos em discursos de equivalente número de versos e em seguida o debate se intensifica, acelerado em esticomitia — quando cada ator diz um verso ou parte do mesmo verso. Como nos tribunais, no *agón*, o acusador fala primeiro e o acusado se defende em seguida. Em geral, os envolvidos não se deixam convencer um pelo outro e, embora o confronto ponha em discussão questões centrais do drama, a ação se detém e permanece suspensa com o debate, que parece servir principalmente para explicitar pontos de vista e motivos de divergência, além de corresponder ao gosto pela retórica, próprio da época.[1]

Hermíone primeiro se refere ao esplendor e variedade de seus adornos e vestes como opulento dote paterno, que lhe garante a liberdade de palavra, por ser esposa legítima e rica, em contraste com a condição servil da concubina cativa de guerra, o que já implica negar a esta o direito de resposta e defesa. Hermíone acusa Andrômaca de querer usurpar-lhe o lugar e, mediante drogas, torná-la infértil e odiosa ao marido, alegando serem hábeis em tais artes as mulheres continentais (i.e. asiáticas). Nega que o templo possa evitar a morte da refugiada, o que para a tradição dos gregos implicaria sacrilégio e impiedade, mas acena com a preservação da vida mediante completa e constante humilhação.

---

[1] Michael Lloyd, *The Agon in Euripides*, Oxford, Clarendon Press, 1992.

Atribui a Andrômaca a ignorância e ousadia de unir-se ao filho de quem matou o marido e dos matadores gerar filho (por ironia, Hermíone, sim, se casaria com o matador do marido — Orestes, responsável pela morte de Neoptólemo). Acusa "o gênero dos bárbaros" (*tò bárbaron génos*, v. 173), como se estes pertencessem a um único gênero, de anuir à prática de incestos e homicídios consanguíneos — os quais são comuns na tradição mítica grega. Acusa-a, por fim, de introduzir a bigamia entre os gregos.

A resposta de Andrômaca revela maior habilidade e refinamento retórico. No proêmio (vv. 184-91), associa a injustiça à pouca idade (*tò néon*), definindo ambas como um mal (*kakón*), e avalia que a condição servil talvez a impeça de dizer o justo e dizê-lo lhe acarrete punição, mas que, no entanto, não lhe resta senão defender-se. Ao interpelar Hermíone com o apodo "ó jovem" (*ô neâni*, v. 192), remete a avaliação genérica inicial a Hermíone em particular, mostrando que entendeu bem o implícito no proêmio do discurso desta. O refinamento retórico se mostra ainda no recurso ao raciocínio de probabilidade e à prolepse para refutar a acusação de querer usurpar o lugar da esposa legítima (vv. 192-204). Andrômaca circunscreve a causa de sua inadequação ao marido às atitudes de Hermíone: orgulho da estirpe espartana, desprezo por tessálios, ciúmes excessivos do marido e, por fim, *philandría* (v. 229), cujo sentido, por se referir à mãe de Hermíone, muda de "amor ao marido" para "amor a varões".

Na esticomitia, Hermíone tenta em vão reverter a Andrômaca os termos com que esta lhe define as atitudes e, refutada reiteradamente, apela à ameaça de morte. Essa ameaça revela tanto o fracasso de seus argumentos quanto a propensão ao sacrilégio. Andrômaca alude em vão ao testemunho da estátua de Tétis, Hermíone não cede e ameaça com fogo, Andrômaca apela ao testemunho dos Deuses e à vigilância da Deusa, Hermíone insiste e insinua ter como coagi-la a deixar o asilo do templo, Andrômaca não se intimida.

No primeiro estásimo, a primeira estrofe remonta o princípio das aflições à mediação do Deus Hermes, filho de Zeus e Maia, entre as três Deusas Afrodite, Atena e Hera, em competição de beleza, e Páris, solitário pastor do monte Ida, eleito árbitro do certame, e assim se passa da "odiosa rixa" (v. 122) de mulheres por marido à "odiosa rixa" (v. 279) de Deusas por beleza (*eumorphías*, v. 279). A primeira antístrofe conta que as Deusas se banharam nas fontes do monte Ida antes do concurso, como as Musas do Hélicon antes de formarem coros,[2] e abordaram Páris com má intenção (*disphrónon*, v. 289). Hera lhe prometeu a realeza caso vencesse; Atena, vitória em combate; Afrodite, a posse de Helena, e assim Afrodite venceu a competição e arruinou Troia. A segunda estrofe lamenta que a mãe de Páris não o tivesse matado recém-nascido e que não se tivesse ouvido o clamor profético de Cassandra. A segunda antístrofe enumera todos os males que essa morte teria evitado, até a situação atual de Andrômaca.

No segundo episódio, Menelau exibe a criança retirada do esconderijo e impõe a Andrômaca a escolha entre sair do santuário para ser morta ou, em vez disso, ser morto o filho. Andrômaca constata a vileza de Menelau e declara-o tão vil que desmerece a vitória sobre Troia e que esta não merece tê-lo por vencedor. Com a habilidade retórica demonstrada no confronto com Hermíone, argumenta em prol de sua causa: 1) que matá-la poluirá os matadores, e a coautoria dessa morte o constrangerá perante o povo; 2) que Neoptólemo não suportará a morte do filho e expulsará Hermíone de casa; 3) que, neste caso, nenhum varão a aceitará por esposa; 4) que, por isso, Menelau a terá, sem marido, grisalha, em casa, e que 5), portanto, para Menelau, seria preferível vê-la diminuída por muitas concubinas a padecer as consequências desse infanticídio. Exorta Menelau a não fazer de pouco muitos males, e propõe submeter-se ao julgamento de Neoptólemo, caso o tenha privado de filhos legítimos por ministrar drogas esterilizantes à esposa legítima.

Menelau responde a Andrômaca com frases pomposas e proverbiais, descabidas, mas dissimulantes da vileza, e a coage a escolher entre sair do santuário para ser morta ou, em vez disso, ser morto o filho (vv. 366-83).

Andrômaca decide sair do santuário e, interpelando Menelau como “autor de grande mal por causa pouca” (v. 387), protesta inocência e rememora quão degradantes foram seus sofrimentos: Heitor morto arrastado por carro, Ílion incendiada, cativa puxada pelos cabelos para as naus dos aqueus, concubina do filho do matador de Heitor (vv. 399-403).

---

[2] Hesíodo, *Teogonia*, vv. 5-6.

Michael Lloyd[3] aponta as alegações típicas do autossacrifício no discurso de Andrômaca (vv. 404-20): 1) nada por que viver;[4] 2) algo por que morrer;[5] 3) desgraça na recusa;[6] 4) glória na morte;[7] 5) desejo de ser lembrado.[8]

Não obstante a compaixão manifesta pelo coro, Menelau ordena a captura de Andrômaca tão logo ela deixa a área de asilo do âmbito do altar, e declara que caberá à sua filha Hermíone decidir se matará ou não o filho. Vendo-se enganada por dolo, Andrômaca protesta e invoca a divindade e justiça dos Deuses, sem nem assim demover Menelau da crueldade. Andrômaca generaliza a acusação de dolo e traição a todos os moradores de Esparta, ecoando voz geral de Atenas, à época da representação, durante a guerra contra os peloponésios. Acusa Menelau de covardia: fugidiço ao combater Heitor, mas terrível ao enfrentar mulher. Subestima seus males presentes com referência aos pretéritos e avalia que, dadas as vicissitudes da sorte, talvez ainda Menelau os padeceria.

No segundo estásimo, o coro, na primeira estrofe, considera a manutenção de duas esposas como causa de "rixas domésticas e adversas aflições" (v. 467). Na primeira antístrofe, por extensão, reprova a existência de dois soberanos no Estado como causa de sedição e a colaboração de dois autores em um hino como causa de rixa. Na segunda estrofe, recomenda a unidade de comando nos navios, nas moradias e nas urbes. Na segunda antístrofe, exemplifica os conselhos com o caso de Hermíone, e condena o homicídio como ímpio, ilegal, odioso e sujeito a retorno.

No terceiro episódio, a primeira cena põe Andrômaca manietada em desespero e, instruído por ela, o seu filho em súplica perante impla-

---

[3] Eurípides, *Andromache*, com introdução, tradução e comentário de Michael Lloyd, Warminster, Aris & Phillips, 2005 (1994).

[4] Cf. *Os Heraclidas*, vv. 520-7; *Hécuba*, vv. 349-68.

[5] Cf. *Os Heraclidas*, vv. 579-83; *As Fenícias*, vv. 1013-18; *Ifigênia em Áulida*, vv. 1377-84.

[6] Cf. *Os Heraclidas*, vv. 503-10, 517-9; *Hécuba*, vv. 347-8; *As Fenícias*, vv. 993-6, 999-1005.

[7] Cf. *Alceste*, vv. 323-5; *Os Heraclidas*, vv. 533-4, 586-90; *As Fenícias*, vv. 1013-4; *Ifigênia em Áulida*, vv. 1376, 1383-4.

[8] Cf. *Os Heraclidas*, v. 588; *Ifigênia em Áulida*, v. 1398.

cável Menelau, que justifica a inclemência com ambos, mãe e filho, pela necessidade de completo extermínio dos inimigos para afastar de casa o pavor. Ironia dramática: o pavor virá a Hermíone desse plano, ainda que frustrado, de infanticídio.

Na segunda cena, o segundo *agón* (vv. 590-746) reveste uma forma um pouco mais complexa, mas em que se reconhece sem esforço a estrutura tradicional, sendo introduzido por uma curta luta, ao lado de Andrômaca agrilhoada e do filho, entre Menelau e Peleu, que quer libertá-la. Compõe-se de quatro *rhéseis* sucessivas separadas umas das outras por dois versos do corifeu: primeiro os dois discursos contrários de Peleu (vv. 590-641) e de Menelau (vv. 645-90), depois uma tirada de Peleu ao libertar Andrômaca (vv. 693-726), e enfim as ameaças de Menelau, coagido a partir, mas anunciando que voltará (vv. 729-46). A cena conclui com a saída do ancião seguido por Andrômaca e o filho enfim livres dos algozes.[9]

No terceiro estásimo, o coro celebra a vitória de Peleu no confronto com Menelau: na estrofe, exalta a nobreza, associada a riqueza, honra e glória como condição do valor (*aretá*, v. 776); na antístrofe, exalta a justiça na vida particular e pública como condição da estabilidade e perpetuação da nobreza; e, no epodo, dirige-se a Peleu, entendendo-se que sua vitória sobre Menelau confirma não só seu valor e justiça, mas ainda as suas antigas façanhas: 1) aliado dos Lápitas na guerra contra os centauros travada na Tessália; 2) argonauta que transpôs as Simplégades navegando no Mar Negro, e 3) companheiro de Héracles numa anterior conquista de Troia.

No quarto episódio, a nutriz redireciona o foco para uma situação nova: Hermíone, desesperada sem o pai que a protegesse, temerosa de que o marido ao voltar a expulse sem honra de casa ou a mate por tramar a morte de Andrômaca e do filho, quer matar-se com laço ou com faca. Incapaz de dissuadi-la do suicídio, a nutriz pede socorro às mulheres do coro. Entretanto, o coro anuncia que Hermíone sai do palácio, "fugindo de servos, querendo morrer" (v. 824).

Hermíone reproduz gestos do luto ritual com lamúrias, puxões de cabelo e arranhões de unhas (vv. 825-7), exibe os seios descobertos (vv.

---

[9] Jacqueline Duchemin, *L'Agón dans la tragédie grecque*, Paris, Les Belles Lettres, 1945, p. 73.

830-5) como Clitemnestra ante a morte,[10] pede que o servo lhe devolva a faca e o laço (vv. 841-4), imagina-se em atitude de suplicante e de serva (vv. 859-60), e evade-se no desejo impossível (vv. 861-5). O terror pânico de Hermíone parece infundado e exagerado, tanto quanto os seus anteriores ciúmes e suspeitas de Andrômaca, mas isso confere coerência à personagem e torna a cena convincente.

Vindo imprevisto como forasteiro desconhecido, Orestes interpela o coro, identifica-se e, como se não notasse sua presença e alegando a motivação do vínculo de parentesco, pergunta pela sorte de Hermíone. Esta imediatamente o saúda, atirando-se a seus joelhos em atitude de súplica e rogando-lhe que se apiede dela, cuja sorte não vai bem (vv. 879-95).

Interrogando-a na esticomitia (vv. 896-919), Orestes resume assim a situação: "entendi, temes o esposo por teus atos" (v. 919). Hermíone reconhece que o marido a mataria com justiça, mas, invocando Zeus consanguíneo (*Zeùs homógnios*, v. 921), suplica que a leve o mais longe da Ftia ou ao palácio paterno, e escusa-se, pondo a culpa em mulheres que a visitavam com maus conselhos e recomendando que se livre disso "com trancas e traves nas portas de casa" (v. 951).

Orestes acusa Menelau de vileza, por lhe ter prometido a filha em casamento, mas depois quebrado a promessa, no interesse da aliança militar, pela qual a deu ao atual marido. Agora, diante da reviravolta da sorte, propõe-se resgatar Hermíone e entregá-la ao pai, e reitera que o move a terrível força do vínculo de parentesco (vv. 957-86).

Por fim, para tranquilizar a prima, temerosa de que o marido ou o sogro lhes interceptasse a fuga, Orestes revela o seu funesto plano, concertado com o Deus em Delfos, de retaliar o duplo ultraje perpetrado por Neoptólemo, ao desposar a prometida a Orestes e ao reclamar justiça pela morte do pai ao Deus Febo.

O quarto estásimo trata da opacidade dos desígnios e ações dos Deuses, incompreensível aos mortais. Na primeira estrofe, o coro interpela Febo e Posídon sobre terem muralhado a colina de Ílion e depois entregado a fortaleza à sanha do Deus lanceiro e abandonado a mísera cidade. Na primeira antístrofe, atribui-lhes o início, não de jogos esportivos ("sem coroa", *astéphanous*, v. 1021), mas da guerra que destruiu

---

[10] Ésquilo, *Coéforas*, vv. 896-8.

reis e altares. Na segunda estrofe, evoca a morte de Agamêmnon pela esposa e a reparação dessa morte, por ordem do oráculo de Febo, com a morte de Clitemnestra por seus filhos, e interpela o Nume e Febo sobre "como crer" (*pôs peíthomai*, v. 1036). Na segunda antístrofe, dirige-se a um destinatário indeterminável, mas claramente atingido pelos males da guerra (*soí/ phíloisi*, vv. 1041-2), apontando-lhe, a título de consolação, a extensão social de perdas e dores em ambos os lados da guerra.

No êxodo, ao ouvir do mensageiro que Neoptólemo morreu sob muitos golpes dos delfos e do forasteiro micênico, Peleu abalado invoca "Parte" (*Moîra*, v. 1081), Deusa com que então se depara e cujo nome por si só esclarece o que de outro modo seria incompreensível e inaceitável.

O mensageiro reproduz as palavras da resposta de Neoptólemo quando os próxenos e profetas pítios o indagaram da finalidade de sua visita ao Deus em Delfos: "prestar justiça, pois pedi/ que me desse justiça da morte do pai" (vv. 1107-8). De acordo com essas palavras, o propósito da visita se consumou, não segundo a expectativa do visitante, mas segundo a medida de justiça do Deus.

O relato conclui com reticente crítica ao Deus, enquanto "juiz da justiça de todos os homens" (v. 1162), formulada nestes termos: "Lembrou-se, tal qual homem vil/ de antigas rixas. Como seria sábio?" (vv. 1164-5).

Reticente ou explícita, a crítica à intervenção e justiça dos Deuses é comum a outras tragédias de Eurípides, seja feita por um Deus subalterno a seu superior na hierarquia,[11] pela sacerdotisa à Deusa, como Ifigênia a Ártemis,[12] ou por heróis aos Deuses.[13] Em todos os casos, a situação dramática mostra que a crítica se formula rigorosamente sob a perspectiva de quem a faz, e assim exemplifica tanto a variação de inteligibilidade segundo graus de participação no divino, quanto a crescente opacidade da justiça divina para graus decrescentes de participação no divino.

---

[11] Dióscoro a Apolo, *Electra*, vv. 1245-6; Cástor à fatalidade, *Helena*, vv. 1658-61.

[12] *Ifigênia em Táurida*, vv. 380-91.

[13] Anfitrião a Zeus, *Héracles*, vv. 339-47; Héracles a Hera, *Héracles*, vv. 1303-10; Orestes a Apolo, *Orestes*, vv. 285-7; Cadmo a Dioniso, *As Bacas*, v. 1348.

No *kommós* (vv. 1173-225), Peleu lamenta a extinção de sua casa com a morte de Neoptólemo, lamenta o casamento do neto com Hermíone, que equipara a Hades, e lamenta que Neoptólemo tivesse atribuído a morte do pai ao Deus Febo. Sobrevivente ao filho e ao neto, inicia o ritual de luto, prevendo ter de suportar a sós as fadigas dos males até Hades. O coro relembra que os Deuses lhe felicitaram em vão as núpcias com a Deusa Tétis, Peleu assente que tudo se esvaneceu "longe de alarde exaltado" (v. 1220), reconhece que perde a cidade e a realeza, e invoca a Deusa Tétis para que o veja "cair todo destruído" (v. 1225).

A epifania da Deusa Tétis traz solidariedade e consolação a Peleu, instrui onde e como sepultar o morto, e faz revelações do porvir: Andrômaca deve casar-se com Heleno, filho de Príamo e Hécuba e irmão de Heitor; o filho de Andrômaca reinará em Molóssia, o primeiro de uma dinastia que perpetuará a linhagem dos Eácidas e dos Priâmidas; Peleu mesmo, tornado imortal, viverá com a Deusa Tétis no palácio de Nereu, e verá que Aquiles mora "em insular palácio/ na borda Brilhante no mar Inóspito" (vv. 1261-2). Por fim, a Deusa reitera as palavras de conforto com irresistível argumento, comum às teofanias finais de tragédias euripidianas: "deves acatar, pois Zeus assim decide" (v. 1269).[14]

Peleu aceita de imediato as recomendações da Deusa. A interpelação de Deuses é sempre para os mortais o contato com a fonte de todas as possibilidades e traz consigo ampliação e renovação de conhecimento e de atitude.

Os versos finais do coro — comuns às tragédias de Eurípides *Alceste*, *Helena*, *As Bacas* e, com alteração do primeiro verso, *Medeia* —, implicando o agnosticismo inerente às formas tradicionais da piedade grega, descreve a mais comum condição dos mortais perante os Deuses.

---

[14] Cf. *Hipólito*, v. 1331; *Electra*, vv. 1247-8, 1301; *Ifigênia em Táurida*, v. 1486; *Helena*, vv. 1660-1, 1669; *Orestes*, vv. 1633-7; *As Bacas*, v. 1349.

Ὑπόθεσις Ἀνδρομάχης

Νεοπτόλεμος ἐν τῆι Τροίαι γέρας λαβὼν τὴν Ἀνδρομάχην, τὴν Ἕκτορος γυναῖκα, παῖδα ἔτεκεν ἐξ αὐτῆς. ὕστερον δὲ ἐπέγημεν Ἑρμιόνην, τὴν Μενελάου θυγατέρα. δίκας δὲ πρῶτον ἠιτηκὼς τῆς Ἀχιλλέως ἀναιρέσεως τὸν ἐν Δελφοῖς Ἀπόλλωνα, πάλιν ἀπῆλθεν ἐπὶ τὸ χρηστήριον μετανοήσας, ἵνα τὸν θεὸν ἐξιλάσηται. ζηλοτύπως δὲ ἔχουσα πρὸς τὴν Ἀνδρομάχην ἡ βασιλὶς ἐβουλεύετο κατ᾽ αὐτῆς θάνατον , μεταπεμψαμένη τὸν Μενέλαον. ἡ δὲ τὸ παιδίον μὲν ὑπεξέθηκεν, αὐτὴ δὲ κατέφυγεν ἐπὶ τὸ ἱερὸν τῆς Θέτιδος. οἱ δὲ περὶ τὸν Μενέλαον καὶ τὸ παιδίον ἀνεῦρον καὶ ἐκείνην ἀπατήσαντες ἤγειραν· καὶ σφάττειν μέλλοντες ἀμφοτέρους ἐκωλύθησαν Πηλέως ἐπιφανέντος. Μενέλαος μὲν οὖν ἀπῆλθεν εἰς Σπάρτην, Ἑρμιόνη δὲ μετενόησεν εὐλαβηθεῖσα τὴν παρουσίαν τοῦ Νεοπτολέμου. παραγενόμενος δὲ Ὀρέστης ταύτην μὲν ἀπήγαγε πείσας, Νεοπτολέμωι δὲ ἐπεβούλευσεν· ὃν καὶ φονευθέντα παρῆσαν οἱ φέροντες. Πηλεῖ δὲ μέλλοντι τὸν νεκρὸν θρηνεῖν Θέτις ἐπιφανεῖσα τοῦτον μὲν ἐπέταξεν ἐν Δελφοῖς θάψαι, τὴν δὲ Ἀνδρομάχην εἰς Μολοσσοὺς ἀποστεῖλαι μετὰ τοῦ παιδός, αὐτὸν δὲ ἀθανασίαν προσδέχεσθαι. τυχὼν δὲ αὐτῆς εἰς μακάρων νήσους ᾤκησεν.

Ἀριστοφάνους Γραμματικοῦ Ὑπόθεσις

ἡ μὲν σκηνὴ τοῦ δράματος ὑπόκειται ἐν Φθίαι, ὁ δὲ χορὸς συνέστηκεν ἐκ Φθιωτίδων γυναικῶν. προλογίζει δὲ Ἀνδρομάχη. τὸ δὲ δρᾶμα τῶν δευτέρων. ὁ πρόλογος σαφῶς καὶ εὐλόγως εἰρημένος. ἔστι δὲ καὶ τὰ ἐλεγεῖα τὰ ἐν τῶι θρήνωι τῆς Ἀνδρομάχης. ἐν τῶι δευτέρωι μέρει ῥῆσις Ἑρμιόνης τὸ βασιλικὸν ὑποφαίνουσα καὶ ὁ πρὸς Ἀνδρομάχην λόγος οὐ κακῶς ἔχων· εὖ δὲ καὶ ὁ Πηλεὺς ὁ τὴν Ἀνδρομάχην ἀφελόμενος.

τὰ τοῦ δράματος πρόσωπα· Ἀνδρομάχη, θεράπαινα, χορός, Ἑρμιόνη, Μενέλαος, Μολοττός, Πηλεύς, τροφός, Ὀρέστης, ἄγγελος, Θέτις.

Argumento

Neoptólemo em Troia recebeu por prêmio Andrômaca, mulher de Heitor, e teve um filho dela. Depois desposou Hermíone, filha de Menelau. Por ter primeiro pedido justiça a Apolo em Delfos pela morte de Aquiles, arrependido voltou ao oráculo a fim de apaziguar o Deus. Por ciúmes de Andrômaca, a rainha lhe tramava a morte, tendo chamado Menelau. Andrômaca escondeu o filho e refugiou-se no santuário de Tétis. Os servos de Menelau descobriram o filho e mediante engano a reouveram e quando iam imolar a ambos, a aparição de Peleu os impediu. Menelau então partiu para Esparta, Hermíone se arrependeu, receosa da chegada de Neoptólemo. Ao chegar, Orestes a conduziu, persuadida, e tramou contra Neoptólemo. Tendo este sido morto, os que o transportavam apareceram. Quando Peleu ia prantear o cadáver, Tétis apareceu e determinou que o sepultasse em Delfos, enviasse Andrômaca com o filho à terra dos molossos e recebesse ele mesmo a imortalidade. Por obtê-la, residiu nas ilhas dos venturosos.

Segundo o gramático Aristófanes

A cena se situa em Ftia. O coro se compõe de mulheres da Ftia. Andrômaca diz o prólogo. O drama é dos segundos. O prólogo se diz com clareza e eloquência. As elegias do lamento de Andrômaca também. Na segunda parte, a palavra de Hermíone mostra a realeza e a fala a Andrômaca não está mal. Também Peleu está bem ao libertar Andrômaca.

Personagens do drama: Andrômaca, serva, coro, Hermíone, Menelau, Molosso, Peleu, nutriz, Orestes, mensageiro, Tétis.

Drama representado cerca de 425 a.C.

Ἀνδρομάχη

ΑΝΔΡΟΜΑΧΗ

Ἀσιάτιδος γῆς σχῆμα, Θηβαία πόλις,
ὅθεν ποθ’ ἕδνων σὺν πολυχρύσωι χλιδῆι
Πριάμου τύραννον ἑστίαν ἀφικόμην
δάμαρ δοθεῖσα παιδοποιὸς Ἕκτορι,
ζηλωτὸς ἔν γε τῶι πρὶν Ἀνδρομάχη χρόνωι, 5
νῦν δ’, εἴ τις ἄλλη, δυστυχεστάτη γυνή
[ἐμοῦ πέφυκεν ἢ γενήσεταί ποτε]·
ἥτις πόσιν μὲν Ἕκτορ’ ἐξ Ἀχιλλέως
θανόντ’ ἐσεῖδον, παῖδά θ’ ὃν τίκτω πόσει
ῥιφθέντα πύργων Ἀστυάνακτ’ ἀπ’ ὀρθίων, 10
ἐπεὶ τὸ Τροίας εἷλον Ἕλληνες πέδον·
αὐτὴ δὲ δούλη τῶν ἐλευθερωτάτων
οἴκων νομισθεῖσ’ Ἑλλάδ’ εἰσαφικόμην
τῶι νησιώτηι Νεοπτολέμωι δορὸς γέρας
δοθεῖσα λείας Τρωϊκῆς ἐξαίρετον. 15
Φθίας δὲ τῆσδε καὶ πόλεως Φαρσαλίας
σύγχορτα ναίω πεδί’, ἵν’ ἡ θαλασσία
Πηλεῖ ξυνώικει χωρὶς ἀνθρώπων Θέτις
φεύγουσ’ ὅμιλον· Θεσσαλὸς δέ νιν λεὼς
Θετίδειον αὐδᾶι θεᾶς χάριν νυμφευμάτων. 20
ἔνθ’ οἶκον ἔσχε τόνδε παῖς Ἀχιλλέως,
Πηλέα δ’ ἀνάσσειν γῆς ἐᾶι Φαρσαλίας,
ζῶντος γέροντος σκῆπτρον οὐ θέλων λαβεῖν.
κἀγὼ δόμοις τοῖσδ’ ἄρσεν’ ἐντίκτω κόρον,

Andrômaca

[*Prólogo* (1-116)]

ANDRÔMACA

Forma de terra asiática, urbe tebana,
donde com multiáureo luxo de dote
cheguei um dia ao régio lar de Príamo,
esposa procriadora cedida a Heitor,
Andrômaca, tempo antes invejada, 5
agora mulher alguma, de pior sorte
que eu, nasceu, ou nascerá um dia,
eu que vi o esposo Heitor ser morto
por Aquiles e das torres retas jogado
o filho Astíanax, que dei ao esposo, 10
ao pilharem os gregos o solo troiano.
Tendo pertencido à casa mais livre
cheguei eu mesma cativa à Grécia,
prêmio de lança ao ilhéu Neoptólemo,
dom seleto do espólio das troianas. 15
Moro na planície contígua desta Ftia
e desta urbe Farsália, onde a marinha
Tétis vivia com Peleu, sem os homens,
fugindo à multidão, e o povo tessálio
pelas núpcias da Deusa o diz Tetídio. 20
Aqui o filho de Aquiles tem esta casa,
e deixa Peleu ser rei da terra farsália,
sem querer ter o cetro, vivo o ancião.
Eu neste palácio gerei o filho varão,

πλαθεῖσ᾽ Ἀχιλλέως παιδί, δεσπότηι δ᾽ ἐμῶι. 25
καὶ πρὶν μὲν ἐν κακοῖσι κειμένην ὅμως
ἐλπίς μ᾽ ἀεὶ προῆγε σωθέντος τέκνου
ἀλκήν τιν᾽ εὑρεῖν κἀπικούρησιν κακῶν·
ἐπεὶ δὲ τὴν Λάκαιναν Ἑρμιόνην γαμεῖ
τοὐμὸν παρώσας δεσπότης δοῦλον λέχος, 30
κακοῖς πρὸς αὐτῆς σχετλίοις ἐλαύνομαι.
λέγει γὰρ ὥς νιν φαρμάκοις κεκρυμμένοις
τίθημ᾽ ἄπαιδα καὶ πόσει μισουμένην,
αὐτὴ δὲ ναίειν οἶκον ἀντ᾽ αὐτῆς θέλω
τόνδ᾽, ἐκβαλοῦσα λέκτρα τἀκείνης βίαι· 35
ἁγὼ τὸ πρῶτον οὐχ ἑκοῦσ᾽ ἐδεξάμην,
νῦν δ᾽ ἐκλέλοιπα· Ζεὺς τάδ᾽ εἰδείη μέγας,
ὡς οὐχ ἑκοῦσα τῶιδ᾽ ἐκοινώθην λέχει.
ἀλλ᾽ οὔ σφε πείθω, βούλεται δέ με κτανεῖν,
πατήρ τε θυγατρὶ Μενέλεως συνδρᾶι τάδε. 40
καὶ νῦν κατ᾽ οἴκους ἔστ᾽, ἀπὸ Σπάρτης μολὼν
ἐπ᾽ αὐτὸ τοῦτο· δειματουμένη δ᾽ ἐγὼ
δόμων πάροικον Θέτιδος εἰς ἀνάκτορον
θάσσω τόδ᾽ ἐλθοῦσ᾽, ἤν με κωλύσηι θανεῖν.
Πηλεύς τε γάρ νιν ἔκγονοί τε Πηλέως 45
σέβουσιν, ἑρμήνευμα Νηρῆιδος γάμων.
ὃς δ᾽ ἔστι παῖς μοι μόνος, ὑπεκπέμπω λάθραι
ἄλλους ἐς οἴκους, μὴ θάνηι φοβουμένη.
ὁ γὰρ φυτεύσας αὐτὸν οὔτ᾽ ἐμοὶ πάρα
προσωφελῆσαι παιδί τ᾽ οὐδέν ἐστ᾽, ἀπὼν 50
Δελφῶν κατ᾽ αἶαν, ἔνθα Λοξίαι δίκην
δίδωσι μανίας, ἧι ποτ᾽ ἐς Πυθὼ μολὼν
ἤιτησε Φοῖβον πατρὸς οὗ κτείνει δίκην,
εἴ πως τὰ πρόσθε σφάλματ᾽ ἐξαιτούμενος
θεὸν παράσχοιτ᾽ ἐς τὸ λοιπὸν εὐμενῆ. 55

ΘΕΡΑΠΑΙΝΑ

δέσποιν᾽, ἐγώ τοι τοὔνομ᾽ οὐ φεύγω τόδε
καλεῖν σ᾽, ἐπείπερ καὶ κατ᾽ οἶκον ἠξίουν

unida a meu dono, filho de Aquiles. 25
Antes, ainda que jazesse entre males,
no filho salvo sempre tive esperança
de descobrir força e defesa dos males.
O dono desposa a lacônia Hermíone,
tendo desprezado o meu leito servil, 30
e ela me persegue com males cruéis.
Ela alega que eu com drogas secretas
faço-a sem filho e odiosa ao marido
e quero em vez dela morar nesta casa
e repelir com violência o seu leito, 35
que primeiro a contragosto aceitei
e agora deixei. Saiba o grande Zeus
que a contragosto servi a este leito,
mas não a convenço, quer me matar,
e nisso o pai Menelau ajuda a filha. 40
Agora está em casa, veio de Esparta
para esse fim. Eu, apavorada, vim
a este templo de Tétis ao lado de casa
sentar-me, se me impedir de morrer.
Peleu e os filhos de Peleu o veneram, 45
monumento das núpcias da Nereida.
O único filho meu enviei, às ocultas,
a outra casa, de medo que o matem.
O pai dele não está presente que me
auxilie, nada é para o filho, ausente 50
por terra délfica, onde paga a Lóxias
pena da loucura de um dia ir a Delfos
pedir a Febo paga do pai que matou,
caso pedindo escusa de erros antigos
tivesse doravante benévolo o Deus. 55

SERVA

Senhora, eu não evito com este nome
te chamar, porque em casa te honrava,

τὸν σόν, τὸ Τροίας ἡνίκ' ᾠκοῦμεν πέδον,
εὔνους δ' ἐκεῖ σοι ζῶντί τ' ἦ τῶι σῶι πόσει·
καὶ νῦν φέρουσά σοι νέους ἥκω λόγους, 60
φόβωι μέν, εἴ τις δεσποτῶν αἰσθήσεται,
οἴκτωι δὲ τῶι σῶι· δεινὰ γὰρ βουλεύεται
Μενέλαος ἐς σὲ παῖς θ', ἅ σοι φυλακτέα.

ΑΝΔΡΟΜΑΧΗ

ὦ φιλτάτη σύνδουλε (σύνδουλος γὰρ εἶ
τῆι πρόσθ' ἀνάσσηι τῆιδε, νῦν δὲ δυστυχεῖ), 65
τί δρῶσι; ποίας μηχανὰς πλέκουσιν αὖ,
κτεῖναι θέλοντες τὴν παναθλίαν ἐμέ;

ΘΕΡΑΠΑΙΝΑ

τὸν παῖδά σου μέλλουσιν, ὦ δύστηνε σύ,
κτείνειν, ὃν ἔξω δωμάτων ὑπεξέθου· 69
φροῦδος δ' ἐπ' αὐτὸν Μενέλεως δόμων ἄπο. 73

ΑΝΔΡΟΜΑΧΗ

οἴμοι· πέπυσται τὸν ἐμὸν ἔκθετον γόνον; 70
πόθεν ποτ'; ὦ δύστηνος, ὡς ἀπωλόμην.

ΘΕΡΑΠΑΙΝΑ

οὐκ οἶδ', ἐκείνων δ' ἠισθόμην ἐγὼ τάδε. 72

ΑΝΔΡΟΜΑΧΗ

ἀπωλόμην ἄρ'. ὦ τέκνον, κτενοῦσί σε
δισσοὶ λαβόντες γῦπες, ὁ δὲ κεκλημένος 74
πατὴρ ἔτ' ἐν Δελφοῖσι τυγχάνει μένων. 75

ΘΕΡΑΠΑΙΝΑ

δοκῶ γὰρ οὐκ ἂν ὧδέ σ' ἂν πράσσειν κακῶς
κείνου παρόντος· νῦν δ' ἔρημος εἶ φίλων.

quando vivíamos na planície de Troia,
lá queria bem a ti e a teu marido, vivo;
e agora aqui venho te trazer falas novas, 60
com medo, se um dos donos perceber,
mas com dó de ti, pois tramam terríveis
Menelau e a filha contra ti, acautela-te!

ANDRÔMACA

Ó colega serva (pois colega serva és
da antiga senhora, agora com má sorte), 65
que fazem? Que ardis, aliás, eles urdem,
dispostos a matar a mim de todo mísera?

SERVA

Ó tu de má sorte, eles vão matar teu
filho, que escondeste fora do palácio. 69
Menelau saiu de casa em busca dele. 73

ANDRÔMACA

Oímoi! Soube do meu filho exposto? 70
Como? Ó mísera, que estou perdida!

SERVA

Não sei, mas deles eu ouvi dizer isso. 72

ANDRÔMACA

Estou perdida! Ó filho, se te pegam, 74
os dois abutres te matam e dá-se que 75
o pai, chamado, ainda está em Delfos.

SERVA

Penso que se ele presente não estarias
tão mal, mas de fato estás sem amigos.

ΑΝΔΡΟΜΑΧΗ

οὐδ’ ἀμφὶ Πηλέως ἦλθεν ὡς ἥξοι φάτις;

ΘΕΡΑΠΑΙΝΑ

γέρων ἐκεῖνος ὥστε σ’ ὠφελεῖν παρών. 80

ΑΝΔΡΟΜΑΧΗ

καὶ μὴν ἔπεμψ’ ἐπ’ αὐτὸν οὐχ ἅπαξ μόνον.

ΘΕΡΑΠΑΙΝΑ

μῶν οὖν δοκεῖς σου φροντίσαι τιν’ ἀγγέλων;

ΑΝΔΡΟΜΑΧΗ

πόθεν; θέλεις οὖν ἄγγελος σύ μοι μολεῖν;

ΘΕΡΑΠΑΙΝΑ

τί δῆτα φήσω χρόνιος οὖσ’ ἐκ δωμάτων;

ΑΝΔΡΟΜΑΧΗ

πολλὰς ἂν εὕροις μηχανάς· γυνὴ γὰρ εἶ. 85

ΘΕΡΑΠΑΙΝΑ

κίνδυνος· Ἑρμιόνη γὰρ οὐ σμικρὸν φύλαξ.

ΑΝΔΡΟΜΑΧΗ

ὁρᾶις; ἀπαυδᾶις ἐν κακοῖς φίλοισι σοῖς.

ΘΕΡΑΠΑΙΝΑ

οὐ δῆτα· μηδὲν τοῦτ’ ὀνειδίσηις ἐμοί.
ἀλλ’ εἶμ’, ἐπεί τοι κοὐ περίβλεπτος βίος
δούλης γυναικός, ἤν τι καὶ πάθω κακόν. 90

ΑΝΔΡΟΜΑΧΗ

χώρει νυν· ἡμεῖς δ’ οἷσπερ ἐγκείμεσθ’ ἀεὶ
θρήνοισι καὶ γόοισι καὶ δακρύμασιν

ANDRÔMACA

Não veio de Peleu o rumor que viria?

SERVA

Ele é velho para te ser útil, se presente. 80

ANDRÔMACA

Todavia, pedi por ele não uma só vez.

SERVA

Crês que um mensageiro cuide de ti?

ANDRÔMACA

Como? Queres ser meu mensageiro?

SERVA

Que direi por demorar fora de casa?

ANDRÔMACA

Terias muitos ardis, pois és mulher. 85

SERVA

Há risco, Hermíone guarda não pouco.

ANDRÔMACA

Vês? Renegas teus amigos nos males.

SERVA

Não! Não me repreenderás por isso,
mas irei, por não ser notável a vida
de mulher servil, nem se se der mal. 90

ANDRÔMACA

Vai! Lamúrias, lágrimas e gemidos,
aos quais desta vez nos entregamos,

πρὸς αἰθέρ᾽ ἐκτενοῦμεν· ἐμπέφυκε γὰρ
γυναιξὶ τέρψις τῶν παρεστώτων κακῶν
ἀνὰ στόμ᾽ αἰεὶ καὶ διὰ γλώσσης ἔχειν. 95
πάρεστι δ᾽ οὐχ ἓν ἀλλὰ πολλά μοι στένειν,
πόλιν πατρῴαν τὸν θανόντα θ᾽ Ἕκτορα
στερρόν τε τὸν ἐμὸν δαίμον᾽ ὧι συνεζύγην
δούλειον ἦμαρ ἐσπεσοῦσ᾽ ἀναξίως.
χρὴ δ᾽ οὔποτ᾽ εἰπεῖν οὐδέν᾽ ὄλβιον βροτῶν, 100
πρὶν ἂν θανόντος τὴν τελευταίαν ἴδηις
ὅπως περάσας ἡμέραν ἥξει κάτω.
Ἰλίωι αἰπεινᾶι Πάρις οὐ γάμον ἀλλά τιν᾽ ἄταν
ἀγάγετ᾽ εὐναίαν ἐς θαλάμους Ἑλέναν.
ἇς ἕνεκ᾽, ὦ Τροία, δορὶ καὶ πυρὶ δηϊάλωτον 105
εἷλέ σ᾽ ὁ χιλιόναυς Ἑλλάδος ὠκὺς Ἄρης
καὶ τὸν ἐμὸν μελέας πόσιν Ἕκτορα, τὸν περὶ τείχη
εἵλκυσε διφρεύων παῖς ἁλίας Θέτιδος·
αὐτὰ δ᾽ ἐκ θαλάμων ἀγόμαν ἐπὶ θῖνα θαλάσσας,
δουλοσύναν στυγερὰν ἀμφιβαλοῦσα κάραι. 110
πολλὰ δὲ δάκρυά μοι κατέβα χροός, ἁνίκ᾽ ἔλειπον
ἄστυ τε καὶ θαλάμους καὶ πόσιν ἐν κονίαις.
ὤμοι ἐγὼ μελέα, τί μ᾽ ἐχρῆν ἔτι φέγγος ὁρᾶσθαι
Ἑρμιόνας δούλαν; ἇς ὕπο τειρομένα
πρὸς τόδ᾽ ἄγαλμα θεᾶς ἱκέτις περὶ χεῖρε βαλοῦσα 115
τάκομαι ὡς πετρίνα πιδακόεσσα λιβάς.

ΧΟΡΟΣ

ὦ γύναι, ἃ Θέτιδος δάπεδον καὶ ἀνάκτορα Est. 1
θάσσεις
δαρὸν οὐδὲ λείπεις,
Φθιὰς ὅμως ἔμολον ποτὶ σὰν Ἀσιήτιδα γένναν,
εἴ τί σοι δυναίμαν 120
ἄκος τῶν δυσλύτων πόνων τεμεῖν,
οἵ σε καὶ Ἑρμιόναν ἔριδι στυγερᾶι συνέκλησαν,

estenderemos ao céu, pois é inato
à mulher o prazer de cada vez ter
os seus males na boca e na língua. 95
Posso chorar não um, mas muitos,
a urbe paterna e o finado Heitor
e o duro Nume com que me jungi
ao cair indignamente em dia servil.
Nunca deves dizer um mortal feliz 100
antes que vejas como o último dia
transcorreu e morto chegou aos ínferos.
Na íngreme Ílion, Páris levou ao leito
não núpcias, mas ruína, a bela Helena,
por quem ágil Ares de mil naus gregas, 105
ó Troia, fez-te presa de lança e de fogo.
O filho de Tétis marinha puxou de carro
meu esposo Heitor ao redor dos muros,
mísera me levam de casa à praia do mar
ao vestir em mim a hedionda escravidão. 110
Muito pranto me caiu do rosto, ao deixar
a cidade, os aposentos e o esposo em cinzas.
Ómoi! Que luz eu ainda devia ver, mísera
serva de Hermíone? Por ela perseguida,
súplice abraçando esta estátua da Deusa, 115
pranteio como o fluxo da fonte da pedra.

[*Párodo* (117-146)]

CORO
Ó mulher, que no solo do templo de Tétis Est. 1
te sentas
e há longo tempo não o deixas,
eu, filha da Ftia, vim a ti, filha da Ásia,
se eu te pudesse 120
obter um remédio dos insolúveis males
que te fecharam a ti e Hermíone em odiosa rixa,

τλᾶμον, ἀμφὶ λέκτρων
διδύμων, ἐπίκοινον ἔχουσαν
ἄνδρα, παῖδ' Ἀχιλλέως. 125

γνῶθι τύχαν, λόγισαι τὸ παρὸν κακὸν εἰς ὅπερ Ant. 1
ἥκεις.
δεσπόταις ἁμιλλᾶι
Ἰλιὰς οὖσα κόρα Λακεδαίμονος ἐγγενέταισιν;
λεῖπε δεξίμηλον
δόμον τᾶς ποντίας θεοῦ. τί σοι 130
καιρὸς ἀτυζομέναι δέμας αἰκέλιον καταλείβειν
δεσποτᾶν ἀνάγκαις;
τὸ κρατοῦν δέ σ' ἔπεισι· τί μόχθον
οὐδὲν οὖσα μοχθεῖς;

ἀλλ' ἴθι λεῖπε θεᾶς Νηρηίδος ἀγλαὸν ἕδραν, Est. 2
γνῶθι δ' οὖσ' ἐπὶ ξένας 136
δμωὶς ἀπ' ἀλλοτρίας
πόλεος, ἔνθ' οὐ φίλων τιν' εἰσορᾶις
σῶν, ὦ δυστυχεστάτα,
<ὦ> παντάλαινα νύμφα. 140

οἰκτροτάτα γὰρ ἔμοιγ' ἔμολες, γύναι Ἰλιάς, Ant. 2
οἴκους δεσποτᾶν ἐμῶν· φόβωι δ'
ἡσυχίαν ἄγομεν
(τὸ δὲ σὸν οἴκτωι φέρουσα τυγχάνω)
μὴ παῖς τᾶς Διὸς κόρας 145
σοί μ' εὖ φρονοῦσαν εἰδῆι.

ΕΡΜΙΟΝΗ

κόσμον μὲν ἀμφὶ κρατὶ χρυσέας χλιδῆς
στολμόν τε χρωτὸς τόνδε ποικίλων πέπλων
οὐ τῶν Ἀχιλλέως οὐδὲ Πηλέως ἄπο

mísera, por leitos
gêmeos, com marido
comum, o filho de Aquiles. 125

Conhece a sorte! Pensa no presente mal Ant. 1
em que estás!
Lutas com os senhores,
lacedemônios natos, sendo tu filha de Ílion?
Deixa a casa
de ovinos sacrifícios da Deusa marinha. 130
Que lucras aflita, desfeito o corpo, a prantear
senhoriais coerções?
O poder te suplanta.
Por que te fadigas, se não és nada?

Vai! Deixa a bela sede da Deusa Nereida! Est. 2
Reconhece que estás cativa, 136
fora de casa, forasteira,
onde não vês nenhum
dos teus amigos,
ó de sorte pior, ó mísera noiva! 140

Lastimável tu me vens, ó mulher de Ílion, Ant. 2
à casa de meus senhores,
ficamos quietas de medo,
mas apiedo-me de ti.
A filha da filha de Zeus 145
não saiba que te quero bem!

[*Primeiro episódio* (147-273)]

HERMÍONE

Adorno de áureo esplendor na cabeça,
e porte de variadas vestes no corpo,
não os tenho aqui como primícias

δόμων ἀπαρχὰς δεῦρ' ἔχουσ' ἀφικόμην, 150
ἀλλ' ἐκ Λακαίνης Σπαρτιάτιδος χθονὸς
Μενέλαος ἡμῖν ταῦτα δωρεῖται πατὴρ
πολλοῖς σὺν ἕδνοις, ὥστ' ἐλευθεροστομεῖν.
[ὑμᾶς μὲν οὖν τοῖσδ' ἀνταμείβομαι λόγοις.]
σὺ δ' οὖσα δούλη καὶ δορίκτητος γυνὴ 155
δόμους κατασχεῖν ἐκβαλοῦσ' ἡμᾶς θέλεις
τούσδε, στυγοῦμαι δ' ἀνδρὶ φαρμάκοισι σοῖς,
νηδὺς δ' ἀκύμων διὰ σέ μοι διόλλυται·
δεινὴ γὰρ ἠπειρῶτις ἐς τὰ τοιάδε
ψυχὴ γυναικῶν· ὧν ἐπισχήσω σ' ἐγώ, 160
κοὐδέν σ' ὀνήσει δῶμα Νηρῇδος τόδε,
οὐ βωμὸς οὐδὲ ναός, ἀλλὰ κατθανῆι.
ἢν δ' οὖν βροτῶν τίς σ' ἢ θεῶν σῶσαι θέληι,
δεῖ σ' ἀντὶ τῶν πρὶν ὀλβίων φρονημάτων
πτῆξαι ταπεινὴν προσπεσεῖν τ' ἐμὸν γόνυ 165
σαίρειν τε δῶμα τοὐμὸν ἐκ χρυσηλάτων
τευχέων χερὶ σπείρουσαν Ἀχελώιου δρόσον
γνῶναί θ' ἵν' εἶ γῆς. οὐ γάρ ἐσθ' Ἕκτωρ τάδε,
οὐ Πρίαμος οὐδὲ χρυσός, ἀλλ' Ἑλλὰς πόλις.
ἐς τοῦτο δ' ἥκεις ἀμαθίας, δύστηνε σύ, 170
ἣ παιδὶ πατρὸς ὃς σὸν ὤλεσεν πόσιν
τολμᾶις ξυνεύδειν καὶ τέκν' αὐθεντῶν πάρα
τίκτειν. τοιοῦτον πᾶν τὸ βάρβαρον γένος·
πατήρ τε θυγατρὶ παῖς τε μητρὶ μείγνυται
κόρη τ' ἀδελφῶι, διὰ φόνου δ' οἱ φίλτατοι 175
χωροῦσι, καὶ τῶνδ' οὐδὲν ἐξείργει νόμος.
ἃ μὴ παρ' ἡμᾶς ἔσφερ'· οὐδὲ γὰρ καλὸν
δυοῖν γυναικοῖν ἄνδρ' ἕν' ἡνίας ἔχειν,
ἀλλ' ἐς μίαν βλέποντες εὐναίαν Κύπριν
στέργουσιν, ὅστις μὴ κακῶς οἰκεῖν θέληι. 180

ΧΟΡΟΣ
ἐπίφθονόν τι χρῆμα θηλείας φρενὸς
καὶ ξυγγάμοισι δυσμενὲς μάλιστ' ἀεί.

do palácio de Aquiles ou de Peleu, 150
mas oriundos de Esparta na Lacônia,
meu pai Menelau com muitos dotes
deu-me, de modo a eu ter a voz livre.
Respondo-vos, pois, com esta fala.
Tu, por seres serva e cativa de guerra, 155
queres expulsar-me e possuir a casa,
sou odiosa ao marido por tuas drogas,
e o meu ventre, infértil por ti, perece.
Hábeis em tais artes são as mulheres
continentais, entre as quais te deterei. 160
Não te será útil este templo da Nereida,
nem o altar, nem o nicho, mas morrerás.
Mas se mortal ou Deus quiser te salvar,
em vez do espírito antes próspero, deves
curvar-te humilde e cair ante meu joelho, 165
varrer minha casa, semeando de áurea
jarra com a mão orvalho de Aqueloo,
e saber onde estás. Não é Heitor isto,
nem Príamo nem ouro, mas urbe grega.
Chegaste a tanta ignorância, ó infeliz, 170
ousaste unir-te ao filho do matador
de teu marido e dos matadores gerar
filhos. Tal é todo o gênero dos bárbaros:
pai junta-se com filha, filho com mãe,
e irmã com irmão, matam-se os seus, 175
e a tradição não lhe proíbe nada disso.
Não nos tragas isso, pois não é belo
um só varão cavalgar duas mulheres,
mas com olhos num só leito de Cípris
contenta-se quem não quer viver mal. 180

CORO

O espírito da mulher é algo ciumento
e sempre muito hostil a rivais do leito.

ΑΝΔΡΟΜΑΧΗ

φεῦ φεῦ·
κακόν γε θνητοῖς τὸ νέον ἔν τε τῶι νέωι
τὸ μὴ δίκαιον ὅστις ἀνθρώπων ἔχει. 185
ἐγὼ δὲ ταρβῶ μὴ τὸ δουλεύειν μέ σοι
λόγων ἀπώσηι πόλλ' ἔχουσαν ἔνδικα,
ἢν δ' αὖ κρατήσω, μὴ 'πὶ τῶιδ' ὄφλω βλάβην·
οἱ γὰρ πνέοντες μεγάλα τοὺς κρείσσους λόγους
πικρῶς φέρουσι τῶν ἐλασσόνων ὕπο· 190
ὅμως δ' ἐμαυτὴν οὐ προδοῦσ' ἁλώσομαι.
εἴπ', ὦ νεᾶνι, τῶι σ' ἐχεγγύωι λόγωι
πεισθεῖσ' ἀπωθῶ γνησίων νυμφευμάτων;
ὡς ἡ Λάκαινα τῶν Φρυγῶν μείων πόλις
†τύχηι θ' ὑπερθεῖ† κἄμ' ἐλευθέραν ὁρᾶις; 195
ἢ τῶι νέωι τε καὶ σφριγῶντι σώματι
πόλεως τε μεγέθει καὶ φίλοις ἐπηρμένη
οἶκον κατασχεῖν τὸν σὸν ἀντὶ σοῦ θέλω;
πότερον ἵν' αὐτὴ παῖδας ἀντὶ σοῦ τέκω
δούλους ἐμαυτῆι τ' ἀθλίαν ἐφολκίδα; 200
ἢ τοὺς ἐμούς τις παῖδας ἐξανέξεται
Φθίας τυράννους ὄντας, ἢν σὺ μὴ τέκηις;
φιλοῦσι γάρ μ' Ἕλληνες Ἕκτορός γ' ὕπερ;
αὐτή τ' ἀμαυρὰ κοὐ τύραννος ἦ Φρυγῶν;
οὐκ ἐξ ἐμῶν σε φαρμάκων στυγεῖ πόσις 205
ἀλλ' εἰ ξυνεῖναι μὴ 'πιτηδεία κυρεῖς.
φίλτρον δὲ καὶ τόδ'· οὐ τὸ κάλλος, ὦ γύναι,
ἀλλ' ἀρεταὶ τέρπουσι τοὺς ξυνευνέτας.
σὺ δ' ἤν τι κνισθῆις, ἡ Λάκαινα μὲν πόλις
μέγ' ἐστί, τὴν δὲ Σκῦρον οὐδαμοῦ τίθης, 210
πλουτεῖς δ' ἐν οὐ πλουτοῦσι, Μενέλεως δέ σοι
μείζων Ἀχιλλέως. ταῦτά τοί σ' ἔχθει πόσις.
χρὴ γὰρ γυναῖκα, κἂν κακῶι πόσει δοθῆι,
στέργειν ἅμιλλάν τ' οὐκ ἔχειν φρονήματος.
εἰ δ' ἀμφὶ Θρήικην τὴν χιόνι κατάρρυτον 215
τύραννον ἔσχες ἄνδρ', ἵν' ἐν μέρει λέχος

ANDRÔMACA
Pheû pheû!
Mal a mortais é o novo, e nesse novo,
a injustiça, seja quem for que a tenha. 185
Temo que o fato de ser eu tua cativa
muitas vezes me impeça dizer o justo
e se aliás vencer, por isso seja punida.
Os grandes mal suportam argumentos
mais fortes propostos por mais fracos. 190
Todavia, não serei pega por me trair.
Diz, ó jovem, por qual segura razão
persuadida impeço-te núpcias legítimas?
Como a urbe lacônia cede aos frígios
superada pela sorte, tu me vês livre? 195
Ou tendo o corpo jovem e vigoroso,
exaltada com o poder e com amigos
quero em vez de ti ocupar tua casa?
Será para que eu, em vez de ti, gere
filhos servis e o mísero séquito meu? 200
Ou Ftia suportará que meus filhos
sejam os reis, se tu não os gerares?
Os gregos me acolhem por Heitor?
Era eu obscura e não rainha frígia?
Não por minhas drogas ele te odeia, 205
mas se não te adequas ao convívio.
Isto é o filtro, não a beleza, ó mulher,
mas virtudes comprazem os amantes.
Se com algo te irritas, a urbe lacônia
tem grandezas, mas desprezas Ciros, 210
és rica entre pobres, para ti Menelau
supera Aquiles, isso o marido odeia.
A mulher, mesmo com marido reles,
deve contentar-se e não ter emulação.
Se na região trácia coberta de neve, 215
desposasses o rei, onde um só marido

δίδωσι πολλαῖς εἷς ἀνὴρ κοινούμενος,
ἔκτεινας ἂν τάσδ'; εἶτ' ἀπληστίαν λέχους
πάσαις γυναιξὶ προστιθεῖσ' ἂν ηὑρέθης.
αἰσχρόν γε· καίτοι χείρον' ἀρσένων νόσον 220
ταύτην νοσοῦμεν, ἀλλὰ προύστημεν καλῶς.
ὦ φίλταθ' Ἕκτορ, ἀλλ' ἐγὼ τὴν σὴν χάριν
σοὶ καὶ ξυνήρων, εἴ τί σε σφάλλοι Κύπρις,
καὶ μαστὸν ἤδη πολλάκις νόθοισι σοῖς
ἐπέσχον, ἵνα σοι μηδὲν ἐνδοίην πικρόν. 225
καὶ ταῦτα δρῶσα τῆι ἀρετῆι προσηγόμην
πόσιν· σὺ δ' οὐδὲ ῥανίδ' ὑπαιθρίας δρόσου
τῶι σῶι προσίζειν ἀνδρὶ δειμαίνουσ' ἐᾶις.
μὴ τὴν τεκοῦσαν τῆι φιλανδρίαι, γύναι,
ζήτει παρελθεῖν· τῶν κακῶν γὰρ μητέρων 230
φεύγειν τρόπους χρὴ τέκν' ὅσοις ἔνεστι νοῦς.

ΧΟΡΟΣ

δέσποιν', ὅσον σοι ῥαιδίως †προσίσταται†,
τοσόνδε πείθου τῆιδε συμβῆναι λόγοις.

ΕΡΜΙΟΝΗ

τί σεμνομυθεῖς κἀς ἀγῶν' ἔρχηι λόγων,
ὡς δὴ σὺ σώφρων, τἀμὰ δ' οὐχὶ σώφρονα; 235

ΑΝΔΡΟΜΑΧΗ

οὔκουν ἐφ' οἷς γε νῦν καθέστηκας λόγοις.

ΕΡΜΙΟΝΗ

ὁ νοῦς ὁ σός μοι μὴ ξυνοικοίη, γύναι.

ΑΝΔΡΟΜΑΧΗ

νέα πέφυκας καὶ λέγεις αἰσχρῶν πέρι.

ΕΡΜΙΟΝΗ

σὺ δ' οὐ λέγεις γε, δρᾶις δέ μ' εἰς ὅσον δύναι.

comum tem por turno muitas esposas,
tu as matarias? Pareceria que atribuis
a todas as mulheres insaciável desejo.
É feio, nós sofremos desse distúrbio 220
mais que eles, mas bem defendamos!
Ó meu Heitor, por ti eu até amava
o teu agrado, se Cípris te vacilasse,
e muitas vezes já dei o seio aos teus
bastardos para não te dar amargura. 225
Agindo assim, atraía com a virtude
o esposo. Tu, tímida, nem celeste gota
de orvalho deixas tocar o teu marido.
Ó mulher, não tentes superar tua mãe
em amor a varões! De mães vis, devem 230
os filhos evitar os modos, se têm tino.

CORO
Senhora, tanto quanto te seja possível,
persuade-te a convir com ela nas falas!

HERMÍONE
Por que te gabas e vais à luta de falas
como se tu fosses casta, mas eu, não? 235

ANDRÔMACA
Não nas falas com que te apresentas.

HERMÍONE
Não more comigo o teu tino, mulher!

ANDRÔMACA
Tu és jovem e tu me falas de vexames.

HERMÍONE
Tu não falas, fazes-me quanto podes.

ΑΝΔΡΟΜΑΧΗ

οὐκ αὖ σιωπῆι Κύπριδος ἀλγήσεις πέρι; 240

ΕΡΜΙΟΝΗ

τί δ'; οὐ γυναιξὶ ταῦτα πρῶτα πανταχοῦ;

ΑΝΔΡΟΜΑΧΗ

ναί,

καλῶς γε χρωμέναισιν· εἰ δὲ μή, οὐ καλά.

ΕΡΜΙΟΝΗ

οὐ βαρβάρων νόμοισιν οἰκοῦμεν πόλιν.

ΑΝΔΡΟΜΑΧΗ

κἀκεῖ τά γ' αἰσχρὰ κἀνθάδ' αἰσχύνην ἔχει.

ΕΡΜΙΟΝΗ

σοφὴ σοφὴ σύ· κατθανεῖν δ' ὅμως σε δεῖ. 245

ΑΝΔΡΟΜΑΧΗ

ὁρᾶις ἄγαλμα Θέτιδος ἐς σ' ἀποβλέπον;

ΕΡΜΙΟΝΗ

μισοῦν γε πατρίδα σὴν Ἀχιλλέως φόνωι.

ΑΝΔΡΟΜΑΧΗ

Ἑλένη νιν ὤλεσ', οὐκ ἐγώ, μήτηρ γε σή.

ΕΡΜΙΟΝΗ

ἦ καὶ πρόσω γὰρ τῶν ἐμῶν ψαύσεις κακῶν;

ΑΝΔΡΟΜΑΧΗ

ἰδοὺ σιωπῶ κἀπιλάζυμαι στόμα. 250

ANDRÔMACA

Não silente sofrerás as dores de Cípris? 240

HERMÍONE

Não é o que mais importa às mulheres?

ANDRÔMACA

Sim,
às que dão bom uso, se não, não é bom.

HERMÍONE

Não temos urbe com as leis dos bárbaros.

ANDRÔMACA

Tanto lá quanto cá vexame envergonha.

HERMÍONE

Hábil, hábil és tu, mas tu deves morrer. 245

ANDRÔMACA

Vês que a estátua de Tétis te contempla?

HERMÍONE

Odiando tua pátria pela morte de Aquiles.

ANDRÔMACA

Helena o matou, não eu, mas a mãe tua.

HERMÍONE

Tocarás ainda à frente de meus males?

ANDRÔMACA

Vê que guardo silêncio e calo a boca! 250

ΕΡΜΙΟΝΗ

ἐκεῖνο λέξον οὗπερ οὕνεκ' ἐστάλην.

ΑΝΔΡΟΜΑΧΗ

λέγω σ' ἐγὼ νοῦν οὐκ ἔχειν ὅσον σ' ἔδει.

ΕΡΜΙΟΝΗ

λείψεις τόδ' ἁγνὸν τέμενος ἐναλίας θεοῦ;

ΑΝΔΡΟΜΑΧΗ

εἰ μὴ θανοῦμαί γ'· εἰ δὲ μή, οὐ λείψω ποτέ.

ΕΡΜΙΟΝΗ

ὡς τοῦτ' ἄραρε κοὐ μενῶ πόσιν μολεῖν. 255

ΑΝΔΡΟΜΑΧΗ

ἀλλ' οὐδ' ἐγὼ μὴν πρόσθεν ἐκδώσω μέ σοι.

ΕΡΜΙΟΝΗ

πῦρ σοι προσοίσω, κοὐ τὸ σὸν προσκέψομαι...

ΑΝΔΡΟΜΑΧΗ

σὺ δ' οὖν κάταιθε· θεοὶ γὰρ εἴσονται τάδε.

ΕΡΜΙΟΝΗ

καὶ χρωτὶ δεινῶν τραυμάτων ἀλγηδόνας.

ΑΝΔΡΟΜΑΧΗ

σφάζ', αἱμάτου θεᾶς βωμόν, ἣ μέτεισί σε. 260

ΕΡΜΙΟΝΗ

ὦ βάρβαρον σὺ θρέμμα καὶ σκληρὸν θράσος,
ἐγκαρτερεῖς δὴ θάνατον; ἀλλ' ἐγώ σ' ἕδρας
ἐκ τῆσδ' ἑκοῦσαν ἐξαναστήσω τάχα·
τοιόνδ' ἔχω σου δέλεαρ. ἀλλὰ γὰρ λόγους

HERMÍONE

Diz-me logo isso que vim perguntar!

ANDRÔMACA

Digo que não tens o tino que devias.

HERMÍONE

Sais da área pura da marinha Deusa?

ANDRÔMACA

Se não morrerei; mas se não, nunca!

HERMÍONE

Isso é certo e não esperarei o esposo. 255

ANDRÔMACA

Mas nem eu antes me entregarei a ti.

HERMÍONE

Porei fogo em ti e sem contemplação.

ANDRÔMACA

Acende o fogo, que os Deuses o veem!

HERMÍONE

E às dores de lesões do corpo terríveis.

ANDRÔMACA

Mata! Polui altar da Deusa! Ela te punirá. 260

HERMÍONE

Ó tu, bárbara criatura e dura coragem,
resistes à morte? Mas farei que te ergas
espontaneamente desse teu assento logo,
tal isca tenho para ti. Mas ocultarei as

κρύψω, τὸ δ᾿ ἔργον αὐτὸ σημανεῖ τάχα. 265
κάθησ᾿ ἑδραία· καὶ γὰρ εἰ πέριξ σ᾿ ἔχοι
τηκτὸς μόλυβδος, ἐξαναστήσω σ᾿ ἐγὼ
πρὶν ὧι πέποιθας παῖδ᾿ Ἀχιλλέως μολεῖν.

ΑΝΔΡΟΜΑΧΗ

πέποιθα. δεινὸν δ᾿ ἑρπετῶν μὲν ἀγρίων
ἄκη βροτοῖσι θεῶν καταστῆσαί τινα, 270
ὃ δ᾿ ἔστ᾿ ἐχίδνης καὶ πυρὸς περαιτέρω
οὐδεὶς γυναικὸς φάρμακ᾿ ἐξηύρηκέ πω
[κακῆς· τοσοῦτόν ἐσμεν ἀνθρώποις κακόν].

ΧΟΡΟΣ

ἦ μεγάλων ἀχέων ἄρ᾿ ὑπῆρξεν, ὅτ᾿ Ἰδαίαν Est. 1
ἐς νάπαν ἦλθ᾿, ὁ Μαί- 275
ας τε καὶ Διὸς τόκος,
τρίπωλον ἅρμα δαιμόνων
ἄγων τὸ καλλιζυγές,
ἔριδι στυγερᾶι κεκορυθμένον εὐμορφίας,
σταθμοὺς ἔπι βούτας 280
βοτῆρά τ᾿ ἀμφὶ μονότροπον νεανίαν
ἔρημόν θ᾿ ἑστιοῦχον αὐλάν.

ταὶ δ᾿ ἐπεὶ ὑλόκομον νάπος ἤλυθον οὐρειᾶν Ant. 1
πιδάκων νίψαν αἰ- 285
γλᾶντα σώματα ῥοαῖς,
ἔβαν δὲ Πριαμίδαν ὑπερ-
βολαῖς λόγων δυσφρόνων
παραβαλλόμεναι, δολίοις δ᾿ ἕλε Κύπρις λόγοις,
τερπνοῖς μὲν ἀκοῦσαι, 290
πικρὰν δὲ σύγχυσιν βίου Φρυγῶν πόλει
ταλαίναι περγάμοις τε Τροίας.

palavras, a ação por si mesma logo dirá. 265
Senta-te sentada! Ainda que te retivesse
chumbo fundido, faria que te erguesses
antes de vir o teu crido filho de Aquiles.

ANDRÔMACA

Confio. Terrível é que de répteis rudes
um Deus deu os remédios aos mortais, 270
mas, o que é pior que a víbora e o fogo,
não se achou ainda remédio de mulher
má, tanto somos entre homens um mal!

[*Primeiro estásimo* (274-308)]

CORO

Principiou grandes aflições, Est. 1
ao ir ao vale do monte Ida 275
o filho de Maia e de Zeus,
ao guiar o numinoso carro
de belo jugo de três potrancas
enristado por odiosa rixa de beleza
aos estábulos bovinos 280
em busca do jovem solitário pastor
no ermo pátio protetor do lar.

Elas, indo ao vale frondoso, Ant. 1
banharam os fulgentes corpos 285
nas águas das fontes montesas
e foram ao Priâmida,
excelindo em excessos de falas
más, e Cípris, com dolosas falas,
mas doces de ouvir, levou 290
amargo fim de vida à mísera urbe
dos frígios e às torres de Troia.

εἰ γὰρ ὑπὲρ κεφαλὰν ἔβαλεν κακὸν — Est. 2
ἁ τεκοῦσά νιν μόρον
πρὶν Ἰδαῖον κατοικίσαι λέπας, — 295
ὅτε νιν παρὰ θεσπεσίωι δάφναι
βόασε Κασσάνδρα κτανεῖν,
μεγάλαν Πριάμου πόλεως λώβαν.
τίν' οὐκ ἐπῆλθε, ποῖον οὐκ ἐλίσσετο
δαμογερόντων βρέφος φονεύειν; — 300

οὔτ' ἂν ἐπ' Ἰλιάσι ζυγὸν ἤλυθε — Ant. 2
δούλιον σύ τ' ἄν, γύναι,
τυράννων ἔσχες ἂν δόμων ἕδρας·
παρέλυσε δ' ἂν Ἑλλάδος ἀλγεινοὺς
†μόχθους οὓς ἀμφὶ Τροίαν† — 305
δεκέτεις ἀλάληντο νέοι λόγχαις,
λέχη τ' ἔρημ' ἂν οὔποτ' ἐξελείπετο
καὶ τεκέων ὀρφανοὶ γέροντες.

ΜΕΝΕΛΑΟΣ
ἥκω λαβὼν σὸν παῖδ', ὃν εἰς ἄλλους δόμους
λάθραι θυγατρὸς τῆς ἐμῆς ὑπεξέθου. — 310
σὲ μὲν γὰρ ηὔχεις θεᾶς βρέτας σώσειν τόδε,
τοῦτον δὲ τοὺς κρύψαντας· ἀλλ' ἐφηυρέθης
ἧσσον φρονοῦσα τοῦδε Μενέλεω, γύναι.
κεἰ μὴ τόδ' ἐκλιποῦσ' ἐρημώσεις πέδον,
ὅδ' ἀντὶ τοῦ σοῦ σώματος σφαγήσεται. — 315
ταῦτ' οὖν λογίζου, πότερα κατθανεῖν θέλεις
ἢ τόνδ' ὀλέσθαι σῆς ἁμαρτίας ὕπερ,
ἣν εἰς ἔμ' ἔς τε παῖδ' ἐμὴν ἁμαρτάνεις.

ΑΝΔΡΟΜΑΧΗ
ὦ δόξα δόξα, μυρίοισι δὴ βροτῶν
οὐδὲν γεγῶσι βίοτον ὤγκωσας μέγαν. — 320

Lançasse-o por cima da cabeça Est. 2
a que o gerou com má sorte,
antes que habitasse o monte Ida, 295
quando perto de loureiro vaticinante
Cassandra clamou que o matassem
por grande dano à urbe de Príamo!
A quem ela não foi? A que ancião
não suplicou que matasse o rebento? 300

Não se teria o jugo sobre Ílion Ant. 2
nem tu serias serva, ó mulher,
mas terias assento na casa real,
afastadas da Grécia dolorosas
fainas, que jovens com lanças 305
por dez anos tiveram em Troia,
e não deixariam os leitos ermos
nem os velhos espoliados de filhos.

[*Segundo episódio* (309-463)]

MENELAU
Venho com teu filho, que em outra casa
às ocultas de minha filha escondeste. 310
Crias que te salvasse este signo da Deusa,
e ao filho os que o escondiam. Mas eis-te
menos sagaz que este Menelau, mulher!
E se não sais e não esvazias esse solo,
este, em vez de ti mesma, será morto. 315
Assim considera, se tu queres morrer
ou destruí-lo, por causa de teu engano
perpetrado contra mim e minha filha.

ANDRÔMACA
Ó fama, fama, a milhares de mortais
nascidos nulos inflaste grande vida. 320

[εὔκλεια δ' οἷς μέν ἐστ' ἀληθείας ὕπο
εὐδαιμονίζω· τοὺς δ' ὑπὸ ψευδῶν ἔχειν
οὐκ ἀξιώσω, πλὴν τύχηι φρονεῖν δοκεῖν.]
σὺ δὴ στρατηγῶν λογάσιν Ἑλλήνων ποτὲ
Τροίαν ἀφείλου Πρίαμον, ὧδε φαῦλος ὤν; 325
ὅστις θυγατρὸς ἀντίπαιδος ἐκ λόγων
τοσόνδ' ἔπνευσας καὶ γυναικὶ δυστυχεῖ
δούληι κατέστης εἰς ἀγῶν'· οὐκ ἀξιῶ
οὔτ' οὖν σὲ Τροίας οὔτε σοῦ Τροίαν ἔτι.
[ἔξωθέν εἰσιν οἱ δοκοῦντες εὖ φρονεῖν 330
λαμπροί, τὰ δ' ἔνδον πᾶσιν ἀνθρώποις ἴσοι,
πλὴν εἴ τι πλούτωι· τοῦτο δ' ἰσχύει μέγα.
Μενέλαε, φέρε δὴ διαπεράνωμεν λόγους.]
τέθνηκα τῆι σῆι θυγατρὶ καί μ' ἀπώλεσεν·
μιαιφόνον μὲν οὐκέτ' ἂν φύγοι μύσος. 335
ἐν τοῖς δὲ πολλοῖς καὶ σὺ τόνδ' ἀγωνιῆι
φόνον· τὸ συνδρῶν γάρ σ' ἀναγκάσει χρέος.
ἢν δ' οὖν ἐγὼ μὲν μὴ θανεῖν ὑπεκδράμω,
τὸν παῖδά μου κτενεῖτε; κᾆιτα πῶς πατὴρ
τέκνου θανόντος ῥαιδίως ἀνέξεται; 340
οὐχ ὧδ' ἄνανδρον αὐτὸν ἡ Τροία καλεῖ·
ἀλλ' εἶσιν οἷ χρή, Πηλέως γὰρ ἄξια
πατρός τ' Ἀχιλλέως ἔργα δρῶν φανήσεται,
ὤσει δὲ σὴν παῖδ' ἐκ δόμων· σὺ δ' ἐκδιδοὺς
ἄλλωι τί λέξεις; πότερον ὡς κακὸν πόσιν 345
φεύγει τὸ ταύτης σῶφρον; ἀλλ' οὐ πείσεται.
γαμεῖ δὲ τίς νιν; ἤ σφ' ἄνανδρον ἐν δόμοις
χήραν καθέξεις πολιόν; ὦ τλήμων ἀνήρ,
κακῶν τοσούτων οὐχ ὁρᾶις ἐπιρροάς;
πόσας ἂν εὐνὰς θυγατέρ' ἠδικημένην 350
βούλοι' ἂν εὑρεῖν ἢ παθεῖν ἁγὼ λέγω;
οὐ χρὴ 'πὶ μικροῖς μεγάλα πορσύνειν κακὰ
οὐδ', εἰ γυναῖκές ἐσμεν ἀτηρὸν κακόν,
ἄνδρας γυναιξὶν ἐξομοιοῦσθαι φύσιν.
ἡμεῖς γὰρ εἰ σὴν παῖδα φαρμακεύομεν 355

Gloriosos os que a têm de verdade.
Felicito-os. Os que a têm de mentira,
não direi fama de sábio senão sorte.
Tu, o outrora estratego da elite grega,
sendo tão vil pilhaste Troia de Príamo? 325
Tu que das falas da filha ainda pueril
tanto te inspiraste e com uma infeliz
serva travas litígio. Não mais te direi
digno de Troia nem Troia digna de ti.
Os sábios aparentes por fora esplendem, 330
mas por dentro eles são iguais a todos,
salvo se ricos, isso tem grande força.
Menelau, assim concluamos as falas!
Morri por tua filha e ela me matou,
não evitaria a poluência do sangue. 335
Entre o povo, ainda debaterás esta
morte e a coautoria te constrangerá.
Mas se eu não puder evitar a morte,
matarás o meu filho? Como o pai
suportará bem que seu filho morra? 340
Não tão sem virtude Troia o clama,
mas irá aonde deve, pois mostrará
atos dignos de Peleu, pai de Aquiles,
expulsará tua filha de casa e que dirás
ao dá-la a outrem? Que por prudência 345
evitou mau marido? Não persuadirá.
Quem a desposará? Ou em casa terás
grisalha sem marido? Ó mísero varão,
não vês a confluência de tantos males?
De quantos leitos quererias ver a filha 350
injustiçada a padecer o que descrevo?
De pouco não se faça grandes males,
e se as mulheres somos ruinoso mal,
os varões não lhes devem ser símeis.
Se nós servimos drogas à tua filha 355

καὶ νηδὺν ἐξαμβλοῦμεν, ὡς αὐτὴ λέγει,
ἑκόντες οὐκ ἄκοντες, οὐδὲ βώμιοι
πίτνοντες, αὐτοὶ τὴν δίκην ὑφέξομεν
ἐν σοῖσι γαμβροῖς, οἷσιν οὐκ ἐλάσσονα
βλάβην ὀφείλω προστιθεῖσ’ ἀπαιδίαν. 360
ἡμεῖς μὲν οὖν τοιοίδε· τῆς δὲ σῆς φρενός,
ἕν σου δέδοικα· διὰ γυναικείαν ἔριν
καὶ τὴν τάλαιναν ὤλεσας Φρυγῶν πόλιν.

ΧΟΡΟΣ
ἄγαν ἔλεξας ὡς γυνὴ πρὸς ἄρσενας
<τὸ δ’ ὀξύθυμον τὴν διάγνωσιν κρατεῖ> [Kovacs]
καί σου τὸ σῶφρον ἐξετόξευσεν φρενός. 365

ΜΕΝΕΛΑΟΣ
γύναι, τάδ’ ἐστὶ σμικρὰ καὶ μοναρχίας
οὐκ ἄξι’, ὡς φῄς, τῆς ἐμῆς οὐδ’ Ἑλλάδος.
εὖ δ’ ἴσθ’, ὅτου τις τυγχάνει χρείαν ἔχων,
τοῦτ’ ἔσθ’ ἑκάστωι μεῖζον ἢ Τροίαν ἑλεῖν.
κἀγὼ θυγατρί (μεγάλα γὰρ κρίνω τάδε, 370
λέχους στέρεσθαι) σύμμαχος καθίσταμαι.
τὰ μὲν γὰρ ἄλλα δεύτερ’ ἂν πάσχηι γυνή,
ἀνδρὸς δ’ ἁμαρτάνουσ’ ἁμαρτάνει βίου.
δούλων δ’ ἐκεῖνον τῶν ἐμῶν ἄρχειν χρεὼν
καὶ τῶν ἐκείνου τοὺς ἐμοὺς ἡμᾶς τε πρός· 375
φίλων γὰρ οὐδὲν ἴδιον, οἵτινες φίλοι
ὀρθῶς πεφύκασ’, ἀλλὰ κοινὰ χρήματα.
μένων δὲ τοὺς ἀπόντας, εἰ μὴ θήσομαι
τἄμ’ ὡς ἄριστα, φαῦλός εἰμι κοὐ σοφός.
ἀλλ’ ἐξανίστω τῶνδ’ ἀνακτόρων θεᾶς· 380
ὡς, ἢν θάνηις σύ, παῖς ὅδ’ ἐκφεύγει μόρον,
σοῦ δ’ οὐ θελούσης κατθανεῖν τόνδε κτενῶ.
δυοῖν δ’ ἀνάγκη θατέρωι λιπεῖν βίον.

e abortamos o ventre, como ela diz,
espontâneas, não coagidas, nem caídas
em altares, submetemo-nos à justiça,
a teu genro, a quem devo não menor
dano, se lhe imponho perda de filho. 360
Assim somos nós, mas de teu espírito,
de ti, só temo; já por rixa de mulher
destruíste a sofrida urbe dos frígios.

CORO

Falaste demais, uma mulher, a varões,
a súbita cólera supera o discernimento [Kovacs]
e de teu espírito disparaste a prudência. 365

MENELAU

Mulher, isso é pequeno e, como dizes,
indigno de minha monarquia e da Grécia.
Bem sabe, isso de que se tem necessidade
para cada um é maior do que pilhar Troia!
Eu me constituo aliado de minha filha, 370
pois considero grave a perda do cônjuge.
O mais que a mulher padece é secundário,
mas se ela perde o marido, perde a vida.
Ele deve ter poder sobre os meus servos,
e os meus e eu devemos ter sobre os dele; 375
entre amigos nada é alheio, quando são
amigos verdadeiros, mas comuns os bens.
Se por esperar os ausentes eu não fizer
o melhor possível, sou débil e não sábio.
Mas afasta-te deste santuário da Deusa! 380
Se tu morres, este filho escapa da morte,
mas se não queres morrer, eu o matarei.
Um de ambos vós tem que deixar a vida.

ΑΝΔΡΟΜΑΧΗ

οἴμοι, πικρὰν κλήρωσιν αἵρεσίν τέ μοι
βίου καθίστης· καὶ λαχοῦσά γ' ἀθλία 385
καὶ μὴ λαχοῦσα δυστυχὴς καθίσταμαι.
ὦ μεγάλα πράσσων αἰτίας σμικρᾶς πέρι,
πιθοῦ· τί καίνεις μ'; ἀντὶ τοῦ; ποίαν πόλιν
προύδωκα; τίνα σῶν ἔκτανον παίδων ἐγώ;
ποῖον δ' ἔπρησα δῶμ'; ἐκοιμήθην βίαι 390
σὺν δεσπόταισι· κᾆιτ' ἔμ', οὐ κεῖνον κτενεῖς,
τὸν αἴτιον τῶνδ', ἀλλὰ τὴν ἀρχὴν ἀφεὶς
πρὸς τὴν τελευτὴν ὑστέραν οὖσαν φέρηι;
οἴμοι κακῶν τῶνδ'· ὦ τάλαιν' ἐμὴ πατρίς,
ὡς δεινὰ πάσχω. τί δέ με καὶ τεκεῖν ἐχρῆν 395
ἄχθος τ' ἐπ' ἄχθει τῶιδε προσθέσθαι διπλοῦν;
[ἀτὰρ τί ταῦτ' ὀδύρομαι, τὰ δ' ἐν ποσὶν
οὐκ ἐξικμάζω καὶ λογίζομαι κακά;]
ἥτις σφαγὰς μὲν Ἕκτορος τροχηλάτους
κατεῖδον οἰκτρῶς τ' Ἴλιον πυρούμενον, 400
αὐτὴ δὲ δούλη ναῦς ἔπ' Ἀργείων ἔβην
κόμης ἐπισπασθεῖσ'· ἐπεὶ δ' ἀφικόμην
Φθίαν, φονεῦσιν Ἕκτορος νυμφεύομαι.
τί δῆτά μοι ζῆν ἡδύ; πρὸς τί χρὴ βλέπειν;
πρὸς τὰς παρούσας ἢ παρελθούσας τύχας; 405
εἷς παῖς ὅδ' ἦν μοι λοιπός, ὀφθαλμὸς βίου·
τοῦτον κτανεῖν μέλλουσιν οἷς δοκεῖ τάδε.
οὐ δῆτα τοὐμοῦ γ' οὕνεκ' ἀθλίου βίου·
ἐν τῶιδε μὲν γὰρ ἐλπίς, εἰ σωθήσεται,
ἐμοὶ δ' ὄνειδος μὴ θανεῖν ὑπὲρ τέκνου. 410
ἰδού, προλείπω βωμὸν ἥδε χειρία
σφάζειν φονεύειν δεῖν ἀπαρτῆσαι δέρην.
ὦ τέκνον, ἡ τεκοῦσά σ', ὡς σὺ μὴ θάνηις,
στείχω πρὸς Ἅιδην· ἢν δ' ὑπεκδράμηις μόρον,
μέμνησο μητρός, οἷα τλᾶσ' ἀπωλόμην, 415
καὶ πατρὶ τῶι σῶι διὰ φιλημάτων ἰὼν
δάκρυά τε λείβων καὶ περιπτύσσων χέρας

ANDRÔMACA

Oímoi! Dás-me acerbo sorteio e escolha
de vida. Estou com difícil sorte, tanto 385
se sorteio, quanto se não sorteio a dor.
Ó autor de grande mal por causa pouca,
tem-me fé! Por que me matas? Por quê?
Que urbe traí? Qual de teus filhos matei?
Que casa queimei? Forçada fui ao leito, 390
com o dono, e matas a mim, não a ele,
causador disso? Mas deixas o princípio
e vais ao término que lhe é posterior?
Oímoi! Que males! Ó pátria minha mísera,
que terrível dor! Por que eu devia gerar 395
e infligir dupla aflição a esta aflição?
Mas por que assim lastimo, e estes
presentes males não pranteio e conto?
Eu vi morto Heitor arrastado por carro
e Ílion ser incendiada, miseravelmente, 400
eu mesma fui às naus dos aqueus, serva
puxada pelos cabelos. Quando cheguei
à Ftia, desposo quem matou Heitor.
Que doce me é viver? Por que viver?
Pela presente ou pela pretérita sorte? 405
Só este filho me restava, olho da vida,
vão matá-lo os que assim decidiram.
Não, decerto, por minha mísera vida.
Nele tenho a esperança, se for salvo,
ou o ultraje de não morrer pelo filho. 410
Vê, deixo o altar, eis-me bem à mão
para imolar, matar, prender, enforcar.
Ó filho, tua mãe, para não morreres,
vou até Hades; se escapares à morte,
lembra-te da mãe, quão mísera morri, 415
e quando tu fores receber o teu pai,
quando tu fores chorar e abraçá-lo,

λέγ' οἶ' ἔπραξα. πᾶσι δ' ἀνθρώποις ἄρ' ἦν
ψυχὴ τέκν'· ὅστις δ' αὔτ' ἄπειρος ὢν ψέγει,
ἧσσον μὲν ἀλγεῖ, δυστυχῶν δ' εὐδαιμονεῖ. 420

ΧΟΡΟΣ

ᾤκτιρ' ἀκούσασ'· οἰκτρὰ γὰρ τὰ δυστυχῆ
βροτοῖς ἅπασι, κἂν θυραῖος ὢν κυρῆι.
ἐς ξύμβασιν δ' ἐχρῆν σε παῖδα σὴν ἄγειν,
Μενέλαε, καὶ τήνδ', ὡς ἀπαλλαχθῆι πόνων.

ΜΕΝΕΛΑΟΣ

λάβεσθέ μοι τῆσδ', ἀμφελίξαντες χέρας, 425
δμῶες· λόγους γὰρ οὐ φίλους ἀκούσεται.
ἔχω σ'· ἵν' ἁγνὸν βωμὸν ἐκλίποις θεᾶς,
προύτεινα παιδὸς θάνατον, ὧι σ' ὑπήγαγον
ἐς χεῖρας ἐλθεῖν τὰς ἐμὰς ἐπὶ σφαγήν.
καὶ τἀμφὶ σοῦ μὲν ὧδ' ἔχοντ' ἐπίστασο· 430
τὰ δ' ἀμφὶ παιδὸς τοῦδε παῖς ἐμὴ κρινεῖ,
ἤν τε κτανεῖν νιν ἤν τε μὴ κτανεῖν θέληι.
ἀλλ' ἕρπ' ἐς οἴκους τούσδ', ἵν' εἰς ἐλευθέρους
δούλη γεγῶσα μήποθ' ὑβρίζειν μάθηις.

ΑΝΔΡΟΜΑΧΗ

οἴμοι· δόλωι μ' ὑπῆλθες, ἠπατήμεθα. 435

ΜΕΝΕΛΑΟΣ

κήρυσσ' ἅπασιν· οὐ γὰρ ἐξαρνούμεθα.

ΑΝΔΡΟΜΑΧΗ

ἦ ταῦτ' ἐν ὑμῖν τοῖς παρ' Εὐρώται σοφά;

ΜΕΝΕΛΑΟΣ

καὶ τοῖς γε Τροίαι, τοὺς παθόντας ἀντιδρᾶν.

diz-lhe como agi. Filhos, para todos,
são vida. Quem peca por não os ter,
sofre menos; por má sorte, bom Nume. 420

CORO

Tive dó ao te ouvir. Dão dó os infortúnios
dos mortais todos, ainda que forasteiros.
Deves levar tua filha e esta a um acordo,
Menelau, para que ela se livre dos males.

MENELAU

Prendei-a, atando-lhe as mãos, servos, 425
pois não ouvirá palavras caras! Tenho-te.
Para que saísses do altar puro da Deusa,
aleguei a morte do filho, com o que fiz
vires às minhas mãos para a degola.
Ainda a teu respeito sabe estar assim: 430
sobre esse filho minha filha decidirá
se há ou se não há de querer matá-lo.
Mas entra nesta casa para que saibas
sendo escrava nunca ultrajar os livres!

ANDRÔMACA

Oímoi! Vieste com dolo, fui enganada. 435

MENELAU

Anuncia a todos, pois não negaremos.

ANDRÔMACA

Isso é sábio entre vós junto ao Eurota?

MENELAU

E entre troianos: responder a afronta.

ΑΝΔΡΟΜΑΧΗ

τὰ θεῖα δ' οὐ θεῖ' οὐδ' ἔχειν ἡγῆι δίκην;

ΜΕΝΕΛΑΟΣ

ὅταν τάδ' ἦι, τότ' οἴσομεν· σὲ δὲ κτενῶ. 440

ΑΝΔΡΟΜΑΧΗ

ἦ καὶ νεοσσὸν τόνδ', ὑπὸ πτερῶν σπάσας;

ΜΕΝΕΛΑΟΣ

οὐ δῆτα· θυγατρὶ δ', ἢν θέληι, δώσω κτανεῖν.

ΑΝΔΡΟΜΑΧΗ

οἴμοι· τί δῆτά σ' οὐ καταστένω, τέκνον;

ΜΕΝΕΛΑΟΣ

οὔκουν θρασεῖά γ' αὐτὸν ἐλπὶς ἀμμένει.

ΑΝΔΡΟΜΑΧΗ

ὦ πᾶσιν ἀνθρώποισιν ἔχθιστοι βροτῶν 445
Σπάρτης ἔνοικοι, δόλια βουλευτήρια,
ψευδῶν ἄνακτες, μηχανορράφοι κακῶν,
ἑλικτὰ κοὐδὲν ὑγιὲς ἀλλὰ πᾶν πέριξ
φρονοῦντες, ἀδίκως εὐτυχεῖτ' ἀν' Ἑλλάδα.
τί δ' οὐκ ἐν ὑμῖν ἐστιν; οὐ πλεῖστοι φόνοι; 450
οὐκ αἰσχροκερδεῖς, οὐ λέγοντες ἄλλα μὲν
γλώσσηι, φρονοῦντες δ' ἄλλ' ἐφευρίσκεσθ' ἀεί;
ὄλοισθ'. ἐμοὶ μὲν θάνατος οὐχ οὕτω βαρὺς
ὅς σοι δέδοκται· κεῖνα γάρ μ' ἀπώλεσεν,
ὅθ' ἡ τάλαινα πόλις ἀνηλώθη Φρυγῶν 455
πόσις θ' ὁ κλεινός, ὅς σε πολλάκις δορὶ
ναύτην ἔθηκεν ἀντὶ χερσαίου κακόν.
νῦν δ' ἐς γυναῖκα γοργὸς ὁπλίτης φανεὶς
κτείνεις μ'· ἀπόκτειν'· ὡς ἀθώπευτόν γέ σε
γλώσσης ἀφήσω τῆς ἐμῆς καὶ παῖδα σήν. 460

ANDRÔMACA

Crês Deuses não Deuses nem justos?

MENELAU

Se for, suportaremos, mas te matarei. 440

ANDRÔMACA

E este meu filho, que tu tiras das asas?

MENELAU

Não, mas à filha darei matar se quiser.

ANDRÔMACA

Oímoi! Por que não te lastimo, filho?

MENELAU

A ousada esperança não o aguarda.

ANDRÔMACA

Ó piores mortais para todos os homens, 445
moradores de Esparta, dolosos, astutos,
reis da mentira, maquinadores de males,
com tortuoso, não bom, mas todo curvo
pensar, tendes injusta boa sorte na Grécia.
Que não tendes vós? Muitas mortes não? 450
Não sois cúpidos? Não vos revelais
sempre com uma fala e outro sentir?
Pereçais! Morte não me é tão grave
quanto vos parece, pois lá pereci,
ao cair a mísera urbe frígia e o ínclito 455
esposo que com a lança muitas vezes
te fez mau nauta em vez de na terra.
Agora, ante mulher, hórrido hoplita
matas-me; mata, mas sem lisonjas
de minha boca deixo-te e tua filha! 460

ἐπεὶ σὺ μὲν πέφυκας ἐν Σπάρτηι μέγας,
ἡμεῖς δὲ Τροίαι γ'. εἰ δ' ἐγὼ πράσσω κακῶς,
μηδὲν τόδ' αὔχει· καὶ σὺ γὰρ πράξειας ἄν.

ΧΟΡΟΣ

οὐδέποτε δίδυμα λέκτρ' ἐπαινέσω βροτῶν Est. 1
οὐδ' ἀμφιμάτορας κόρους, 466
†ἔριδας† οἴκων δυσμενεῖς τε λύπας·
μίαν μοι στεργέτω πόσις †γάμοις
ἀκοινώνητον ἀνδρὸς† εὐνάν. 470

†οὐδὲ γὰρ ἐν† πόλεσι δίπτυχοι τυραννίδες Ant. 1
μιᾶς ἀμείνονες φέρειν,
ἄχθος τ' ἐπ' ἄχθει καὶ στάσιν πολίταις· 475
τεκόντοιν θ' ὕμνον ἐργάταιν δυοῖν
ἔριν Μοῦσαι φιλοῦσι κραίνειν.

πνοαὶ δ' ὅταν φέρωσι ναυτίλους θοαί, Est. 2
κατὰ πηδαλίων διδύμα πραπίδων γνώμα 480
σοφῶν τε πλῆθος ἀθρόον ἀσθενέστερον
φαυλοτέρας φρενὸς αὐτοκρατοῦς.
ἑνὸς ἄρ' ἄνυσις ἀνά τε μέλαθρα
κατά τε πόλιας, ὁπόταν εὑρεῖν θέλωσι καιρόν.

ἔδειξεν ἁ Λάκαινα τοῦ στρατηλάτα Ant. 2
Μενέλα· διὰ γὰρ πυρὸς ἦλθ' ἑτέρωι λέχει,
κτείνει δὲ τὰν τάλαιναν Ἰλιάδα κόραν
παῖδά τε δύσφρονος ἔριδος ὕπερ. 490
ἄθεος ἄνομος ἄχαρις ὁ φόνος·
ἔτι σε, πότνια, μετατροπὰ
τῶνδ' ἔπεισιν ἔργων.

Quando foste grande em Esparta,
fomos em Troia; e se padeço males,
não te ufanes! Tu ainda padecerias.

[*Segundo estásimo* (464-493)]

CORO

Nunca louvarei leito duplo de mortais — Est. 1
nem os filhos de ambas as duas mães, — 466
rixas domésticas e adversas aflições.
Em núpcias, contente-se o esposo
com um só leito incomum de marido! — 470

Nem nas urbes as soberanias duplas — Ant. 1
são melhores de suportar que uma só,
fardo por fardo e sedição de cidadãos. — 475
Se dois autores produzem hino,
as Musas tendem a exercer a rixa.

Quando ventos velozes levam nautas, — Est. 2
junto ao timão juízo duplo de espíritos — 480
e densa turba de sábios valem menos
que um menor com poder próprio.
A ação seja de um só, nas moradias
e nas urbes, quando se quiser
encontrar a ocasião.

Mostrou-o a lacônia filha do estratego — Ant. 2
Menelau, pois ardeu com o outro leito
e mata a mísera moça de Ílion
e o filho dela por imprudente rixa. — 490
Sem Deus nem lei nem graça é matar.
Ainda te sobrevirá, ó rainha,
o retorno das tuas ações.

ΧΟΡΟΣ

καὶ μὴν ἐσορῶ τόδε σύγκρατον
ζεῦγος πρὸ δόμων ψήφωι θανάτου 495
κατακεκριμένον.
δύστηνε γύναι, τλῆμον δὲ σὺ παῖ,
μητρὸς λεχέων ὃς ὑπερθνήισκεις
οὐδὲν μετέχων
οὐδ' αἴτιος ὢν βασιλεῦσιν. 500

ΑΝΔΡΟΜΑΧΗ

ἅδ' ἐγὼ χέρας αἱματη- Est.
ρὰς βρόχοισι κεκλημένα
πέμπομαι κατὰ γαίας.

ΠΑΙΣ

μᾶτερ μᾶτερ, ἐγὼ δὲ σᾶι
πτέρυγι συγκαταβαίνω. 505

ΑΝΔΡΟΜΑΧΗ

θῦμα δάιον, ὦ χθονὸς
Φθίας κράντορες.

ΠΑΙΣ

ὦ πάτερ,
μόλε φίλοις ἐπίκουρος.

ΑΝΔΡΟΜΑΧΗ

κείσηι δή, τέκνον ὦ φίλος, 510
μαστοῖς ματέρος ἀμφὶ σᾶς
νεκρὸς ὑπὸ χθονὶ σὺν νεκρῶι <τε>.

[*Terceiro episódio* (494-765)]

CORO

Olha! Vejo este par coligado
diante da casa, condenado 495
à pena de morte.
Ó mulher infeliz, e tu, mísero filho,
que morres por núpcias maternas
sem ter participação
nem ser o motivo dos reis. 500

ANDRÔMACA

Aqui eu com as mãos Est.
sangrentas presas por laços
sou levada sob a terra.

FILHO

Mãe, mãe, eu junto
com tua asa desço. 505

ANDRÔMACA

Vítima hostil, ó reis
do solo de Ftia!

FILHO

Ó pai,
vem auxiliar os teus!

ANDRÔMACA

Jazerás, ó meu filho, 510
junto aos seios de tua mãe
morta, morto sob o chão.

ΠΑΙΣ

ὤμοι μοι, τί πάθω; τάλας
δῆτ' ἐγὼ σύ τε, μᾶτερ.

ΜΕΝΕΛΑΟΣ

ἴθ' ὑποχθόνιοι· καὶ γὰρ ἀπ' ἐχθρῶν 515
ἥκετε πύργων, δύο δ' ἐκ δισσαῖν
θνῄσκετ' ἀνάγκαιν· σὲ μὲν ἡμετέρα
ψῆφος ἀναιρεῖ, παῖδα δ' ἐμὴ παῖς
τόνδ' Ἑρμιόνη. καὶ γὰρ ἀνοία
μεγάλη λείπειν ἐχθροὺς ἐχθρῶν, 520
ἐξὸν κτείνειν
καὶ φόβον οἴκων ἀφελέσθαι.

ΑΝΔΡΟΜΑΧΗ

ὦ πόσις πόσις, εἴθε σὰν Ant.
χεῖρα καὶ δόρυ σύμμαχον
κτησαίμαν, Πριάμου παῖ. 525

ΠΑΙΣ

δύστανος, τί δ' ἐγὼ μόρου
παράτροπον μέλος εὕρω;

ΑΝΔΡΟΜΑΧΗ

λίσσου γούνασι δεσπότου
χρίμπτων, ὦ τέκνον.

ΠΑΙΣ

ὦ φίλος 530
φίλος, ἄνες θάνατόν μοι.

ΑΝΔΡΟΜΑΧΗ

λείβομαι δάκρυσιν κόρας,
στάζω λισσάδος ὡς πέτρας
λιβὰς ἀνάλιος, ἁ τάλαινα.

FILHO

Ómoi moi! Que sofro! Míseros
somos eu e tu, ó mãe!

MENELAU

Ide sob a terra! Viestes de torres 515
inimigas e morrereis os dois
por dupla coerção. A ti o nosso
voto te mata, ao filho, minha filha
Hermíone. Grande imprudência
é deixar inimigos de inimigos, 520
sendo possível matá-los
e afastar de casa o pavor.

ANDRÔMACA

Ó esposo, esposo, tivesse Ant.
o teu braço e lança aliada,
ó filho de Príamo! 525

FILHO

Mísero, que melodia
invento contra a morte?

ANDRÔMACA

Suplica, filho! Toca
os joelhos do dono!

FILHO

Ó meu 530
caro, afasta a morte de mim!

ANDRÔMACA

Libo de lágrimas pupilas,
destilo qual fonte sem sol
de íngreme pedra, mísera.

ΠΑΙΣ

ὤμοι μοι, τί δ' ἐγὼ κακῶν 535
μῆχος ἐξανύσωμαι;

ΜΕΝΕΛΑΟΣ

τί με προσπίτνεις, ἁλίαν πέτραν
ἢ κῦμα λιταῖς ὣς ἱκετεύων;
τοῖς γὰρ ἐμοῖσιν γέγον' ὠφελία,
σοὶ δ' οὐδὲν ἔχω φίλτρον, ἐπεί τοι 540
μέγ' ἀναλώσας ψυχῆς μόριον
Τροίαν εἷλον καὶ μητέρα σήν·
ἧς ἀπολαύων
Ἅιδην χθόνιον καταβήσηι.

ΧΟΡΟΣ

καὶ μὴν δέδορκα τόνδε Πηλέα πέλας, 545
σπουδῆι τιθέντα δεῦρο γηραιὸν πόδα.

ΠΗΛΕΥΣ

ὑμᾶς ἐρωτῶ τόν τ' ἐφεστῶτα σφαγῆι,
τί ταῦτα, πῶς ταῦτ'; ἐκ τίνος λόγου νοσεῖ
δόμος; τί πράσσετ' ἄκριτα μηχανώμενοι;
Μενέλα', ἐπίσχες· μὴ τάχυν' ἄνευ δίκης. 550
ἡγοῦ σὺ θᾶσσον· οὐ γὰρ ὡς ἔοικέ μοι
σχολῆς τόδ' ἔργον, ἀλλ' ἀνηβητηρίαν
ῥώμην με καὶ νῦν λαμβάνειν, εἴπερ ποτέ.
πρῶτον μὲν οὖν κατ' οὖρον ὥσπερ ἱστίοις
ἐμπνεύσομαι τῆιδ'· εἰπέ, τίνι δίκηι χέρας 555
βρόχοισιν ἐκδήσαντες οἵδ' ἄγουσί σε
καὶ παῖδ'; ὕπαρνος γάρ τις οἷς ἀπόλλυσαι,
ἡμῶν ἀπόντων τοῦ τε κυρίου σέθεν.

ΑΝΔΡΟΜΑΧΗ

οἵδ', ὦ γεραιέ, σὺν τέκνωι θανουμένην
ἄγουσί μ' οὕτως ὡς ὁρᾶις. τί σοι λέγω; 560

FILHO

Ómoi moi! Que remédio 535
terei eficaz contra males?

MENELAU

Por que súplice me fazes prece
qual à marina pedra ou onda?
O proveito veio aos meus;
por ti não me encanto, por 540
perder grande parte da vida
capturei Troia e tua mãe,
com o desfrute da qual
irás ao subtérreo Hades.

CORO

Olha! Vejo perto este Peleu 545
pôr depressa aqui o velho pé.

PELEU

Pergunto-vos e ao sacrificador,
que é isso? Por que o distúrbio
em casa? Fazeis que turvo plano?
Menelau, para! Não sejas injusto! 550
Conduz mais rápido! Não me parece
ociosa esta ação, mas tenha eu agora
força rejuvenescida, se tiver um dia!
Primeiro tal qual o vento nas velas
soprarei nela. Diz! Com que justiça 555
levam-te de mãos atadas com laços
e ao filho? Pois ovelha mãe morres,
estando ausentes nós e teu senhor.

ANDRÔMACA

Ó velho, eles me levam para morrer
com meu filho, como vês. Que te digo? 560

οὐ γὰρ μιᾶς σε κληδόνος προθυμίαι
μετῆλθον ἀλλὰ μυρίων ὑπ' ἀγγέλων.
ἔριν δὲ τὴν κατ' οἶκον οἶσθά που κλύων
τῆς τοῦδε θυγατρός, ὧν τ' ἀπόλλυμαι χάριν.
καὶ νῦν με βωμοῦ Θέτιδος, ἣ τὸν εὐγενῆ 565
ἔτικτέ σοι παῖδ', ἣν σὺ θαυμαστὴν σέβεις,
ἄγουσ' ἀποσπάσαντες, οὔτε τωι δίκηι
κρίναντες οὔτε τοὺς ἀπόντας ἐκ δόμων
μείναντες, ἀλλὰ τὴν ἐμὴν ἐρημίαν
γνόντες τέκνου τε τοῦδ', ὃν οὐδὲν αἴτιον 570
μέλλουσι σὺν ἐμοὶ τῆι ταλαιπώρωι κτανεῖν.
ἀλλ' ἀντιάζω σ', ὦ γέρον, τῶν σῶν πάρος
πίτνουσα γονάτων — χειρὶ δ' οὐκ ἔξεστί μοι
τῆς σῆς λαβέσθαι φιλτάτης γενειάδος —
ῥῦσαί με πρὸς θεῶν· εἰ δὲ μή, θανούμεθα 575
αἰσχρῶς μὲν ὑμῖν, δυστυχῶς δ' ἐμοί, γέρον.

ΠΗΛΕΥΣ

χαλᾶν κελεύω δεσμὰ πρὶν κλαίειν τινά,
καὶ τῆσδε χεῖρας διπτύχους ἀνιέναι.

ΜΕΝΕΛΑΟΣ

ἐγὼ δ' ἀπαυδῶ, τἄλλα τ' οὐχ ἥσσων σέθεν
καὶ τῆσδε πολλῶι κυριώτερος γεγώς. 580

ΠΗΛΕΥΣ

πῶς; ἦ τὸν ἁμὸν οἶκον οἰκήσεις μολὼν
δεῦρ'; οὐχ ἅλις σοι τῶν κατὰ Σπάρτην κρατεῖν;

ΜΕΝΕΛΑΟΣ

εἷλόν νιν αἰχμάλωτον ἐκ Τροίας ἐγώ.

ΠΗΛΕΥΣ

οὑμὸς δέ γ' αὐτὴν ἔλαβε παῖς παιδὸς γέρας.

Não te procurei com empenho de um
recado, mas por muitos mensageiros.
Conheces de ouvida a rixa doméstica
da filha deste aqui, e por eles pereço.
Agora me retiraram do altar de Tétis, 565
mãe de teu nobre filho, à qual veneras,
e levam-me, juízes não com justiça,
e sem aguardar os ausentes da casa,
mas conscientes do isolamento meu
e do meu filho, que sem acusação 570
eles vão matar, comigo, miseranda.
Mas suplico-te, ó velho, prostrada
a teus joelhos — não posso tocar
com a mão tua caríssima barba —,
por Deuses, salva-me! Se eu morrer, 575
vexame vosso, má sorte minha, velho!

PELEU

Ordeno, antes que chorem, relaxem
as cadeias e soltem suas duas mãos!

MENELAU

Eu proíbo, não sou menos que tu
e tenho muito mais poder sobre ela. 580

PELEU

Como? Vieste cá ter minha casa?
Não te basta ser o rei em Esparta?

MENELAU

Eu a capturei na guerra de Troia.

PELEU

O meu neto a recebeu por prêmio.

ΜΕΝΕΛΑΟΣ

οὔκουν ἐκείνου τἀμὰ τἀκείνου τ' ἐμά; 585

ΠΗΛΕΥΣ

ναί,

δρᾶν εὖ, κακῶς δ' οὔ, μηδ' ἀποκτείνειν βίαι.

ΜΕΝΕΛΑΟΣ

ὡς τήνδ' ἀπάξεις οὔποτ' ἐξ ἐμῆς χερός.

ΠΗΛΕΥΣ

σκήπτρωι γε τῶιδε σὸν καθαιμάξας κάρα.

ΜΕΝΕΛΑΟΣ

ψαῦσόν θ', ἵν' εἰδῆις, καὶ πέλας πρόσελθ' ἐμοῦ.

ΠΗΛΕΥΣ

σὺ γὰρ μετ' ἀνδρῶν, ὦ κάκιστε κἀκ κακῶν; 590
σοὶ ποῦ μέτεστιν ὡς ἐν ἀνδράσιν λόγου;
ὅστις πρὸς ἀνδρὸς Φρυγὸς ἀπηλλάγης λέχους,
ἄκληιστ' †ἄδουλα δώμαθ' ἑστίας† λιπών,
ὡς δὴ γυναῖκα σώφρον' ἐν δόμοις ἔχων
πασῶν κακίστην. οὐδ' ἂν εἰ βούλοιτό τις 595
σώφρων γένοιτο Σπαρτιατίδων κόρη·
αἳ ξὺν νέοισιν ἐξερημοῦσαι δόμους
γυμνοῖσι μηροῖς καὶ πέπλοις ἀνειμένοις
δρόμους παλαίστρας τ' οὐκ ἀνασχετῶς ἐμοὶ
κοινὰς ἔχουσι. κᾆιτα θαυμάζειν χρεὼν 600
εἰ μὴ γυναῖκας σώφρονας παιδεύετε;
Ἑλένην ἐρέσθαι χρὴ τάδ', ἥτις ἐκ δόμων
τὸν σὸν λιποῦσα Φίλιον ἐξεκώμασεν
νεανίου μετ' ἀνδρὸς εἰς ἄλλην χθόνα.
κἄπειτ' ἐκείνης οὕνεχ' Ἑλλήνων ὄχλον 605
τοσόνδ' ἀθροίσας ἤγαγες πρὸς Ἴλιον;
ἣν χρῆν σ' ἀποπτύσαντα μὴ κινεῖν δόρυ,

MENELAU

Não são dele os meus e meus os dele? 585

PELEU

Sim,
a tratar bem! Não mal! Não matar!

MENELAU

Não a levarás nunca de minha mão.

PELEU

Com este cetro sangrando tua cabeça.

MENELAU

Bate que saberás! Vem perto de mim!

PELEU

Estás entre varões, ó pior dos males? 590
Tu onde entras na conta dos varões?
Tu, de quem o frígio levou a esposa
por teres o lar sem tranca nem servo
ao teres em casa como mulher casta
a pior de todas. Nem se quisessem, 595
seriam castas as mulheres de Esparta
que com os jovens deixam as casas
com as coxas nuas e as vestes soltas,
correm e lutam com eles, a meu ver
intoleravelmente. Deve-se admirar, 600
se vós não educais mulheres castas?
Pergunte-se a Helena, que deixou
o teu amical Zeus e fugiu de casa
com varão jovem para outra terra.
Por ela, então, tal tropa da Grécia 605
reuniste e conduziste contra Troia?
Devias desprezá-la, não fazer guerra,

κακὴν ἐφευρόντ’, ἀλλ’ ἐᾶν αὐτοῦ μένειν
μισθόν τε δόντα μήποτ’ εἰς οἴκους λαβεῖν.
ἀλλ’ οὔτι ταύτηι σὸν φρόνημ’ ἐπούρισας, 610
ψυχὰς δὲ πολλὰς κἀγαθὰς ἀπώλεσας
παίδων τ’ ἄπαιδας γραῦς ἔθηκας ἐν δόμοις
πολιούς τ’ ἀφείλου πατέρας εὐγενῆ τέκνα.
ὧν εἷς ἐγὼ δύστηνος· αὐθέντην δέ σε
μιάστορ’ ὥς τιν’ ἐσδέδορκ’ Ἀχιλλέως. 615
ὃς οὐδὲ τρωθεὶς ἦλθες ἐκ Τροίας μόνος,
κάλλιστα τεύχη δ’ ἐν καλοῖσι σάγμασιν
ὅμοι’ ἐκεῖσε δεῦρό τ’ ἤγαγες πάλιν.
κἀγὼ μὲν ηὔδων τῶι γαμοῦντι μήτε σοὶ
κῆδος συνάψαι μήτε δώμασιν λαβεῖν 620
κακῆς γυναικὸς πῶλον· ἐκφέρουσι γὰρ
μητρῶι’ ὀνείδη. τοῦτο καὶ σκοπεῖτέ μοι,
μνηστῆρες, ἐσθλῆς θυγατέρ’ ἐκ μητρὸς λαβεῖν.
πρὸς τοῖσδε δ’ εἰς ἀδελφὸν οἷ’ ἐφύβρισας,
σφάξαι κελεύσας θυγατέρ’ εὐηθέστατα· 625
οὕτως ἔδεισας μὴ οὐ κακὴν δάμαρτ’ ἔχοις;
ἑλὼν δὲ Τροίαν (εἶμι γὰρ κἀνταῦθά σοι)
οὐκ ἔκτανες γυναῖκα χειρίαν λαβών,
ἀλλ’, ὡς ἐσεῖδες μαστόν, ἐκβαλὼν ξίφος
φίλημ’ ἐδέξω, προδότιν αἰκάλλων κύνα, 630
ἥσσων πεφυκὼς Κύπριδος, ὦ κάκιστε σύ.
κἄπειτ’ ἐς οἴκους τῶν ἐμῶν ἐλθὼν τέκνων
πορθεῖς ἀπόντων, καὶ γυναῖκα δυστυχῆ
κτείνεις ἀτίμως παῖδά θ’, ὃς κλαίοντά σε
καὶ τὴν ἐν οἴκοις σὴν καταστήσει κόρην, 635
κεἰ τρὶς νόθος πέφυκε· πολλάκις δέ τοι
ξηρὰ βαθεῖαν γῆν ἐνίκησε σπορᾶι,
νόθοι τε πολλοὶ γνησίων ἀμείνονες.
ἀλλ’ ἐκκομίζου παῖδα. κύδιον βροτοῖς
πένητα χρηστὸν ἢ κακὸν καὶ πλούσιον 640
γαμβρὸν πεπᾶσθαι καὶ φίλον· σὺ δ’ οὐδὲν εἶ.

ao descobri-la vil, mas deixá-la acolá
e pagar para não mais a ter em casa.
Mas não foi esse o teu pensamento, 610
e destruíste muitas e valentes vidas,
privaste da prole as anciãs em casa,
de pais grisalhos tiraste filhos nobres,
mísero sou um deles, e a ti te vejo
como poluente executor de Aquiles. 615
Só tu não voltaste ferido de Troia,
belíssimas armas em belos estojos
tais para lá e para cá reconduziste!
Eu lhe disse que, ao casar, não se
aliasse a ti, nem levasse para casa 620
filha de mulher vil, pois reproduz
afrontas da mãe. Pensai nisto ainda,
ó noivos, tomai filha de mãe nobre!
Além disso, como ultrajaste o irmão
exortando o ingênuo a matar a filha! 625
Temias tanto não teres a esposa má?
Ao pilhares Troia (até lá irei contigo),
não mataste a mulher ao tê-la à mão,
mas soltaste a faca ao ver seus seios,
beijaste e afagaste a cadela traidora, 630
vencido por Cípris, ó tu, o mais vil.
Tu vens, então, à casa de meu filho
ausente, devastas e matas sem honra
a mulher de má sorte e o filho, que te
fará a ti e tua filha chorardes em casa, 635
por bastardo que seja. Muitas vezes
a terra seca vence a boa em semente,
muitos bastardos superam legítimos.
Mas leva tua filha! A mortais, vale
mais ter pobre bom que o rico mau 640
por sogro e aliado. Tu não és nada.

ΧΟΡΟΣ

σμικρᾶς ἀπ' ἀρχῆς νεῖκος ἀνθρώποις μέγα
γλῶσσ' ἐκπορίζει· τοῦτο δ' οἱ σοφοὶ βροτῶν
ἐξευλαβοῦνται, μὴ φίλοις τεύχειν ἔριν.

ΜΕΝΕΛΑΟΣ

τί δῆτ' ἂν εἴποις τοὺς γέροντας ὡς σοφοὶ 645
καὶ τοὺς φρονεῖν δοκοῦντας Ἕλλησίν ποτε;
ὅτ' ὢν σὺ Πηλεὺς καὶ πατρὸς κλεινοῦ γεγώς,
κῆδος συνάψας, αἰσχρὰ μὲν σαυτῶι λέγεις
ἡμῖν δ' ὀνείδη διὰ γυναῖκα βάρβαρον
τήνδ', ἣν ἐλαύνειν χρῆν σ' ὑπὲρ Νείλου ῥοὰς 650
ὑπέρ τε Φᾶσιν, κἀμὲ παρακαλεῖν ἀεί,
οὖσαν μὲν ἠπειρῶτιν, οὗ πεσήματα
πλεῖσθ' Ἑλλάδος πέπτωκε δοριπετῆ νεκρῶν,
τοῦ σοῦ τε παιδὸς αἵματος κοινουμένην.
Πάρις γάρ, ὃς σὸν παῖδ' ἔπεφν' Ἀχιλλέα, 655
Ἕκτορος ἀδελφὸς ἦν, δάμαρ δ' ἥδ' Ἕκτορος.
καὶ τῆιδέ γ' εἰσέρχηι σὺ ταὐτὸν ἐς στέγος
καὶ ξυντράπεζον ἀξιοῖς ἔχειν βίον,
τίκτειν δ' ἐν οἴκοις παῖδας ἐχθίστους ἐᾶις.
κἀγὼ προνοίαι τῆι τε σῆι κἀμῆι, γέρον, 660
κτανεῖν θέλων τήνδ' ἐκ χερῶν ἁρπάζομαι.
καίτοι φέρ'· ἅψασθαι γὰρ οὐκ αἰσχρὸν λόγου·
ἢν παῖς μὲν ἡμὴ μὴ τέκηι, ταύτης δ' ἄπο
βλάστωσι παῖδες, τούσδε γῆς Φθιώτιδος
στήσεις τυράννους, βάρβαροι δ' ὄντες γένος 665
Ἕλλησιν ἄρξουσ'; εἶτ' ἐγὼ μὲν οὐ φρονῶ
μισῶν τὰ μὴ δίκαια, σοὶ δ' ἔνεστι νοῦς;
[κἀκεῖνο νῦν ἄθρησον· εἰ σὺ παῖδα σὴν
δούς τωι πολιτῶν, εἶτ' ἔπασχε τοιάδε,
σιγῆι καθῆσ' ἄν; οὐ δοκῶ· ξένης δ' ὕπερ 670
τοιαῦτα λάσκεις τοὺς ἀναγκαίους φίλους;
καὶ μὴν ἴσον γ' ἀνήρ τε καὶ γυνὴ στένει
ἀδικουμένη πρὸς ἀνδρός· ὡς δ' αὔτως ἀνὴρ

CORO

De pequeno princípio, a língua fornece
grande rixa aos mortais. Sábios mortais
evitam provocar a rixa entre os amigos.

MENELAU

Por que os velhos se diriam os sábios 645
e os gregos os consideram prudentes,
se tu, Peleu, nascido de ínclito pai,
aliado familiar, aviltas a ti mesmo,
e a mim me vituperas, por esta mulher
bárbara, que devias banir além do Nilo, 650
e além do Fase, e cada vez me chamar,
por ser ela do continente onde caíram
muitos gregos mortos a golpe de lança,
e ser participante da morte de teu filho?
Páris, que matou teu filho Aquiles, era 655
irmão de Heitor; ela, mulher de Heitor.
E tu entras com ela na mesma moradia
e honras-te em ter a vida de comensal
e deixas que crie em casa o pior inimigo.
Eu, cauto por ti e por mim, ancião, 660
quero matá-la e tiram-me das mãos.
Vamos! Não vexa tocar este assunto.
Se minha filha não procriar e desta
florescerem os filhos, tu os farás reis
de Ftia e ainda bárbaros de nascença 665
serão reis de gregos? Não penso bem
ao odiar injustiças e tu tens prudência?
Considera ainda isto. Se desses a filha
a algum cidadão e tais afrontas sofresse,
tu te calarias? Não creio. Por forasteira 670
gritas assim contra os parentes amigos?
Varão e mulher não lamentam igual,
ela, por injustiça do varão, e o varão,

γυναῖκα μωραίνουσαν ἐν δόμοις ἔχων.
καὶ τῶι μὲν ἔστιν ἐν χεροῖν μέγα σθένος, 675
τῆι δ' ἐν γονεῦσι καὶ φίλοις τὰ πράγματα.
οὔκουν δίκαιον τοῖς γ' ἐμοῖς ἐπωφελεῖν;]
γέρων γέρων εἶ. τὴν δ' ἐμὴν στρατηγίαν
λέγων ἔμ' ὠφελοῖς ἂν ἢ σιγῶν πλέον.
Ἑλένη δ' ἐμόχθησ' οὐχ ἑκοῦσ' ἀλλ' ἐκ θεῶν, 680
καὶ τοῦτο πλεῖστον ὠφέλησεν Ἑλλάδα·
ὅπλων γὰρ ὄντες καὶ μάχης ἀίστορες
ἔβησαν ἐς τἀνδρεῖον· ἡ δ' ὁμιλία
πάντων βροτοῖσι γίγνεται διδάσκαλος.
εἰ δ' ἐς πρόσοψιν τῆς ἐμῆς ἐλθὼν ἐγὼ 685
γυναικὸς ἔσχον μὴ κτανεῖν, ἐσωφρόνουν.
οὐδ' ἂν σὲ Φῶκον ἤθελον κατακτανεῖν.
ταῦτ' εὖ φρονῶν σ' ἐπῆλθον, οὐκ ὀργῆς χάριν·
ἢν δ' ὀξυθυμῆι, σοὶ μὲν ἡ γλωσσαλγία
μείζων, ἐμοὶ δὲ κέρδος ἡ προμηθία. 690

ΧΟΡΟΣ

παύσασθον ἤδη — λῶιστα γὰρ μακρῶι τάδε —
λόγων ματαίων, μὴ δύο σφαλῆσθ' ἅμα.

ΠΗΛΕΥΣ

οἴμοι, καθ' Ἑλλάδ' ὡς κακῶς νομίζεται·
ὅταν τροπαῖα πολεμίων στήσηι στρατός,
οὐ τῶν πονούντων τοὔργον ἡγοῦνται τόδε, 695
ἀλλ' ὁ στρατηγὸς τὴν δόκησιν ἄρνυται,
ὃς εἷς μετ' ἄλλων μυρίων πάλλων δόρυ,
οὐδὲν πλέον δρῶν ἑνός, ἔχει πλείω λόγον.
[σεμνοὶ δ' ἐν ἀρχαῖς ἥμενοι κατὰ πτόλιν
φρονοῦσι δήμου μεῖζον, ὄντες οὐδένες· 700
οἱ δ' εἰσὶν αὐτῶν μυρίωι σοφώτεροι,
εἰ τόλμα προσγένοιτο βούλησίς θ' ἅμα.]
ὡς καὶ σὺ σός τ' ἀδελφὸς ἐξωγκωμένοι
Τροίαι κάθησθε τῆι τ' ἐκεῖ στρατηγίαι,

por ter em casa mulher enlouquecida.
Ele tem grande poderio nos braços, 675
mas ela depende dos pais e amigos.
Não é justo, então, acudir os meus?
Velho, és velho. Mais me ajudarias
falando de meu comando que calado.
Helena não fez por si, mas por Deus, 680
e isso foi o mais útil para a Grécia,
pois néscios de armas e de guerras
ganharam coragem; e o convívio
de todos é o mestre dos mortais.
Se, ao avistar a minha mulher, eu 685
me abstive de matá-la, fui prudente.
Eu não quisera que matasses Foco!
Benevolente vim a ti, não de raiva,
mas se te enfureces, tua eloquência
cresce, e o meu lucro é a prudência. 690

CORO
Cessai já ambos! Assim será melhor
que palavras vãs! Não erreis ambos!

PELEU
Oímoi! Que mau costume na Grécia!
Quando a tropa venceu os inimigos,
este feito não se atribui aos fatores,
mas o comandante conquista fama. 695
Este único lanceiro entre outros mil
não faz mais que um, com mais discurso.
Solenes, sentados no poder na urbe,
acham-se mais que o povo sem o ser, 700
mas o povo é mais sábio que eles,
se houver junto coragem e conselho.
Assim ainda tu e teu irmão, inflados
de Troia e desse comando, sentai-vos,

μόχθοισιν ἄλλων καὶ πόνοις ἐπηρμένοι. 705
δείξω δ' ἐγώ σοι μὴ τὸν Ἰδαῖον Πάριν
μείζω νομίζειν Πηλέως ἐχθρόν ποτε,
εἰ μὴ φθερῆι τῆσδ' ὡς τάχιστ' ἀπὸ στέγης
καὶ παῖς ἄτεκνος, ἣν ὅ γ' ἐξ ἡμῶν γεγὼς
ἐλᾶι δι' οἴκων τῶνδ' ἐπισπάσας κόμης· 710
ἣ στερρὸς οὖσα μόσχος οὐκ ἀνέξεται
τίκτοντας ἄλλους, οὐκ ἔχουσ' αὐτὴ τέκνα.
ἀλλ', εἰ τὸ κείνης δυστυχεῖ παίδων πέρι,
ἄπαιδας ἡμᾶς δεῖ καταστῆναι τέκνων;
φθείρεσθε τῆσδε, δμῶες, ὡς ἂν ἐκμάθω 715
εἴ τίς με λύειν τῆσδε κωλύσει χέρας.
ἔπαιρε σαυτήν· ὡς ἐγὼ καίπερ τρέμων
πλεκτὰς ἱμάντων στροφίδας ἐξανήσομαι.
ὧδ', ὦ κάκιστε, τῆσδ' ἐλυμήνω χέρας;
βοῦν ἢ λέοντ' ἤλπιζες ἐντείνειν βρόχοις; 720
ἢ μὴ ξίφος λαβοῦσ' ἀμυνάθοιτό σε
ἔδεισας; ἕρπε δεῦρ' ὑπ' ἀγκάλας, βρέφος,
ξύλλυε δεσμὰ μητρός· ἐν Φθίαι σ' ἐγὼ
θρέψω μέγαν τοῖσδ' ἐχθρόν. εἰ δ' ἀπῆν δορὸς
τοῖς Σπαρτιάταις δόξα καὶ μάχης ἀγών, 725
τἄλλ' ὄντες ἴστε μηδενὸς βελτίονες.

ΧΟΡΟΣ
ἀνειμένον τι χρῆμα πρεσβυτῶν γένος
καὶ δυσφύλακτον ὀξυθυμίας ὕπο.

ΜΕΝΕΛΑΟΣ
ἄγαν προνωπὴς ἐς τὸ λοιδορεῖν φέρηι·
ἐγὼ δὲ πρὸς βίαν μὲν ἐς Φθίαν μολὼν 730
οὔτ' οὖν τι δράσω φλαῦρον οὔτε πείσομαι.
καὶ νῦν μέν (οὐ γὰρ ἄφθονον σχολὴν ἔχω)
ἄπειμ' ἐς οἴκους· ἔστι γάρ τις οὐ πρόσω
Σπάρτης πόλις τις, ἣ πρὸ τοῦ μὲν ἦν φίλη,
νῦν δ' ἐχθρὰ ποιεῖ· τῆιδ' ἐπεξελθεῖν θέλω 735

exaltados por fadigas e dores alheias. 705
Eu te farei não supor que Páris de Ida
seja um inimigo maior do que Peleu,
se não te afastas rápido desta morada
tu e tua filha sem filho, que meu filho
banirá desta casa puxada pelo cabelo. 710
Ela, por ser vitela seca, não suporta
que outros gerem, por não ter filhos.
Mas, se tem má sorte quanto à prole,
devemos nós ser privados de filhos?
Afastai-vos dela, servos! Que eu saiba 715
se me impedem de livrar-lhe as mãos!
Ergue-te, porque eu, ainda que trêmulo,
soltarei os trançados laços do manto!
Ó covarde, tanto lhe feriste as mãos!
Boi ou leão esperavas reter no laço? 720
Ou temeste que de ti ela se vingasse
com faca? Vem a meus braços, filho!
Solta comigo tua mãe! Na Ftia eu te
criarei grande inimigo seu. Sabe que
sem fama de lança nem luta de guerra 725
esparciatas no mais não são melhores.

CORO
Desenfreado é o gênero dos anciãos
e seu súbito furor é difícil de evitar.

MENELAU
Demasiado propenso vais ao insulto.
Eu, por ter vindo por força à Ftia, 730
não farei nem sofrerei nenhuma vileza.
Agora, sem dispor de ócio sem-fim,
partirei para casa. Há urbe não longe
de Esparta, que antes disso era amiga,
mas agora é inimiga. Quero atacá-la 735

στρατηλατήσας χὐποχείριον λαβεῖν.
ὅταν δὲ τἀκεῖ θῶ κατὰ γνώμην ἐμήν,
ἥξω· παρὼν δὲ πρὸς παρόντας ἐμφανῶς
γαμβροὺς διδάξω καὶ διδάξομαι λόγους.
κἂν μὲν κολάζηι τήνδε καὶ τὸ λοιπὸν ἦι 740
σώφρων καθ' ἡμᾶς, σώφρον' ἀντιλήψεται,
θυμούμενος δὲ τεύξεται θυμουμένων
[ἔργοισι δ' ἔργα διάδοχ' ἀντιλήψεται].
τοὺς σοὺς δὲ μύθους ῥαιδίως ἐγὼ φέρω·
σκιὰ γὰρ ἀντίστοιχος ὣς φωνὴν ἔχεις, 745
ἀδύνατος οὐδὲν ἄλλο πλὴν λέγειν μόνον.

ΠΗΛΕΥΣ

ἡγοῦ τέκνον μοι δεῦρ' ὑπ' ἀγκάλαις σταθείς,
σύ τ', ὦ τάλαινα· χείματος γὰρ ἀγρίου
τυχοῦσα λιμένας ἦλθες εἰς εὐηνέμους.

ΑΝΔΡΟΜΑΧΗ

ὦ πρέσβυ, θεοί σοι δοῖεν εὖ καὶ τοῖσι σοῖς, 750
σώσαντι παῖδα κἀμὲ τὴν δυσδαίμονα.
ὅρα δὲ μὴ νῶιν εἰς ἐρημίαν ὁδοῦ
πτήξαντες οἵδε πρὸς βίαν ἄγωσί με,
γέροντα μὲν σ' ὁρῶντες, ἀσθενῆ δ' ἐμὲ
καὶ παῖδα τόνδε νήπιον· σκόπει τάδε, 755
μὴ νῦν φυγόντες εἶθ' ἁλῶμεν ὕστερον.

ΠΗΛΕΥΣ

οὐ μὴ γυναικῶν δειλὸν εἰσοίσεις λόγον·
χώρει· τίς ὑμῶν ἅψεται; κλαίων ἄρα
ψαύσει. θεῶν γὰρ οὕνεχ' ἱππικοῦ τ' ὄχλου
πολλῶν θ' ὁπλιτῶν ἄρχομεν Φθίαν κάτα· 760
ἡμεῖς δ' ἔτ' ὀρθοὶ κοὐ γέροντες, ὡς δοκεῖς,
ἀλλ' ἔς γε τοιόνδ' ἄνδρ' ἀποβλέψας μόνον
τροπαῖον αὐτοῦ στήσομαι, πρέσβυς περ ὤν.

comandante da tropa e submetê-la.
Quando lá impuser minha opinião,
virei. Presente ante presente genro,
às claras instruirei e serei instruído.
Se ele a punir e doravante conosco 740
for prudente, prudentes nós seremos,
mas enfurecido nos fará enfurecidos
e receberá de volta feitos por feitos.
As tuas palavras eu as tolero bem,
pois tão similar a sombra tens voz, 745
incapaz de algo mais do que só fala.

PELEU

Vem a meu abraço e guia-me, filho!
Tu, ó mísera, batida por selvagem
tempestade, vieste a porto sereno.

ANDRÔMACA

Ancião, Deuses bem te deem e aos teus, 750
salvos meu filho e eu, a de mau Nume!
Cuida que eles na solidão do caminho
não nos espreitem nem levem à força,
se te veem velho, a mim, sem forças,
e este filho ainda débil. Considera isto. 755
Agora em fuga não nos peguem depois!

PELEU

Não digas covarde palavra de mulher!
Anda! Quem nos tocará? Ora, choroso
tocará! Por Deuses e por equestre força
somos reis de muitos em armas em Ftia. 760
Eu ainda ereto e não velho, como crês,
mas somente com o olhar a tal varão
faço-o recuar, ainda que sendo ancião.

πολλῶν νέων γὰρ κἂν γέρων εὔψυχος ἦι
κρείσσων· τί γὰρ δεῖ δειλὸν ὄντ’ εὐσωματεῖν; 765

ΧΟΡΟΣ

ἢ μὴ γενοίμαν ἢ πατέρων ἀγαθῶν Est. 1
εἴην πολυκτήτων τε δόμων μέτοχος.
εἴ τι γὰρ πάσχοι τις ἀμήχανον, ἀλκᾶς 770
οὐ σπάνις εὐγενέταις,
κηρυσσομένοισι δ’ ἀπ’ ἐσθλῶν δωμάτων
τιμὰ καὶ κλέος· οὔτοι λείψανα τῶν ἀγαθῶν
ἀνδρῶν ἀφαιρεῖται χρόνος· ἁ δ’ ἀρετὰ 775
καὶ θανοῦσι λάμπει.

κρεῖσσον δὲ νίκαν μὴ κακόδοξον ἔχειν Ant. 1
ἢ ξὺν φθόνωι σφάλλειν δυνάμει τε δίκαν. 780
ἡδὺ μὲν γὰρ αὐτίκα τοῦτο βροτοῖσιν,
ἐν δὲ χρόνωι τελέθει
ξηρὸν καὶ ὀνείδεσιν ἔγκειται δόμος.
ταύταν ἤινεσα ταύταν καὶ †φέρομαι† βιοτάν, 785
μηδὲν δίκας ἔξω κράτος ἐν θαλάμοις
καὶ πόλει δύνασθαι.

ὦ γέρον Αἰακίδα, Epodo
πείθομαι καὶ σὺν Λαπίθαισί σε Κενταύ- 791
ροις ὁμιλῆσαι δορὶ
κλεινοτάτωι, καὶ ἐπ’ Ἀργῴου δορὸς ἄξενον ὑγρὰν
ἐκπερᾶσαι ποντιᾶν Ξυμπληγάδων 795
κλειvὰν ἐπὶ ναυστολίαν,
Ἰλιάδα τε πόλιν ὅτε <τὸ> πάρος
εὐδόκιμον ὁ Διὸς ἶνις ἀμφέβαλε φόνωι
κοινὰν τὰν εὔκλειαν ἔχοντ’ 800
Εὐρώπαν ἀφικέσθαι.

Velho, se valente, vale mais que muitos
jovens. O que é o vigor, se for covarde? 765

[*Terceiro estásimo* (766-801)]

CORO

Não fosse eu senão de pais nobres Est. 1
e fosse partícipe de opulenta casa!
Se sofresse dificuldade, o nobre 770
dispõe de recursos não poucos.
Proclamados de nobres casas,
têm honra e glória. O tempo
não rouba traços de varões nobres: 775
o valor, ainda que mortos, brilha.

Vencer sem ter má fama vale mais Ant. 1
que por negativa e força faltar justiça. 780
Doce de imediato isso aos mortais,
mas no tempo se cumpre
seco e a casa fica reprovada.
Esta vida, sim, esta louvo e levo, 785
nenhum poder sem justiça
exercer no tálamo e na urbe.

Ó velho Eácida, Epodo
creio que travaste com os Lápitas 791
contra os centauros o mais ínclito
combate, e argonauta em mar inóspito
transpuseste as Simplégades por mar 795
com ínclita navegação,
e quando à urbe Ílion antes famosa
o filho de Zeus cobriu com morte,
participando da bela glória 800
chegaste à Europa.

ΤΡΟΦΟΣ

ὦ φίλταται γυναῖκες, ὡς κακὸν κακῶι
διάδοχον ἐν τῆιδ' ἡμέραι πορσύνεται.
δέσποινα γὰρ κατ' οἶκον, Ἑρμιόνην λέγω,
πατρός τ' ἐρημωθεῖσα συννοίαι θ' ἅμα 805
οἷον δέδρακεν ἔργον, Ἀνδρομάχην κτανεῖν
καὶ παῖδα βουλεύσασα, κατθανεῖν θέλει,
πόσιν τρέμουσα, μὴ ἀντὶ τῶν δεδραμένων
ἐκ τῶνδ' ἀτίμως δωμάτων ἀποσταλῆι
[ἢ κατθάνηι κτείνουσα τοὺς οὐ χρὴ κτανεῖν]. 810
μόλις δέ νιν θέλουσαν ἀρτῆσαι δέρην
εἴργουσι φύλακες δμῶες ἔκ τε δεξιᾶς
ξίφη καθαρπάζουσιν ἐξαιρούμενοι.
οὕτω μεταλγεῖ καὶ τὰ πρὶν δεδραμένα
ἔγνωκε πράξασ' οὐ καλῶς. ἐγὼ μὲν οὖν 815
δέσποιναν εἴργουσ' ἀγχόνης κάμνω, φίλαι·
ὑμεῖς δὲ βᾶσαι τῶνδε δωμάτων ἔσω
θανάτου νιν ἐκλύσασθε· τῶν γὰρ ἠθάδων
φίλων νέοι μολόντες εὐπιθέστεροι.

ΧΟΡΟΣ

καὶ μὴν ἐν οἴκοις προσπόλων ἀκούομεν 820
βοὴν ἐφ' οἷσιν ἦλθες ἀγγέλλουσα σύ.
δείξειν δ' ἔοικεν ἡ τάλαιν' ὅσον στένει
πράξασα δεινά· δωμάτων γὰρ ἐκπερᾶι
φεύγουσα χεῖρας προσπόλων πόθωι θανεῖν.

ΕΡΜΙΟΝΗ

ἰώ μοί μοι· Est. 1
σπάραγμα κόμας ὀνύχων τε 826
δάϊ' ἀμύγματα θήσομαι.

[*Quarto episódio* (802-1008)]

NUTRIZ
Caríssimas amigas, que sucessivo
mal após mal neste dia se cumpre!
A dona da casa, digo, Hermíone,
só, sem o seu pai e, ainda, ciente 805
de que atos fez, ao tramar matar
Andrômaca e o filho, quer morrer,
por temer que o esposo a expulse,
por seus atos, de casa, sem honra,
ou morra por matar quem imérito. 810
A custo vígeis servos a impedem
de se enforcar e ao surpreenderem
arrancam a lâmina da mão direita.
Assim se arrepende e reconhece que
não bem fez o que antes fez. Amigas, 815
canso-me de afastar da forca a dona.
Vós, ide vós para dentro desta casa
e livrai-a da morte! Os novos amigos
mais bem persuadem que os de hábito.

CORO
Ouvimos, sim, no palácio, os gritos 820
dos servos como vieste nos anunciar.
Parece mísera mostrar quanto lastima
por terríveis atos. Ela sai do palácio
fugindo de servos, querendo morrer.

HERMÍONE
Ió moí moi! Est. 1
Puxões de cabelo e cruéis 826
arranhões de unhas farei.

ΤΡΟΦΟΣ

ὦ παῖ, τί δράσεις; σῶμα σὸν καταικιῆι;

ΕΡΜΙΟΝΗ

αἰαῖ αἰαῖ· Ant. 1
ἔρρ' αἰθέριον πλοκαμῶν ἐ- 830
μῶν ἄπο, λεπτόμιτον φάρος.

ΤΡΟΦΟΣ

τέκνον, κάλυπτε στέρνα, σύνδησον πέπλους.

ΕΡΜΙΟΝΗ

τί δὲ στέρνα δεῖ καλύπτειν πέπλοις; Est. 2
δῆλα καὶ ἀμφιφανῆ καὶ ἄκρυπτα δε-
δράκαμεν πόσιν. 835

ΤΡΟΦΟΣ

ἀλγεῖς φόνον ῥάψασα συγγάμωι σέθεν;

ΕΡΜΙΟΝΗ

κατὰ μὲν οὖν τόλμας στένω δαΐας, Ant. 2
ἃν ῥέξ' ἁ κατάρατος ἐγὼ κατάρατος ἀνθρώποις.

ΤΡΟΦΟΣ

συγγνώσεταί σοι τήνδ' ἁμαρτίαν πόσις. 840

ΕΡΜΙΟΝΗ

τί μοι ξίφος ἐκ χερὸς ἠγρεύσω;
ἀπόδος, ὦ φίλος, ἀπόδος, ἵν' ἀνταίαν
ἐρείσω πλαγάν· τί με βρόχων εἴργεις;

ΤΡΟΦΟΣ

ἀλλ' εἴ σ' ἀφείην μὴ φρονοῦσαν, ὡς θάνηις; 845

NUTRIZ

Ó filha, que farás? Feres a pele?

HERMÍONE

Aiaî aiaî! Ant. 1

Que te vás ao céu, véu 830

de finos fios de minhas tranças!

NUTRIZ

Ó filha, cobre o seio! Ata o véu!

HERMÍONE

Por que cobrir o seio com véu? Est. 2

Claros, abertos e descobertos

os meus atos perante o esposo. 835

NUTRIZ

Dói-te tramar a morte da rival?

HERMÍONE

Lastimo, sim, a audácia hostil Ant. 2

que cometi, eu, a execrável,

a execrável entre os mortais.

NUTRIZ

Teu esposo te perdoará o erro. 840

HERMÍONE

Por que me tiraste a faca da mão?

Dá-me, amigo, dá-me, que eu crave

golpe frontal. Por que me tiras o laço?

NUTRIZ

Deixaria que por desatino morresses? 845

ΕΡΜΙΟΝΗ

οἴμοι πότμου.
ποῦ μοι πυρὸς φίλα φλόξ;
ποῦ δ' ἐκ πέτρας ἀερθῶ,
<ἢ> κατὰ πόντον ἢ καθ' ὕλαν ὀρέων,
ἵνα θανοῦσα νερτέροισιν μέλω; 850

ΤΡΟΦΟΣ

τί ταῦτα μοχθεῖς; συμφοραὶ θεήλατοι
πᾶσιν βροτοῖσιν ἢ τότ' ἦλθον ἢ τότε.

ΕΡΜΙΟΝΗ

ἔλιπες ἔλιπες, ὦ πάτερ, ἐπακτίαν
μονάδ' ἔρημον οὖσαν ἐνάλου κώπας. 855
ὀλεῖ μ' ὀλεῖ με δηλαδὴ
πόσις· οὐκέτι τᾶιδ' ἐνοικήσω
νυμφιδίωι στέγαι.
τίνος ἄγαλμα θεῶν ἱκέτις ὁρμαθῶ;
ἢ δούλα δούλας γόνασι προσπέσω; 860
Φθιάδος ἐκ γᾶς
κυανόπτερος ὄρνις εἴθ' εἴην,
πευκᾶεν σκάφος ἆι διὰ κυανέ-
ας ἐπέρασεν ἀκτάς,
πρωτόπλοος πλάτα. 865

ΤΡΟΦΟΣ

ὦ παῖ, τὸ λίαν οὔτ' ἐκεῖν' ἐπήινεσα,
ὅτ' ἐς γυναῖκα Τρωιάδ' ἐξημάρτανες,
οὔτ' αὖ τὸ νῦν σου δεῖμ' ὃ δειμαίνεις ἄγαν.
οὐχ ὧδε κῆδος σὸν διώσεται πόσις
φαύλοις γυναικὸς βαρβάρου πεισθεὶς λόγοις. 870
οὐ γάρ τί σ' αἰχμάλωτον ἐκ Τροίας ἔχει,
ἀλλ' ἀνδρὸς ἐσθλοῦ παῖδα σὺν πολλοῖς λαβὼν
ἕδνοισι πόλεώς τ' οὐ μέσως εὐδαίμονος.
πατὴρ δέ σ' οὐχ ὧδ' ὡς σὺ δειμαίνεις, τέκνον,

HERMÍONE

Oímoi! Que destino!
Onde ter ígnea amiga chama?
Onde me lanço da pedra,
no mar ou no bosque dos montes,
para que morta importe aos ínferos? 850

NUTRIZ

Por que sofres? Injunções divinas
a todos os mortais ora vem, ora vão.

HERMÍONE

Partiste, partiste, ó pai, na praia
estou só, erma de navio do mar. 855
O marido me matará, me matará,
claro! Não habitarei nunca mais
esta moradia de minhas núpcias.
À imagem de que Deus suplico?
Serva aos joelhos de serva caio? 860
Fosse eu, além de Ftia,
ave de asas sombrias,
onde sombrias bordas
píneo barco transpôs,
o primeiro remo naval. 865

NUTRIZ

Ó filha, não aprovei aquele excesso,
ao errares quanto à mulher troiana,
nem agora este teu excessivo temor.
Teu marido não repelirá tua aliança,
fiado em falas vis de mulher bárbara. 870
Ele não como cativa de Troia te tem,
mas de bom pai filha de muitos dotes,
e de urbe com não menos bom Nume.
Ó filha, o pai não te deixará traidor

προδοὺς ἐάσει δωμάτων τῶνδ’ ἐκπεσεῖν. 875
ἀλλ’ εἴσιθ’ εἴσω μηδὲ φαντάζου δόμων
πάροιθε τῶνδε, μή τιν’ αἰσχύνην λάβηις
[πρόσθεν μελάθρων τῶνδ’ ὁρωμένη, τέκνον].

ΧΟΡΟΣ
καὶ μὴν ὅδ’ ἀλλόχρως τις ἔκδημος ξένος
σπουδῆι πρὸς ἡμᾶς βημάτων πορεύεται. 880

ΟΡΕΣΤΗΣ
ξέναι γυναῖκες, ἦ τάδ’ ἔστ’ Ἀχιλλέως
παιδὸς μέλαθρα καὶ τυραννικαὶ στέγαι;

ΧΟΡΟΣ
ἔγνως· ἀτὰρ δὴ πυνθάνηι τίς ὢν τάδε;

ΟΡΕΣΤΗΣ
Ἀγαμέμνονός τε καὶ Κλυταιμήστρας τόκος,
ὄνομα δ’ Ὀρέστης· ἔρχομαι δὲ πρὸς Διὸς 885
μαντεῖα Δωδωναῖ’. ἐπεὶ δ’ ἀφικόμην
Φθίαν, δοκεῖ μοι ξυγγενοῦς μαθεῖν περὶ
γυναικός, εἰ ζῆι κεὐτυχοῦσα τυγχάνει
ἡ Σπαρτιᾶτις Ἑρμιόνη· τηλουρὰ γὰρ
ναίουσ’ ἀφ’ ἡμῶν πεδί’ ὅμως ἐστὶν φίλη. 890

ΕΡΜΙΟΝΗ
ὦ ναυτίλοισι χείματος λιμὴν φανεὶς
Ἀγαμέμνονος παῖ, πρός σε τῶνδε γουνάτων
οἴκτιρον ἡμᾶς ὧν ἐπισκοπεῖς τύχας,
πράσσοντας οὐκ εὖ. στεμμάτων δ’ οὐχ ἥσσονας
σοῖς προστίθημι γόνασιν ὠλένας ἐμάς. 895

ΟΡΕΣΤΗΣ
ἔα·

banida de casa, como é teu receio. 875
Mas entra! Não te mostres defronte
do palácio! Não incorras no vexame
de ser vista diante da morada, ó filha!

CORO
Este estranho forasteiro de outra cor
vem a rápido passo em nossa direção. 880

ORESTES
Forasteiras mulheres, esta é a casa
e o palácio real do filho de Aquiles?

CORO
Certo, mas quem és tu que indagas?

ORESTES
Filho de Agamêmnon e Clitemnestra,
meu nome é Orestes, vou a Dodona 885
ao oráculo de Zeus. Porque cheguei
a Ftia, quero saber de minha parente
se está viva e por sorte tem boa sorte,
Hermíone de Esparta. Ainda que esteja
longe de nós, é contudo parente nossa. 890

HERMÍONE
Ó porto da tormenta surgido aos nautas,
filho de Agamêmnon, por teus joelhos,
apieda-te de nós, cuja sorte, como vês,
não vai bem! Não inferiores às coroas
ponho os meus braços em teus joelhos. 895

ORESTES
Éa!

τί χρῆμα; μῶν ἐσφάλμεθ' ἢ σαφῶς ὁρῶ
δόμων ἄνασσαν τήνδε Μενέλεω κόρην;

ΕΡΜΙΟΝΗ

ἥνπερ μόνην γε Τυνδαρὶς τίκτει γυνὴ
Ἑλένη κατ' οἴκους πατρί· μηδὲν ἀγνόει.

ΟΡΕΣΤΗΣ

ὦ Φοῖβ' ἀκέστορ, πημάτων δοίης λύσιν. 900
τί χρῆμα; πρὸς θεῶν ἢ βροτῶν πάσχεις κακά;

ΕΡΜΙΟΝΗ

τὰ μὲν πρὸς ἡμῶν, τὰ δὲ πρὸς ἀνδρὸς ὅς μ' ἔχει,
τὰ δ' ἐκ θεῶν του· πανταχῆι δ' ὀλώλαμεν.

ΟΡΕΣΤΗΣ

τίς οὖν ἂν εἴη μὴ πεφυκότων γέ πω
παίδων γυναικὶ συμφορὰ πλὴν ἐς λέχος; 905

ΕΡΜΙΟΝΗ

τοῦτ' αὐτὸ καὶ νοσοῦμεν· εὖ μ' ὑπηγάγου.

ΟΡΕΣΤΗΣ

ἄλλην τιν' εὐνὴν ἀντὶ σοῦ στέργει πόσις;

ΕΡΜΙΟΝΗ

τὴν αἰχμάλωτον Ἕκτορος ξυνευνέτιν.

ΟΡΕΣΤΗΣ

κακόν γ' ἔλεξας, δίσσ' ἕν' ἄνδρ' ἔχειν λέχη.

ΕΡΜΙΟΝΗ

τοιαῦτα ταῦτα. κᾆιτ' ἔγωγ' ἠμυνάμην. 910

O que é isso? Engano-me ou vejo claro
a rainha do palácio, a filha de Menelau?

HERMÍONE

A única que a mulher Tindárida Helena
procriou em casa para o pai, não ignores!

ORESTES

Ó Febo médico, dês a solução de males! 900
Que males sofres de Deuses ou mortais?

HERMÍONE

Uns de mim, outros do varão que me tem,
e outros de um Deus. Em tudo sucumbimos.

ORESTES

Que situação quando ainda sem filhos
uma mulher teria senão por suas núpcias? 905

HERMÍONE

Isso mesmo me aflige. Bem me sugeres.

ORESTES

O marido quer outro leito em vez de ti?

HERMÍONE

A companheira de Heitor cativa de guerra.

ORESTES

Disseste um mal, um varão ter dois leitos.

HERMÍONE

Assim é isso e então eu me defendi. 910

ΟΡΕΣΤΗΣ

μῶν ἐς γυναῖκ' ἔρραψας οἷα δὴ γυνή;

ΕΡΜΙΟΝΗ

φόνον γ' ἐκείνηι καὶ τέκνωι νοθαγενεῖ.

ΟΡΕΣΤΗΣ

κἄκτεινας, ἤ τις συμφορά σ' ἀφείλετο;

ΕΡΜΙΟΝΗ

γέρων γε Πηλεύς, τοὺς κακίονας σέβων.

ΟΡΕΣΤΗΣ

σοὶ δ' ἦν τις ὅστις τοῦδ' ἐκοινώνει φόνου; 915

ΕΡΜΙΟΝΗ

πατήρ γ' ἐπ' αὐτὸ τοῦτ' ἀπὸ Σπάρτης μολών.

ΟΡΕΣΤΗΣ

κἄπειτα τοῦ γέροντος ἡσσήθη χερί;

ΕΡΜΙΟΝΗ

αἰδοῖ γε· καί μ' ἔρημον οἴχεται λιπών.

ΟΡΕΣΤΗΣ

συνῆκα· ταρβεῖς τοῖς δεδραμένοις πόσιν.

ΕΡΜΙΟΝΗ

ἔγνως· ὀλεῖ γάρ μ' ἐνδίκως. τί δεῖ λέγειν; 920
ἀλλ' ἄντομαί σε Δία καλοῦσ' ὁμόγνιον,
πέμψον με χώρας τῆσδ' ὅποι προσωτάτω
ἢ πρὸς πατρῷιον μέλαθρον· ὡς δοκοῦσί γε
δόμοι τ' ἐλαύνειν φθέγμ' ἔχοντες οἵδε με,
μισεῖ τε γαῖα Φθιάς. εἰ δ' ἥξει πάρος 925
Φοίβου λιπὼν μαντεῖον ἐς δόμους πόσις,

ORESTES
Tramaste qual mulher contra mulher?

HERMÍONE
A morte para ela e seu filho bastardo.

ORESTES
E mataste ou uma situação te impediu?

HERMÍONE
O velho Peleu, reverente aos piores.

ORESTES
Quem estava contigo nessa matança? 915

HERMÍONE
O pai veio por isso mesmo de Esparta.

ORESTES
E então foi vencido pela mão do velho?

HERMÍONE
Por respeito, e deixando-me só, se foi.

ORESTES
Entendi, temes o esposo por teus atos.

HERMÍONE
Sim, justo me matará. Que devo dizer? 920
Suplico-te, invoco Zeus consanguíneo,
leva-me desta terra aonde é mais longe
ou ao palácio paterno, porque parece
que este palácio tem voz e expulsa-me,
odeia-me a terra Ftia. Se chegar antes 925
ao lar o esposo, lá do oráculo de Febo,

κτενεῖ μ' ἐπ' αἰσχίστοισιν, ἢ δουλεύσομεν
νόθοισι λέκτροις ὧν ἐδέσποζον πρὸ τοῦ.
πῶς οὖν τάδ', ὡς εἴποι τις, ἐξημάρτανον;
κακῶν γυναικῶν εἴσοδοί μ' ἀπώλεσαν, 930
αἵ μοι λέγουσαι τούσδ' ἐχαύνωσαν λόγους·
Σὺ τὴν κακίστην αἰχμάλωτον ἐν δόμοις
δούλην ἀνέξῃ σοι λέχους κοινουμένην;
μὰ τὴν ἄνασσαν, οὐκ ἂν ἔν γ' ἐμοῖς δόμοις
βλέπουσ' ἂν αὐγὰς τἄμ' ἐκαρποῦτ' ἂν λέχη. 935
κἀγὼ κλύουσα τούσδε Σειρήνων λόγους
[σοφῶν πανούργων ποικίλων λαλημάτων]
ἐξηνεμώθην μωρίαι. τί γάρ μ' ἐχρῆν
πόσιν φυλάσσειν, ᾗι παρῆν ὅσων ἔδει;
πολὺς μὲν ὄλβος, δωμάτων δ' ἠνάσσομεν, 940
παῖδας δ' ἐγὼ μὲν γνησίους ἔτικτον ἄν,
ἡ δ' ἡμιδούλους τοῖς ἐμοῖς νοθαγενεῖς.
ἀλλ' οὔποτ' οὔποτ' (οὐ γὰρ εἰσάπαξ ἐρῶ)
χρὴ τούς γε νοῦν ἔχοντας, οἷς ἔστιν γυνή,
πρὸς τὴν ἐν οἴκοις ἄλοχον ἐσφοιτᾶν ἐᾶν 945
γυναῖκας· αὗται γὰρ διδάσκαλοι κακῶν·
ἡ μέν τι κερδαίνουσα συμφθείρει λέχος,
ἡ δ' ἀμπλακοῦσα συννοσεῖν αὑτῆι θέλει,
πολλαὶ δὲ μαργότητι· κἀντεῦθεν δόμοι
νοσοῦσιν ἀνδρῶν. πρὸς τάδ' εὖ φυλάσσετε 950
κλήιθροισι καὶ μοχλοῖσι δωμάτων πύλας·
ὑγιὲς γὰρ οὐδὲν αἱ θύραθεν εἴσοδοι
δρῶσιν γυναικῶν, ἀλλὰ πολλὰ καὶ κακά.

ΧΟΡΟΣ

ἄγαν ἐφῆκας γλῶσσαν ἐς τὸ σύμφυτον.
συγγνωστὰ μέν νυν σοὶ τάδ', ἀλλ' ὅμως χρεὼν 955
κοσμεῖν γυναῖκας τὰς γυναικείας νόσους.

ΟΡΕΣΤΗΣ

σοφόν τι χρῆμα τοῦ διδάξαντος βροτοὺς

mata-me de modo vil, ou serei serva
de espúrio leito de que antes era dona.
Como cometi este erro, perguntariam.
Vindas, destruíram-me mulheres vis, 930
que me inflaram com estas palavras:
"Suportarás tu com a péssima cativa
serva da casa compartilhar teu leito?
Pela rainha, não seria em minha casa
que veria a luz e desfrutaria meu leito." 935
Quando ouvi estas palavras de Sirenes
de hábil, perversa, variada eloquência,
animou-me a luxúria. Por que eu devia
vigiar o esposo, se tinha quanto queria?
Grande é a riqueza e nosso é o palácio, 940
os filhos eu sim os procriaria legítimos,
e ela, os espúrios, meio servos meus.
Mas nunca, nunca, não direi uma vez só,
deve o varão inteligente que tem mulher
deixar que lhe visitem a esposa em casa 945
mulheres, pois elas são mestres de males:
uma, por algum ganho, corrompe o leito,
outra, por errar, quer cúmplices do erro,
e muitas, por deboche. Por isso as casas
de varões se turvam. Bem te guarda disso 950
com trancas e traves nas portas de casa!
Saudável nada fazem as mulheres vindas
de fora, mas elas fazem os muitos males.

CORO

Soltas demais a língua contra o gênero.
Isso te é perdoável. Mulheres, porém, 955
devem adornar os femininos distúrbios.

ORESTES

Sábio foi quem ensinou aos mortais

λόγους ἀκούειν τῶν ἐναντίων πάρα.
ἐγὼ γὰρ εἰδὼς τῶνδε σύγχυσιν δόμων
ἔριν τε τὴν σὴν καὶ γυναικὸς Ἕκτορος 960
φυλακὰς ἔχων ἔμιμνον, εἴτ' αὐτοῦ μενεῖς
εἴτ' ἐκφοβηθεῖσ' αἰχμαλωτίδος φόνωι
γυναικὸς οἴκων τῶνδ' ἀπηλλάχθαι θέλεις.
ἦλθον δὲ σὰς μὲν οὐ σέβων ἐπιστολάς,
εἰ δ' ἐνδιδοίης, ὥσπερ ἐνδίδως, λόγον 965
πέμψων σ' ἀπ' οἴκων τῶνδ'. ἐμὴ γὰρ οὖσα πρὶν
σὺν τῶιδε ναίεις ἀνδρὶ σοῦ πατρὸς κάκηι,
ὃς πρὶν τὰ Τροίας ἐσβαλεῖν ὁρίσματα
γυναῖκ' ἐμοί σε δοὺς ὑπέσχεθ' ὕστερον
τῶι νῦν σ' ἔχοντι, Τρωιάδ' εἰ πέρσοι πόλιν. 970
ἐπεὶ δ' Ἀχιλλέως δεῦρ' ἐνόστησεν γόνος,
σῶι μὲν συνέγνων πατρί, τὸν δ' ἐλισσόμην
γάμους ἀφεῖναι σούς, ἐμὰς λέγων τύχας
καὶ τὸν παρόντα δαίμον', ὡς φίλων μὲν ἂν
γήμαιμ' ἀπ' ἀνδρῶν, ἔκτοθεν δ' οὐ ῥαιδίως, 975
φεύγων ἀπ' οἴκων ἃς ἐγὼ φεύγω φυγάς.
ὁ δ' ἦν ὑβριστὴς ἔς τ' ἐμῆς μητρὸς φόνον
τάς θ' αἱματωποὺς θεὰς ὀνειδίζων ἐμοί.
κἀγὼ ταπεινὸς ὢν τύχαις ταῖς οἴκοθεν
ἤλγουν μὲν ἤλγουν, συμφορὰς δ' ἠνειχόμην, 980
σῶν δὲ στερηθεὶς ὠιχόμην ἄκων γάμων.
νῦν οὖν, ἐπειδὴ περιπετεῖς ἔχεις τύχας
καὶ ξυμφορὰν τήνδ' ἐσπεσοῦσ' ἀμηχανεῖς,
ἄξω σ' ἐς οἴκους καὶ πατρὸς δώσω χερί.
τὸ συγγενὲς γὰρ δεινόν, ἔν τε τοῖς κακοῖς 985
οὐκ ἔστιν οὐδὲν κρεῖσσον οἰκείου φίλου.

ΕΡΜΙΟΝΗ

νυμφευμάτων μὲν τῶν ἐμῶν πατὴρ ἐμὸς
μέριμναν ἕξει, κοὐκ ἐμὸν κρίνειν τόδε.
ἀλλ' ὡς τάχιστα τῶνδέ μ' ἔκπεμψον δόμων,
μὴ φθῆι σε προσβὰς δῶμα καί μ' ἑλὼν πόσις 990

ouvir as palavras vindas dos inimigos.
Eu, conhecendo a confusão desta casa
e a rixa entre ti e a mulher de Heitor, 960
com guardas esperava se ficarias aqui
ou se apavorada pela morte da mulher
cativa queres ir para longe desta casa.
Vim, não por reverência a tuas cartas,
mas caso desses razão tal como dás, 965
para levar-te desta casa. Antes minha,
tens esse marido por vileza de teu pai,
que antes de invadir os lindes de Troia
te deu a mim e depois te prometeu a esse
que ora te tem se pilhasse a urbe troiana. 970
Ao retornar aqui o filho de Aquiles,
perdoei teu pai, e supliquei-lhe que
permitisse tuas núpcias, dada a sorte
e o presente Nume, que entre os meus
me casaria, mas fora não me seria fácil, 975
banido da casa de que banido me exilo.
Ele foi violento e, pela morte da mãe
e Deusas sanguinárias, repreendeu-me.
Eu, humilde com a sorte de minha casa,
sofria, sofria, e suportava o infortúnio, 980
e privado de tuas núpcias parti forçado.
Agora, quando se reverteu a tua sorte,
e caíste nesse infortúnio sem recursos,
eu te conduzirei e darei à mão do pai.
Terrível é o ser congênito e nos males 985
não há nada mais forte que o de casa.

HERMÍONE

De meu casamento meu pai poderá
cuidar, e isso não me cabe decidir.
Mas tira-me o mais rápido desta casa!
Não me pegue em casa antes o marido! 990

ἢ πρέσβυς οἴκους μ' ἐξερημοῦσαν μαθὼν
Πηλεὺς μετέλθηι πωλικοῖς διώγμασιν.

ΟΡΕΣΤΗΣ

θάρσει γέροντος χεῖρα· τὸν δ' Ἀχιλλέως
μηδὲν φοβηθῆις παῖδ', ὅσ' εἰς ἔμ' ὕβρισεν.
τοία γὰρ αὐτῶι μηχανὴ πεπλεγμένη 995
βρόχοις ἀκινήτοισιν ἕστηκεν φόνου
πρὸς τῆσδε χειρός· ἣν πάρος μὲν οὐκ ἐρῶ,
τελουμένων δὲ Δελφὶς εἴσεται πέτρα.
ὁ μητροφόντης δ', ἢν δορυξένων ἐμῶν
μείνωσιν ὅρκοι Πυθικὴν ἀνὰ χθόνα, 1000
δείξω γαμεῖν σφε μηδέν' ὧν ἐχρῆν ἐμέ.
πικρῶς δὲ πατρὸς φόνιον αἰτήσει δίκην
ἄνακτα Φοῖβον· οὐδέ νιν μετάστασις
γνώμης ὀνήσει θεῶι διδόντα νῦν δίκας,
ἀλλ' ἔκ τ' ἐκείνου διαβολαῖς τε ταῖς ἐμαῖς 1005
κακῶς ὀλεῖται· γνώσεται δ' ἔχθραν ἐμήν.
ἐχθρῶν γὰρ ἀνδρῶν μοῖραν εἰς ἀναστροφὴν
δαίμων δίδωσι κοὐκ ἐᾶι φρονεῖν μέγα.

ΧΟΡΟΣ

ὦ Φοῖβε πυργώσας τὸν ἐν Ἰλίωι εὐτειχῆ πάγον Est. 1
καὶ πόντιε κυανέαις ἵπποις διφρεύ- 1011
ων ἅλιον πέλαγος,
τίνος οὕνεκ' ἄτιμον ὄργα-
νον χεροτεκτοσύνας Ἐ- 1015
νυαλίωι δοριμήστορι προσθέν-
τες τάλαιναν τάλαι-
ναν μεθεῖτε Τροίαν;

πλείστους δ' ἐπ' ἀκταῖσιν Σιμοεντίσιν εὐίππους ὄχους Ant. 1
ἐζεύξατε καὶ φονίους ἀνδρῶν ἁμίλ- 1020

Nem me persiga ao saber que desertei
da casa o velho Peleu em carro de potras!

ORESTES

Não temas a mão do velho! Não temas
o filho de Aquiles! Ele me ultrajou.
Tal trama contra ele se ergue urdida 995
com os implacáveis laços da morte
por minha mão. Não antes a direi,
mas, se for, a pedra délfica saberá.
Se juras de meus aliados perdurarem
no território pítio, eu, o matricida, 1000
direi não desposar quem eu devia.
Pedirá acre justiça pela morte do pai
ao rei Febo, nem lhe será útil mudar
de opinião por já dar justiça ao Deus,
mas por aquele Deus e meus ataques 1005
morrerá mal e conhecerá o meu ódio.
O Nume reverte a sorte dos varões
odiosos e não lhes permite soberbia.

[*Quarto estásimo* (1009-1046)]

CORO

Ó Febo, que bem torreaste a colina de Ílion, Est. 1
e tu, ó marinho auriga de sombrias éguas 1011
no salino pélago,
por que destes sem honra
obra de vossas hábeis mãos 1015
ao lanceiro Eniálio
e mísera, mísera
Troia deixastes?

Junto ao Simoente jungistes muitos carros Ant. 1
de belas éguas e fizestes sem coroas lutas 1020

λας ἔθετ᾽ ἀστεφάνους·
ἀπὸ δὲ φθίμενοι βεβᾶσιν
Ἰλιάδαι βασιλῆες,
οὐδ᾽ ἔτι πῦρ ἐπιβώμιον ἐν Τροί- 1025
αι θεοῖσιν λέλαμ-
πεν καπνῶι θυώδει.

βέβακε δ᾽ Ἀτρείδας ἀλόχου παλάμαις, Est. 2
αὐτά τ᾽ ἐναλλάξασα φόνον θανάτου
πρὸς τέκνων ἐπηῦρεν. 1030
θεοῦ θεοῦ νιν κέλευσμ᾽ ἐπεστράφη
μαντόσυνον, ὅτε νιν Ἄργος ἐμπορευθεὶς
Ἀγαμεμνόνιος κέλωρ, ἀδύτων ἀποβάς,
ἔκταν᾽, ὧν ματρὸς φονεύς. 1035
ὦ δαῖμον, ὦ Φοῖβε, πῶς πείθομαι;

πολλαὶ δ᾽ ἀν᾽ Ἑλλάνων ἀγόρους στοναχαὶ Ant. 2
μέλποντο δυστάνων τεκέων, ἄλοχοι δ᾽
ἐξέλειπον οἴκους 1040
πρὸς ἄλλον εὐνάτορ᾽. οὐχὶ σοὶ μόναι
δύσφρονες ἐνέπεσον, οὐ φίλοισι, λῦπαι·
νόσον Ἑλλὰς ἔτλα, νόσον· διέβα δὲ Φρυγῶν
καὶ πρὸς εὐκάρπους γύας 1045
σκηπτὸς σταλάσσων Δαναΐδαις φόνον.

ΠΗΛΕΥΣ
Φθιώτιδες γυναῖκες, ἱστοροῦντί μοι
σημήνατ᾽· ἠισθόμην γὰρ οὐ σαφῆ λόγον
ὡς δώματ᾽ ἐκλιποῦσα Μενέλεω κόρη
φρούδη τάδ᾽· ἥκω δ᾽ ἐκμαθεῖν σπουδὴν ἔχων 1050
εἰ ταῦτ᾽ ἀληθῆ· τῶν γὰρ ἐκδήμων φίλων
δεῖ τοὺς κατ᾽ οἶκον ὄντας ἐκπονεῖν τύχας.

letais de varões,
os soberanos de Ílion
extintos sucumbiram
e não mais arde o altar 1025
aos Deuses em Troia
com fumo de incenso.

Atrida se foi sob golpes da esposa Est. 2
e ela em paga dessa morte
foi morta por seus filhos. 1030
Do Deus, do Deus a voz pressaga
abateu-a, quando ao vir do ádito
a Argos o Agamemnônida
matador da mãe a matou. 1035
Ó Nume, ó Febo, como crer?

Nas ágoras gregas muitos gemidos Ant. 2
ecoavam por míseros filhos,
esposas deixaram casas 1040
por outro marido; não só em ti
e nos teus caíram tristes dores.
Grécia teve dano, dano e foi
até os férteis campos frígios 1045
a procela sangrenta dos dânaos.

[*Êxodo* (1047-1288)]

PELEU

Mulheres de Ftia, a mim, que indago,
indicai, pois não obtive palavra clara,
se a filha de Menelau deixou esta casa
e partiu! Venho no empenho de saber 1050
se isso é verdade, pois os de casa devem
cuidar da sorte dos seus que estão fora.

ΧΟΡΟΣ

Πηλεῦ, σαφῶς ἤκουσας· οὐδ' ἐμοὶ καλὸν
κρύπτειν ἐν οἷς παροῦσα τυγχάνω κακοῖς·
βασίλεια γὰρ τῶνδ' οἴχεται φυγὰς δόμων. 1055

ΠΗΛΕΥΣ

τίνος φόβου τυχοῦσα; διαπέραινέ μοι.

ΧΟΡΟΣ

πόσιν τρέμουσα, μὴ δόμων νιν ἐκβάλῃι.

ΠΗΛΕΥΣ

μῶν ἀντὶ παιδὸς θανασίμων βουλευμάτων;

ΧΟΡΟΣ

ναί, καὶ γυναικὸς αἰχμαλωτίδος φόνωι.

ΠΗΛΕΥΣ

σὺν πατρὶ δ' οἴκους ἢ τίνος λείπει μέτα; 1060

ΧΟΡΟΣ

Ἀγαμέμνονός νιν παῖς βέβηκ' ἄγων χθονός.

ΠΗΛΕΥΣ

ποίαν περαίνων ἐλπίδ'; ἦ γῆμαι θέλων;

ΧΟΡΟΣ

καὶ σῶι γε παιδὸς παιδὶ πορσύνων μόρον.

ΠΗΛΕΥΣ

κρυπτὸς καταστὰς ἢ κατ' ὄμμ' ἐλθὼν μάχηι;

ΧΟΡΟΣ

ἁγνοῖς ἐν ἱεροῖς Λοξίου Δελφῶν μέτα. 1065

CORO

Peleu, ouviste claro, e não me cabe
ocultar os males em que me encontro,
pois a rainha desta casa foi ao exílio. 1055

PELEU

Com medo de quê? Conta-me tudo.

CORO

Temia que o esposo a banisse de casa.

PELEU

Porque tramou a morte da criança?

CORO

Sim, e a morte da cativa de guerra.

PELEU

Deixou a casa com o pai ou quem? 1060

CORO

O Agamemnônida veio e a levou.

PELEU

Com que esperança? Quer casar-se?

CORO

E dispor morte ao teu filho de filho.

PELEU

Às ocultas ou em combate aberto?

CORO

No puro templo de Lóxias com delfos. 1065

ΠΗΛΕΥΣ

οἴμοι· τόδ' ἤδη δεινόν. οὐχ ὅσον τάχος
χωρήσεταί τις Πυθικὴν πρὸς ἑστίαν
καὶ τἀνθάδ' ὄντα τοῖς ἐκεῖ λέξει φίλοις,
πρὶν παῖδ' Ἀχιλλέως κατθανεῖν ἐχθρῶν ὕπο;

ΑΓΓΕΛΟΣ

ὤμοι μοι·
οἵας ὁ τλήμων ἀγγελῶν ἥκω τύχας 1070
σοί τ', ὦ γεραιέ, καὶ φίλοισι δεσπότου.

ΠΗΛΕΥΣ

αἰαῖ· πρόμαντις θυμὸς ὥς τι προσδοκᾶι.

ΑΓΓΕΛΟΣ

οὐκ ἔστι σοι παῖς παιδός, ὡς μάθηις, γέρον
Πηλεῦ· τοιάσδε φασγάνων πληγὰς ἔχει
Δελφῶν ὑπ' ἀνδρῶν καὶ Μυκηναίου ξένου. 1075

ΧΟΡΟΣ

ἆ ἆ, τί δράσεις, ὦ γεραιέ; μὴ πέσηις·
ἔπαιρε σαυτόν.

ΠΗΛΕΥΣ

οὐδέν εἰμ'· ἀπωλόμην.
φρούδη μὲν αὐδή, φροῦδα δ' ἄρθρα μου κάτω.

ΑΓΓΕΛΟΣ

ἄκουσον, εἰ καὶ σοῖς φίλοις ἀμυναθεῖν
χρήιζεις, τὸ πραχθέν, σὸν κατορθώσας δέμας. 1080

ΠΗΛΕΥΣ

ὦ μοῖρα, γήρως ἐσχάτοις πρὸς τέρμασιν
οἵα με τὸν δύστηνον ἀμφιβᾶσ' ἔχεις.

PELEU

Oímoi! Terrível é isto! Vá o mais rápido
alguém à lareira de Delfos e anuncia
o daqui aos meus de lá, antes de ser
o filho de Aquiles morto por inimigos.

MENSAGEIRO

Ómoi moi!
Venho anunciar miserável que sorte, 1070
ó velho, a ti e aos familiares do rei!

PELEU

Aiaî! Algo o ânimo adivinho prevê!

MENSAGEIRO

Não tens mais o filho de filho, sabe,
ó velho Peleu! Tantos golpes de faca
delfos e forasteiro micênio lhe deram! 1075

CORO

Â â! Que farás, ó velho? Não caias!
Ergue-te!

PELEU

Não sou nada, sucumbi,
sumiu voz, sumiram pés sob mim!

MENSAGEIRO

Ouve o fato e levanta-te, se tu
ainda queres defender os teus! 1080

PELEU

Ó Parte, nos últimos confins da velhice,
quão miserável me tens em teu âmbito!

πῶς δ' οἴχεταί μοι παῖς μόνου παιδὸς μόνος;
σήμαιν'· ἀκοῦσαι δ' οὐκ ἀκούσθ' ὅμως θέλω.

ΑΓΓΕΛΟΣ

ἐπεὶ τὸ κλεινὸν ἤλθομεν Φοίβου πέδον, 1085
τρεῖς μὲν φαεννὰς ἡλίου διεξόδους
θέαι διδόντες ὄμματ' ἐξεπίμπλαμεν.
καὶ τοῦθ' ὕποπτον ἦν ἄρ'· ἔς τε συστάσεις
κύκλους τ' ἐχώρει λαὸς οἰκήτωρ θεοῦ.
Ἀγαμέμνονος δὲ παῖς διαστείχων πόλιν 1090
ἐς οὖς ἑκάστωι δυσμενεῖς ηὔδα λόγους·
Ὁρᾶτε τοῦτον, ὃς διαστείχει θεοῦ
χρυσοῦ γέμοντα γύαλα, θησαυροὺς βροτῶν,
τὸ δεύτερον παρόνθ' ἐφ' οἷσι καὶ πάρος
δεῦρ' ἦλθε, Φοίβου ναὸν ἐκπέρσαι θέλων; 1095
κἀκ τοῦδ' ἐχώρει ῥόθιον ἐν πόλει κακόν,
ἀρχαῖσί τ' ἐπληροῦτο βουλευτήρια
ἰδίαι θ' ὅσοι θεοῦ χρημάτων ἐφέστασαν
φρουρὰν ἐτάξαντ' ἐν περιστύλοις δόμοις.
ἡμεῖς δὲ μῆλα, φυλλάδος Παρνασίας 1100
παιδεύματ', οὐδὲν τῶνδέ πω πεπυσμένοι,
λαβόντες ἦιμεν ἐσχάραις τ' ἐφέσταμεν
σὺν προξένοισι μάντεσίν τε Πυθικοῖς.
καί τις τόδ' εἶπεν· Ὦ νεανία, τί σοι
θεῶι κατευξώμεσθα; τίνος ἥκεις χάριν; 1105
ὁ δ' εἶπε· Φοίβωι τῆς πάροιθ' ἁμαρτίας
δίκας παρασχεῖν βουλόμεσθ'· ἤιτησα γὰρ
πατρός ποτ' αὐτὸν αἵματος δοῦναι δίκην.
κἀνταῦθ' Ὀρέστου μῦθος ἰσχύων μέγα
ἐφαίνεθ', ὡς ψεύδοιτο δεσπότης ἐμός, 1110
ἥκων ἐπ' αἰσχροῖς. ἔρχεται δ' ἀνακτόρων
κρηπῖδος ἐντός, ὡς πάρος χρηστηρίων
εὔξαιτο Φοίβωι, τυγχάνει δ' ἐν ἐμπύροις·
τῶι δὲ ξιφήρης ἆρ' ὑφειστήκει λόχος
δάφνηι σκιασθείς, ὧν Κλυταιμήστρας τόκος 1115

Como foi o filho único do filho único?
Diz! Ainda que inaudível, quero ouvir.

MENSAGEIRO

Ao irmos à ínclita região de Febo, 1085
por três brilhantes cursos do sol,
saciávamos de dar vistas à visão.
Ora, isto era suspeito: recolhia-se
em círculos o povo íncola de Deus.
O Agamemnônida percorria a urbe, 1090
e dizia a cada ouvinte falas hostis:
"Vede quem vem aos vales de Deus
cheios de ouro, ofertas de mortais,
aqui de novo presente, onde antes
esteve para pilhar templo de Febo?" 1095
E seu murmúrio vil percorria a urbe.
Os magistrados lotavam o conselho,
e todos os vigias dos bens de Deus
se dispuseram no peristilo do templo.
Nós, com os anhos nutridos de relvas 1100
do Parnaso, ainda ignorávamos isso,
fomos aos altares e estávamos juntos
dos próxenos e dos píticos profetas.
E um disse: "Ó jovem, o que ao Deus
pediremos por ti? Por que tu vieste?" 1105
Ele disse: "A Febo, por anterior erro,
queremos prestar justiça, pois pedi
que me desse justiça da morte do pai."
Aí a fala de Orestes com muita força
mostrava que o meu senhor mentia 1110
e viera por maldade. E entra no átrio
do santuário para diante dos oráculos
orar a Febo e encontra-se entre piras.
Esperavam por ele ocultos com faca
sob o loureiro, entre os quais o autor 1115

εἷς ἦν, ἁπάντων τῶνδε μηχανορράφος.
χὠ μὲν κατ' ὄμμα στὰς προσεύχεται θεῶι,
οἱ δ' ὀξυθήκτοις φασγάνοις ὡπλισμένοι
κεντοῦσ' ἀτευχῆ παῖδ' Ἀχιλλέως λάθραι.
χωρεῖ δὲ πρύμναν· οὐ γὰρ ἐς καιρὸν τυπεὶς　　1120
ἐτύγχαν'· ἐξέλκει δὲ καὶ παραστάδος
κρεμαστὰ τεύχη πασσάλων καθαρπάσας
ἔστη 'πὶ βωμοῦ γοργὸς ὁπλίτης ἰδεῖν,
βοᾶι δὲ Δελφῶν παῖδας ἱστορῶν τάδε·
Τίνος μ' ἕκατι κτείνετ' εὐσεβεῖς ὁδοὺς　　1125
ἥκοντα; ποίας ὄλλυμαι πρὸς αἰτίας;
τῶν δ' οὐδὲν οὐδεὶς μυρίων ὄντων πέλας
ἐφθέγξατ', ἀλλ' ἔβαλλον ἐκ χειρῶν πέτροις.
πυκνῆι δὲ νιφάδι πάντοθεν σποδούμενος
προύτεινε τεύχη κἀφυλάσσετ' ἐμβολὰς　　1130
ἐκεῖσε κἀκεῖσ' ἀσπίδ' ἐκτείνων χερί.
ἀλλ' οὐδὲν ἦνον, ἀλλὰ πόλλ' ὁμοῦ βέλη,
οἰστοί, μεσάγκυλ' ἔκλυτοί τ' ἀμφώβολοι
σφαγῆς ἐχώρουν βουπόροι ποδῶν πάρος.
δεινὰς δ' ἂν εἶδες πυρρίχας φρουρουμένου　　1135
βέλεμνα παιδός. ὡς δέ νιν περισταδὸν
κύκλωι κατεῖχον οὐ διδόντες ἀμπνοάς,
βωμοῦ κενώσας δεξίμηλον ἐσχάραν,
τὸ Τρωϊκὸν πήδημα πηδήσας ποδοῖν
χωρεῖ πρὸς αὐτούς· οἱ δ' ὅπως πελειάδες　　1140
ἱέρακ' ἰδοῦσαι πρὸς φυγὴν ἐνώτισαν.
πολλοὶ δ' ἔπιπτον μιγάδες ἔκ τε τραυμάτων
αὐτοί θ' ὑφ' αὑτῶν στενοπόρους κατ' ἐξόδους.
κραυγὴ δ' ἐν εὐφήμοισι δύσφημος δόμοις
πέτραισιν ἀντέκλαγξ'· ἐν εὐδίαι δέ πως　　1145
ἔστη φαεννοῖς δεσπότης στίλβων ὅπλοις,
πρὶν δή τις ἀδύτων ἐκ μέσων ἐφθέγξατο
δεινόν τι καὶ φρικῶδες, ὦρσε δὲ στρατὸν
στρέψας πρὸς ἀλκήν. ἔνθ' Ἀχιλλέως πίτνει
παῖς ὀξυθήκτωι πλευρὰ φασγάνωι τυπεὶς　　1150

do plano era o filho de Clitemnestra.
E à vista de pé fazia a prece ao Deus.
Eles com as facas pontiagudas ferem
de súbito o filho de Aquiles inerme.
Ele recua, por sorte não foi atingido 1120
em ponto fatal, pilha e saca as armas
suspensas pelas cavilhas da coluna,
de pé no altar hoplita terrível de ver
e grita inquirindo os filhos de Delfos:
"Por que me matais quando sou pio 1125
peregrino? Por que razão sucumbo?"
Nenhum dos mil que estavam perto
falou, mas das mãos lançavam pedras.
Moído de todo lado por granizo denso,
ergue armas e defende-se dos ataques 1130
com o escudo na mão, ora lá, ora cá.
Mas era inócuo. Muitos dardos juntos,
flechas, fundas, velozes lanças duplas
de imolar bois caíam diante dos pés.
Verias terríveis pírricas, ao guardar-se 1135
dos dardos teu filho. Quando cercado,
ao fechar-se o círculo sem dar fôlego,
ele deixa a lareira sacrificial do altar,
e com o salto troiano dos dois pés
ataca-os, e eles, tais quais as pombas 1140
quando veem o falcão, retrocederam.
Muitos caíam, misturados e feridos
por si mesmos pelas estreitas saídas.
Clamor díssono em bendito templo
ressoa nas pedras. Por sua serenidade 1145
o senhor de pé brilha com armas fúlgidas,
antes de alguém do ádito dar um grito
terrível e arrepiante e concitar a tropa
à resistência. O filho de Aquiles cai
ferido no flanco com faca pontiaguda 1150

[Δελφοῦ πρὸς ἀνδρὸς ὅσπερ αὐτὸν ὤλεσεν]
πολλῶν μετ' ἄλλων· ὡς δὲ πρὸς γαῖαν πίτνει,
τίς οὐ σίδηρον προσφέρει, τίς οὐ πέτρον,
βάλλων ἀράσσων; πᾶν δ' ἀνήλωται δέμας
τὸ καλλίμορφον τραυμάτων ὕπ' ἀγρίων. 1155
νεκρὸν δὲ δή νιν κείμενον βωμοῦ πέλας
ἐξέβαλον ἐκτὸς θυοδόκων ἀνακτόρων.
ἡμεῖς δ' ἀναρπάσαντες ὡς τάχος χεροῖν
κομίζομέν νίν σοι κατοιμῶξαι γόοις
κλαῦσαί τε, πρέσβυ, γῆς τε κοσμῆσαι τάφωι. 1160
τοιαῦθ' ὁ τοῖς ἄλλοισι θεσπίζων ἄναξ,
ὁ τῶν δικαίων πᾶσιν ἀνθρώποις κριτής,
δίκας διδόντα παῖδ' ἔδρασ' Ἀχιλλέως.
ἐμνημόνευσε δ' ὥσπερ ἄνθρωπος κακὸς
παλαιὰ νείκη· πῶς ἂν οὖν εἴη σοφός; 1165

ΧΟΡΟΣ

καὶ μὴν ὅδ' ἄναξ ἤδη φοράδην
Δελφίδος ἐκ γῆς δῶμα πελάζει.
τλήμων ὁ παθών, τλήμων δέ, γέρον,
καὶ σύ· δέχηι γὰρ τὸν Ἀχίλλειον
σκύμνον ἐς οἴκους οὐχ ὡς σὺ θέλεις, 1170
αὐτὸς δὲ κακοῖς
εἰς ἓν μοίρας συνέκυρσας.

ΠΗΛΕΥΣ

ὤμοι ἐγώ, κακὸν οἷον ὁρῶ τόδε Est. 1
καὶ δέχομαι χερὶ δώμασιν ἁμοῖς.
ἰώ μοί μοι, αἰαῖ· 1175
ὦ πόλι Θεσσαλίας, διολώλαμεν,
οἰχόμεθ'· οὐκέτι μοι γένος, οὐ τέκνα λείπεται οἴκοις.
ὦ σχέτλιος παθέων ἐγώ· †εἰς τίνα
δὴ φίλον αὐγὰς βαλὼν τέρψομαι;† 1180
ὦ φίλιον στόμα καὶ γένυ καὶ χέρες,

por aquele varão delfo que o matou
com muitos outros. Caído no chão,
quem não verte ferro, não apedreja,
lançando, ferindo? Recoberto por
selvagens lesões o corpo formoso, 1155
já morto jazendo próximo do altar,
retiraram-no do incensado santuário.
Nós, rápido, tomando-o nas mãos,
transportamos para ti, para o choro
e pranto gemente, velho, e funerais. 1160
Assim o rei que vaticina a outros,
juiz da justiça de todos os homens,
fez o filho de Aquiles dar justiça.
Lembrou-se, tal qual homem vil,
de antigas rixas. Como seria sábio? 1165

CORO

Olha lá! O rei, sendo transladado
da terra délfica, já chega em casa.
Mísero o morto e mísero tu, velho!
Recebas o filho de Aquiles
em casa não como querias! 1170
Deparaste
tu mesmo com males.

PELEU

Ómoi! Que mal me vem aos olhos Est. 1
e recebo em mãos em minha casa!
Ió moí moi, *aiaî!* 1175
Ó urbe tessália! Sucumbimos,
fomos, não mais sou nem os filhos em casa!
Ó miserável de mim! Olhando
qual dos meus terei prazer? 1180
Ó boca, barba e mãos amadas,

εἴθε σ' ὑπ' Ἰλίωι ἤναρε δαίμων
Σιμοεντίδα παρ' ἀκτάν.

ΧΟΡΟΣ

οὕτως ἂν ὡς ἐκ τῶνδ' ἐτιμᾶτ' ἄν, γέρον,
θανών, τὸ σὸν δ' ἦν ὧδ' ἂν εὐτυχέστερον. 1185

ΠΗΛΕΥΣ

ὦ γάμος, ὦ γάμος, ὃς τάδε δώματα Ant. 1
καὶ πόλιν ὤλεσας ὤλεσας ἁμάν.
αἰαῖ, ἒ ἔ, ὦ παῖ·
†μήποτε σῶν λεχέων τὸ δυσώνυμον
ὤφελ' ἐμὸν γένος εἰς τέκνα καὶ δόμον ἀμφιβαλέσθαι 1190
Ἑρμιόνας Ἀίδαν ἐπὶ σοί, τέκνον,†
ἀλλὰ κεραυνῶι πρόσθεν ὀλέσθαι·
μηδ' ἐπὶ τοξοσύναι φονίωι πατρὸς
αἷμα τὸ διογενές ποτε Φοῖβον 1195
βροτὸς ἐς θεὸν ἀνάψαι.

ΧΟΡΟΣ

ὀττοτοτοτοῖ, θανόντα δεσπόταν γόοις Est. 2
νόμωι τῶι νερτέρων κατάρξω. 1200

ΠΗΛΕΥΣ

ὀττοτοτοτοῖ, διάδοχά <σοι> τάλας ἐγὼ
γέρων καὶ δυστυχὴς δακρύω.

ΧΟΡΟΣ

θεοῦ γὰρ αἶσα, θεὸς ἔκρανε συμφοράν.

ΠΗΛΕΥΣ

ὦ φίλος, δόμον ἔλιπες ἔρημον, 1205
[ὤμοι μοι, ταλαίπωρον ἐμὲ]
γέροντ' ἄπαιδα νοσφίσας.

matasse-te o Nume em Ílion
à beira do Simoente!

CORO

Se ele assim morresse, teríeis honra,
velho! Tão mais feliz seria tua sorte! 1185

PELEU

Ó núpcias, ó núpcias, anulastes Ant. 1
esta casa e nossa urbe anulastes!
Aiaî, *è é!* Ó filho,
nunca o mau nome de tua esposa
envolvesse o meu ser, os filhos e a casa! 1190
Hermíone, Hades, para ti, filho!
Mas antes morresse fulminada!
Por letal arte do arco, mortal
nunca atribuísses a morte do pai 1195
ao Deus filho de Zeus, Febo!

CORO

Ottotototoî! Consagrarei com ais Est. 2
o senhor morto à lei dos ínferos. 1200

PELEU

Ottotototoî! Em seguida eu mísero
velho e com má sorte pranteio.

CORO

Deus deu, Deus fez a situação.

PELEU

Ó caro, desertaste desta casa! 1205
Ómoi moi! Miserável de mim!
Fizeste-me um velho sem filho!

ΧΟΡΟΣ

θανεῖν θανεῖν σε, πρέσβυ, χρῆν πάρος τέκνων.

ΠΗΛΕΥΣ

οὐ σπαράξομαι κόμαν,
οὐκ ἐμῶι 'πιθήσομαι 1210
κάραι κτύπημα χειρὸς ὀλοόν; ὦ πόλις,
διπλῶν τέκνων μ' ἐστέρησε Φοῖβος.

ΧΟΡΟΣ

ὦ κακὰ παθὼν ἰδών τε δυστυχὲς γέρον, Ant. 2
τίν' αἰῶν' ἐς τὸ λοιπὸν ἕξεις; 1215

ΠΗΛΕΥΣ

ἄτεκνος ἔρημος, οὐκ ἔχων πέρας κακῶν
διαντλήσω πόνους ἐς Ἅιδαν.

ΧΟΡΟΣ

μάτην δέ σ' ἐν γάμοισιν ὤλβισαν θεοί.

ΠΗΛΕΥΣ

ἀμπτάμενα φροῦδα πάντ' ἐκεῖνα
κόμπων μεταρσίων πρόσω. 1220

ΧΟΡΟΣ

μόνος μόνοισιν ἐν δόμοις ἀναστρέφηι.

ΠΗΛΕΥΣ

οὐκέτ' ἐστί μοι πόλις,
σκῆπτρά τ' ἐρρέτω τάδε·
σύ τ', ὦ κατ' ἄντρα νύχια Νηρέως κόρα,
πανώλεθρόν μ' ὄψεαι πίτνοντα. 1225

ΧΟΡΟΣ

ἰὼ ἰώ·

CORO

Devias morrer, morrer, velho, antes dos filhos!

PELEU

Não arrancarei o cabelo?
Não me aplicarei à cabeça 1210
golpes de mão de luto? Ó urbe,
Febo me privou de dois filhos!

CORO

Tiveste e viste males, velho de má sorte! Ant. 2
Que vida terás doravante? 1215

PELEU

Sem filho, a sós, sem limite de males
suportarei as fadigas até Hades.

CORO

Deuses te felicitaram núpcias em vão.

PELEU

Tudo lá se foi em voo
longe de alarde exaltado. 1220

CORO

Voltas a sós à casa a sós.

PELEU

Não mais tenho a urbe.
Que este cetro se vá!
Ó filha de Nereu na gruta noturna,
tu me verás cair todo destruído. 1225

CORO

Iò ió!

τί κεκίνηται, τίνος αἰσθάνομαι
θείου; κοῦραι, λεύσσετ' ἀθρήσατε·
δαίμων ὅδε τις λευκὴν αἰθέρα
πορθμευόμενος τῶν ἱπποβότων
Φθίας πεδίων ἐπιβαίνει. 1230

ΘΕΤΙΣ

Πηλεῦ, χάριν σοι τῶν πάρος νυμφευμάτων
ἥκω Θέτις λιποῦσα Νηρέως δόμους.
καὶ πρῶτα μέν σοι τοῖς παρεστῶσιν κακοῖς
μηδέν τι λίαν δυσφορεῖν παρῄνεσα·
κἀγὼ γάρ, ἣν ἄκλαυτ' ἐχρῆν τίκτειν τέκνα, 1235
θεὰν γεγῶσαν καὶ θεοῦ πατρὸς τέκος, 1254
ἀπώλεσ' ἐκ σοῦ παῖδα τὸν ταχὺν πόδας 1236
Ἀχιλλέα τεκοῦσα πρῶτον Ἑλλάδος.
ὧν δ' οὕνεκ' ἦλθον σημανῶ, σὺ δ' ἐνδέχου.
τὸν μὲν θανόντα τόνδ' Ἀχιλλέως γόνον
θάψον πορεύσας Πυθικὴν πρὸς ἐσχάραν, 1240
Δελφοῖς ὄνειδος, ὡς ἀπαγγέλλῃ τάφος
φόνον βίαιον τῆς Ὀρεστείας χερός·
γυναῖκα δ' αἰχμάλωτον, Ἀνδρομάχην λέγω,
Μολοσσίαν γῆν χρὴ κατοικῆσαι, γέρον,
Ἑλένωι συναλλαχθεῖσαν εὐναίοις γάμοις, 1245
καὶ παῖδα τόνδε, τῶν ἀπ' Αἰακοῦ μόνον
λελειμμένον δή. βασιλέα δ' ἐκ τοῦδε χρὴ
ἄλλον δι' ἄλλου διαπερᾶν Μολοσσίας
εὐδαιμονοῦντας· οὐ γὰρ ὧδ' ἀνάστατον
γένος γενέσθαι δεῖ τὸ σὸν κἀμόν, γέρον, 1250
Τροίας τε· καὶ γὰρ θεοῖσι κἀκείνης μέλει,
καίπερ πεσούσης Παλλάδος προθυμίαι.
σὲ δ', ὡς ἂν εἰδῇς τῆς ἐμῆς εὐνῆς χάριν, 1253
κακῶν ἀπαλλάξασα τῶν βροτησίων 1255
ἀθάνατον ἄφθιτόν τε ποιήσω θεόν.
κἄπειτα Νηρέως ἐν δόμοις ἐμοῦ μέτα
τὸ λοιπὸν ἤδη θεὸς συνοικήσεις θεᾶι·

Que se moveu? Que percebo
de Deus? Filhas, olhai, vede!
Um Nume por alvo fulgor
aí se transporta às planícies
nutrizes de cavalos de Ftia. 1230

TÉTIS

Ó Peleu, a ti por antigas núpcias
venho, Tétis, do palácio de Nereu.
Primeiro te aconselho que não te
aflijas demais nos males presentes.
Eu, que devia sem pranto gerar, 1235
Deusa nascida e filha de pai Deus, 1254
perdi o filho tido contigo, Aquiles 1236
de pés velozes primeiro da Grécia.
Por que vim, eu direi, e tu, aceita!
A este aqui morto filho de Aquiles
transporta à lareira pítia e sepulta, 1240
censura a Delfos, que a tumba diga
morte violenta por mão de Orestes;
e a mulher cativa, digo Andrômaca,
deve viver na terra molóssia, velho,
unida a Heleno em leito nupcial, 1245
e este menino, o único dos Eácidas
restante; e por ele um rei depois
de outro deve dirigir a Molóssia
com bom Nume. Não tão destruída
deve ser a prole tua e minha, velho, 1250
e de Troia, que Deuses ainda velam,
ainda que caída por ânimo de Palas.
A ti, para teres graça de meu leito, 1253
te afastarei dos males dos mortais, 1255
e farei imortal imperecível Deus.
Depois em casa de Nereu comigo
já Deus conviverás com Deusa;

ἔνθεν κομίζων ξηρὸν ἐκ πόντου πόδα
τὸν φίλτατόν σοι παῖδ' ἐμοί τ' Ἀχιλλέα 1260
ὄψῃ δόμους ναίοντα νησιωτικοὺς
Λευκὴν κατ' ἀκτὴν ἐντὸς ἀξένου πόρου.
ἀλλ' ἕρπε Δελφῶν ἐς θεόδμητον πόλιν
νεκρὸν κομίζων τόνδε, καὶ κρύψας χθονὶ
ἐλθὼν παλαιᾶς χοιράδος κοῖλον μυχὸν 1265
Σηπιάδος ἵζου· μίμνε δ' ἔστ' ἂν ἐξ ἁλὸς
λαβοῦσα πεντήκοντα Νηρῄδων χορὸν
ἔλθω κομιστήν σου· τὸ γὰρ πεπρωμένον
δεῖ σ' ἐκκομίζειν, Ζηνὶ γὰρ δοκεῖ τάδε.
παῦσαι δὲ λύπης τῶν τεθνηκότων ὕπερ· 1270
πᾶσιν γὰρ ἀνθρώποισιν ἥδε πρὸς θεῶν
ψῆφος κέκρανται κατθανεῖν τ' ὀφείλεται.

ΠΗΛΕΥΣ

ὦ πότνι', ὦ γενναῖα συγκοιμήματα,
Νηρέως γένεθλον, χαῖρε· ταῦτα δ' ἀξίως
σαυτῆς τε ποιεῖς καὶ τέκνων τῶν ἐκ σέθεν. 1275
παύω δὲ λύπην σοῦ κελευούσης, θεά,
καὶ τόνδε θάψας εἶμι Πηλίου πτυχάς,
οὗπερ σὸν εἷλον χερσὶ κάλλιστον δέμας.
[κᾆιτ' οὐ γαμεῖν δῆτ' ἔκ τε γενναίων χρεὼν
δοῦναί τ' ἐς ἐσθλούς, ὅστις εὖ βουλεύεται, 1280
κακῶν δὲ λέκτρων μὴ 'πιθυμίαν ἔχειν,
μηδ' εἰ ζαπλούτους οἴσεται φερνὰς δόμοις;
οὐ γάρ ποτ' ἂν πράξειαν ἐκ θεῶν κακῶς.]

ΧΟΡΟΣ

πολλαὶ μορφαὶ τῶν δαιμονίων,
πολλὰ δ' ἀέλπτως κραίνουσι θεοί· 1285
καὶ τὰ δοκηθέντ' οὐκ ἐτελέσθη,
τῶν δ' ἀδοκήτων πόρον ηὗρε θεός.
τοιόνδ' ἀπέβη τόδε πρᾶγμα.

onde pondo pé seco fora do mar
o filho teu e meu caríssimo Aquiles 1260
verás que mora em insular palácio
na borda Brilhante no mar Inóspito.
Vá à urbe feita por Deus em Delfos,
leva este morto e cobre-o com terra
e vá ao cavo recesso de antigo recife 1265
de Sépia e senta-te! Espera até eu
vir com o coro de cinquenta Nereidas
do mar, a te guiar, pois o que se deu
deves acatar, pois Zeus assim decide.
Cessa tua tristeza por esses mortos! 1270
Fez-se para todos os homens este
decreto dos Deuses e devem morrer.

PELEU

Ó rainha, ó nobre parceira de leito,
filha de Nereu, salve! O teu ato é
tão digno de ti mesma e teus filhos! 1275
Cesso tristeza, a teu mando, Deusa.
Ao sepultá-lo, irei aos vales do Pélion,
onde abracei o teu belíssimo corpo.
Não deve quem pensa bem se casar
com nobre e conceder a filha a nobre 1280
e banir o desejo de núpcias indignas
ainda que com rico dote para casa?
Dos Deuses nunca teriam desgosto.

CORO

Muitas são as formas dos Numes,
muitos atos inopinados de Deuses 1285
e as expectativas não se cumprem
e dos inesperados Deus vê saída.
Assim é que aconteceu este fato.

HÉCUBA

Justiça mítica e política

Jaa Torrano

A tragédia *Hécuba* de Eurípides documentaria a permanência da concepção mítica de justiça e a complementaridade de vindita e de justiça judiciária no horizonte político de Atenas clássica?

No monólogo prologal, o espectro de Polidoro se apresenta como o filho mais novo dos reis troianos Príamo e Hécuba, confiado à guarda do hóspede Polimestor no Quersoneso trácio, com o respaldo de muito ouro, quando Troia ainda estava sitiada pelos gregos, e morto por seu hospedeiro, desejoso de se apoderar do ouro após a captura de Troia. Atirado ao mar, "sem pranto nem funerais" (v. 30), o cadáver flutua por três dias à deriva, mas o espectro, que paira acima da mãe Hécuba, não só prediz a sorte de sua irmã Políxena, requerida pelo espectro de Aquiles como vítima sacrificial em sua tumba, mas também revela que suplicou com êxito aos Deuses subterrâneos "obter tumba e cair nas mãos da mãe" (v. 50). Assim se prenunciam os dois eixos temáticos do drama — o sacrifício de Políxena e o flagrante delito contra a hospitalidade —, que implicam e impõem ambos a questão da justiça. Não menos que a onipresente figura de Hécuba, esta questão confere unidade a este drama, que tradicionalmente se considera e se diz de dupla estrutura.

Na monodia em que se desdobra o prólogo, Hécuba, no afã de despedir e repelir os pavorosos sonhos nos quais se lhe fez manifesta a revelação do espectro de Polidoro, invoca sucessivamente "clarão de Zeus", "trevosa Noite" (v. 68), "soberana/ Terra, mãe de sonhos de asas negras" (vv. 70-1), "Deuses ctônios" (v. 79) e "Numes" (v. 97).

No entanto, no párodo, o coro de cativas troianas comunica à antiga rainha que a assembleia dos gregos decidiu imolar Políxena a Aquiles. O coro reitera o relato de Polidoro, segundo o qual a aparição do espectro de Aquiles acima da tumba reteve os navios quando toda a tropa grega embarcada regressava à pátria com ventos favoráveis (vv. 37-9, 109-12). O pedido do espectro dividiu a tropa, o debate contrapôs Agamêmnon, contrário, e, favoráveis, os Tesidas de Atenas e Odisseu, cuja eloquência fez a assembleia decidir por honrar o morto com o sacrifício de Políxena sobre a tumba.

Na estrofe de seu segundo canto, Hécuba chama Políxena para diante do acampamento e comunica-lhe a sorte que a assembleia dos gregos lhe reserva. Na antístrofe, Políxena lamenta que a mãe perca a filha e não mais tenha apoio na velhice, o que já prenuncia a opção pela morte de preferência à escravidão.

No primeiro episódio, Hécuba recebe a confirmação oficial de Odisseu da decisão de sacrificar Políxena e luta pela vida da filha. Primeiro ela o relembra de ter-lhe salvado a vida em atenção à sua súplica quando Helena o reconheceu espião em Troia e o denunciou a ela, que lhe acatou a súplica e o enviou fora da terra. Argumenta que Políxena nunca fez mal a Aquiles, mas Helena, sim, por tê-lo conduzido a Troia e destruído. Helena, sim, deveria ser sacrificada, pela injustiça contra Aquiles e por ser seleta das cativas e distinta pela beleza, a mais notável à vista. Alegando justiça, Hécuba pede em súplica a retribuição de anterior graça, de modo a ficar com a filha e Odisseu fazer valer seu renome e dissuadir a assembleia de sacrificá-la.

Odisseu replica com o apelo à razão: "Hécuba, aprende!" (v. 299). Argumenta: 1) que está pronto a salvá-la, a ela por quem teve boa sorte; 2) que as honras devidas a Aquiles por sua boa defesa da Grécia são exigências irrecusáveis, porque a salvação das cidades depende da retribuição de honras aos seus melhores defensores; 3) que Hécuba suporte o sofrimento comum com mulheres gregas, em nada menos míseras que ela, anciãs e noivas viúvas dos melhores noivos, e por fim 4) que os bárbaros não reconhecem nem admiram os bravos mortos, para a Grécia ter boa sorte e eles terem algo igual a suas resoluções.

Hécuba exorta Políxena a suplicar por sua vida ante o joelho de Odisseu, mas Políxena se recusa a suplicar e explica por que prefere a morte à escravidão. Hécuba propõe substituir a filha ante a tumba de Aquiles, sob alegação de que ela gerou Páris, que o matou com setas. Odisseu recusa a proposta porque o espectro de Aquiles não pediu que ela morresse, mas a filha. Hécuba pede que a matem com a filha, o que Odisseu também recusa. Políxena consola e reconforta a mãe, de quem se despede para acompanhar Odisseu.

A cena contrasta a atitude da rainha com a de sua filha perante o infortúnio, mas sobretudo ilustra com a atitude da filha a coincidência de coerção e de liberdade como elementos integrantes do destino de cada um.

No primeiro estásimo, enquanto a imolação de Políxena tem lugar fora de cena, o coro de cativas se pergunta aonde a condição de servas as levará, se ao Peloponeso ou se à Tessália, ou se a Delos, ou se a Atenas, em cada caso contrastando implicitamente a precariedade da condição servil com imaginárias ordem e estabilidade ideais reinantes nos seus possíveis paradeiros. Por fim, na segunda antístrofe, o coro retorna à lembrança da pátria destruída e, ao descrever o seu translado servil como "trocar por Europa/ os aposentos de Hades" (vv. 482-3), contrasta o seu próprio destino com a morte libertadora de Políxena.

No segundo episódio, o arauto lacônio Taltíbio não reconhece Hécuba, prostrada no chão com o rosto coberto. Ao reconhecê-la por indicação do coro, dirige-se a Zeus com uma questão cujo sentido é a medida do sentimento de abandono e derrelição: Zeus observa os mortais, ou é falsa a crença de que haja Deuses e o acaso (*Týkhe*, v. 491) entre os mortais tudo observa? Esta comovida compaixão de Taltíbio perante a dor e o luto de Hécuba contrasta com a anterior severidade de Odisseu, cuja implacável coerência não admitia ressalva. O relato de Taltíbio exalta a grandeza e liberdade heroicas de Políxena perante a morte, de modo a resgatar Hécuba de sua prostração e desejo de morrer e infundir-lhe uma inesperada reflexão, em que compara os produtos variáveis da terra cultivada e a invariável determinação da natureza dos homens no resultado da educação. Compreende-se o motivo dessa reflexão de Hécuba no tom laudatório do relato de Taltíbio. Essa reflexão marca o início de uma mudança de espírito de Hécuba, que sai da prostração profunda para a atitude ativa, de cuidar dos funerais da filha, e posteriormente, depois de tomar conhecimento da morte de Polidoro, para uma atitude proativa, de planejar a vindita.

No segundo estásimo, o coro, na estrofe, remete a origem de seus infortúnios e sofrimentos ao corte do pinho no Ida para a construção do navio em que Páris buscou Helena. Na antístrofe, remonta ainda mais anteriormente essa origem à insensatez de Páris no julgamento das três Deusas. No epodo, vê que tais males afligem igualmente tanto gregos quanto troianos. A referência ao julgamento das Deusas, ao situar a origem dos males na conjunção com o divino, permite que a compreensão se amplie de modo a abranger ambos os lados da guerra, suscitando assim a solidariedade com a dor do inimigo.

No terceiro episódio, a serva, enviada de Hécuba em busca da água do mar para a preparação dos funerais de Políxena, encontra e transporta o cadáver de Polidoro para junto da mãe. Ao ver o morto, Hécuba adivinha a identidade e a motivação do assassino, e invoca a justiça de hóspedes (*díka xénon*, v. 715). Quando Agamêmnon a procura para apressar os funerais da filha, Hécuba hesita se pede ou não apoio a Agamêmnon para executar a vindita do filho. Após a hesitação e ponderação, decide tocar os joelhos e o queixo de Agamêmnon no gesto ritualístico de súplica. Agamêmnon antecipa que esse gesto de súplica seja por liberdade, mas Hécuba esclarece que, se ela se vingar de malfeitor, quer estar a servir por toda a vida (vv. 756-7), com o que se determina e define o valor e importância da vindita como um dever que se impõe acima da própria liberdade.

Após informar Agamêmnon das circunstâncias do assassínio de Polidoro, Hécuba pede a punição do assassino Polimestor, ressaltando a gravidade do crime perpetrado contra os súperos (*Zeùs Xénios*), por violar a hospitalidade, e perpetrado contra os ínferos (Hades), por recusar os funerais, encarecendo a necessidade de puni-lo em nome da justiça, e por fim recorrendo à suposta vinculação familiar de Agamêmnon com o morto (vinculação que seria verdadeira se Cassandra fosse não cativa de guerra, mas esposa legítima).

Agamêmnon manifesta compaixão e reconhece a justiça do pedido de Hécuba, mas esclarece que não pode parecer ao exército que, graças a Cassandra, trame a morte do rei da Trácia, uma vez que o exército considera aliado o rei e inimigo o morto. Nessas condições, respeitados os limites de discrição e sigilo, Agamêmnon se dispõe a cooperar passivamente com Hécuba, ainda que incrédulo quanto às possibilidades da força feminina contra o bárbaro varão. Hécuba, então, evoca os precedentes do mito dos Egipcíadas e do mito das mulheres lêmnias, e pede o salvo-conduto para que uma cativa troiana leve sua mensagem ao rei dos trácios.

Agamêmnon observa que a falta de ventos favoráveis lhe permite conceder essa graça a Hécuba, não podendo a frota navegar na calmaria (vv. 898-901). No entanto, segundo o espectro de Polidoro no prólogo e segundo o coro no párodo, a frota voltava para casa com velas pandas e ventos favoráveis, quando o espectro de Aquiles surgiu acima da tumba e pediu a imolação por prêmio (vv. 37-9, 109-12). Considerando-se que, desde Homero, a tradição associa o sopro dos ventos aos desígnios dos Deuses, a presença de ventos antes da aparição do espectro e a ausência deles prolongada até a execução da vindita de Hécuba nos induzem a supor que os Deuses não aprovaram o sacrifício de Políxena, recusando os ventos depois do sacrifício, mas aprovaram a vindita de Hécuba, mediante a calmaria, dando condições de consumar-se a vindita e concedendo-os em seguida favoráveis à navegação.

No terceiro estásimo, o coro evoca sob o ponto de vista feminino as lembranças recentes da destruição de Ílion, a última noite de Troia livre, o primeiro clamor dos inimigos dentro dos muros, o marido morto à vista da esposa coagida a deixar a pátria pela servidão, e por fim maldiz a união de Helena e Páris como ruína de ilatente Nume, imprecando que Helena não retorne à casa paterna.

No quarto episódio, o reencontro de antigos hóspedes recíprocos, Polimestor e Hécuba, põe em marcha o plano doloso que confere ao diálogo inesperados duplos sentidos, de modo que as perguntas de Hécuba têm uma intenção abscôndita, verificando a sinceridade do interlocutor (vv. 986-8, 991, 994), as respostas de Polimestor dizem o contrário do que ele responde, revelando sua falsidade (vv. 989, 993, 995) e as falas e os votos de Hécuba valem o contrário do que ela declara (vv. 1000, 1002, 1004, 1012, 1021-2).

No quarto estásimo, o coro antecipa a punição de Polimestor, considerando-o mal conduzido por seu próprio coração, enganado por esperança, conforme a Justiça dos Deuses, e prevendo sua morte em mão inelutável. Literalmente, *apolémoi kheirí* (v. 1034) significa "mão sem-guerra", entendendo-se *apólemos* "impróprio para a guerra", mão de mulher, ou "inelutável", mão a serviço da Justiça divina.

No êxodo, na primeira cena, ouvem-se no interior da tenda os gemidos de Polimestor, lamentando que está cego, chamando os filhos por sua "infausta morte" (*dysténou sphagês*, v. 1037) e descrevendo a cegueira, de modo a cumprir-se a previsão do coro. Segundo o modelo esquiliano da morte de Agamêmnon, o coro comenta cada fala oriunda do interior, onde é perpetrada a violência. Ouvem-se as ameaças furiosas de Polimestor a suas agressoras, o coro empenha solidariedade a Hécuba, mas Hécuba em provocação declara a cegueira irreversível e os filhos mortos por ela e, inquirida pelo coro, anuncia a entrada em cena de Polimestor justiçado e cego.

Na segunda cena, a monodia de Polimestor mescla impotência, fúria e desejos impossíveis, e o coro vê nessa miséria terrível a punição de infâmias imposta pelo Nume. Polimestor clama por seu povo trácio, por seus aliados gregos e os Atridas, queixa-se das dores, da ruína e do impasse em desespero, e o coro ecoa que a dor insuportável se supera com a morte.

Na terceira cena, Agamêmnon atende ao clamor, mostra interesse pela miséria de Polimestor e dispõe-se a julgar com justiça a causa dos sofrimentos após ouvir o agredido e a agressora. Com três personagens, o *agón* reproduz o processo do tribunal: sendo Agamêmnon o juiz, primeiro Polimestor se defende da acusação de matar o hóspede, depois Hécuba replica os argumentos da defesa. Para justificar o homicídio, Polimestor alega ter agido no interesse de seus aliados gregos, tentando assim cooptar o juiz, mas suas alegações se revelam inconsistentes e falsas, e a motivação de seu ato revela a cobiça do ouro.

Encerrando o julgamento, Agamêmnon declara que não poderia evitar a reprovação se inocentasse Polimestor, mas já que esse ousou o não-belo, ousasse também o não-grato.

Declarada assim a justiça da vindita executada por Hécuba, uma reviravolta exibe a precariedade da condição vicária de agir como juiz e executor da Justiça divina: humilhado e destruído pela punição, mas ciente de oráculos atribuídos ao vate trácio Dioniso, Polimestor se alça a porta-voz do porvir e prediz a morte de Hécuba, ao cair da gávea do mastro no mar, após transformar-se em cadela, e as mortes de Cassandra e de Agamêmnon sob machado erguido por Clitemnestra.

A transformação em cadela é um elemento mítico polissêmico, como as metamorfoses de Cadmo e de Harmonia preditas por Dioniso no êxodo de *As Bacas*. Polimestor surpreende com o anúncio dos oráculos, mas não obtém mudança de sua condição por isso. Agamêmnon, irritado, o bane para alguma ilha deserta, exorta Hécuba a sepultar os seus dois mortos, anuncia os ventos favoráveis à navegação e faz votos de boa viagem à pátria. Implícita nos ventos favoráveis, intui-se a aprovação dos Deuses à vindita consumada por Hécuba.

Como se pode observar neste drama, a sobreposição dos tempos mítico e político é inerente à composição temática e à estrutura formal da tragédia. O coro, aqui composto pelas cativas troianas, embora falando e agindo como os personagens coletivos que ele representa, não se despede inteiramente de sua real identidade de cidadãos da Atenas democrática do século V a.C., e aprecia o desenrolar dos acontecimentos sob dupla perspectiva: o ponto de vista factual dos heróis mitológicos tradicionais e o ponto de vista moral dos valores e referências institucionais da pólis.

Essa sobreposição do mítico e do político se deixa perceber ainda no gosto requintado do debate público, que dá lugar a uma seção formalizada e tipificada nas tragédias de Eurípides: o *agón*, que contrapõe os argumentos item por item em versos numericamente equivalentes para ambos os litigantes, com um terceiro personagem na função de juiz e assistido pelo coro, que durante o debate permanece aparentemente neutro e imparcial. Contrapostos os argumentos, segue-se a esticomitia, com o diálogo acelerado numa sucessão em que cada debatedor diz um verso, quando não um hemistíquio (metade do verso). Essa seção, regular e codificada, faz jus à paixão ateniense pela retórica e pelo debate público nos tribunais e nas assembleias da Época Clássica.

No entanto, a meu ver, o traço mais importante do pensamento mítico, que informa a tragédia grega desde Ésquilo, passando por Sófocles, até Eurípides, e que se faz presente, relevante e notável em *Hécuba*, é a integração, coincidente e espontânea, entre as decisões humanas e os desígnios dos Deuses. Nessa integração se revelam a Justiça divina, a participação dos mortais nos Imortais e a presença dos Imortais nos mortais.

Como foi assinalado antes, no *agón* de *Hécuba*, a vindita — o imperativo pré-jurídico de exigir por conta própria a reparação de ofensas perpetradas contra os seus familiares — se transfigura em justiça judiciária — aquela administrada pelos tribunais do Estado — graças à figura oficial do rei Agamêmnon como juiz. Essa transfiguração trágica não é simplesmente literária, mas insere-se em um conjunto de indícios demonstrativos de que, para os atenienses da Época Clássica, há um prolongamento e continuidade entre as práticas de justiça tribais e judiciárias. A cidade clássica subsumiu estruturas e comportamentos sociais tribais, tanto na organização populacional quanto no vocabulário cotidiano. A Atenas depois de Clístenes continua organizada em tribos; e na linguagem judiciária, "acusar" se diz *dióko*, e "ser acusado" se diz *pheúgo*, verbos nos quais ressoa a antiga prática pré-jurídica, pois os seus primeiros significados são, respectivamente, "perseguir" e "fugir".

Ὑπόθεσις Εὐριπίδου Ἑκάβης

Μετὰ τὴν Ἰλίου πολιορκίαν οἱ μὲν Ἕλληνες εἰς τὴν ἀντιπέραν τῆς Τρωιάδος Χερρόνησον καθωρμίσθησαν· Ἀχιλλεὺς δὲ νυκτὸς ὁραθεὶς σφάγιον ᾔτει μίαν τῶν Πριάμου θυγατέρω. οἱ μὲν οὖν Ἕλληνες τιμῶντες τὸν ἥρωα Πολυξένην ἀποσπάσαντες Ἑκάβης ἐσφαγίασαν. Πολυμήστωρ δὲ ὁ τῶν Θραικῶν βασιλεὺς ἕνα τῶν Πριαμιδῶν Πολύδωρον ἔσφαξεν. εἰλήφει δὲ τοῦτον παρὰ τοῦ Πριάμου ὁ Πολυμήστωρ εἰς παρακαταθήκην μετὰ χρημάτων. ἁλούσης δὲ τῆς πόλεως κατασχεῖν αὐτοῦ βουλόμενος τὸν πλοῦτον φονεύειν ὥρμησε καὶ φιλίας δυστυχούσης ὠλιγώρησεν. ἐκριφέντος δὲ τοῦ σώματος εἰς τὴν θάλασσαν κλύδων πρὸς τὰς τῶν αἰχμαλωτίδων σκηνὰς αὐτὸν ἐξέβαλεν. Ἑκάβη δὲ τὸν νεκρὸν θεασαμένη ἐπέγνω, κοινωσαμένη δὲ τὴν γνώμην Ἀγαμέμνονι Πολυμήστορα σὺν τοῖς παισὶν αὐτοῦ ὡς ἑαυτὴν μετεπέμψατο, κρύπτουσα τὸ γεγονὸς, ὡς ἵνα θησαυροὺς ἐν Ἰλίωι μηνύσηι αὐτῶι. παραγενομένων δὲ τοὺς μὲν υἱοὺς ἔσφαξεν, αὐτὸν δὲ τῆς ὁράσεως ἐστέρησεν. ἐπὶ δὲ τῶν Ἑλλήνων λέγουσα τὸν κατήγορον ἐνίκησεν· ἐκρίθη γὰρ οὐκ ἄρξαι ὠμότητος, ἀλλ' ἀμύνασθαι τὸν κατάρξαντα.

Ἀριστοφάνους Γραμματικοῦ Ὑπόθεσις

ἡ μὲν σκηνὴ τοῦ δράματος ὑπόκειται ἐν τῆι ἀντιπέραν Τροίας Χερρονήσωι· ὁ δὲ χορὸς συνέστηκεν ἐκ γυναικῶν αἰχμαλωτίδων· προλογίζει δὲ εἴδωλον Πολυδώρου. τὰ περὶ τὴν Πολυξένην ἔστι καὶ παρὰ Σοφοκλεῖ εὑρεῖν ἐν Πολυξένηι.

τὰ τοῦ δράματος πρόσωπα· Πολυδώρου εἴδωλον, Ἑκάβη, χορὸς αἰχμαλωτίδων γυναικῶν, Πολυξένη, Ὀδυσσεύς, Ταλθύβιος, θεράπαινα, Ἀγαμέμνων, Πολυμήστωρ.

Argumento

Após o cerco de Troia, os gregos atracaram em Quersoneso defronte de Trôada. Aquiles, numa aparição noturna, exigiu a imolação de uma das filhas de Príamo. Os gregos, em honra ao herói, retiraram Políxena de Hécuba e imolaram. Polimestor, o rei dos trácios, imolou Polidoro, um dos filhos de Príamo. Polimestor o tinha recebido de Príamo em depósito com dinheiro. Quando a urbe foi tomada, querendo apoderar-se da riqueza, apressou-se em matá-lo e pouco se importou com o infortúnio da amizade. Atirado o corpo ao mar, a onda o lançou às tendas das cativas. Ao ver o cadáver, Hécuba o reconheceu. Após comunicar sua intenção a Agamêmnon, ela chamou junto a si Polimestor com seus filhos, ocultando o fato, como para lhe indicar os tesouros de Ílion. Quando chegaram, matou os filhos e privou-o da visão. Falando aos gregos, venceu o acusador, pois julgou-se que não principiou a crueldade, mas defendeu-se de quem a principiou.

Segundo o gramático Aristófanes

A cena se situa no Quersoneso defronte de Troia. O coro se compõe de cativas. O fantasma de Polidoro diz o prólogo. Os fatos relativos a Políxena se encontram também em *Políxena* de Sófocles.

Personagens do drama: o fantasma de Polidoro, Hécuba, coro de cativas, Políxena, Odisseu, Taltíbio, serva, Agamêmnon, Polimestor.
Drama representado cerca de 424 a.C.

Ἑκάβη

ΠΟΛΥΔΩΡΟΥ ΕΙΔΩΛΟΝ

Ἥκω νεκρῶν κευθμῶνα καὶ σκότου πύλας
λιπών, ἵν' Ἅιδης χωρὶς ᾤκισται θεῶν,
Πολύδωρος, Ἑκάβης παῖς γεγὼς τῆς Κισσέως
Πριάμου τε πατρός, ὅς μ', ἐπεὶ Φρυγῶν πόλιν
κίνδυνος ἔσχε δορὶ πεσεῖν Ἑλληνικῶι, 5
δείσας ὑπεξέπεμψε Τρωϊκῆς χθονὸς
Πολυμήστορος πρὸς δῶμα Θρηικίου ξένου,
ὃς τήνδ' ἀρίστην Χερσονησίαν πλάκα
σπείρει, φίλιππον λαὸν εὐθύνων δορί.
πολὺν δὲ σὺν ἐμοὶ χρυσὸν ἐκπέμπει λάθραι 10
πατήρ, ἵν', εἴ ποτ' Ἰλίου τείχη πέσοι,
τοῖς ζῶσιν εἴη παισὶ μὴ σπάνις βίου.
νεώτατος δ' ἦ Πριαμιδῶν, ὃ καί με γῆς
ὑπεξέπεμψεν· οὔτε γὰρ φέρειν ὅπλα
οὔτ' ἔγχος οἷός τ' ἦ νέωι βραχίονι. 15
ἕως μὲν οὖν γῆς ὄρθ' ἔκειθ' ὁρίσματα
πύργοι τ' ἄθραυστοι Τρωϊκῆς ἦσαν χθονὸς
Ἕκτωρ τ' ἀδελφὸς οὑμὸς εὐτύχει δορί,
καλῶς παρ' ἀνδρὶ Θρηικὶ πατρώιωι ξένωι
τροφαῖσιν ὥς τις πτόρθος ηὐξόμην τάλας· 20
ἐπεὶ δὲ Τροία θ' Ἕκτορός τ' ἀπόλλυται
ψυχὴ πατρώια θ' ἑστία κατεσκάφη
αὐτός τε βωμῶι πρὸς θεοδμήτωι πίτνει
σφαγεὶς Ἀχιλλέως παιδὸς ἐκ μιαιφόνου,

Hécuba

[*Prólogo* (1-97)]

ESPECTRO

Venho de cova de mortos e porta de trevas
onde Hades tem morada longe dos Deuses,
Polidoro nascido da filha de Cisseu Hécuba
e do pai Príamo, que com a urbe dos frígios
sob perigo de sucumbir à lança dos gregos, 5
temeroso me enviou oculto da terra troiana
à casa de Polimestor, nosso hóspede trácio,
o semeador do melhor solo no Quersoneso,
o dirigente de cavaleira tropa de lanceiros.
O pai enviou comigo muito ouro à socapa, 10
para que, se as muralhas de Troia caíssem,
não escasseassem víveres aos filhos vivos.
Fui o mais novo dos Priâmidas, e da terra
enviou-me oculto; não era capaz de portar
nem armas nem lança com o braço juvenil. 15
Enquanto os limites da terra jaziam eretos,
e estavam intactas as torres da terra troiana,
e meu irmão Heitor tinha boa sorte na lança,
bem, junto ao varão trácio hóspede paterno,
com alimento cresci qual rebento resistente. 20
Quando, porém, Troia e a vida de Heitor
sucumbem e a lareira paterna foi devastada
e ele mesmo cai ante o altar feito por Deus
imolado pelo sanguinário filho de Aquiles,

κτείνει με χρυσοῦ τὸν ταλαίπωρον χάριν 25
ξένος πατρῷιος καὶ κτανὼν ἐς οἶδμ' ἁλὸς
μεθῆχ', ἵν' αὐτὸς χρυσὸν ἐν δόμοις ἔχηι.
κεῖμαι δ' ἐπ' ἀκταῖς, ἄλλοτ' ἐν πόντου σάλωι,
πολλοῖς διαύλοις κυμάτων φορούμενος,
ἄκλαυτος ἄταφος· νῦν δ' ὑπὲρ μητρὸς φίλης 30
Ἑκάβης ἀίσσω, σῶμ' ἐρημώσας ἐμόν,
τριταῖον ἤδη φέγγος αἰωρούμενος,
ὅσονπερ ἐν γῆι τῆιδε Χερσονησίαι
μήτηρ ἐμὴ δύστηνος ἐκ Τροίας πάρα.
πάντες δ' Ἀχαιοὶ ναῦς ἔχοντες ἥσυχοι 35
θάσσουσ' ἐπ' ἀκταῖς τῆσδε Θρηικίας χθονός.
ὁ Πηλέως γὰρ παῖς ὑπὲρ τύμβου φανεὶς
κατέσχ' Ἀχιλλεὺς πᾶν στράτευμ' Ἑλληνικόν,
πρὸς οἶκον εὐθύνοντας ἐναλίαν πλάτην·
αἰτεῖ δ' ἀδελφὴν τὴν ἐμὴν Πολυξένην 40
τύμβωι φίλον πρόσφαγμα καὶ γέρας λαβεῖν.
καὶ τεύξεται τοῦδ' οὐδ' ἀδώρητος φίλων
ἔσται πρὸς ἀνδρῶν· ἡ πεπρωμένη δ' ἄγει
θανεῖν ἀδελφὴν τῶιδ' ἐμὴν ἐν ἤματι.
δυοῖν δὲ παίδοιν δύο νεκρὼ κατόψεται 45
μήτηρ, ἐμοῦ τε τῆς τε δυστήνου κόρης.
φανήσομαι γάρ, ὡς τάφου τλήμων τύχω,
δούλης ποδῶν πάροιθεν ἐν κλυδωνίωι.
τοὺς γὰρ κάτω σθένοντας ἐξῃτησάμην
τύμβου κυρῆσαι κἀς χέρας μητρὸς πεσεῖν. 50
τοὐμὸν μὲν οὖν ὅσονπερ ἤθελον τυχεῖν
ἔσται· γεραιᾶι δ' ἐκποδὼν χωρήσομαι
Ἑκάβηι· περᾶι γὰρ ἥδ' ὑπὸ σκηνῆς πόδα
Ἀγαμέμνονος, φάντασμα δειμαίνουσ' ἐμόν.
φεῦ·
ὦ μῆτερ, ἥτις ἐκ τυραννικῶν δόμων 55
δούλειον ἦμαρ εἶδες, ὡς πράσσεις κακῶς
ὅσονπερ εὖ ποτ'· ἀντισηκώσας δέ σε
φθείρει θεῶν τις τῆς πάροιθ' εὐπραξίας.

o hóspede paterno me mata, a mim, mísero, 25
por causa do ouro, e ao matar arremessou
na onda marina, para ter o ouro em casa.
Jazo nas praias, ora na agitação do mar,
levado pelas muitas variações das ondas,
sem pranto nem funerais. Agora acima 30
da mãe Hécuba pairo, ao deixar o corpo,
nesta flutuação já pela terceira claridade,
tanto quanto nesta terra do Quersoneso
está minha mãe infausta, vinda de Troia.
Todos os aqueus, dos navios, quietos, 35
sentam-se nas praias deste solo trácio.
O Pelida Aquiles, ao aparecer em cima
da sepultura, reteve toda a tropa grega,
quando para casa dirigiam remo salino.
O Pelida pede ter minha irmã Políxena 40
por imolação grata à tumba e prêmio.
Ainda obterá isso e não será sem dom
dos varões amigos. A sorte assinalada
traz neste dia a morte de minha irmã.
A mãe dos dois filhos verá os dois 45
cadáveres, o meu e da infausta filha.
Mísero para ter funerais aparecerei
nas ondas diante dos pés da servente.
Supliquei aos subterrâneos poderes
obter tumba e cair nas mãos da mãe. 50
Tudo, pois, quanto eu desejava ter
será meu, mas ficarei longe da anciã
Hécuba. Fora da tenda de Agamêmnon
ela põe o pé, temendo o meu espectro.
Pheû!
Ó mãe, que viste o dia da servidão 55
depois da casa real, estás tão mal
quanto outrora bem! Contrapesando
o anterior bem, um Deus te destrói.

ΕΚΑΒΗ

ἄγετ’, ὦ παῖδες, τὴν γραῦν πρὸ δόμων,
ἄγετ’ ὀρθοῦσαι τὴν ὁμόδουλον, 60
Τρωιάδες, ὑμῖν, πρόσθε δ’ ἄνασσαν,
[λάβετε φέρετε πέμπετ’ ἀείρετέ μου]
γεραιᾶς χειρὸς προσλαζύμεναι·
κἀγὼ σκολιῶι σκίπωνι χερὸς 65
διερειδομένη σπεύσω βραδύπουν
ἤλυσιν ἄρθρων προτιθεῖσα.

ὦ στεροπὰ Διός, ὦ σκοτία νύξ,
τί ποτ’ αἴρομαι ἔννυχος οὕτω
δείμασι φάσμασιν; ὦ πότνια Χθών, 70
μελανοπτερύγων μᾶτερ ὀνείρων,
ἀποπέμπομαι ἔννυχον ὄψιν
[ἣν περὶ παιδὸς ἐμοῦ τοῦ σωιζομένου κατὰ Θρήικην
ἀμφὶ Πολυξείνης τε φίλης θυγατρὸς δι’ ὀνείρων 75
†εἶδον γὰρ φοβερὰν ὄψιν ἔμαθον ἐδάην†].

ὦ χθόνιοι θεοί, σώσατε παῖδ’ ἐμόν,
ὃς μόνος οἴκων ἄγκυρ’ ἔτ’ ἐμῶν 80
τὴν χιονώδη Θρήικην κατέχει
ξείνου πατρίου φυλακαῖσιν.
ἔσται τι νέον·
ἥξει τι μέλος γοερὸν γοεραῖς.
οὔποτ’ ἐμὰ φρὴν ὧδ’ ἀλίαστον 85
φρίσσει ταρβεῖ.
ποῦ ποτε θείαν Ἑλένου ψυχὰν
καὶ Κασσάνδραν ἐσίδω, Τρωιάδες,
ὥς μοι κρίνωσιν ὀνείρους;

[εἶδον γὰρ βαλιὰν ἔλαφον λύκου αἵμονι χαλᾶι 90
σφαζομέναν, ἀπ’ ἐμῶν γονάτων σπασθεῖσαν ἀνοίκτως.
καὶ τόδε δεῖμά μοι·
ἦλθ’ ὑπὲρ ἄκρας τύμβου κορυφᾶς

HÉCUBA

Levai, ó filhas, a velha ante a casa!
Levai! Erguei esta servente colega 60
vossa, ó troianas, e antes a rainha!
Pegai, levai, enviai, levantai-me,
pegando-me vós pela velha mão!
Apoiando a mão em bastão curvo, 65
eu apressarei o tardo passo
propelindo o jogo das juntas.

Ó clarão de Zeus, ó trevosa Noite,
por que eu me ergo assim à noite
temendo fantasmas? Ó soberana 70
Terra, mãe de sonhos de asas negras,
tento despedir visão noturna que vi
do meu filho salvo na Trácia e da
minha filha Políxena, em sonhos, 75
pavorosa visão aprendi, conheci.

Ó Deuses ctônios, salvai meu filho!
Única âncora ainda de minha casa, 80
o meu filho mora na nevada Trácia
sob a custódia de hóspede paterno.
Haverá novidade,
virá canção gemente aos gementes.
Nunca tão sem pausa meu espírito 85
fremiu de temor.
Onde ver divino alento de Heleno
e avistar Cassandra, ó troianas,
para interpretarem o meu sonho?

Vi corça vária por garra cruel de lobo 90
morta, de meus joelhos tirada sem dó.
Tenho ainda o temor,
acima do alto cimo da tumba veio

φάντασμ' Ἀχιλέως· ᾔτει δὲ γέρας
τῶν πολυμόχθων τινὰ Τρωϊάδων. 95
ἀπ' ἐμᾶς οὖν ἀπ' ἐμᾶς τόδε παιδὸς
πέμψατε, δαίμονες, ἱκετεύω.]

ΧΟΡΟΣ

Ἑκάβη, σπουδῆι πρὸς σ' ἐλιάσθην
τὰς δεσποσύνους σκηνὰς προλιποῦσ',
ἵν' ἐκληρώθην καὶ προσετάχθην 100
δούλη, πόλεως ἀπελαυνομένη
τῆς Ἰλιάδος, λόγχης αἰχμῆι
δοριθήρατος πρὸς Ἀχαιῶν,
οὐδὲν παθέων ἀποκουφίζουσ'
ἀλλ' ἀγγελίας βάρος ἀραμένη 105
μέγα σοί τε, γύναι, κῆρυξ ἀχέων.
ἐν γὰρ Ἀχαιῶν πλήρει ξυνόδωι
λέγεται δόξαι σὴν παῖδ' Ἀχιλεῖ
σφάγιον θέσθαι. τύμβου δ' ἐπιβὰς
οἶσθ' ὅτε χρυσέοις ἐφάνη σὺν ὅπλοις, 110
τὰς ποντοπόρους δ' ἔσχε σχεδίας
λαίφη προτόνοις ἐπερειδομένας,
τάδε θωύσσων· Ποῖ δή, Δαναοί,
τὸν ἐμὸν τύμβον
στέλλεσθ' ἀγέραστον ἀφέντες; 115
πολλῆς δ' ἔριδος συνέπαισε κλύδων,
δόξα δ' ἐχώρει δίχ' ἀν' Ἑλλήνων
στρατὸν αἰχμητήν, τοῖς μὲν διδόναι
τύμβωι σφάγιον, τοῖς δ' οὐχὶ δοκοῦν.
ἦν δὲ τὸ μὲν σὸν σπεύδων ἀγαθὸν 120
τῆς μαντιπόλου Βάκχης ἀνέχων
λέκτρ' Ἀγαμέμνων· τὼ Θησείδα δ',
ὄζω Ἀθηνῶν, δισσῶν μύθων
ῥήτορες ἦσαν, γνώμηι δὲ μιᾶι

o espectro de Aquiles e por prêmio
pediu uma das atribuladas troianas. 95
Longe de minha, de minha filha,
removei isso, ó Numes, suplico!

[*Párodo* (98-153)]

CORO
Hécuba, a ti depressa vim
de lá das tendas senhoriais
onde sortearam e servente 100
me fizeram banida da urbe
de Ílion, por ponta de lança,
caçada por dardos de aqueus,
sem alívio para nenhuma dor,
mas, arauto de dores, assumi 105
grave anúncio para ti, ó mulher.
Em assembleia plena de aqueus,
dizem, decidiram imolar tua filha
a Aquiles. Sabe quando apareceu
sobre a tumba com áureas armas, 110
e reteve os navios transmarinos,
com as velas pandas nos cabos,
gritou assim: "Dânaos, aonde
navegais vós, ao deixardes
minha tumba sem prêmio?" 115
A onda de muita rixa colidiu,
aos gregos a opinião dividia
a tropa terrível: opinam uns
imolar à tumba, outros, não.
Estava pressuroso de teu bem 120
Agamêmnon, mantendo o leito
da adivinha Baca. Ambos os
Tesidas, os brotos de Atenas,
oradores com duas falas num

συνεχωρείτην τὸν Ἀχίλλειον 125
τύμβον στεφανοῦν αἵματι χλωρῶι,
τὰ δὲ Κασσάνδρας λέκτρ' οὐκ ἐφάτην
τῆς Ἀχιλείας
πρόσθεν θήσειν ποτὲ λόγχης.
σπουδαὶ δὲ λόγων κατατεινομένων 130
ἦσαν ἴσαι πως, πρὶν ὁ ποικιλόφρων
κόπις ἡδυλόγος δημοχαριστὴς
Λαερτιάδης πείθει στρατιὰν
μὴ τὸν ἄριστον Δαναῶν πάντων
δούλων σφαγίων οὕνεκ' ἀπωθεῖν, 135
μηδέ τιν' εἰπεῖν παρὰ Φερσεφόνηι
στάντα φθιμένων ὡς ἀχάριστοι
Δαναοὶ Δαναοῖς τοῖς οἰχομένοις
ὑπὲρ Ἑλλήνων
Τροίας πεδίων ἀπέβησαν. 140
ἥξει δ' Ὀδυσεὺς ὅσον οὐκ ἤδη
πῶλον ἀφέλξων σῶν ἀπὸ μαστῶν
ἔκ τε γεραιᾶς χερὸς ὁρμήσων.
ἀλλ' ἴθι ναούς, ἴθι πρὸς βωμούς,
[ἵζ' Ἀγαμέμνονος ἱκέτις γονάτων,] 145
κήρυσσε θεοὺς τούς τ' οὐρανίδας
τούς θ' ὑπὸ γαίας. ἢ γάρ σε λιταὶ
διακωλύσουσ' ὀρφανὸν εἶναι
παιδὸς μελέας ἢ δεῖ σ' ἐπιδεῖν
τύμβωι προπετῆ φοινισσομένην 150
αἵματι παρθένον ἐκ χρυσοφόρου
δειρῆς νασμῶι μελαναυγεῖ.

ΕΚΑΒΗ

οἲ ἐγὼ μελέα, τί ποτ' ἀπύσω; Est.
ποίαν ἀχώ, ποῖον ὀδυρμόν, 155
δειλαία δειλαίου γήρως

só acordo de coroar a tumba 125
de Aquiles com sangue verde,
dizem ambos não pôr nunca
as núpcias de Cassandra
antes da lança de Aquiles.
As pressas de extensas falas 130
eram iguais até que o solerte
falaz de doce voz grato ao povo
Laercíada persuadisse a tropa
a não repelir o melhor de todos
os dânaos de imolações servis, 135
e não diga nenhum dos finados
residentes junto de Perséfone
que sem gratidão aos dânaos
mortos em defesa dos gregos
os dânaos partiram das planícies de Troia. 140
Odisseu virá em breve
tirar a potra de teus seios,
remover de tua velha mão.
Mas vai aos navios! Vai ante os altares!
Suplica aos joelhos de Agamêmnon! 145
Anuncia aos Deuses celestes
e aos sob a terra! As preces
impedirão que te despojem
da mísera filha; ou tu deves
ver a virgem cair no túmulo 150
purpúrea de sangue do áureo
pescoço fonte de negro brilho.

[*Lamento e diálogo líricos* (154-215)]

HÉCUBA

Ai de mim, mísera! Que Est.
dizer? Que grito? Que pranto? 155
Mísera, por mísera velhice,

<καὶ> δουλείας τᾶς οὐ τλατᾶς,
τᾶς οὐ φερτᾶς; ὤμοι μοι.
τίς ἀμύνει μοι; ποία γενεά,
ποία δὲ πόλις; φροῦδος πρέσβυς, 160
φροῦδοι παῖδες.
ποίαν ἢ ταύταν ἢ κείναν
στείχω; ποῖ δὴ σωθῶ; ποῦ τις
θεῶν ἢ δαίμων ἐπαρωγός;
ὦ κάκ' ἐνεγκοῦσαι 165
Τρωιάδες, ὦ κάκ' ἐνεγκοῦσαι
πήματ', ἀπωλέσατ' ὠλέσατ'· οὐκέτι μοι βίος
ἀγαστὸς ἐν φάει.
ὦ τλάμων ἄγησαί μοι πούς, 170
ἄγησαι τᾶι γηραιᾶι
πρὸς τάνδ' αὐλάν. ὦ τέκνον, ὦ παῖ
†δυστανοτάτας ματέρος, ἔξελθ'
ἔξελθ' οἴκων, ἄιε ματέρος αὐδάν.†

ἰὼ τέκνον [ὡς εἰδῇις οἵαν οἵαν 175
ἀίω φάμαν περὶ σᾶς ψυχᾶς].

ΠΟΛΥΞΕΝΗ
μᾶτερ μᾶτερ, τί βοᾶις; τί νέον
καρύξασ' οἴκων μ' ὥστ' ὄρνιν
θάμβει τῶιδ' ἐξέπταξας;

ΕΚΑΒΗ
οἴμοι τέκνον. 180

ΠΟΛΥΞΕΝΗ
τί με δυσφημεῖς; φροίμιά μοι κακά.

ΕΚΑΒΗ
αἰαῖ σᾶς ψυχᾶς.

por servidão intolerável,
insuportável! *Ómoi moi!*
Quem me vale? Que prole?
Que urbe? O velho se foi, 160
os filhos se foram.
Qual, esta ou aquela, via
seguir? Onde me salvar? Onde?
Que Deus ou Nume defensor?
Ó carregadas de males 165
troianas, carregadas de malignas
dores, matastes, matastes! Não tenho mais
vida admirada à luz!
Ó mísero pé, conduz-me! 170
Conduz a velha
a esta tenda! Ó filha, ó cria
da mais infausta mãe, sai!
Sai de casa! Ouve a voz da mãe!

Iò, filha! Saibas que rumor, 175
que rumor ouço de tua vida!

POLÍXENA
Ó mãe! Ó mãe, por que gritas?
Com que novo anúncio me tiras
de casa tal qual ave assustada?

HÉCUBA
Oímoi, filha! 180

POLÍXENA
Que me dizes? Proêmio de males!

HÉCUBA
Aiaî, por tua vida!

ΠΟΛΥΞΕΝΗ

ἐξαύδα· μὴ κρύψηις δαρόν.
δειμαίνω δειμαίνω, μᾶτερ,
τί ποτ' ἀναστένεις. 185

ΕΚΑΒΗ

τέκνον τέκνον μελέας ματρός...

ΠΟΛΥΞΕΝΗ

τί τόδ' ἀγγέλλεις;

ΕΚΑΒΗ

σφάξαι σ' Ἀργείων κοινὰ
συντείνει πρὸς τύμβον γνώμα
Πηλείαι γένναι. 190

ΠΟΛΥΞΕΝΗ

οἴμοι, μᾶτερ, πῶς φθέγγηι;
ἀμέγαρτα κακῶν μάνυσόν μοι,
μάνυσον, μᾶτερ.

ΕΚΑΒΗ

αὐδῶ, παῖ, δυσφήμους φήμας,
ἀγγέλλουσ' Ἀργείων δόξαι 195
ψήφωι τᾶς σᾶς περὶ μοίρας.

ΠΟΛΥΞΕΝΗ

ὦ δεινὰ παθοῦσ', ὦ παντλάμων, Ant.
ὦ δυστάνου, μᾶτερ, βιοτᾶς,
οἵαν οἵαν αὖ σοι λώβαν
†ἐχθίσταν ἀρρήταν τ' 200
ὦρσέν τις δαίμων†.
οὐκέτι σοι παῖς ἅδ' οὐκέτι δὴ
γήραι δειλαία δειλαίωι
συνδουλεύσω.

POLÍXENA

Diz! Não ocultes mais!
Receio, receio, ó mãe!
Por que, afinal, gemes? 185

HÉCUBA

Filha! Filha de mísera mãe!

POLÍXENA

O que assim anuncias?

HÉCUBA

A opinião comum dos argivos
compele a imolar-te no túmulo
em honra do Pelida. 190

POLÍXENA

Oímoi, mãe! Que tu dizes?
Revela males deploráveis!
Revela, ó mãe!

HÉCUBA

Digo nefandas falas, filha!
Anunciam que decidiram 195
argivos tua sorte no voto.

POLÍXENA

Ó terríveis dores! Ó mísera! Ant.
Ó mãe, que infausta vida!
Que perda, que perda
adversa e nefasta 200
o Nume te impôs!
Não mais tens esta filha!
Não mais serei servente
mísera de mísera velhice.

σκύμνον γάρ μ' ὥστ' οὐριθρέπταν 205
μόσχον δειλαία δειλαίαν
<   > ἐσόψηι
χειρὸς ἀναρπαστὰν
σᾶς ἄπο λαιμότομόν θ' Ἅιδαι
γᾶς ὑποπεμπομέναν σκότον, ἔνθα νεκρῶν μέτα
τάλαινα κείσομαι. 210

[καὶ σοῦ μέν, μᾶτερ, δυστάνου
κλαίω πανδύρτοις θρήνοις,
τὸν ἐμὸν δὲ βίον λώβαν λύμαν τ'
οὐ μετακλαίομαι, ἀλλὰ θανεῖν μοι
ξυντυχία κρείσσων ἐκύρησεν.] 215

ΧΟΡΟΣ
καὶ μὴν Ὀδυσσεὺς ἔρχεται σπουδῆι ποδός,
Ἑκάβη, νέον τι πρὸς σὲ σημανῶν ἔπος.

ΟΔΥΣΣΕΥΣ
γύναι, δοκῶ μέν σ' εἰδέναι γνώμην στρατοῦ
ψῆφόν τε τὴν κρανθεῖσαν· ἀλλ' ὅμως φράσω.
ἔδοξ' Ἀχαιοῖς παῖδα σὴν Πολυξένην 220
σφάξαι πρὸς ὀρθὸν χῶμ' Ἀχιλλείου τάφου.
ἡμᾶς δὲ πομποὺς καὶ κομιστῆρας κόρης
τάσσουσιν εἶναι· θύματος δ' ἐπιστάτης
ἱερεύς τ' ἐπέσται τοῦδε παῖς Ἀχιλλέως.
οἶσθ' οὖν ὃ δρᾶσον· μήτ' ἀποσπασθῆις βίαι 225
μήτ' ἐς χερῶν ἅμιλλαν ἐξέλθηις ἐμοί,
γίγνωσκε δ' ἀλκὴν καὶ παρουσίαν κακῶν
τῶν σῶν· σοφόν τοι κἀν κακοῖς ἃ δεῖ φρονεῖν.

ΕΚΑΒΗ
αἰαῖ· παρέστηχ', ὡς ἔοικ', ἀγὼν μέγας,

Mísera tu me verás 205
a mim, mísera filha,
qual novilha montesa
arrebatada de tua mão,
degolada e dada às trevas
da terra em Hades onde
com mortos jazerei mísera. 210

Ó mãe, por ti, infausta,
choro lamurioso pranto.
Não choro a vida, a perda
e a privação, aliás a morte
me torna melhor a sorte. 215

[*Primeiro episódio* (216-443)]

CORO

Odisseu aqui vem a passo rápido,
Hécuba, para te dizer algo novo.

ODISSEU

Mulher, creio que tu sabes da tropa
o ânimo e os votos dados, mas direi.
Os aqueus decidiram imolar tua filha 220
Políxena ao sepulcro reto de Aquiles;
fazem-nos a escolta e os condutores
da virgem; o diretor desse sacrifício
e sacerdote será o filho de Aquiles.
Sabes que fazer. Não te tirem à força, 225
nem saias comigo à luta de braço!
Conhece o poder e presença dos teus
males! Neles cabe devida prudência.

HÉCUBA

Aiaî! Parece presente a luta maior,

πλήρης στεναγμῶν οὐδὲ δακρύων κενός. 230
κἄγωγ' ἄρ' οὐκ ἔθνῃσκον οὗ μ' ἐχρῆν θανεῖν,
οὐδ' ὤλεσέν με Ζεύς, τρέφει δ' ὅπως ὁρῶ
κακῶν κάκ' ἄλλα μείζον' ἡ τάλαιν' ἐγώ.
εἰ δ' ἔστι τοῖς δούλοισι τοὺς ἐλευθέρους
μὴ λυπρὰ μηδὲ καρδίας δηκτήρια 235
ἐξιστορῆσαι, †σοὶ μὲν εἰρῆσθαι† χρεών,
ἡμᾶς δ' ἀκοῦσαι τοὺς ἐρωτῶντας τάδε.

ΟΔΥΣΣΕΥΣ

ἔξεστ', ἐρώτα· τοῦ χρόνου γὰρ οὐ φθονῶ.

ΕΚΑΒΗ

οἶσθ' ἡνίκ' ἦλθες Ἰλίου κατάσκοπος
δυσχλαινίαι τ' ἄμορφος ὀμμάτων τ' ἄπο 240
φόνου σταλαγμοὶ σὴν κατέσταζον γένυν;

ΟΔΥΣΣΕΥΣ

οἶδ'· οὐ γὰρ ἄκρας καρδίας ἔψαυσέ μου.

ΕΚΑΒΗ

ἔγνω δέ σ' Ἑλένη καὶ μόνηι κατεῖπ' ἐμοί;

ΟΔΥΣΣΕΥΣ

μεμνήμεθ' ἐς κίνδυνον ἐλθόντες μέγαν.

ΕΚΑΒΗ

ἥψω δὲ γονάτων τῶν ἐμῶν ταπεινὸς ὤν; 245

ΟΔΥΣΣΕΥΣ

ὥστ' ἐνθανεῖν γε σοῖς πέπλοισι χεῖρ' ἐμήν. 246

ΕΚΑΒΗ

τί δῆτ' ἔλεξας δοῦλος ὢν ἐμὸς τότε; 249

cheia de ais e não vazia de prantos. 230
Eu não morria onde devia morrer,
Zeus não me matou, e mais me faz
ver males maiores que males, mísera!
Se os servos podem indagar os livres
sem molestar nem morder o coração, 235
necessário se faz que te perguntemos
e ouçamos nós que isto perguntamos.

ODISSEU

Pode, pergunta! Não te nego tempo.

HÉCUBA

Sabe quando vieste espião de Ílion,
disforme nos andrajos e de teus olhos 240
gotas de sangue pingavam no queixo?

ODISSEU

Sei, não me tocou pouco o coração.

HÉCUBA

Helena te reconheceu e só a mim disse?

ODISSEU

Lembramos que corremos grande risco.

HÉCUBA

Tocaste-me os joelhos e foste humilde? 245

ODISSEU

Até a minha mão dormir em teu manto. 246

HÉCUBA

Que, então, sendo meu servo, disseste? 249

ΟΔΥΣΣΕΥΣ

πολλῶν λόγων εὑρήμαθ' ὥστε μὴ θανεῖν. 250

ΕΚΑΒΗ

ἔσωσα δῆτά σ' ἐξέπεμψά τε χθονός; 247

ΟΔΥΣΣΕΥΣ

ὥστ' εἰσορᾶν γε φέγγος ἡλίου τόδε. 248

ΕΚΑΒΗ

οὔκουν κακύνηι τοῖσδε τοῖς βουλεύμασιν, 251
ὃς ἐξ ἐμοῦ μὲν ἔπαθες οἷα φὴις παθεῖν,
δρᾶις δ' οὐδὲν ἡμᾶς εὖ, κακῶς δ' ὅσον δύναι;
ἀχάριστον ὑμῶν σπέρμ', ὅσοι δημηγόρους
ζηλοῦτε τιμάς· μηδὲ γιγνώσκοισθέ μοι, 255
οἳ τοὺς φίλους βλάπτοντες οὐ φροντίζετε,
ἢν τοῖσι πολλοῖς πρὸς χάριν λέγητέ τι.
ἀτὰρ τί δὴ σόφισμα τοῦθ' ἡγούμενοι
ἐς τήνδε παῖδα ψῆφον ὥρισαν φόνου;
πότερα τὸ χρή σφ' ἐπήγαγ' ἀνθρωποσφαγεῖν 260
πρὸς τύμβον, ἔνθα βουθυτεῖν μᾶλλον πρέπει;
ἢ τοὺς κτανόντας ἀνταποκτεῖναι θέλων
ἐς τήνδ' Ἀχιλλεὺς ἐνδίκως τείνει φόνον;
ἀλλ' οὐδὲν αὐτὸν ἥδε γ' εἴργασται κακόν.
Ἑλένην νιν αἰτεῖν χρῆν τάφωι προσφάγματα· 265
κείνη γὰρ ὤλεσέν νιν ἐς Τροίαν τ' ἄγει.
εἰ δ' αἰχμαλώτων χρή τιν' ἔκκριτον θανεῖν
κάλλει θ' ὑπερφέρουσαν, οὐχ ἡμῶν τόδε·
ἡ Τυνδαρὶς γὰρ εἶδος ἐκπρεπεστάτη,
ἀδικοῦσά θ' ἡμῶν οὐδὲν ἧσσον ηὑρέθη. 270
τῶι μὲν δικαίωι τόνδ' ἁμιλλῶμαι λόγον·
ἃ δ' ἀντιδοῦναι δεῖ σ' ἀπαιτούσης ἐμοῦ
ἄκουσον. ἥψω τῆς ἐμῆς, ὡς φῄς, χερὸς
καὶ τῆσδε γραίας προσπίτνων παρηίδος·
ἀνθάπτομαί σου τῶνδε τῶν αὐτῶν ἐγὼ 275

ODISSEU

Para não morrer achei muitas palavras. 250

HÉCUBA

Salvei-te, então, e enviei fora da terra? 247

ODISSEU

De modo a contemplar esta luz do sol. 248

HÉCUBA

Não estás agindo mal, com essa resolução, 251
quando foste tratado por mim como dizes,
e não me tratas bem, mas o pior possível?
Sem graça é vosso grão, de quantos sois
ávidos de cargos públicos. Ignorásseis-me! 255
Não tendes escrúpulos de lesar os amigos,
se usais a palavra para agradar a maioria.
Mas tendo que sofisma em consideração,
decidiram o voto de morte desta criança?
É necessário que lhe dê imolação humana 260
junto à tumba, onde mais convém bovina?
Ou porque quer matar os seus matadores
Aquiles com justiça estende a morte a ela?
Mas ela não lhe fez nunca nenhum mal.
Ele devia pedir Helena imolada na tumba, 265
pois ela sim o destruiu e conduziu a Troia.
Se uma deve morrer, seleta das cativas
e distinta pela beleza, isso não é nosso;
a Tindárida é a mais notável à vista,
e viu-se injusta não menos que nós. 270
Por justiça disputamos esta questão.
Peço-te o que por tua vez deves dar.
Ouve! Prosternado tocaste-me a mão,
como admitiste, e a face desta velha;
toco-te mesmamente por minha vez, 275

χάριν τ' ἀπαιτῶ τὴν τόθ' ἱκετεύω τέ σε,
μή μου τὸ τέκνον ἐκ χερῶν ἀποσπάσῃς
μηδὲ κτάνητε· τῶν τεθνηκότων ἅλις.
ταύτῃ γέγηθα κἀπιλήθομαι κακῶν·
ἥδ' ἀντὶ πολλῶν ἐστί μοι παραψυχή, 280
πόλις, τιθήνη, βάκτρον, ἡγεμὼν ὁδοῦ.
οὐ τοὺς κρατοῦντας χρὴ κρατεῖν ἃ μὴ χρεὼν
οὐδ' εὐτυχοῦντας εὖ δοκεῖν πράξειν ἀεί·
κἀγὼ γὰρ ἦ ποτ' ἀλλὰ νῦν οὐκ εἴμ' ἔτι,
τὸν πάντα δ' ὄλβον ἦμαρ ἕν μ' ἀφείλετο. 285
ἀλλ', ὦ φίλον γένειον, αἰδέσθητί με,
οἴκτιρον· ἐλθὼν δ' εἰς Ἀχαιικὸν στρατὸν
παρηγόρησον ὡς ἀποκτείνειν φθόνος
γυναῖκας, ἃς τὸ πρῶτον οὐκ ἐκτείνατε
βωμῶν ἀποσπάσαντες ἀλλ' ᾠκτίρατε. 290
νόμος δ' ἐν ὑμῖν τοῖς τ' ἐλευθέροις ἴσος
καὶ τοῖσι δούλοις αἵματος κεῖται πέρι.
τὸ δ' ἀξίωμα, κἂν κακῶς λέγῃς, τὸ σὸν
πείσει· λόγος γὰρ ἔκ τ' ἀδοξούντων ἰὼν
κἀκ τῶν δοκούντων αὑτὸς οὐ ταὐτὸν σθένει. 295

ΧΟΡΟΣ

οὐκ ἔστιν οὕτω στερρὸς ἀνθρώπου φύσις
ἥτις γόων σῶν καὶ μακρῶν ὀδυρμάτων
κλύουσα θρήνους οὐκ ἂν ἐκβάλοι δάκρυ.

ΟΔΥΣΣΕΥΣ

Ἑκάβη, διδάσκου, μηδὲ τῷ θυμουμένῳ
τὸν εὖ λέγοντα δυσμενῆ ποιοῦ φρενός. 300
ἐγὼ τὸ μὲν σὸν σῶμ' ὑφ' οὗπερ εὐτύχουν
σῴζειν ἕτοιμός εἰμι κοὐκ ἄλλως λέγω·
ἃ δ' εἶπον εἰς ἅπαντας οὐκ ἀρνήσομαι,
Τροίας ἁλούσης ἀνδρὶ τῷ πρώτῳ στρατοῦ
σὴν παῖδα δοῦναι σφάγιον ἐξαιτουμένῳ. 305
ἐν τῷδε γὰρ κάμνουσιν αἱ πολλαὶ πόλεις,

peço-te a graça de outrora e suplico:
não me arranques a filha dos braços!
Não mates a filha! Basta de mortos!
Com ela me alegro e esqueço males.
Ela em muitos casos é meu refrigério, 280
urbe, nutriz, bastão, guia do caminho.
Quem pode não deve poder indevido,
nem com boa sorte crer tê-la sempre;
eu fui outrora, mas agora não mais,
um só dia me retirou toda a riqueza. 285
Mas, ó caro queixo, tem-me respeito!
Apieda-te! Vai tu à tropa de aqueus,
perora que é negativo matar mulheres
que não matastes tão logo quando
tirastes do altar, mas vos apiedastes! 290
A vossa lei sobre sangue tem vigor
igual para os livres e para os servos.
O renome, ainda que não fales bem,
persuadirá. Não têm o mesmo poder
fala de sem renome e de renomados. 295

CORO

A natureza humana não é tão dura
que não chorasse, ouvindo teus ais
e teus longos e lamentosos prantos.

ODISSEU

Hécuba, aprende! No furente espírito
não tomes por inimigo quem diz bem! 300
Estou pronto a salvar-te a ti, por quem
tive boa sorte, e isso não falo em vão,
não negarei o que eu disse para todos:
capturada Troia, dar tua filha imolada
ao primeiro da tropa, já que ele pede. 305
Muitas urbes claudicam neste ponto,

ὅταν τις ἐσθλὸς καὶ πρόθυμος ὢν ἀνὴρ
μηδὲν φέρηται τῶν κακιόνων πλέον.
ἡμῖν δ' Ἀχιλλεὺς ἄξιος τιμῆς, γύναι,
θανὼν ὑπὲρ γῆς Ἑλλάδος κάλλιστ' ἀνήρ. 310
οὔκουν τόδ' αἰσχρόν, εἰ βλέποντι μὲν φίλωι
χρώμεσθ', ἐπεὶ δ' ὄλωλε μὴ χρώμεσθ' ἔτι;
εἶέν· τί δῆτ' ἐρεῖ τις, ἤν τις αὖ φανῆι
στρατοῦ τ' ἄθροισις πολεμίων τ' ἀγωνία;
πότερα μαχούμεθ' ἢ φιλοψυχήσομεν, 315
τὸν κατθανόνθ' ὁρῶντες οὐ τιμώμενον;
καὶ μὴν ἔμοιγε ζῶντι μὲν καθ' ἡμέραν
κεἰ σμίκρ' ἔχοιμι πάντ' ἂν ἀρκούντως ἔχοι·
τύμβον δὲ βουλοίμην ἂν ἀξιούμενον
τὸν ἐμὸν ὁρᾶσθαι· διὰ μακροῦ γὰρ ἡ χάρις. 320
εἰ δ' οἰκτρὰ πάσχειν φῄς, τάδ' ἀντάκουέ μου·
εἰσὶν παρ' ἡμῖν οὐδὲν ἧσσον ἄθλιαι
γραῖαι γυναῖκες ἠδὲ πρεσβῦται σέθεν,
νύμφαι τ' ἀρίστων νυμφίων τητώμεναι,
ὧν ἥδε κεύθει σώματ' Ἰδαία κόνις. 325
τόλμα τάδ'. ἡμεῖς δ', εἰ κακῶς νομίζομεν
τιμᾶν τὸν ἐσθλόν, ἀμαθίαν ὀφλήσομεν·
οἱ βάρβαροι δὲ μήτε τοὺς φίλους φίλους
ἡγεῖσθε μήτε τοὺς καλῶς τεθνηκότας
θαυμάζεθ', ὡς ἂν ἡ μὲν Ἑλλὰς εὐτυχῆι, 330
ὑμεῖς δ' ἔχηθ' ὅμοια τοῖς βουλεύμασιν.

ΧΟΡΟΣ

αἰαῖ· τὸ δοῦλον ὡς κακὸν πέφυκ' ἀεὶ
τολμᾶι θ' ἃ μὴ χρή, τῆι βίαι νικώμενον.

ΕΚΑΒΗ

ὦ θύγατερ, οὑμοὶ μὲν λόγοι πρὸς αἰθέρα
φροῦδοι μάτην ῥιφθέντες ἀμφὶ σοῦ φόνου· 335
σὺ δ', εἴ τι μείζω δύναμιν ἢ μήτηρ ἔχεις,
σπούδαζε πάσας ὥστ' ἀηδόνος στόμα

quando um varão nobre e empenhado
não leva consigo mais do que os piores.
Aquiles nos é digno de honra, mulher,
varão morto em boa defesa da Grécia. 310
Não é oprobrioso se temos por amigo
em vida, mas, morto, não temos mais?
Seja! Que se dirá, se reunião de tropa
e combate de inimigos outra vez surgir?
Combateremos ou prezaremos a vida, 315
quando vemos não se honrar o morto?
De fato, para mim, em vida, ainda que
cada dia eu tivesse pouco, me bastaria,
mas gostaria de ver minha tumba ser
honrada, pois a graça muito perdura. 320
Se pensas ter lúgubres dores, ouve-me:
há conosco mulheres velhas e anciãs
em nada menos míseras do que tu,
e noivas viúvas dos melhores noivos
cujos corpos a poeira no Ida recobre. 325
Suporta-o. Nós, se mal acostumados
por honrar o bravo, seremos néscios.
Vós, bárbaros, não tendes os amigos
por amigos, nem admirais os bravos
mortos, para a Grécia ter boa sorte, 330
e vós terdes algo igual às resoluções.

CORO

Aiaî! A servidão é má por natureza.
Suporta o indevido, vencida à força!

HÉCUBA

Ó filha, minhas palavras para o céu
se foram, ditas inúteis de tua morte. 335
Tu, se tens mais força do que a mãe,
apressa-te a lançar, qual rouxinol,

φθογγὰς ἱεῖσα, μὴ στερηθῆναι βίου.
πρόσπιπτε δ' οἰκτρῶς τοῦδ' Ὀδυσσέως γόνυ
καὶ πεῖθ' (ἔχεις δὲ πρόφασιν· ἔστι γὰρ τέκνα 340
καὶ τῷδε) τὴν σὴν ὥστ' ἐποικτῖραι τύχην.

ΠΟΛΥΞΕΝΗ

ὁρῶ σ', Ὀδυσσεῦ, δεξιὰν ὑφ' εἵματος
κρύπτοντα χεῖρα καὶ πρόσωπον ἔμπαλιν
στρέφοντα, μή σου προσθίγω γενειάδος.
θάρσει· πέφευγας τὸν ἐμὸν Ἱκέσιον Δία· 345
ὡς ἕψομαί γε τοῦ τ' ἀναγκαίου χάριν
θανεῖν τε χρῄζουσ'· εἰ δὲ μὴ βουλήσομαι,
κακὴ φανοῦμαι καὶ φιλόψυχος γυνή.
τί γάρ με δεῖ ζῆν; ᾗι πατὴρ μὲν ἦν ἄναξ
Φρυγῶν ἁπάντων· τοῦτό μοι πρῶτον βίου. 350
ἔπειτ' ἐθρέφθην ἐλπίδων καλῶν ὕπο
βασιλεῦσι νύμφη, ζῆλον οὐ σμικρὸν γάμων
ἔχουσ', ὅτου δῶμ' ἑστίαν τ' ἀφίξομαι.
δέσποινα δ' ἡ δύστηνος Ἰδαίαισιν ἦ,
γυναιξὶ παρθένοις τ' ἀπόβλεπτος μέτα, 355
ἴση θεοῖσι πλὴν τὸ κατθανεῖν μόνον.
νῦν δ' εἰμὶ δούλη. πρῶτα μέν με τοὔνομα
θανεῖν ἐρᾶν τίθησιν οὐκ εἰωθὸς ὄν·
ἔπειτ' ἴσως ἂν δεσποτῶν ὠμῶν φρένας
τύχοιμ' ἄν, ὅστις ἀργύρου μ' ὠνήσεται, 360
τὴν Ἕκτορός τε χἀτέρων πολλῶν κάσιν,
προσθεὶς δ' ἀνάγκην σιτοποιὸν ἐν δόμοις
σαίρειν τε δῶμα κερκίσιν τ' ἐφεστάναι
λυπρὰν ἄγουσαν ἡμέραν μ' ἀναγκάσει·
λέχη δὲ τἀμὰ δοῦλος ὠνητός ποθεν 365
χρανεῖ, τυράννων πρόσθεν ἠξιωμένα.
οὐ δῆτ'· ἀφίημ' ὀμμάτων ἐλευθέρων
φέγγος τόδ', Ἅιδηι προστιθεῖσ' ἐμὸν δέμας.
ἄγ' οὖν μ', Ὀδυσσεῦ, καὶ διέργασαί μ' ἄγων·
οὔτ' ἐλπίδος γὰρ οὔτε του δόξης ὁρῶ 370

todas as notas, para não te matarem.
Cai, mísera, ante o joelho de Odisseu!
Persuade-o (tens a deixa, ele também 340
tem filhos) a apiedar-se de tua sorte!

POLÍXENA

Odisseu, vejo que ocultas sob o manto
a mão direita e voltas o rosto para trás
para que não te toque à frente o queixo.
Coragem! Escapaste a meu Zeus súplice, 345
já que seguirei por causa do necessário,
e por querer morrer. Se eu não quiser,
parecerei uma inepta que preza a vida.
Por que devo viver? Meu pai era o rei
dos frígios todos, assim começo a vida. 350
Depois as belas esperanças me fizeram
noiva de reis, causa de não pouca inveja
das núpcias de quem me levasse ao lar.
Essa infausta princesa era admirada
no Ida entre as mulheres e as virgens, 355
igual aos Deuses, exceto por morrer.
Agora sou servente. Primeiro o nome
me fez querer morrer por ser insólito,
depois talvez tivesse donos crueis,
quem me comprasse com dinheiro, 360
à irmã de Heitor e muitos outros,
e com a coerção de cozer em casa,
varrer a casa e dedicar-me ao tear,
me obrigará cumprir triste jornada.
Algum servente comprado algures 365
sujará meu leito antes digno de reis.
Isso nunca! Repilo dos olhos livres
esse dia, ao entregar-me ao Hades.
Leva-me, Odisseu! Leva e mata-me!
Não vejo em nós ousadia de esperar 370

θάρσος παρ' ἡμῖν ὥς ποτ' εὖ πρᾶξαί με χρή.
μῆτερ, σὺ δ' ἡμῖν μηδὲν ἐμποδὼν γένηι
λέγουσα μηδὲ δρῶσα, συμβούλου δέ μοι
θανεῖν πρὶν αἰσχρῶν μὴ κατ' ἀξίαν τυχεῖν.
ὅστις γὰρ οὐκ εἴωθε γεύεσθαι κακῶν 375
φέρει μέν, ἀλγεῖ δ' αὐχέν' ἐντιθεὶς ζυγῶι·
θανὼν δ' ἂν εἴη μᾶλλον εὐτυχέστερος
ἢ ζῶν· τὸ γὰρ ζῆν μὴ καλῶς μέγας πόνος.

ΧΟΡΟΣ

δεινὸς χαρακτὴρ κἀπίσημος ἐν βροτοῖς
ἐσθλῶν γενέσθαι, κἀπὶ μεῖζον ἔρχεται 380
τῆς εὐγενείας ὄνομα τοῖσιν ἀξίοις.

ΕΚΑΒΗ

καλῶς μὲν εἶπας, θύγατερ, ἀλλὰ τῶι καλῶι
λύπη πρόσεστιν. εἰ δὲ δεῖ τῶι Πηλέως
χάριν γενέσθαι παιδὶ καὶ ψόγον φυγεῖν
ὑμᾶς, Ὀδυσσεῦ, τήνδε μὲν μὴ κτείνετε, 385
ἡμᾶς δ' ἄγοντες πρὸς πυρὰν Ἀχιλλέως
κεντεῖτε, μὴ φείδεσθ'· ἐγὼ 'τεκον πάριν,
ὃς παῖδα Θέτιδος ὤλεσεν τόξοις βαλών.

ΟΔΥΣΣΕΥΣ

οὐ σ', ὦ γεραιά, κατθανεῖν Ἀχιλλέως
φάντασμ' Ἀχαιοὺς ἀλλὰ τήνδ' ἠιτήσατο. 390

ΕΚΑΒΗ

ὑμεῖς δέ μ' ἀλλὰ θυγατρὶ συμφονεύσατε,
καὶ δὶς τόσον πῶμ' αἵματος γενήσεται
γαίαι νεκρῶι τε τῶι τάδ' ἐξαιτουμένωι.

ΟΔΥΣΣΕΥΣ

ἅλις κόρης σῆς θάνατος, οὐ προσοιστέος
ἄλλος πρὸς ἄλλωι· μηδὲ τόνδ' ὠφείλομεν. 395

nem de crer um dia dever estar bem.
Ó mãe, não nos imponhas empecilho
por fala ou ação! Aprova meu desejo
de morrer antes de indignos vexames!
Quem não habituado a provar males 375
suporta, mas dói o pescoço subjugado.
Morta, eu obteria sorte melhor que
viva. Não viver bem é grande aflição.

CORO

Terrível e notável marca dos mortais
é a origem de nobres e para os dignos 380
maior se torna o renome de nobreza.

HÉCUBA

Belas palavras, filha, mas ao belo
dor concerne. Se for necessário ser
grato ao Pelida e evitar invectiva,
a esta não a mateis vós, Odisseu, 385
mas levai-me ante a pira de Aquiles
e matai-me, sem dó! Eu gerei Páris,
que matou o filho de Tétis com setas.

ODISSEU

Não, ó velha! O espectro de Aquiles
não pediu que morresses tu, mas ela. 390

HÉCUBA

Mas matai-me vós com minha filha
e a terra e o morto que a reclama
terão uma dúplice poção de sangue!

ODISSEU

Basta a morte de tua filha! Outra
não se acresça! Nem a devêssemos! 395

ΕΚΑΒΗ

πολλή γ' ἀνάγκη θυγατρὶ συνθανεῖν ἐμέ.

ΟΔΥΣΣΕΥΣ

πῶς; οὐ γὰρ οἶδα δεσπότας κεκτημένος.

ΕΚΑΒΗ

ὅμοια· κισσὸς δρυὸς ὅπως τῆσδ' ἕξομαι.

ΟΔΥΣΣΕΥΣ

οὔκ, ἤν γε πείθηι τοῖσι σοῦ σοφωτέροις.

ΕΚΑΒΗ

ὡς τῆσδ' ἑκοῦσα παιδὸς οὐ μεθήσομαι. 400

ΟΔΥΣΣΕΥΣ

ἀλλ' οὐδ' ἐγὼ μὴν τήνδ' ἄπειμ' αὐτοῦ λιπών.

ΠΟΛΥΞΕΝΗ

μῆτερ, πιθοῦ μοι· καὶ σύ, παῖ Λαερτίου,
χάλα τοκεῦσιν εἰκότως θυμουμένοις,
σύ τ', ὦ τάλαινα, τοῖς κρατοῦσι μὴ μάχου.
βούληι πεσεῖν πρὸς οὖδας ἑλκῶσαί τε σὸν 405
γέροντα χρῶτα πρὸς βίαν ὠθουμένη
ἀσχημονῆσαί τ' ἐκ νέου βραχίονος
σπασθεῖσ', ἃ πείσηι; μὴ σύ γ'· οὐ γὰρ ἄξιον.
ἀλλ', ὦ φίλη μοι μῆτερ, ἡδίστην χέρα
δὸς καὶ παρειὰν προσβαλεῖν παρηίδι· 410
ὡς οὔποτ' αὖθις ἀλλὰ νῦν πανύστατον
ἀκτῖνα κύκλον θ' ἡλίου προσόψομαι.
τέλος δέχηι δὴ τῶν ἐμῶν προσφθεγμάτων·
ὦ μῆτερ ὦ τεκοῦσ', ἄπειμι δὴ κάτω. 414

ΕΚΑΒΗ

οἰκτρὰ σύ, τέκνον, ἀθλία δ' ἐγὼ γυνή. 417

HÉCUBA

Grande coerção morrer com a filha.

ODISSEU

Como? Pois eu não sei ter senhores.

HÉCUBA

Assim como hera ao carvalho reterei.

ODISSEU

Não, se ouves os mais sábios que tu.

HÉCUBA

Porque por mim não deixo esta filha. 400

ODISSEU

Mas nem eu partirei se a deixar aqui.

POLÍXENA

Mãe, ouve-me! Tu, ó filho de Laertes,
sê brando com pais por certo furiosos!
Tu, ó mísera, não lutes contra os reis!
Queres cair no chão, vulnerar teu velho 405
corpo, ao ser arrastada com violência,
desfigurar-te, removida por braço novo?
Sofrerás isso? Não tu! Não seria digno.
Ó minha cara mãe, dá-me o mais doce
abraço, e aproxima a face junto à face, 410
porque nunca mais e pela última vez,
contemplarei os raios e o disco do sol.
Aceites o termo das minhas palavras,
ó mãe genitora! Partirei para os ínferos. 414

HÉCUBA

Mísera és tu, filha; eu, mísera mulher! 417

ΠΟΛΥΞΕΝΗ

ἐκεῖ δ' ἐν Ἅιδου κείσομαι χωρὶς σέθεν. 418

ΕΚΑΒΗ

οἴμοι· τί δράσω; ποῖ τελευτήσω βίον; 419

ΠΟΛΥΞΕΝΗ

δούλη θανοῦμαι, πατρὸς οὖσ' ἐλευθέρου... 420

ΕΚΑΒΗ

ὦ θύγατερ, ἡμεῖς δ' ἐν φάει δουλεύσομεν. 415

ΠΟΛΥΞΕΝΗ

ἄνυμφος ἀνυμέναιος ὧν μ' ἐχρῆν τυχεῖν. 416

ΕΚΑΒΗ

ἡμεῖς δὲ πεντήκοντά γ' ἄμμοροι τέκνων. 421

ΠΟΛΥΞΕΝΗ

τί σοι πρὸς Ἕκτορ' ἢ γέροντ' εἴπω πόσιν;

ΕΚΑΒΗ

ἄγγελλε πασῶν ἀθλιωτάτην ἐμέ.

ΠΟΛΥΞΕΝΗ

ὦ στέρνα μαστοί θ', οἵ μ' ἐθρέψαθ' ἡδέως.

ΕΚΑΒΗ

ὦ τῆς ἀώρου θύγατερ ἀθλία τύχης. 425

ΠΟΛΥΞΕΝΗ

χαῖρ', ὦ τεκοῦσα, χαῖρε Κασσάνδρα τέ μοι...

ΕΚΑΒΗ

χαίρουσιν ἄλλοι, μητρὶ δ' οὐκ ἔστιν τόδε.

POLÍXENA

Lá, junto a Hades, eu jazerei sem ti. 418

HÉCUBA

Oímoi! Que fazer? Onde findar a vida? 419

POLÍXENA

Morrerei servente, sendo de pai livre... 420

HÉCUBA

Ó filha, nós, vivas, seremos serventes. 415

POLÍXENA

... sem noivo nem núpcias que eu teria. 416

HÉCUBA

Nós, sem partilha de cinquenta filhos! 421

POLÍXENA

Que digo a Heitor e teu velho esposo?

HÉCUBA

Anuncia-me a mais sofredora de todas.

POLÍXENA

Ó peito e seios, docemente me nutristes!

HÉCUBA

Ó mísera filha de prematura sorte! 425

POLÍXENA

Salve, ó mãe! Salve, Cassandra minha!

HÉCUBA

Salve-se outrem! Isso a mãe não pode.

ΠΟΛΥΞΕΝΗ

ὅ τ' ἐν φιλίπποις Θρῃξὶ Πολύδωρος κάσις.

ΕΚΑΒΗ

εἰ ζῇι γ'· ἀπιστῶ δ'· ὧδε πάντα δυστυχῶ.

ΠΟΛΥΞΕΝΗ

ζῇι καὶ θανούσης ὄμμα συγκλῄσει τὸ σόν. 430

ΕΚΑΒΗ

τέθνηκ' ἔγωγε πρὶν θανεῖν κακῶν ὕπο.

ΠΟΛΥΞΕΝΗ

κόμιζ', Ὀδυσσεῦ, μ' ἀμφιθεὶς κάραι πέπλους,
ὡς πρὶν σφαγῆναί γ' ἐκτέτηκα καρδίαν
θρήνοισι μητρὸς τήνδε τ' ἐκτήκω γόοις.
ὦ φῶς· προσειπεῖν γὰρ σὸν ὄνομ' ἔξεστί μοι, 435
μέτεστι δ' οὐδὲν πλὴν ὅσον χρόνον ξίφους
βαίνω μεταξὺ καὶ πυρᾶς Ἀχιλλέως.

ΕΚΑΒΗ

οἳ 'γώ, προλείπω, λύεται δέ μου μέλη.
ὦ θύγατερ, ἅψαι μητρός, ἔκτεινον χέρα,
δός, μὴ λίπῃς μ' ἄπαιδ'. ἀπωλόμην, φίλαι. 440
[ὣς τὴν Λάκαιναν σύγγονον Διοσκόροιν
Ἑλένην ἴδοιμι· διὰ καλῶν γὰρ ὀμμάτων
αἴσχιστα Τροίαν εἷλε τὴν εὐδαίμονα.]

ΧΟΡΟΣ

αὔρα, ποντιὰς αὔρα, Est. 1
ἅτε ποντοπόρους κομί- 445
ζεις θοὰς ἀκάτους ἐπ' οἶδμα λίμνας,
ποῖ με τὰν μελέαν πορεύ-

POLÍXENA
Polidoro irmão, nos trácios cavaleiros!

HÉCUBA
Se vive, descreio, tenho toda má sorte.

POLÍXENA
Vive e ao morreres fechará teus olhos. 430

HÉCUBA
Estou morta de males antes de morrer.

POLÍXENA
Conduz-me, Odisseu, com véus no rosto,
porque antes de imolada tenho o coração
mole com os prantos e gemidos maternos!
Ó luz, ainda posso invocar o teu nome, 435
mas não compartilho senão o entretempo
de caminhar até a faca e a pira de Aquiles!

HÉCUBA
Ai, desfaleço! Soltam-me os membros.
Ó filha, toca a mãe! Estende a mão! Dá!
Não me deixes sem filha! Morri, amigas! 440
Assim eu visse Helena, a lacônia irmã
de Dióscoros, porque por belos olhos
destruiu torpemente Troia de bom Nume!

[*Primeiro estásimo* (444-483)]

CORO
Brisa, brisa marinha Est. 1
que conduzes transmarinos 445
velozes barcos por onda do mar,
aonde me levas a mim, mísera?

σεις; τῶι δουλόσυνος πρὸς οἶκον κτηθεῖσ' ἀφίξομαι; ἢ
Δωρίδος ὅρμον αἴας, 450
ἢ Φθιάδος ἔνθα τὸν
καλλίστων ὑδάτων πατέρα
φασὶν Ἀπιδανὸν πεδία λιπαίνειν,

ἢ νάσων, ἁλιήρει Ant. 1
κώπαι πεμπομέναν τάλαι- 456
ναν, οἰκτρὰν βιοτὰν ἔχουσαν οἴκοις,
ἔνθα πρωτόγονός τε φοῖ-
νιξ δάφνα θ' ἱεροὺς ἀνέ-
σχε πτόρθους Λατοῖ φίλον ὠ- 460
δῖνος ἄγαλμα Δίας;
σὺν Δηλιάσιν τε κού-
ραισιν Ἀρτέμιδος θεᾶς
χρυσέαν τ' ἄμπυκα τόξα τ' εὐλογήσω; 465

ἢ Παλλάδος ἐν πόλει Est. 2
τὰς καλλιδίφρους Ἀθα-
ναίας ἐν κροκέωι πέπλωι
ζεύξομαι ἆρα πώ-
λους ἐν δαιδαλέαισι ποι-
κίλλουσ' ἀνθοκρόκοισι πή- 470
ναις ἢ Τιτάνων γενεάν,
τὰν Ζεὺς ἀμφιπύρωι κοιμί-
ζει φλογμῶι Κρονίδας;

ὤμοι τεκέων ἐμῶν, Ant. 2
ὤμοι πατέρων χθονός θ', 476
ἃ καπνῶι κατερείπεται
τυφομένα δορί-
κτητος Ἀργεΐων· ἐγὼ
δ' ἐν ξείναι χθονὶ δὴ κέκλη- 480
μαι δούλα, λιποῦσ' Ἀσίαν,

Servente adquirida,
a que casa chegarei?
A um porto da terra dória? 450
Ou da Ftia, onde o pai Apídano
de belíssimas águas,
dizem, fecunda a planície?

Ou das ilhas, com remo Ant. 1
salino escoltada, mísera, 456
a levar triste vida em casa,
onde a primeira palmeira
e laurácea ofereceram sacros
brotos a Leto, grata imagem 460
do parto dos filhos de Zeus,
e com as donzelas de Delo
louvarei a áurea tiara
e aljava da Deusa Ártemis? 465

Ou na urbe de Palas Est. 2
jungirei as potras ao
belo carro de Atena
num manto cróceo,
na dedálea cambiante
tela de flores bordadas, 470
ou a geração de Titãs
que Zeus Crônida com
dúplice raio derruba?

Ómoi! Por meus filhos! Ant. 2
Ómoi! Por pais e terra 476
devastada esfumaçada
fumegante pilhada
por lança argiva! Em
terra estranha me chamo 480
servente, ao vir de Ásia,

Εὐρώπας θεραπνᾶν ἀλλά-
ξασ' Ἅιδα θαλάμους.

ΤΑΛΘΥΒΙΟΣ
ποῦ τὴν ἄνασσαν δή ποτ' οὖσαν Ἰλίου
Ἑκάβην ἂν ἐξεύροιμι, Τρωιάδες κόραι; 485

ΧΟΡΟΣ
αὕτη πέλας σοῦ νῶτ' ἔχουσ' ἐπὶ χθονί,
Ταλθύβιε, κεῖται συγκεκλῃμένη πέπλοις.

ΤΑΛΘΥΒΙΟΣ
ὦ Ζεῦ, τί λέξω; πότερά σ' ἀνθρώπους ὁρᾶν
ἢ δόξαν ἄλλως τήνδε κεκτῆσθαι μάτην
[ψευδῆ, δοκοῦντας δαιμόνων εἶναι γένος], 490
τύχην δὲ πάντα τἀν βροτοῖς ἐπισκοπεῖν;
οὐχ ἥδ' ἄνασσα τῶν πολυχρύσων Φρυγῶν,
οὐχ ἥδε Πριάμου τοῦ μέγ' ὀλβίου δάμαρ;
καὶ νῦν πόλις μὲν πᾶσ' ἀνέστηκεν δορί,
αὐτὴ δὲ δούλη γραῦς ἄπαις ἐπὶ χθονὶ 495
κεῖται, κόνει φύρουσα δύστηνον κάρα.
φεῦ φεῦ· γέρων μέν εἰμ', ὅμως δέ μοι θανεῖν
εἴη πρὶν αἰσχρᾶι περιπεσεῖν τύχηι τινί.
ἀνίστασ', ὦ δύστηνε, καὶ μετάρσιον
πλευρὰν ἔπαιρε καὶ τὸ πάλλευκον κάρα. 500

ΕΚΑΒΗ
ἔα· τίς οὗτος σῶμα τοὐμὸν οὐκ ἐᾶι
κεῖσθαι; τί κινεῖς μ', ὅστις εἶ, λυπουμένην;

ΤΑΛΘΥΒΙΟΣ
Ταλθύβιος ἥκω, Δαναϊδῶν ὑπηρέτης
[Ἀγαμέμνονος πέμψαντος, ὦ γύναι, μέτα].

ao trocar por Europa
os aposentos de Hades.

[*Segundo episódio* (484-628)]

TALTÍBIO

Onde eu descobriria Hécuba rainha
antiga de Ílion, ó moças troianas? 485

CORO

Taltíbio, ela jaz perto de ti, envolta
em mantos, com as costas no chão.

TALTÍBIO

Ó Zeus, que dizer? Que vês os homens,
ou, ao invés, que tem essa vã opinião
falsa quem crê que há o ser dos Numes, 490
mas entre mortais Sorte observa tudo?
Não é esta a rainha dos auríferos frígios,
não é esta a esposa do opulento Príamo?
Agora, devastada por lança toda a urbe,
servente a anciã sem filhos jaz no chão, 495
manchando de poeira a cabeça infausta.
Pheû! Pheû! Sou velho, possa, porém,
morrer antes de cair em sorte indigna.
Ergue-te, ó infausta! Levanta teu flanco
soberbo e tua cabeça toda encanecida! 500

HÉCUBA

Deixa! Quem aí não me deixa jazer?
Quem és? Por que me incitas, aflita?

TALTÍBIO

Taltíbio servidor de Danaidas venho
enviado por Agamêmnon, ó mulher.

ΕΚΑΒΗ

ὦ φίλτατ', ἆρα κἄμ' ἐπισφάξαι τάφωι 505
δοκοῦν Ἀχαιοῖς ἦλθες; ὡς φίλ' ἂν λέγοις.
σπεύδωμεν, ἐγκονῶμεν· ἡγοῦ μοι, γέρον.

ΤΑΛΘΥΒΙΟΣ

σὴν παῖδα κατθανοῦσαν ὡς θάψηις, γύναι,
ἥκω μεταστείχων σε· πέμπουσιν δέ με
δισσοί τ' Ἀτρεῖδαι καὶ λεὼς Ἀχαιικός. 510

ΕΚΑΒΗ

οἴμοι, τί λέξεις; οὐκ ἄρ' ὡς θανουμένους
μετῆλθες ἡμᾶς ἀλλὰ σημανῶν κακά;
ὄλωλας, ὦ παῖ, μητρὸς ἁρπασθεῖσ' ἄπο,
ἡμεῖς δ' ἄτεκνοι τοὐπὶ σ'· ὦ τάλαιν' ἐγώ.
πῶς καί νιν ἐξεπράξατ'; ἆρ' αἰδούμενοι; 515
ἢ πρὸς τὸ δεινὸν ἤλθεθ' ὡς ἐχθράν, γέρον,
κτείνοντες; εἰπέ, καίπερ οὐ λέξων φίλα.

ΤΑΛΘΥΒΙΟΣ

διπλᾶ με χρήιζεις δάκρυα κερδᾶναι, γύναι,
σῆς παιδὸς οἴκτωι· νῦν τε γὰρ λέγων κακὰ
τέγξω τόδ' ὄμμα πρὸς τάφωι θ' ὅτ' ὤλλυτο. 520
παρῆν μὲν ὄχλος πᾶς Ἀχαιικοῦ στρατοῦ
πλήρης πρὸ τύμβου σῆς κόρης ἐπὶ σφαγάς,
λαβὼν δ' Ἀχιλλέως παῖς Πολυξένην χερὸς
ἔστησ' ἐπ' ἄκρου χώματος, πέλας δ' ἐγώ·
λεκτοί τ' Ἀχαιῶν ἔκκριτοι νεανίαι, 525
σκίρτημα μόσχου σῆς καθέξοντες χεροῖν,
ἕσποντο. πλῆρες δ' ἐν χεροῖν λαβὼν δέπας
πάγχρυσον αἴρει χειρὶ παῖς Ἀχιλλέως
χοὰς θανόντι πατρί· σημαίνει δέ μοι
σιγὴν Ἀχαιῶν παντὶ κηρῦξαι στρατῶι. 530
κἀγὼ καταστὰς εἶπον ἐν μέσοις τάδε·
Σιγᾶτ', Ἀχαιοί, σῖγα πᾶς ἔστω λεώς,

HÉCUBA

Ó caríssimo, vieste ao decidirem aqueus 505
imolar-me na tumba? Dirias tão grato!
Apressemos! Aviemos! Guia-me, velho!

TALTÍBIO

Para sepultares a filha morta, ó mulher,
venho à tua procura. Enviaram-me a ti
os dois Atridas e a multidão de aqueus. 510

HÉCUBA

Oímoi! Que dirás? Não para morrermos
vieste a nós, mas para anunciar males?
Morreste, filha, arrancada de tua mãe,
e nós, sem filhos, sem ti, mísera de mim!
Como a executastes? Reverentes? Velho, 515
ou fostes terríveis qual perante inimiga,
ao matar? Diz, ainda que ingrato digas!

TALTÍBIO

Ó mulher, queres que lucre dois prantos
de dó de tua filha, agora ao contar males
molho os olhos, e ante a tumba, à morte. 520
Era presente toda a turba da tropa de aqueus
plena perante a tumba ao imolarem tua filha.
O filho de Aquiles pegou pela mão Políxena
e pô-la no alto da tumba, eu estava perto,
os jovens seletos escolhidos entre aqueus 525
para conter nos braços salto de tua novilha
seguiam. Com taça toda de ouro nas mãos
plena, o filho de Aquiles ergue nas mãos
libações ao pai morto e faz-me sinal que
anuncie silêncio a toda a tropa de aqueus. 530
Eu parei de pé no meio deles e disse isto:
"Aqueus, calai-vos! Cale-se o povo todo

σίγα σιώπα. νήνεμον δ' ἔστησ' ὄχλον.
ὁ δ' εἶπεν· Ὦ παῖ Πηλέως, πατὴρ δ' ἐμός,
δέξαι χοάς μοι τάσδε κηλητηρίους, 535
νεκρῶν ἀρωγούς· ἐλθὲ δ', ὡς πίῃς μέλαν
κόρης ἀκραιφνὲς αἷμ' ὅ σοι δωρούμεθα
στρατός τε κἀγώ· πρευμενὴς δ' ἡμῖν γενοῦ
λῦσαί τε πρύμνας καὶ χαλινωτήρια
νεῶν δὸς ἡμῖν †πρευμενοῦς† τ' ἀπ' Ἰλίου 540
νόστου τυχόντας πάντας ἐς πάτραν μολεῖν.
τοσαῦτ' ἔλεξε, πᾶς δ' ἐπηύξατο στρατός.
εἶτ' ἀμφίχρυσον φάσγανον κώπης λαβὼν
ἐξεῖλκε κολεοῦ, λογάσι δ' Ἀργείων στρατοῦ
νεανίαις ἔνευσε παρθένον λαβεῖν. 545
ἡ δ', ὡς ἐφράσθη, τόνδ' ἐσήμηνεν λόγον·
Ὦ τὴν ἐμὴν πέρσαντες Ἀργεῖοι πόλιν,
ἑκοῦσα θνῄσκω· μή τις ἅψηται χροὸς
τοὐμοῦ· παρέξω γὰρ δέρην εὐκαρδίως.
ἐλευθέραν δέ μ', ὡς ἐλευθέρα θάνω, 550
πρὸς θεῶν, μεθέντες κτείνατ'· ἐν νεκροῖσι γὰρ
δούλη κεκλῆσθαι βασιλὶς οὖσ' αἰσχύνομαι.
λαοὶ δ' ἐπερρόθησαν Ἀγαμέμνων τ' ἄναξ
εἶπεν μεθεῖναι παρθένον νεανίαις.
[οἱ δ', ὡς τάχιστ' ἤκουσαν ὑστάτην ὄπα, 555
μεθῆκαν, οὗπερ καὶ μέγιστον ἦν κράτος.]
κἀπεὶ τόδ' εἰσήκουσε δεσποτῶν ἔπος,
λαβοῦσα πέπλους ἐξ ἄκρας ἐπωμίδος
ἔρρηξε λαγόνας ἐς μέσας παρ' ὀμφαλὸν
μαστούς τ' ἔδειξε στέρνα θ' ὡς ἀγάλματος 560
κάλλιστα, καὶ καθεῖσα πρὸς γαῖαν γόνυ
ἔλεξε πάντων τλημονέστατον λόγον·
Ἰδού, τόδ', εἰ μὲν στέρνον, ὦ νεανία,
παίειν προθυμῇ, παῖσον, εἰ δ' ὑπ' αὐχένα
χρῄζεις πάρεστι λαιμὸς εὐτρεπὴς ὅδε. 565
ὁ δ' οὐ θέλων τε καὶ θέλων οἴκτωι κόρης
τέμνει σιδήρωι πνεύματος διαρροάς·

calado em silêncio!" Fiz a turba serena
e ele disse: "Ó filho de Peleu, meu pai,
aceita-me estas libações propiciatórias 535
invocatórias de mortos. Vem beber
puro o negro sangue da jovem, que
a tropa e eu te damos. Sê-nos propício!
Dá-nos soltarmos as popas e cordames
dos navios! Dá-nos irmos todos de Ílion 540
com a sorte de propício retorno à pátria!"
Assim ele falou e a tropa toda fez a prece.
Depois pegou o punho da faca ambiáurea,
puxou da bainha, e deu aos jovens seletos
da tropa de aqueus sinal de pegar a moça. 545
Ela, ao perceber, proferiu esta palavra:
"Ó argivos, destruidores de minha urbe,
morro de bom grado. Não toquem minha
pele! Ofereço corajosamente o pescoço.
Por Deuses, para que eu morra livre, 550
deixai-me livre e matai! Entre os mortos
vexa-me sendo princesa dizer-me serva".
A multidão aplaudiu e o rei Agamêmnon
disse aos jovens que soltassem a moça.
Eles, tão logo ouviram a suprema voz, 555
soltaram, o poder maior ainda era dele.
Quando ela ouviu esta voz do senhor,
pegou o manto desde o alto do ombro,
rompeu até o meio cavo junto ao umbigo,
e mostrou seios e peito quais de estátua 560
belíssimos, e pondo os joelhos na terra,
disse a mais resoluta palavra de todas:
"Ó jovem, olha! Se te anima golpear
o peito, golpeia! Se queres golpear
o pescoço, está pronta esta garganta!" 565
Sem querer e querendo, por dó da moça,
ele corta com ferro os condutos do sopro.

κρουνοὶ δ' ἐχώρουν. ἡ δὲ καὶ θνήισκουσ' ὅμως
πολλὴν πρόνοιαν εἶχεν εὐσχήμως πεσεῖν,
κρύπτουσ' ἃ κρύπτειν ὄμματ' ἀρσένων χρεών. 570
ἐπεὶ δ' ἀφῆκε πνεῦμα θανασίμωι σφαγῆι,
οὐδεὶς τὸν αὐτὸν εἶχεν Ἀργείων πόνον,
ἀλλ' οἱ μὲν αὐτῶν τὴν θανοῦσαν ἐκ χερῶν
φύλλοις ἔβαλλον, οἱ δὲ πληροῦσιν πυρὰν
κορμοὺς φέροντες πευκίνους, ὁ δ' οὐ φέρων 575
πρὸς τοῦ φέροντος τοιάδ' ἤκουεν κακά·
Ἕστηκας, ὦ κάκιστε, τῆι νεάνιδι
οὐ πέπλον οὐδὲ κόσμον ἐν χεροῖν ἔχων;
οὐκ εἶ τι δώσων τῆι περίσσ' εὐκαρδίωι
ψυχήν τ' ἀρίστηι; τοιάδ' ἀμφὶ σῆς λέγων 580
παιδὸς θανούσης εὐτεκνωτάτην τέ σε
πασῶν γυναικῶν δυστυχεστάτην θ' ὁρῶ.

ΧΟΡΟΣ

δεινόν τι πῆμα Πριαμίδαις ἐπέζεσεν
πόλει τε τἠμῆι θεῶν ἀνάγκαισιν τόδε.

ΕΚΑΒΗ

ὦ θύγατερ, οὐκ οἶδ' εἰς ὅτι βλέψω κακῶν, 585
πολλῶν παρόντων· ἢν γὰρ ἅψωμαί τινος,
τόδ' οὐκ ἐᾶι με, παρακαλεῖ δ' ἐκεῖθεν αὖ
λύπη τις ἄλλη διάδοχος κακῶν κακοῖς.
καὶ νῦν τὸ μὲν σὸν ὥστε μὴ στένειν πάθος
οὐκ ἂν δυναίμην ἐξαλείψασθαι φρενός· 590
τὸ δ' αὖ λίαν παρεῖλες ἀγγελθεῖσά μοι
γενναῖος. οὔκουν δεινόν, εἰ γῆ μὲν κακὴ
τυχοῦσα καιροῦ θεόθεν εὖ στάχυν φέρει,
χρηστὴ δ' ἁμαρτοῦσ' ὧν χρεὼν αὐτὴν τυχεῖν
κακὸν δίδωσι καρπόν, ἄνθρωποι δ' ἀεὶ 595
ὁ μὲν πονηρὸς οὐδὲν ἄλλο πλὴν κακός,
ὁ δ' ἐσθλὸς ἐσθλὸς οὐδὲ συμφορᾶς ὕπο
φύσιν διέφθειρ' ἀλλὰ χρηστός ἐστ' ἀεί;

Jatos jorravam. Ao morrer, porém, ela
teve muita prudência de cair com decoro
ocultando o que ocultaria às vistas viris. 570
Quando por mortal degola soltou sopro,
nenhum argivo mantinha a mesma faina,
mas uns com as mãos lançavam as folhas
sobre a morta, outros completavam pira
com lenha de pinho, e quem não trouxesse 575
ouvia, de quem trazia, invectivas assim:
"Paraste, ó perverso, sem ter nas mãos
manto nem adorno em honra da moça?
Não darás algo à de coragem incomum
e vida exímia?" Ao falar assim de tua 580
filha morta, vejo-te de todas as mulheres
a de mais belos filhos e mais dura sorte.

CORO
Uma dor terrível ferveu nos Priâmidas
e urbe minha sob coerção dos Deuses.

HÉCUBA
Ó filha, não sei qual dos males olhar, 585
presentes muitos. Se eu tocar algum,
esse não me deixa, mas daí provoca
outra dor sucessora males após males.
Agora não poderia apagar do espírito
a dor por ti, de modo a não lamentar. 590
Tolheste-me excesso, proclamada
nobre. Não é terrível se a terra má
por sorte certa de Deus dá bom fruto
e a boa por falta do que ela deve ter
dá fruto mau, e entre homens, sempre, 595
o mau não é nada mais que covarde,
o valente, valente, nem no infortúnio,
perde a natureza, mas é sempre bom?

[ἆρ' οἱ τεκόντες διαφέρουσιν ἢ τροφαί;
ἔχει γε μέντοι καὶ τὸ θρεφθῆναι καλῶς 600
δίδαξιν ἐσθλοῦ· τοῦτο δ' ἤν τις εὖ μάθηι,
οἶδεν τό γ' αἰσχρὸν κανόνι τοῦ καλοῦ μαθών.]
καὶ ταῦτα μὲν δὴ νοῦς ἐτόξευσεν μάτην·
σὺ δ' ἐλθὲ καὶ σήμηνον Ἀργείοις τάδε,
μὴ θιγγάνειν μοι μηδέν' ἀλλ' εἴργειν ὄχλον 605
τῆς παιδός. ἔν τοι μυρίωι στρατεύματι
ἀκόλαστος ὄχλος ναυτική τ' ἀναρχία
κρείσσων πυρός, κακὸς δ' ὁ μή τι δρῶν κακόν.
σὺ δ' αὖ λαβοῦσα τεῦχος, ἀρχαία λάτρι,
βάψασ' ἔνεγκε δεῦρο ποντίας ἁλός, 610
ὡς παῖδα λουτροῖς τοῖς πανυστάτοις ἐμήν,
νύμφην τ' ἄνυμφον παρθένον τ' ἀπάρθενον,
λούσω προθῶμαί θ' — ὡς μὲν ἀξία, πόθεν;
οὐκ ἂν δυναίμην· ὡς δ' ἔχω (τί γὰρ πάθω;),
κόσμον γ' ἀγείρασ' αἰχμαλωτίδων πάρα, 615
αἵ μοι πάρεδροι τῶνδ' ἔσω σκηνωμάτων
ναίουσιν, εἴ τις τοὺς νεωστὶ δεσπότας
λαθοῦσ' ἔχει τι κλέμμα τῶν αὑτῆς δόμων.
ὦ σχήματ' οἴκων, ὦ ποτ' εὐτυχεῖς δόμοι,
ὦ πλεῖστ' ἔχων μάλιστά τ' εὐτεκνώτατε 620
Πρίαμε, γεραιά θ' ἥδ' ἐγὼ μήτηρ τέκνων,
ὡς ἐς τὸ μηδὲν ἥκομεν, φρονήματος
τοῦ πρὶν στερέντες. εἶτα δῆτ' ὀγκούμεθα,
ὁ μέν τις ἡμῶν πλουσίοισι δώμασιν,
ὁ δ' ἐν πολίταις τίμιος κεκλημένος; 625
τὰ δ' οὐδέν, ἄλλως φροντίδων βουλεύματα
γλώσσης τε κόμποι. κεῖνος ὀλβιώτατος
ὅτωι κατ' ἦμαρ τυγχάνει μηδὲν κακόν.

ΧΟΡΟΣ

ἐμοὶ χρῆν συμφοράν, Est.

Ora, diferem os pais ou as criações?
Contém todavia ainda a boa criação 600
o ensino do bem. Se bem aprendido,
sabe o vil por regra, ciente do bem.
Isso, porém, o espírito visou em vão.
Tu, vai, e faz saber aos aqueus isto:
que não toquem, mas afastem a tropa 605
de minha filha. Na multidão numerosa,
tropa sem ordem e frota sem governo
superam fogo e mal é o não agir mal.
Tu, ó antiga serva, pega uma vasilha,
imerge e traz para cá da água do mar, 610
para que último banho de minha filha
noiva não-noiva, virgem não-virgem,
eu banhe e vele! Como é digno, donde?
Eu não poderia. Como posso, que sofro?
Reunindo adorno dentre as prisioneiras 615
que ao meu lado dentro das tendas
habitam, se se tem latente aos novos
donos algum furto da própria casa.
Ó brio da casa! Ó casa de boa sorte antes!
Ó opulento rei, pai da mais bela prole, 620
Príamo, e eu, a velha mãe dos filhos,
como chegamos ao nada, espoliados
da antiga soberba! Pois ufanamo-nos
um de nós, da opulência do palácio,
outro, dito honrado entre cidadãos? 625
Isso nada é senão decisão da mente
e alarde da língua. É o mais feliz esse
a quem cada dia nenhum mal atinge.

[*Segundo estásimo* (629-657)]

CORO
Eu era fadada ao infortúnio, Est.

ἐμοὶ χρῆν πημονὰν γενέσθαι, 630
Ἰδαίαν ὅτε πρῶτον ὕλαν
Ἀλέξανδρος εἰλατίναν
ἐτάμεθ', ἅλιον ἐπ' οἶδμα ναυστολήσων
Ἑλένας ἐπὶ λέκτρα, τὰν 635
καλλίσταν ὁ χρυσοφαὴς
Ἅλιος αὐγάζει.

πόνοι γὰρ καὶ πόνων Ant.
ἀνάγκαι κρείσσονες κυκλοῦνται·
κοινὸν δ' ἐξ ἰδίας ἀνοίας 640
κακὸν τᾶι Σιμουντίδι γᾶι
ὀλέθριον ἔμολε συμφορᾶι τ' ἔπ' ἄλλων,
ἐκρίθη δ' ἔρις, ἂν ἐν Ἴ-
δαι κρίνει τρισσὰς μακάρων 645
παῖδας ἀνὴρ βούτας,

ἐπὶ δορὶ καὶ φόνωι καὶ ἐμῶν μελάθρων λώβαι· Epodo
στένει δὲ καί τις ἀμφὶ τὸν εὔροον Εὐρώταν 650
Λάκαινα πολυδάκρυτος ἐν δόμοις κόρα,
πολιόν τ' ἐπὶ κρᾶτα μάτηρ τέκνων θανόντων
τίθεται χέρα δρύπτεταί τε < > παρειάν, 655
δίαιμον ὄνυχα τιθεμένα σπαραγμοῖς.

ΘΕΡΑΠΑΙΝΑ
γυναῖκες, Ἑκάβη ποῦ ποθ' ἡ παναθλία,
ἡ πάντα νικῶσ' ἄνδρα καὶ θῆλυν σπορὰν
κακοῖσιν; οὐδεὶς στέφανον ἀνθαιρήσεται. 660

ΧΟΡΟΣ
τί δ', ὦ τάλαινα σῆς κακογλώσσου βοῆς;
ὡς οὔποθ' εὕδει λυπρά μοι κηρύγματα.

eu era fadada ao sofrimento, 630
quando primeiro Alexandre
cortou lenha de pinho no Ida,
para navegar por onda salina
em vista do leito de Helena 635
e belíssima o Sol com áureo
fulgor a ilumina.

Os males e as coerções, mais Ant.
fortes que males, circundam.
Por demência particular, veio 640
comum à terra do Simoente o mal
mortal, e para infortúnio alheio
decidiu-se a rixa das três filhas
dos Venturosos e no Ida 645
o pastor a decide

por guerra, morte e ruína de meu lar. Epodo
Junto ao belo rio Eurotas, ainda geme 650
uma jovem lacônia chorosa em casa,
e mortos os filhos, a mãe leva a mão
à cabeça grisalha e arranha a face 655
fazendo sangrenta a unha ao lacerar.

[*Terceiro episódio* (658-904)]

SERVA
Ó mulheres, onde está toda mísera Hécuba,
que vence todo varão e semente feminina
em males? Ninguém lhe disputará a coroa. 660

CORO
Que foi, ó mísera do grito núncio de males?
Anúncios tristes para mim nunca dormem!

ΘΕΡΑΠΑΙΝΑ

Ἑκάβηι φέρω τόδ' ἄλγος· ἐν κακοῖσι δὲ
οὐ ῥάιδιον βροτοῖσιν εὐφημεῖν στόμα.

ΧΟΡΟΣ

καὶ μὴν περῶσα τυγχάνει δόμων ὕπο 665
ἥδ', ἐς δὲ καιρὸν σοῖσι φαίνεται λόγοις.

ΘΕΡΑΠΑΙΝΑ

ὦ παντάλαινα κἄτι μᾶλλον ἢ λέγω,
δέσποιν', ὄλωλας κοὐκέτ' εἶ, βλέπουσα φῶς,
ἄπαις ἄνανδρος ἄπολις ἐξεφθαρμένη.

ΕΚΑΒΗ

οὐ καινὸν εἶπας, εἰδόσιν δ' ὠνείδισας. 670
ἀτὰρ τί νεκρὸν τόνδε μοι Πολυξένης
ἥκεις κομίζουσ', ἧς ἀπηγγέλθη τάφος
πάντων Ἀχαιῶν διὰ χερὸς σπουδὴν ἔχειν;

ΘΕΡΑΠΑΙΝΑ

ἥδ' οὐδὲν οἶδεν, ἀλλά μοι Πολυξένην
θρηνεῖ, νέων δὲ πημάτων οὐχ ἅπτεται. 675

ΕΚΑΒΗ

οἳ 'γὼ τάλαινα· μῶν τὸ βακχεῖον κάρα
τῆς θεσπιωιδοῦ δεῦρο Κασσάνδρας φέρεις;

ΘΕΡΑΠΑΙΝΑ

ζῶσαν λέλακας, τὸν θανόντα δ' οὐ στένεις
τόνδ'· ἀλλ' ἄθρησον σῶμα γυμνωθὲν νεκροῦ,
εἴ σοι φανεῖται θαῦμα καὶ παρ' ἐλπίδας. 680

ΕΚΑΒΗ

οἴμοι, βλέπω δὴ παῖδ' ἐμὸν τεθνηκότα,
Πολύδωρον, ὅν μοι Θρῄξ ἔσωιζ' οἴκοις ἀνήρ.

SERVA

Transmito a Hécuba esta dor, entre os males
não é fácil aos mortais boca ter boa palavra.

CORO

Olha! Ela por sorte está deixando a tenda 665
e aparece oportunamente às tuas palavras.

SERVA

Ó toda mísera e ainda mais do que digo,
ó rainha, foste e não és mais, se vês a luz
sem filho nem marido nem urbe, abolida!

HÉCUBA

Nada novo dizes e ofendes os cientes. 670
Mas por que o cadáver de Políxena
me trazes? Anunciaram-se funerais
aos cuidados da mão dos aqueus todos.

SERVA

Ela ignora, mas pranteia Políxena
e as dores novas ainda não a tocam. 675

HÉCUBA

Ai, mísera de mim! Trazes para cá
o báquico ser da adivinha Cassandra?

SERVA

Disseste a viva, mas este morto não
gemes. Mas vê o corpo do morto nu
se te espantará ainda além do esperado! 680

HÉCUBA

Oímoi! Vejo sim morto o meu filho
Polidoro, salvo junto ao varão trácio.

ἀπωλόμην δύστηνος, οὐκέτ' εἰμὶ δή.
ὦ τέκνον τέκνον,
αἰαῖ, κατάρχομαι νόμον 685
βακχεῖον, ἐξ ἀλάστορος
ἀρτιμαθὴς κακῶν.

ΧΟΡΟΣ
ἔγνως γὰρ ἄτην παιδός, ὦ δύστηνε σύ;

ΕΚΑΒΗ
ἄπιστ' ἄπιστα, καινὰ καινὰ δέρκομαι.
ἕτερα δ' ἀφ' ἑτέρων κακὰ κακῶν κυρεῖ, 690
οὐδέ ποτ' ἀστένακτος ἀδάκρυτος ἁ-
μέρα 'πισχήσει.

ΧΟΡΟΣ
δείν', ὦ τάλαινα, δεινὰ πάσχομεν κακά.

ΕΚΑΒΗ
ὦ τέκνον τέκνον ταλαίνας ματρός,
τίνι μόρωι θνήισκεις, τίνι πότμωι κεῖσαι, 695
πρὸς τίνος ἀνθρώπων;

ΘΕΡΑΠΑΙΝΑ
οὐκ οἶδ'· ἐπ' ἀκταῖς νιν κυρῶ θαλασσίαις.

ΕΚΑΒΗ
ἔκβλητον ἢ πέσημα φοινίου δορὸς
ἐν ψαμάθωι λευρᾶι; 700

ΘΕΡΑΠΑΙΝΑ
πόντου νιν ἐξήνεγκε πελάγιος κλύδων.

ΕΚΑΒΗ
ὤμοι αἰαῖ,

Infausta sucumbi, já não vivo mais.
Ó filho, filho!
Aiaî! Inauguro o canto 685
báquico, ao saber males
vindos de ilatente Nume.

CORO

Viste a ruína do filho, ó infausta?

HÉCUBA

Incríveis novas, incríveis novas vejo.
Os males são males uns após outros. 690
Nunca sem gemido nem pranto
será um dia!

CORO

Terríveis, ó mísera, terríveis dores!

HÉCUBA

Ó filho, filho de mísera mãe,
que morte tens? Por que jazes? 695
Por quem dentre os homens?

SERVA

Não sei, à beira do mar o achei.

HÉCUBA

Levado, ou caído de lança letal
na areia lisa? 700

SERVA

Pelágica onda marina o trouxe.

HÉCUBA

Ómoi! Aiaî!

ἔμαθον ἐνύπνιον ὀμμάτων
ἐμῶν ὄψιν (οὔ με παρέβα φάντασμα μελανόπτερον), 705
ἃν ἐσεῖδον ἀμφὶ σοῦ,
ὦ τέκνον, οὐκέτ' ὄντος Διὸς ἐν φάει.

ΧΟΡΟΣ

τίς γάρ νιν ἔκτειν'; οἶσθ' ὀνειρόφρων φράσαι;

ΕΚΑΒΗ

ἐμὸς ἐμὸς ξένος, Θρήικιος ἱππότας, 710
ἵν' ὁ γέρων πατὴρ ἔθετό νιν κρύψας.

ΧΟΡΟΣ

οἴμοι, τί λέξεις; χρυσὸν ὡς ἔχοι κτανών;

ΕΚΑΒΗ

ἄρρητ' ἀνωνόμαστα, θαυμάτων πέρα,
οὐχ ὅσι' οὐδ' ἀνεκτά. ποῦ δίκα ξένων; 715
ὦ κατάρατ' ἀνδρῶν, ὡς διεμοιράσω
χρόα, σιδαρέωι τεμὼν φασγάνωι 718
μέλεα τοῦδε παιδὸς οὐδ' ᾤκτισας. 720

ΧΟΡΟΣ

ὦ τλῆμον, ὥς σε πολυπονωτάτην βροτῶν
δαίμων ἔθηκεν ὅστις ἐστί σοι βαρύς.
ἀλλ' εἰσορῶ γὰρ τοῦδε δεσπότου δέμας
Ἀγαμέμνονος, τοὐνθένδε σιγῶμεν, φίλαι. 725

ΑΓΑΜΕΜΝΩΝ

Ἑκάβη, τί μέλλεις παῖδα σὴν κρύπτειν τάφωι
ἐλθοῦσ' ἐφ' οἷσπερ Ταλθύβιος ἤγγειλέ μοι
μὴ θιγγάνειν σῆς μηδέν' Ἀργείων κόρης;
ἡμεῖς μὲν οὖν εἰῶμεν οὐδ' ἐψαύομεν·
σὺ δὲ σχολάζεις, ὥστε θαυμάζειν ἐμέ. 730

Compreendi a visão em sonhos
de meus olhos, não me escapou
o espectro de asas negras, 705
que avistei de ti, ó filho,
não mais vives à luz de Zeus!

CORO

Quem o matou? Sabes por sonho?

HÉCUBA

Meu, meu hóspede, cavaleiro trácio, 710
onde o velho pai o instalou oculto.

CORO

Oímoi! Que dirás? Matou por ouro?

HÉCUBA

Nefando, inominável, além do espanto,
ilícito, inaceitável! Onde justiça de hóspedes? 715
Ó execrando varão, que despedaçaste
o corpo e cortaste com a faca de ferro 718
o corpo de meu filho! Não te apiedaste. 720

CORO

Ó mísera, a mais sofrida dos mortais,
algum Nume que te pesa assim te fez.
Mas vejo a presença deste soberano
Agamêmnon. Calemo-nos, amigas! 725

AGAMÊMNON

Hécuba, por que tardas ir e sepultar
a filha, quando Taltíbio me anunciou
que nenhum argivo tocasse tua filha?
Nós, pois, deixamos e não tocamos,
mas tu folgas de modo a admirar. 730

ἥκω δ' ἀποστελῶν σε· τἀκεῖθεν γὰρ εὖ
πεπραγμέν' ἐστίν, εἴ τι τῶνδ' ἐστὶν καλῶς.
ἔα· τίν' ἄνδρα τόνδ' ἐπὶ σκηναῖς ὁρῶ
θανόντα Τρώων; οὐ γὰρ Ἀργεῖον πέπλοι
δέμας περιπτύσσοντες ἀγγέλλουσί μοι. 735

ΕΚΑΒΗ

δύστην', ἐμαυτὴν γὰρ λέγω λέγουσα σέ,
Ἑκάβη, τί δράσω; πότερα προσπέσω γόνυ
Ἀγαμέμνονος τοῦδ' ἢ φέρω σιγῆι κακά;

ΑΓΑΜΕΜΝΩΝ

τί μοι προσώπωι νῶτον ἐγκλίνασα σὸν
δύρηι, τὸ πραχθὲν δ' οὐ λέγεις; τίς ἔσθ' ὅδε; 740

ΕΚΑΒΗ

ἀλλ' εἴ με δούλην πολεμίαν θ' ἡγούμενος
γονάτων ἀπώσαιτ', ἄλγος ἂν προσθείμεθ' ἄν.

ΑΓΑΜΕΜΝΩΝ

οὔτοι πέφυκα μάντις, ὥστε μὴ κλύων
ἐξιστορῆσαι σῶν ὁδὸν βουλευμάτων.

ΕΚΑΒΗ

ἆρ' ἐκλογίζομαί γε πρὸς τὸ δυσμενὲς 745
μᾶλλον φρένας τοῦδ', ὄντος οὐχὶ δυσμενοῦς

ΑΓΑΜΕΜΝΩΝ

εἴ τοί με βούληι τῶνδε μηδὲν εἰδέναι,
ἐς ταὐτὸν ἥκεις· καὶ γὰρ οὐδ' ἐγὼ κλύειν.

ΕΚΑΒΗ

οὐκ ἂν δυναίμην τοῦδε τιμωρεῖν ἄτερ
τέκνοισι τοῖς ἐμοῖσι. τί στρέφω τάδε; 750
τολμᾶν ἀνάγκη, κἂν τύχω κἂν μὴ τύχω.

Venho para te expedir. Lá está bem
a situação, se algo nisto está bem.
Éa! Que troiano ante a tenda vejo
morto? Os mantos, que envolvem
o corpo, não me anunciam argivo. 735

HÉCUBA

Pobre! Digo "eu", quando digo "tu".
Hécuba, que fazer? Cair aos joelhos
de Agamêmnon, ou suportar calada?

AGAMÊMNON

Por que te viras de costas para mim,
choras e não contas o fato? Quem é? 740

HÉCUBA

Mas se me considerando serva hostil
repelisse dos joelhos, seria mais dor.

AGAMÊMNON

Não nasci adivinho para sem ouvir
investigar o curso de tuas resoluções.

HÉCUBA

Será que suponho o seu espírito mais 745
tendente a hostil, quando não é hostil?

AGAMÊMNON

Se tu queres que nada disso eu saiba,
vens ao mesmo, nem eu quero ouvir.

HÉCUBA

Como eu poderia, sem ele, ter vindita
de meus filhos? Por que dou as costas? 750
É preciso ousadia, tenha sorte ou não.

Ἀγάμεμνον, ἱκετεύω σε τῶνδε γουνάτων
καὶ σοῦ γενείου δεξιᾶς τ' εὐδαίμονος.

ΑΓΑΜΕΜΝΩΝ

τί χρῆμα μαστεύουσα; μῶν ἐλεύθερον
αἰῶνα θέσθαι; ῥάιδιον γάρ ἐστί σοι. 755

ΕΚΑΒΗ

οὐ δῆτα· τοὺς κακοὺς δὲ τιμωρουμένη
αἰῶνα τὸν σύμπαντα δουλεύειν θέλω.
οὐδέν τι τούτων ὧν σὺ δοξάζεις, ἄναξ. 759

ΑΓΑΜΕΜΝΩΝ

καὶ δὴ τίν' ἡμᾶς εἰς ἐπάρκεσιν καλεῖς; 758

ΕΚΑΒΗ

ὁρᾶις νεκρὸν τόνδ' οὗ καταστάζω δάκρυ; 760

ΑΓΑΜΕΜΝΩΝ

ὁρῶ· τὸ μέντοι μέλλον οὐκ ἔχω μαθεῖν.

ΕΚΑΒΗ

τοῦτόν ποτ' ἔτεκον κἄφερον ζώνης ὕπο.

ΑΓΑΜΕΜΝΩΝ

ἔστιν δὲ τίς σῶν οὗτος, ὦ τλῆμον, τέκνων;

ΕΚΑΒΗ

οὐ τῶν θανόντων Πριαμιδῶν ὑπ' Ἰλίωι.

ΑΓΑΜΕΜΝΩΝ

ἦ γάρ τιν' ἄλλον ἔτεκες ἢ κείνους, γύναι; 765

ΕΚΑΒΗ

ἀνόνητά γ', ὡς ἔοικε, τόνδ' ὃν εἰσορᾶις.

Agamêmnon, suplico por teus joelhos
e por teu queixo e destra de bom Nume!

AGAMÊMNON

Que afinal é teu desejo? Será ter
a vida livre? Pois é fácil para ti! 755

HÉCUBA

Não, mas se me vingar de malfeitor,
por toda a vida quero estar a servir.
Não é nada disso que supões, ó rei. 759

AGAMÊMNON

Então, que auxílio tu nos reclamas? 758

HÉCUBA

Vês o morto por quem verto pranto? 760

AGAMÊMNON

Vejo, mas não posso saber o futuro.

HÉCUBA

Um dia o gerei e gestei sob a cinta.

AGAMÊMNON

Ó mísera, qual dos teus filhos é ele?

HÉCUBA

Não é dos Priâmidas mortos em Ílion.

AGAMÊMNON

Mulher, tiveste outro além daqueles? 765

HÉCUBA

Sim, em vão, parece, gerei o que vês.

ΑΓΑΜΕΜΝΩΝ

ποῦ δ' ὢν ἐτύγχαν', ἡνίκ' ὤλλυτο πτόλις;

ΕΚΑΒΗ

πατήρ νιν ἐξέπεμψεν ὀρρωδῶν θανεῖν.

ΑΓΑΜΕΜΝΩΝ

ποῖ τῶν τότ' ὄντων χωρίσας τέκνων μόνον;

ΕΚΑΒΗ

ἐς τήνδε χώραν, οὗπερ ηὑρέθη θανών. 770

ΑΓΑΜΕΜΝΩΝ

πρὸς ἄνδρ' ὃς ἄρχει τῆσδε Πολυμήστωρ χθονός;

ΕΚΑΒΗ

ἐνταῦθ' ἐπέμφθη πικροτάτου χρυσοῦ φύλαξ.

ΑΓΑΜΕΜΝΩΝ

θνήισκει δὲ πρὸς τοῦ καὶ τίνος πότμου τυχών;

ΕΚΑΒΗ

τίνος γ' ὑπ' ἄλλου; Θρήιξ νιν ὤλεσε ξένος.

ΑΓΑΜΕΜΝΩΝ

ὦ τλῆμον· ἦ που χρυσὸν ἠράσθη λαβεῖν; 775

ΕΚΑΒΗ

τοιαῦτ', ἐπειδὴ συμφορὰν ἔγνω Φρυγῶν.

ΑΓΑΜΕΜΝΩΝ

ηὗρες δὲ ποῦ νιν; ἢ τίς ἤνεγκεν νεκρόν;

ΕΚΑΒΗ

ἥδ', ἐντυχοῦσα ποντίας ἀκτῆς ἔπι.

AGAMÊMNON

Onde ele estava quando a urbe caiu?

HÉCUBA

O pai o enviou por temer sua morte.

AGAMÊMNON

Aonde, único dos filhos então vivos?

HÉCUBA

A esta terra, onde foi achado morto. 770

AGAMÊMNON

Ao soberano deste solo, Polimestor?

HÉCUBA

Cá enviado guarda de amargo ouro.

AGAMÊMNON

Foi morto por quem e por que sorte?

HÉCUBA

Por quem mais? Por hóspede trácio.

AGAMÊMNON

Ó mísero! Ele quis ficar com o ouro? 775

HÉCUBA

Isso quando soube a sorte dos frígios.

AGAMÊMNON

Onde o achaste? Ou quem o trouxe?

HÉCUBA

Ela, que o encontrou na beira do mar.

ΑΓΑΜΕΜΝΩΝ

τοῦτον ματεύουσ' ἢ πονοῦσ' ἄλλον πόνον;

ΕΚΑΒΗ

λούτρ' ᾤχετ' οἴσουσ' ἐξ ἁλὸς Πολυξένηι. 780

ΑΓΑΜΕΜΝΩΝ

κτανών νιν, ὡς ἔοικεν, ἐκβάλλει ξένος.

ΕΚΑΒΗ

θαλασσόπλαγκτόν γ', ὧδε διατεμὼν χρόα.

ΑΓΑΜΕΜΝΩΝ

ὦ σχετλία σὺ τῶν ἀμετρήτων πόνων.

ΕΚΑΒΗ

ὄλωλα κοὐδὲν λοιπόν, Ἀγάμεμνον, κακῶν.

ΑΓΑΜΕΜΝΩΝ

φεῦ φεῦ· τίς οὕτω δυστυχὴς ἔφυ γυνή; 785

ΕΚΑΒΗ

οὐκ ἔστιν, εἰ μὴ τὴν Τύχην αὐτὴν λέγοις.
ἀλλ' ὧνπερ οὕνεκ' ἀμφὶ σὸν πίπτω γόνυ
ἄκουσον. εἰ μὲν ὅσιά σοι παθεῖν δοκῶ,
στέργοιμ' ἄν· εἰ δὲ τοὔμπαλιν, σύ μοι γενοῦ
τιμωρὸς ἀνδρός, ἀνοσιωτάτου ξένου, 790
ὃς οὔτε τοὺς γῆς νέρθεν οὔτε τοὺς ἄνω
δείσας δέδρακεν ἔργον ἀνοσιώτατον
[κοινῆς τραπέζης πολλάκις τυχὼν ἐμοὶ
ξενίας τ' ἀριθμῶι πρῶτα τῶν ἐμῶν φίλων·
τυχὼν δ' ὅσων δεῖ καὶ λαβὼν προμηθίαν 795
ἔκτεινε· τύμβου δ', εἰ κτανεῖν ἐβούλετο,
οὐκ ἠξίωσεν ἀλλ' ἀφῆκε πόντιον].
ἡμεῖς μὲν οὖν δοῦλοί τε κἀσθενεῖς ἴσως·

AGAMÊMNON

Ela o procurava ou tinha outro afazer?

HÉCUBA

Foi buscar banho do mar para Políxena. 780

AGAMÊMNON

O hóspede, parece, matou e jogou fora.

HÉCUBA

Quando assim o picou, erradio no mar.

AGAMÊMNON

Ó mísera és tu por teus males imensos!

HÉCUBA

Morri, Agamêmnon, nenhum mal falta.

AGAMÊMNON

Pheû pheû! Quem mais de tão má sorte? 785

HÉCUBA

Não há, se não contares a Sorte mesma!
Mas ouve por que causa caio aos teus
joelhos! Se te parece lícito o que sofro,
resignar-me-ia; se ao invés, sê-me tu
punitivo daquele hóspede o mais ilícito! 790
Sem temor dos ínferos nem dos súperos
destemido cometeu a mais ilícita ação
com muito convívio comum comigo
e hóspede primeiro dentre os amigos.
Teve quanto devia e assumiu a tutela, 795
matou. Se queria matar, não se dignou
dos funerais, mas despediu-o no mar.
Nós, sim, servos e sem forças, talvez,

ἀλλ' οἱ θεοὶ σθένουσι χὡ κείνων κρατῶν
νόμος· νόμωι γὰρ τοὺς θεοὺς ἡγούμεθα 800
καὶ ζῶμεν ἄδικα καὶ δίκαι' ὡρισμένοι·
ὃς ἐς σ' ἀνελθὼν εἰ διαφθαρήσεται
καὶ μὴ δίκην δώσουσιν οἵτινες ξένους
κτείνουσιν ἢ θεῶν ἱερὰ τολμῶσιν φέρειν,
οὐκ ἔστιν οὐδὲν τῶν ἐν ἀνθρώποισι σῶν. 805
ταῦτ' οὖν ἐν αἰσχρῶι θέμενος αἰδέσθητί με,
οἴκτιρον ἡμᾶς, ὡς γραφεύς τ' ἀποσταθεὶς
ἰδοῦ με κἀνάθρησον οἷ' ἔχω κακά.
τύραννος ἦ ποτ' ἀλλὰ νῦν δούλη σέθεν,
εὔπαις ποτ' οὖσα, νῦν δὲ γραῦς ἄπαις θ' ἅμα, 810
ἄπολις ἔρημος ἀθλιωτάτη βροτῶν.
οἴμοι τάλαινα, ποῖ μ' ὑπεξάγεις πόδα;
ἔοικα πράξειν οὐδέν· ὦ τάλαιν' ἐγώ.
τί δῆτα θνητοὶ τἄλλα μὲν μαθήματα
μοχθοῦμεν ὡς χρὴ πάντα καὶ ματεύομεν, 815
πειθὼ δὲ τὴν τύραννον ἀνθρώποις μόνην
οὐδέν τι μᾶλλον ἐς τέλος σπουδάζομεν
μισθοὺς διδόντες μανθάνειν, ἵν' ἦν ποτε
πείθειν ἅ τις βούλοιτο τυγχάνειν θ' ἅμα;
τί οὖν ἔτ' ἄν τις ἐλπίσαι πράξειν καλῶς; 820
οἱ μὲν γὰρ ὄντες παῖδες οὐκέτ' εἰσί μοι,
αὐτὴ δ' ἐπ' αἰσχροῖς αἰχμάλωτος οἴχομαι,
καπνὸν δὲ πόλεως τόνδ' ὑπερθρώισκονθ' ὁρῶ.
καὶ μὴν (ἴσως μὲν τοῦ λόγου ξένον τόδε,
Κύπριν προβάλλειν, ἀλλ' ὅμως εἰρήσεται) 825
πρὸς σοῖσι πλευροῖς παῖς ἐμὴ κοιμίζεται
ἡ φοιβάς, ἣν καλοῦσι Κασσάνδραν Φρύγες.
ποῦ τὰς φίλας δῆτ' εὐφρόνας λέξεις, ἄναξ;
ἢ τῶν ἐν εὐνῆι φιλτάτων ἀσπασμάτων
χάριν τιν' ἕξει παῖς ἐμή, κείνης δ' ἐγώ; 830
[ἐκ τοῦ σκότου τε τῶν τε νυκτερησίων
φίλτρων μεγίστη γίγνεται βροτοῖς χάρις.]
ἄκουε δή νυν. τὸν θανόντα τόνδ' ὁρᾶις;

mas podem os Deuses e a lei de seus
poderes. Por lei, veneramos os Deuses 800
e vivemos, definidas justiça e injustiça.
Se a lei for corrompida ao recorrer a ti
e não derem justiça matadores de hóspedes
ou audazes ladrões de ofertas aos Deuses,
não há mais nada íntegro entre os homens. 805
Tem isso por vexaminoso e respeita-me!
Apieda-te de mim! Qual pintor distante,
olha para mim e vê que males suporto!
Rainha era outrora, mas agora tua serva,
belos filhos tive e agora velha sem filhos, 810
sem urbe, erma, a mais miserável mortal.
Oímoi! Mísera! Aonde te furtas de mim?
Creio que nada farás, ó mísera de mim!
Por que mortais fazemos todas as outras
lições como é necessário e investigamos, 815
mas de Persuasão, rainha dos homens única,
nós não mais com perfeição nos ocupamos
pagando aula para que pudéssemos um dia
persuadir como quiséssemos e conseguir?
Que esperança ainda seria de bem estar? 820
Meus filhos, que viviam, não mais vivem,
eu mesma, com vexame, cativa, me vou
e vejo acima da urbe flutuar esta fumaça.
Bem, talvez isto seja estranho à questão,
alegar Cípris, no entanto, há de ser dito. 825
Junto às tuas costelas dorme minha filha,
a profetisa que frígios chamam Cassandra.
Como as tuas noites, então, dirás, ó rei?
Por seus abraços amantíssimos no leito,
minha filha terá uma graça e por ela, eu? 830
Das trevas e dos noturnais amores
máxima aos mortais se faz a graça.
Ouve-me tu, então! Vês este morto?

τοῦτον καλῶς δρῶν ὄντα κηδεστὴν σέθεν
δράσεις. ἑνός μοι μῦθος ἐνδεὴς ἔτι. 835
εἴ μοι γένοιτο φθόγγος ἐν βραχίοσιν
καὶ χερσὶ καὶ κόμαισι καὶ ποδῶν βάσει
ἢ Δαιδάλου τέχναισιν ἢ θεῶν τινος,
ὡς πάνθ' ἁμαρτῆι σῶν ἔχοιτο γουνάτων
κλαίοντ', ἐπισκήπτοντα παντοίους λόγους. 840
ὦ δέσποτ', ὦ μέγιστον Ἕλλησιν φάος,
πιθοῦ, παράσχες χεῖρα τῆι πρεσβύτιδι
τιμωρόν, εἰ καὶ μηδέν ἐστιν ἀλλ' ὅμως.
ἐσθλοῦ γὰρ ἀνδρὸς τῆι δίκηι θ' ὑπηρετεῖν
καὶ τοὺς κακοὺς δρᾶν πανταχοῦ κακῶς ἀεί. 845

ΧΟΡΟΣ

δεινόν γε, θνητοῖς ὡς ἅπαντα συμπίτνει
καὶ τῆς ἀνάγκης οἱ νόμοι διώρισαν,
φίλους τιθέντες τούς γε πολεμιωτάτους
ἐχθρούς τε τοὺς πρὶν εὐμενεῖς ποιούμενοι.

ΑΓΑΜΕΜΝΩΝ

ἐγώ σε καὶ σὸν παῖδα καὶ τύχας σέθεν, 850
Ἑκάβη, δι' οἴκτου χεῖρά θ' ἱκεσίαν ἔχω,
καὶ βούλομαι θεῶν θ' οὕνεκ' ἀνόσιον ξένον
καὶ τοῦ δικαίου τήνδε σοι δοῦναι δίκην,
εἴ πως φανείη γ' ὥστε σοί τ' ἔχειν καλῶς
στρατῶι τε μὴ δόξαιμι Κασσάνδρας χάριν 855
Θρήικης ἄνακτι τόνδε βουλεῦσαι φόνον.
ἔστιν γὰρ ἧι ταραγμὸς ἐμπέπτωκέ μοι·
τὸν ἄνδρα τοῦτον φίλιον ἡγεῖται στρατός,
τὸν κατθανόντα δ' ἐχθρόν· εἰ δὲ σοὶ φίλος
ὅδ' ἐστί, χωρὶς τοῦτο κοὐ κοινὸν στρατῶι. 860
πρὸς ταῦτα φρόντιζ'· ὡς θέλοντα μέν μ' ἔχεις
σοὶ ξυμπονῆσαι καὶ ταχὺν προσαρκέσαι,
βραδὺν δ', Ἀχαιοῖς εἰ διαβληθήσομαι.

Se o tratas bem, tratarás como ao teu
cunhado. A fala me pede um item ainda. 835
Ah, se dispusesse de palavra nos braços,
nas mãos, no cabelo e no passo dos pés,
ou por artes de Dédalo ou de um Deus,
para todas elas te tomarem os joelhos,
chorando, exortando com várias falas! 840
Ó soberano, ó luz máxima dos gregos,
atende! Oferece o teu braço punitivo
à anciã, ainda que ela não seja nada!
É próprio dos nobres honrar a justiça
e sempre punir os maus por toda parte. 845

CORO

Terrível, entre mortais, tudo converge
e as leis da necessidade tudo definem,
porque tornam amigos os mais hostis,
e fazem inimigos os antes benevolentes.

AGAMÊMNON

Hécuba, tenho dó de ti e de tua filha 850
e de tua sorte e de tua súplice mão,
e por Deuses e por justiça eu quero
que ilícito hóspede te dê essa justiça,
se fosse claro que esteja bem para ti
sem eu parecer à tropa tramar a morte 855
do rei da Trácia por graça de Cassandra.
Há por onde a inquietação me atingiu:
a tropa considera um aliado esse varão
e inimigo o morto. Se o tens por aliado,
isso é à parte e não comum com a tropa. 860
Diante disso pensa que me tens disposto
a trabalhar contigo, e pronto ao serviço,
mas lento, se me difamar entre aqueus!

ΕΚΑΒΗ

φεῦ.
οὐκ ἔστι θνητῶν ὅστις ἔστ᾽ ἐλεύθερος·
ἢ χρημάτων γὰρ δοῦλός ἐστιν ἢ τύχης 865
ἢ πλῆθος αὐτὸν πόλεος ἢ νόμων γραφαὶ
εἴργουσι χρῆσθαι μὴ κατὰ γνώμην τρόποις.
ἐπεὶ δὲ ταρβεῖς τῶι τ᾽ ὄχλωι πλέον νέμεις,
ἐγώ σε θήσω τοῦδ᾽ ἐλεύθερον φόβου.
σύνισθι μὲν γάρ, ἤν τι βουλεύσω κακὸν 870
τῶι τόνδ᾽ ἀποκτείναντι, συνδράσῃς δὲ μή.
ἢν δ᾽ ἐξ Ἀχαιῶν θόρυβος ἢ ᾽πικουρία
πάσχοντος ἀνδρὸς Θρῃκὸς οἷα πείσεται
φανῆι τις, εἶργε μὴ δοκῶν ἐμὴν χάριν.
τὰ δ᾽ ἄλλα — θάρσει — πάντ᾽ ἐγὼ θήσω καλῶς. 875

ΑΓΑΜΕΜΝΩΝ

πῶς οὖν; τί δράσεις; πότερα φάσγανον χερὶ
λαβοῦσα γραίαι φῶτα βάρβαρον κτενεῖς
ἢ φαρμάκοισιν ἢ ᾽πικουρίαι τίνι;
τίς σοι ξυνέσται χείρ᾽ πόθεν κτήσηι φίλους;

ΕΚΑΒΗ

στέγαι κεκεύθασ᾽ αἵδε Τρωιάδων ὄχλον. 880

ΑΓΑΜΕΜΝΩΝ

τὰς αἰχμαλώτους εἶπας, Ἑλλήνων ἄγραν;

ΕΚΑΒΗ

σὺν ταῖσδε τὸν ἐμῶν φονέα τιμωρήσομαι.

ΑΓΑΜΕΜΝΩΝ

καὶ πῶς γυναιξὶν ἀρσένων ἔσται κράτος;

ΕΚΑΒΗ

δεινὸν τὸ πλῆθος σὺν δόλωι τε δύσμαχον.

HÉCUBA
Pheû!
Não há entre mortais quem seja livre.
Ou é servo dos recursos, ou da sorte. 865
Ou o povo da urbe ou as letras de leis
impedem usar modos segundo pensa.
Já que temes e te importas com a tropa,
eu sem mais te farei livre desse pavor.
Sê cônscio, se eu tramar algum mal 870
com quem o mate, mas sê sem ação!
Se houver clamor aqueu, ou auxílio,
quando o trácio sofrer o que sofrerá,
impede, sem que pareça minha graça!
Coragem! Tudo o mais eu farei bem. 875

AGAMÊMNON
Como? Que farás? Com faca na mão
vetusta, matarás um bárbaro varão,
ou com drogas, ou com que auxílio?
Quem será tua mão? Donde o terás?

HÉCUBA
Estas tendas cobrem tropa de troianas. 880

AGAMÊMNON
Dizes as cativas, o espólio dos gregos.

HÉCUBA
Com elas punirei o matador dos meus.

AGAMÊMNON
E como as mulheres vencerão varões?

HÉCUBA
Terrível é a turba, e imbatível em dolo.

ΑΓΑΜΕΜΝΩΝ

δεινόν· τὸ μέντοι θῆλυ μέμφομαι σθένος. 885

ΕΚΑΒΗ

τί δ'; οὐ γυναῖκες εἷλον Αἰγύπτου τέκνα
καὶ Λῆμνον ἄρδην ἀρσένων ἐξῴκισαν;
ἀλλ' ὣς γενέσθω· τόνδε μὲν μέθες λόγον,
πέμψον δέ μοι τήνδ' ἀσφαλῶς διὰ στρατοῦ
γυναῖκα. καὶ σὺ Θρῃκὶ πλαθεῖσα ξένωι 890
λέξον· Καλεῖ σ' ἄνασσα δή ποτ' Ἰλίου
Ἑκάβη, σὸν οὐκ ἔλασσον ἢ κείνης χρέος,
καὶ παῖδας, ὡς δεῖ καὶ τέκν' εἰδέναι λόγους
τοὺς ἐξ ἐκείνης. τὸν δὲ τῆς νεοσφαγοῦς
Πολυξένης ἐπίσχες, Ἀγάμεμνον, τάφον, 895
ὡς τώδ' ἀδελφὼ πλησίον μιᾶι φλογί,
δισσὴ μέριμνα μητρί, κρυφθῆτον χθονί.

ΑΓΑΜΕΜΝΩΝ

ἔσται τάδ' οὕτω· καὶ γὰρ εἰ μὲν ἦν στρατῶι
πλοῦς, οὐκ ἂν εἶχον τήνδε σοι δοῦναι χάριν·
νῦν δ', οὐ γὰρ ἵησ' οὐρίους πνοὰς θεός, 900
μένειν ἀνάγκη πλοῦν ὁρῶντας ἡσύχους.
γένοιτο δ' εὖ πως· πᾶσι γὰρ κοινὸν τόδε,
ἰδίαι θ' ἑκάστωι καὶ πόλει, τὸν μὲν κακὸν
κακόν τι πάσχειν, τὸν δὲ χρηστὸν εὐτυχεῖν.

ΧΟΡΟΣ

σὺ μέν, ὦ πατρὶς Ἰλιάς, Est. 1
τῶν ἀπορθήτων πόλις οὐκέτι λέξηι· 906
τοῖον Ἑλλάνων νέφος ἀμφί σε κρύπτει
δορὶ δὴ δορὶ πέρσαν.
ἀπὸ δὲ στεφάναν κέκαρ- 910
σαι πύργων, κατὰ δ' αἰθάλου

AGAMÊMNON

Terrível, mas reprovo força feminina. 885

HÉCUBA

Por quê? Elas não mataram Egipcíadas?
Não despovoaram Lemnos de varões?
Mas assim seja! Deixa essa discussão,
envia com segurança através da tropa
esta mulher. E tu, vai ao trácio hóspede, 890
e diz: "Chama-te a antes rainha de Ílion,
Hécuba, por ti não menos que por ela,
e a teus filhos, que hão de conhecer
as falas dela." Ó Agamêmnon, retém
os funerais da recém-imolada Políxena! 895
Que sejam dois irmãos numa só chama,
dupla aflição materna, ocultos no chão!

AGAMÊMNON

Isso assim será! Se a armada pudesse
navegar, não te poderia dar essa graça.
Agora Deus não sopra favorável vento, 900
é preciso esperar, quietos a ver a viagem.
Que bem seja, pois a todos isto é comum,
a cada um em particular e à urbe, o mau
sofrer um mal, e o honesto ter boa sorte!

[*Terceiro estásimo* (905-952)]

CORO

Ó tu, ó pátria ilíaca, Est. 1
invicta urbe não mais te dirão, 906
tal nuvem de gregos te cobre,
devastadora à lança, à lança.
A coroa de torres 910
te tosaram e misérrima

κηλῖδ' οἰκτροτάταν κέχρωσαι.
τάλαιν', οὐκέτι σ' ἐμβατεύσω.

μεσονύκτιος ὠλλύμαν, Ant. 1
ἦμος ἐκ δείπνων ὕπνος ἡδὺς ἐπ' ὄσσοις 915
σκίδναται, μολπᾶν δ' ἄπο καὶ χοροποιὸν
θυσίαν καταπαύσας
πόσις ἐν θαλάμοις ἔκει-
το, ξυστὸν δ' ἐπὶ πασσάλωι, 920
ναύταν οὐκέθ' ὁρῶν ὅμιλον
Τροίαν Ἰλιάδ' ἐμβεβῶτα.

ἐγὼ δὲ πλόκαμον ἀναδέτοις Est. 2
μίτραισιν ἐρρυθμιζόμαν
χρυσέων ἐνόπτρων λεύσσουσ' ἀτέρμονας εἰς αὐγάς, 925
ἐπιδέμνιος ὡς πέσοιμ' ἐς εὐνάν.
ἀνὰ δὲ κέλαδος ἔμολε πόλιν·
κέλευσμα δ' ἦν κατ' ἄστυ Τροίας τόδ'· Ὦ
παῖδες Ἑλλάνων, πότε δὴ πότε τὰν 930
Ἰλιάδα σκοπιὰν
πέρσαντες ἥξετ' οἴκους;

λέχη δὲ φίλια μονόπεπλος Ant. 2
λιποῦσα, Δωρὶς ὡς κόρα,
σεμνὰν προσίζουσ' οὐκ ἤνυσ' Ἄρτεμιν ἁ τλάμων· 935
ἄγομαι δὲ θανόντ' ἰδοῦσ' ἀκοίταν
τὸν ἐμὸν ἅλιον ἐπὶ πέλαγος·
πόλιν τ' ἀποσκοποῦσ', ἐπεὶ νόστιμον
ναῦς ἐκίνησεν πόδα καί μ' ἀπὸ γᾶς 940
ὥρισεν Ἰλιάδος,
τάλαιν' ἀπεῖπον ἄλγει,

τὰν τοῖν Διοσκούροιν Ἑλέναν κάσιν Ἰδαῖόν τε Epodo
βούταν αἰνόπαριν κατάραι 945
διδοῦσ', ἐπεί με γαίας

mancha de fuligem tingiu.
Mísera, não mais te terei.

À meia-noite eu morria, Ant. 1
ao vir o sono doce aos olhos 915
após a ceia ao fim das danças
e da celebração dos coreutas,
o marido jazia no tálamo
e a lança polida no suporte, 920
sem ver mais a tropa naval
transportada à Troia ilíaca.

Eu ajeitava a cabeleira Est. 2
nas redes da coifa, admirando
intérminos raios de áureos espelhos, 925
para cair deitada no leito.
Um clamor percorreu a urbe,
na cidade de Troia a ordem foi esta:
"Ó filhos gregos, quando, quando 930
pilhareis Ílion vigilante
e ireis para casa?"

Ao deixar meu leito, vestida Ant. 2
só com manto, à dórica, mísera,
não pude suplicar à augusta Ártemis 935
e sou levada, após ver morto
meu marido, ao salino pélago.
Ao ver a urbe longe, quando o navio
moveu o passo regressivo 940
e transpôs-me de Ílion,
mísera, cedi à dor,

imprecando Helena, irmã de Dióscoros, Epodo
e o pastor ideu, danoso Páris, 945
porque me destruiu

ἐκ πατρίας ἀπώλεσεν
ἐξῴκισέν τ' οἴκων γάμος οὐ γάμος ἀλλ'
ἀλάστορός τις οἰζύς·
ἃν μήτε πέλαγος ἅλιον ἀπαγάγοι πάλιν 950
μήτε πατρῷιον ἵκοιτ' ἐς οἶκον.

ΠΟΛΥΜΗΣΤΩΡ
ὦ φίλτατ' ἀνδρῶν Πρίαμε, φιλτάτη δὲ σύ,
Ἑκάβη, δακρύω σ' εἰσορῶν πόλιν τε σὴν
τήν τ' ἀρτίως θανοῦσαν ἔκγονον σέθεν. 955
φεῦ·
οὐκ ἔστιν οὐδὲν πιστόν, οὔτ' εὐδοξία
οὔτ' αὖ καλῶς πράσσοντα μὴ πράξειν κακῶς.
φύρουσι δ' αὐτὰ θεοὶ πάλιν τε καὶ πρόσω
ταραγμὸν ἐντιθέντες, ὡς ἀγνωσίαι
σέβωμεν αὐτούς. ἀλλὰ ταῦτα μὲν τί δεῖ 960
θρηνεῖν, προκόπτοντ' οὐδὲν ἐς πρόσθεν κακῶν;
σὺ δ', εἴ τι μέμφηι τῆς ἐμῆς ἀπουσίας,
σχές· τυγχάνω γὰρ ἐν μέσοις Θρήικης ὅροις
ἀπών, ὅτ' ἦλθες δεῦρ'· ἐπεὶ δ' ἀφικόμην,
ἤδη πόδ' ἔξω δωμάτων αἴροντί μοι 965
ἐς ταὐτὸν ἥδε συμπίτνει δμωὶς σέθεν,
λέγουσα μύθους ὧν κλύων ἀφικόμην.

ΕΚΑΒΗ
αἰσχύνομαί σε προσβλέπειν ἐναντίον,
Πολυμῆστορ, ἐν τοιοῖσδε κειμένη κακοῖς.
ὅτωι γὰρ ὤφθην εὐτυχοῦσ', αἰδώς μ' ἔχει 970
ἐν τῶιδε πότμωι τυγχάνουσ' ἵν' εἰμὶ νῦν,
κοὐκ ἂν δυναίμην προσβλέπειν ὀρθαῖς κόραις·
ἀλλ' αὐτὸ μὴ δύσνοιαν ἡγήσηι σέθεν
[Πολυμῆστορ· ἄλλως δ' αἴτιόν τι καὶ νόμος,
γυναῖκας ἀνδρῶν μὴ βλέπειν ἐναντίον]. 975

depois da pátria
e a união despovoou casas; não união,
mas miséria de ilatente!
Não a leve de volta o pélago salino! 950
Não alcance a casa paterna!

[*Quarto episódio* (953-1022)]

POLIMESTOR
Ó varão caríssimo, Príamo, e tu, Hécuba
caríssima, pranteio, ao te contemplar
a ti, tua urbe e tua filha recém-falecida. 955
Pheû!
Nada é confiável, nem a boa nomeada,
nem que o bem estar não possa ir mal.
Os Deuses os misturam, ao confundirem
passado e futuro, para que nós ignaros
os veneremos. Mas por que isso se deve 960
chorar, se não evita nenhum dos males?
Tu, se reprovas algo em minha ausência,
espera! Eu estava nos confins da Trácia,
longe, quando chegaste aqui, e ao vir,
tão logo dou um passeio fora de casa, 965
esta tua serva já se encontra comigo,
dizendo as palavras, que ouvi, e vim.

HÉCUBA
Tenho vergonha de olhar-te defronte,
Polimestor, por estar em tais males.
Ante quem me viu na boa sorte vexa-me 970
estar neste infortúnio onde agora estou
e não poderia olhar com pupilas retas,
mas não consideres isso malquerença,
Polimestor! Aliás, a causa é o costume
de mulher não olhar de frente varões. 975

ΠΟΛΥΜΗΣΤΩΡ

καὶ θαῦμά γ' οὐδέν. ἀλλὰ τίς χρεία σ' ἐμοῦ;
τί χρῆμ' ἐπέμψω τὸν ἐμὸν ἐκ δόμων πόδα;

ΕΚΑΒΗ

ἴδιον ἐμαυτῆς δή τι πρὸς σὲ βούλομαι
καὶ παῖδας εἰπεῖν σούς· ὀπάονας δέ μοι
χωρὶς κέλευσον τῶνδ' ἀποστῆναι δόμων. 980

ΠΟΛΥΜΗΣΤΩΡ

χωρεῖτ'· ἐν ἀσφαλεῖ γὰρ ἥδ' ἐρημία.
φίλη μὲν εἶ σύ, προσφιλὲς δέ μοι τόδε
στράτευμ' Ἀχαιῶν. ἀλλὰ σημαίνειν σε χρή·
τί χρὴ τὸν εὖ πράσσοντα μὴ πράσσουσιν εὖ
φίλοις ἐπαρκεῖν; ὡς ἕτοιμός εἰμ' ἐγώ. 985

ΕΚΑΒΗ

πρῶτον μὲν εἰπὲ παῖδ' ὃν ἐξ ἐμῆς χερὸς
Πολύδωρον ἔκ τε πατρὸς ἐν δόμοις ἔχεις,
εἰ ζῆι· τὰ δ' ἄλλα δεύτερόν σ' ἐρήσομαι.

ΠΟΛΥΜΗΣΤΩΡ

μάλιστα· τοὐκείνου μὲν εὐτυχεῖς μέρος.

ΕΚΑΒΗ

ὦ φίλταθ', ὡς εὖ κἀξίως λέγεις σέθεν. 990

ΠΟΛΥΜΗΣΤΩΡ

τί δῆτα βούληι δεύτερον μαθεῖν ἐμοῦ;

ΕΚΑΒΗ

εἰ τῆς τεκούσης τῆσδε μέμνηταί τί που.

ΠΟΛΥΜΗΣΤΩΡ

καὶ δεῦρό γ' ὡς σὲ κρύφιος ἐζήτει μολεῖν.

POLIMESTOR

Não se admira, mas o que me pedes?
Por que afinal me fizeste vir de casa?

HÉCUBA

Algo próprio de mim mesma quero
dizer-te e a teus filhos, mas aos servos
diz à parte que se afastem desta casa! 980

POLIMESTOR

Ide vós! Este ermo está em segurança.
Tu és amiga, amável me é esta tropa
de aqueus. Mas deves fazer-me saber
em que este que está bem deve servir
aos amigos não bem? Estou pronto. 985

HÉCUBA

Primeiro me diz se Polidoro, que tens
em casa, das minhas mãos e do pai,
vive. Tudo o mais depois indagarei.

POLIMESTOR

Decerto! Quanto a ele tens boa sorte.

HÉCUBA

Ó caríssimo, que boa fala digna de ti! 990

POLIMESTOR

O que agora queres saber de mim?

HÉCUBA

Se ele se lembra desta que o gerou.

POLIMESTOR

E queria vir escondido aqui até ti.

ΕΚΑΒΗ

χρυσὸς δὲ σῶς ὃν ἦλθεν ἐκ Τροίας ἔχων;

ΠΟΛΥΜΗΣΤΩΡ

σῶς, ἐν δόμοις γε τοῖς ἐμοῖς φρουρούμενος. 995

ΕΚΑΒΗ

σῶσόν νυν αὐτὸν μηδ' ἔρα τῶν πλησίον.

ΠΟΛΥΜΗΣΤΩΡ

ἥκιστ'· ὀναίμην τοῦ παρόντος, ὦ γύναι.

ΕΚΑΒΗ

οἶσθ' οὖν ἃ λέξαι σοί τε καὶ παισὶν θέλω;

ΠΟΛΥΜΗΣΤΩΡ

οὐκ οἶδα· τῶι σῶι τοῦτο σημανεῖς λόγωι.

ΕΚΑΒΗ

ἔστ', ὦ φιληθεὶς ὡς σὺ νῦν ἐμοὶ φιλῆι... 1000

ΠΟΛΥΜΗΣΤΩΡ

τί χρῆμ' ὃ κἀμὲ καὶ τέκν' εἰδέναι χρεών;

ΕΚΑΒΗ

χρυσοῦ παλαιαὶ Πριαμιδῶν κατώρυχες.

ΠΟΛΥΜΗΣΤΩΡ

ταῦτ' ἔσθ' ἃ βούληι παιδὶ σημῆναι σέθεν;

ΕΚΑΒΗ

μάλιστα, διὰ σοῦ γ'· εἶ γὰρ εὐσεβὴς ἀνήρ.

ΠΟΛΥΜΗΣΤΩΡ

τί δῆτα τέκνων τῶνδε δεῖ παρουσίας; 1005

HÉCUBA

Tem o ouro com que veio de Troia?

POLIMESTOR

Intacto em minha casa sob custódia. 995

HÉCUBA

Conserva-o! Não cobices o do vizinho!

POLIMESTOR

Nunca! Possa eu fruir dos meus bens!

HÉCUBA

Sabes o que desejo dizer a ti e filhos?

POLIMESTOR

Não sei, isso dirás com tua palavra.

HÉCUBA

Há, ó caro como tu agora me és caro... 1000

POLIMESTOR

O que devemos os filhos e eu saber?

HÉCUBA

Antigas minas de ouro dos Priâmidas.

POLIMESTOR

É isso que queres indicar a teu filho?

HÉCUBA

Sim, por meio de ti, pois és piedoso.

POLIMESTOR

Por que pedes a presença destes jovens? 1005

ΕΚΑΒΗ

ἄμεινον, ἢν σὺ κατθάνηις, τούσδ' εἰδέναι.

ΠΟΛΥΜΗΣΤΩΡ

καλῶς ἔλεξας· τῆιδε καὶ σοφώτερον.

ΕΚΑΒΗ

οἶσθ' οὖν Ἀθάνας Ἰλιάδος ἵνα στέγαι;

ΠΟΛΥΜΗΣΤΩΡ

ἐνταῦθ' ὁ χρυσός ἐστι; σημεῖον δὲ τί;

ΕΚΑΒΗ

μέλαινα πέτρα γῆς ὑπερτέλλουσ' ἄνω. 1010

ΠΟΛΥΜΗΣΤΩΡ

ἔτ' οὖν τι βούληι τῶν ἐκεῖ φράζειν ἐμοί;

ΕΚΑΒΗ

σῶσαί σε χρήμαθ' οἷς συνεξῆλθον θέλω.

ΠΟΛΥΜΗΣΤΩΡ

ποῦ δῆτα; πέπλων ἐντὸς ἢ κρύψασ' ἔχεις;

ΕΚΑΒΗ

σκύλων ἐν ὄχλωι ταῖσδε σώιζεται στέγαις.

ΠΟΛΥΜΗΣΤΩΡ

ποῦ δ'; αἵδ' Ἀχαιῶν ναύλοχοι περιπτυχαί. 1015

ΕΚΑΒΗ

ἴδιαι γυναικῶν αἰχμαλωτίδων στέγαι.

ΠΟΛΥΜΗΣΤΩΡ

τἄνδον δὲ πιστὰ κἀρσένων ἐρημία;

HÉCUBA

O melhor, se morreres, é eles saberem.

POLIMESTOR

Tens razão, assim ainda é mais sábio.

HÉCUBA

Sabes onde é o templo de Atena ilíaca?

POLIMESTOR

Nesse lugar está o ouro? Qual o sinal?

HÉCUBA

A pedra negra elevada acima da terra. 1010

POLIMESTOR

Queres ainda dizer-me algo mais de lá.

HÉCUBA

Quero que salves os bens com que vim.

POLIMESTOR

Onde estão? No manto? Ou escondes?

HÉCUBA

Estão na pilha de espólios nestas tendas.

POLIMESTOR

Onde? Isto cerca o ancoradouro aqueu. 1015

HÉCUBA

São tendas próprias de mulheres cativas.

POLIMESTOR

O interior é confiável e ermo de varões?

ΕΚΑΒΗ

οὐδεὶς Ἀχαιῶν ἔνδον ἀλλ' ἡμεῖς μόναι.
ἀλλ' ἕρπ' ἐς οἴκους· καὶ γὰρ Ἀργεῖοι νεῶν
λῦσαι ποθοῦσιν οἴκαδ' ἐκ Τροίας πόδα· 1020
ὡς πάντα πράξας ὧν σε δεῖ στείχῃς πάλιν
ξὺν παισὶν οὗπερ τὸν ἐμὸν ᾤκισας γόνον.

ΧΟΡΟΣ

οὔπω δέδωκας ἀλλ' ἴσως δώσεις δίκην·
ἀλίμενόν τις ὡς ἐς ἄντλον πεσὼν 1025
λέχριος ἐκπεσῆι φίλας καρδίας,
ἀμέρσας βίον. τὸ γὰρ ὑπέγγυον 1028
Δίκαι καὶ θεοῖσιν οὗ ξυμπίτνει, 1030
ὀλέθριον ὀλέθριον κακόν.
ψεύσει σ' ὁδοῦ τῆσδ' ἐλπὶς ἥ σ' ἐπήγαγεν
θανάσιμον πρὸς Ἀίδαν, ὦ τάλας,
ἀπολέμωι δὲ χειρὶ λείψεις βίον.

ΠΟΛΥΜΗΣΤΩΡ (ἔνδοθεν)

ὤμοι, τυφλοῦμαι φέγγος ὀμμάτων τάλας. 1035

ΧΟΡΟΣ

ἠκούσατ' ἀνδρὸς Θρῃκὸς οἰμωγήν, φίλαι;

ΠΟΛΥΜΗΣΤΩΡ

ὤμοι μάλ' αὖθις, τέκνα, δυστήνου σφαγῆς.

ΧΟΡΟΣ

φίλαι, πέπρακται καίν' ἔσω δόμων κακά.

HÉCUBA

Nenhum aqueu lá dentro, mas só nós.
Mas entra em casa! Os aqueus querem
soltar o pé das naus de Troia para casa. 1020
Uma vez feito o que deves fazer, vás
com os filhos aonde alojaste meu filho!

[*Quarto estásimo* (1023-1034)]

CORO

Ainda não deste, mas talvez dês justiça.
Como quem caiu em sentina sem porto, 1025
cairás estatelado de teu próprio coração,
ao perderes a vida, pois o garantido 1028
por Justiça e por Deuses onde colide, 1030
funesta, funesta é a ruína!
A esperança te enganará do caminho
que te levou ao letal Hades, ó mísero,
e deixarás a vida em mão inelutável.

[*Êxodo* (1035-1295)]

POLIMESTOR (dentro)

Ómoi! Estou cego da luz dos olhos, mísero! 1035

CORO

Ouvistes lamúria de varão trácio, amigas?

POLIMESTOR

Ómoi ainda mais, filhos! Infausta morte!

CORO

Amigas, cometidos em casa novos males.

ΠΟΛΥΜΗΣΤΩΡ

ἀλλ' οὔτι μὴ φύγητε λαιψηρῶι ποδί·
βάλλων γὰρ οἴκων τῶνδ' ἀναρρήξω μυχούς. 1040
ἰδού, βαρείας χειρὸς ὁρμᾶται βέλος.

ΧΟΡΟΣ

βούλεσθ' ἐπεσπέσωμεν; ὡς ἀκμὴ καλεῖ
Ἑκάβηι παρεῖναι Τρωιάσιν τε συμμάχους.

ΕΚΑΒΗ

ἄρασσε, φείδου μηδέν, ἐκβάλλων πύλας·
οὐ γάρ ποτ' ὄμμα λαμπρὸν ἐνθήσεις κόραις, 1045
οὐ παῖδας ὄψηι ζῶντας οὓς ἔκτειν' ἐγώ.

ΧΟΡΟΣ

ἦ γὰρ καθεῖλες Θρῆικα καὶ κρατεῖς ξένον,
δέσποινα, καὶ δέδρακας οἷάπερ λέγεις;

ΕΚΑΒΗ

ὄψηι νιν αὐτίκ' ὄντα δωμάτων πάρος
τυφλὸν τυφλῶι στείχοντα παραφόρωι ποδί, 1050
παίδων τε δισσῶν σώμαθ', οὓς ἔκτειν' ἐγὼ
σὺν ταῖσδ' ἀρίσταις Τρωιάσιν· δίκην δέ μοι
δέδωκε. χωρεῖ δ', ὡς ὁρᾶις, ὅδ' ἐκ δόμων.
ἀλλ' ἐκποδὼν ἄπειμι κἀποστήσομαι
θυμῶι ζέοντι Θρηικὶ δυσμαχωτάτωι. 1055

ΠΟΛΥΜΗΣΤΩΡ

ὤμοι ἐγώ, πᾶι βῶ, πᾶι στῶ, πᾶι κέλσω,
τετράποδος βάσιν θηρὸς ὀρεστέρου
τιθέμενος ἐπὶ χεῖρα καὶ ἴχνος; ποίαν
ἢ ταύταν ἢ τάνδ' ἐξαλλάξω, τὰς 1060
ἀνδροφόνους μάρψαι χρήιζων Ἰλιάδας,
αἵ με διώλεσαν;
τάλαιναι κόραι τάλαιναι Φρυγῶν,

POLIMESTOR

Mas não, não fugireis com acelerado pé!
Romperei a golpes os recessos desta casa. 1040
Olha! Move-se o projétil da mão pesada.

CORO

Quereis irrompamos? A ocasião reclama
estarmos aliadas a Hécuba e às troianas.

HÉCUBA

Ataca! Nada poupes, golpeando portas!
Nunca porás visão brilhante nas pupilas. 1045
Não verás vivos os teus filhos que matei.

CORO

Capturaste o trácio e dominas o hóspede,
ó rainha, e tua ação foi tal como dizes?

HÉCUBA

Logo, defronte desta casa, tu o verás
andando cego com cego pé titubeante, 1050
e os corpos dos dois filhos que matei
com estas nobres troianas. Justiça ele
me deu. Como vês, ele vem lá de casa.
Mas eu me afastarei e manterei longe
do férvido furor trácio incombatível. 1055

POLIMESTOR

Ómoi! Aonde ir? Onde parar? Onde
pôr quadrúpede passo de fera montesa
movendo as mãos e os pés? Por que
via variar? Por esta, ou por aquela, 1060
se quero pegar as homicidas ilíacas,
que me destruíram?
Míseras moças! Miseras frígias!

ὢ κατάρατοι,
ποῖ καί με φυγᾶι πτώσσουσι μυχῶν; 1065
εἴθε μοι ὀμμάτων αἱματόεν βλέφαρον
ἀκέσαι' ἀκέσαιο, τυφλόν,
Ἅλιε, φέγγος ἀπαλλάξας.
ἆ ἆ,
σίγα· κρυπτὰν βάσιν αἰσθάνομαι
τάνδε γυναικῶν. πᾶι πόδ' ἐπάιξας 1070
σαρκῶν ὀστέων τ' ἐμπλησθῶ,
θοίναν ἀγρίων τιθέμενος θηρῶν,
ἀρνύμενος λώβας λύμας τ' ἀντίποιν'
ἐμᾶς, ὢ τάλας;
ποῖ πᾶι φέρομαι τέκν' ἔρημα λιπὼν 1075
Βάκχαις Ἅιδα διαμοιρᾶσαι
σφακτά, κυσίν τε φοινίαν δαῖτ' ἀνή-
μερόν τ' ὄρειον ἐκβολάν;
πᾶι στῶ, πᾶι κάμψω, [πᾶι βῶ]
ναῦς ὅπως ποντίοις πείσμασιν λινόκροκον 1080
φᾶρος στέλλων, ἐπὶ τάνδε συθεὶς
τέκνων ἐμῶν φύλαξ ὀλέθριον κοίταν; 1083

ΧΟΡΟΣ
ὦ τλῆμον, ὥς σοι δύσφορ' εἴργασται κακά· 1085
δράσαντι δ' αἰσχρὰ δεινὰ τἀπιτίμια
[δαίμων ἔδωκεν ὅστις ἐστί σοι βαρύς].

ΠΟΛΥΜΗΣΤΩΡ
αἰαῖ ἰὼ Θρήικης λογχοφόρον ἔνο-
πλον εὔιππον Ἄρει κάτοχον γένος. 1090
ἰὼ Ἀχαιοί, ἰὼ Ἀτρεῖδαι·
βοὰν βοάν, ἀυτῶ βοάν·
ὢ ἴτε μόλετε πρὸς θεῶν.
κλύει τις ἢ οὐδεὶς ἀρκέσει; τί μέλλετε;
γυναῖκες ὤλεσάν με, 1095
γυναῖκες αἰχμαλωτίδες·

Ó execradas,
onde se põem em fuga neste recesso? 1065
Ah, se curasses, curasses sangrenta
pálpebra de minhas vistas, ó Sol,
se afastasses o brilho cego!
Â â!
Silêncio! Percebo passo furtivo
de mulheres aí. Onde em assalto 1070
saciar-me de carnes e de ossos
em banquete de feras selvagens
em reparação a danos e lesões
meus, ó mísero?
Aonde, aonde vou, ao deixar a sós 1075
filhos que Bacas de Hades rasguem
imolados, sangrento pasto de cães,
impiedosa exposição na montanha?
Onde parar? Onde voltar? Aonde ir
ao içar qual navio com cabos navais 1080
línea vela, guardião de meus filhos
ao saltar sobre este fúnebre leito? 1083

CORO

Ó mísero, que duros males sofres! 1085
Terrível punição por tuas infâmias
impôs-te o Nume que te oprime!

POLIMESTOR

Aiaî! Iò, povo lanceiro da Trácia
armado cavaleiro possesso de Ares! 1090
Iò, aqueus! *Iò*, Atridas!
Clamor! Clamor! Clamo clamor!
Ó vinde! Movei-vos, por Deuses!
Ouvem-me? Não virão? Por que
tardais? Mulheres me destruíram, 1095
mulheres cativas de guerra!

δεινὰ δεινὰ πεπόνθαμεν.
ὤμοι ἐμᾶς λώβας.
ποῖ τράπωμαι, ποῖ πορευθῶ;
ἀμπτάμενος οὐράνιον ὑψιπετὲς ἐς μέλαθρον, 1100
Ὠαρίων ἢ Σείριος ἔνθα πυρὸς φλογέας ἀφίησιν
ὄσσων αὐγάς, ἢ τὸν ἐς Ἅιδα 1105
μελάγχρωτα πορθμὸν ἄιξω τάλας;

ΧΟΡΟΣ
συγγνώσθ', ὅταν τις κρείσσον' ἢ φέρειν κακὰ
πάθηι, ταλαίνης ἐξαπαλλάξαι ζόης.

ΑΓΑΜΕΜΝΩΝ
κραυγῆς ἀκούσας ἦλθον· οὐ γὰρ ἥσυχος
πέτρας ὀρείας παῖς λέλακ' ἀνὰ στρατὸν 1110
Ἠχὼ διδοῦσα θόρυβον· εἰ δὲ μὴ Φρυγῶν
πύργους πεσόντας ἦισμεν Ἑλλήνων δορί,
φόβον παρέσχ' ἂν οὐ μέσως ὅδε κτύπος.

ΠΟΛΥΜΗΣΤΩΡ
ὦ φίλτατ', ἠισθόμην γάρ, Ἀγάμεμνον, σέθεν
φωνῆς ἀκούσας, εἰσορᾶις ἃ πάσχομεν; 1115

ΑΓΑΜΕΜΝΩΝ
ἔα·
Πολυμῆστορ ὦ δύστηνε, τίς σ' ἀπώλεσεν;
τίς ὄμμ' ἔθηκε τυφλὸν αἱμάξας κόρας
παῖδάς τε τούσδ' ἔκτεινεν; ἦ μέγαν χόλον
σοὶ καὶ τέκνοισιν εἶχεν ὅστις ἦν ἄρα.

ΠΟΛΥΜΗΣΤΩΡ
Ἑκάβη με σὺν γυναιξὶν αἰχμαλωτίσιν 1120
ἀπώλεσ' — οὐκ ἀπώλεσ' ἀλλὰ μειζόνως.

Que terríveis, terríveis dores
sofremos! *Ómoi*, ruína minha!
Aonde me voltar? Aonde ir?
Em voo ao teto celeste de alto voo 1100
onde Órion ou Sírio emite dos olhos
ígneos flâmeos raios? Ou saltar, 1105
mísero, ao sombrio rio de Hades?

CORO

Entende-se que se deixe a mísera vida,
se a dor é mais forte que o suportável.

[*Agón* (1109-1295)]

AGAMÊMNON

Ouvi o clamor e vim. Eco filha da pedra
do monte inquieta proclama pela tropa 1110
e tumultua. Se não soubéssemos que
caíram as torres frígias sob lança grega,
este rumor infundiria não pouco pavor.

POLIMESTOR

Ó caríssimo Agamêmnon, reconheci-te
ao ouvir a voz, vês isto que nós sofremos? 1115

AGAMÊMNON

Éa!
Ó Polimestor, ó mísero, quem te destruiu?
Quem cegou os olhos, sangrando pupilas,
e matou estes jovens? Fosse quem fosse,
tinha grande rancor contra ti e os jovens.

POLIMESTOR

Hécuba, com mulheres cativas de guerra, 1120
destruiu-me. Não, não destruiu, fez pior!

ΑΓΑΜΕΜΝΩΝ

τί φῄς; σὺ τοὔργον εἴργασαι τόδ', ὡς λέγει;
σὺ τόλμαν, Ἑκάβη, τήνδ' ἔτλης ἀμήχανον;

ΠΟΛΥΜΗΣΤΩΡ

ὤμοι, τί λέξεις; ἦ γὰρ ἐγγύς ἐστί που;
σήμηνον, εἰπὲ ποῦ 'σθ', ἵν' ἁρπάσας χεροῖν 1125
διασπάσωμαι καὶ καθαιμάξω χρόα.

ΑΓΑΜΕΜΝΩΝ

οὗτος, τί πάσχεις;

ΠΟΛΥΜΗΣΤΩΡ

πρὸς θεῶν σε λίσσομαι,
μέθες μ' ἐφεῖναι τῆιδε μαργῶσαν χέρα.

ΑΓΑΜΕΜΝΩΝ

ἴσχ'· ἐκβαλὼν δὲ καρδίας τὸ βάρβαρον
λέγ', ὡς ἀκούσας σοῦ τε τῆσδέ τ' ἐν μέρει 1130
κρίνω δικαίως ἀνθ' ὅτου πάσχεις τάδε.

ΠΟΛΥΜΗΣΤΩΡ

λέγοιμ' ἄν. ἦν τις Πριαμιδῶν νεώτατος,
Πολύδωρος, Ἑκάβης παῖς, ὃν ἐκ Τροίας ἐμοὶ
πατὴρ δίδωσι Πρίαμος ἐν δόμοις τρέφειν,
ὕποπτος ὢν δὴ Τρωϊκῆς ἁλώσεως. 1135
τοῦτον κατέκτειν'· ἀνθ' ὅτου δ' ἔκτεινά νιν
ἄκουσον, ὡς εὖ καὶ σοφῆι προμηθίαι.
ἔδεισα μή σοι πολέμιος λειφθεὶς ὁ παῖς
Τροίαν ἀθροίσηι καὶ ξυνοικίσηι πάλιν,
γνόντες δ' Ἀχαιοὶ ζῶντα Πριαμιδῶν τινα 1140
Φρυγῶν ἐς αἶαν αὖθις ἄρειαν στόλον,
κἄπειτα Θρῄκης πεδία τρίβοιεν τάδε
λεηλατοῦντες, γείτοσιν δ' εἴη κακὸν
Τρώων, ἐν ὧιπερ νῦν, ἄναξ, ἐκάμνομεν.

AGAMÊMNON

Que dizes? Tu fizeste tal ação que ele diz?
Tiveste, Hécuba, essa audácia impossível?

POLIMESTOR

Ómoi, que dirás? Ela está algures perto?
Diz, fala onde está, para que lhe ponha 1125
as mãos, e despedace e sangre o corpo!

AGAMÊMNON

Ó tu, que tens?

POLIMESTOR

Por Deuses eu te suplico,
permite-me aplicar-lhe esta furente mão!

AGAMÊMNON

Freia-te! Ao banires do coração o bárbaro,
fala para que te ouça a ti e a ela por turno 1130
e julgue com justiça por que sofres assim!

POLIMESTOR

Eu diria. Era o mais jovem dos Priâmidas
Polidoro, filho de Hécuba, o qual, de Troia,
o pai Príamo me deu para criar em casa
porque suspeitava que Troia sucumbiria. 1135
Matei-o, mas escuta por que eu o matei,
como agi bem e com sapiente prudência!
Temi que o jovem inimigo teu supérstite
congregasse e povoasse Troia outra vez,
e aqueus, ao saber de um Priâmida vivo, 1140
enviassem outra expedição à terra frígia
e então exaurissem estas planícies trácias
com saques e ao redor de Troia houvesse
o infortúnio que agora sofríamos, ó rei.

Ἑκάβη δὲ παιδὸς γνοῦσα θανάσιμον μόρον 1145
λόγωι με τοιῶιδ' ἤγαγ', ὡς κεκρυμμένας
θήκας φράσουσα Πριαμιδῶν ἐν Ἰλίωι
χρυσοῦ· μόνον δὲ σὺν τέκνοισί μ' εἰσάγει
δόμους, ἵν' ἄλλος μή τις εἰδείη τάδε.
ἵζω δὲ κλίνης ἐν μέσωι κάμψας γόνυ· 1150
πολλαὶ δέ, χειρὸς αἱ μὲν ἐξ ἀριστερᾶς,
αἱ δ' ἔνθεν, ὡς δὴ παρὰ φίλωι Τρώων κόραι
θάκους ἔχουσαι κερκίδ' Ἠδωνῆς χερὸς
ἤινουν, ὑπ' αὐγὰς τούσδε λεύσσουσαι πέπλους·
ἄλλαι δὲ κάμακε Θρηικίω θεώμεναι 1155
γυμνόν μ' ἔθηκαν διπτύχου στολίσματος.
ὅσαι δὲ τοκάδες ἦσαν, ἐκπαγλούμεναι
τέκν' ἐν χεροῖν ἔπαλλον, ὡς πρόσω πατρὸς
γένοιντο, διαδοχαῖσ' ἀμείβουσαι χερῶν.
κἆιτ' ἐκ γαληνῶν πῶς δοκεῖς προσφθεγμάτων 1160
εὐθὺς λαβοῦσαι φάσγαν' ἐκ πέπλων ποθὲν
κεντοῦσι παῖδας, αἱ δὲ πολυπόδων δίκην
ξυναρπάσασαι τὰς ἐμὰς εἶχον χέρας
καὶ κῶλα· παισὶ δ' ἀρκέσαι χρήιζων ἐμοῖς,
εἰ μὲν πρόσωπον ἐξανισταίην ἐμὸν 1165
κόμης κατεῖχον, εἰ δὲ κινοίην χέρας
πλήθει γυναικῶν οὐδὲν ἤνυτον τάλας.
τὸ λοίσθιον δέ, πῆμα πήματος πλέον,
ἐξειργάσαντο δείν'· ἐμῶν γὰρ ὀμμάτων
πόρπας λαβοῦσαι τὰς ταλαιπώρους κόρας 1170
κεντοῦσιν αἱμάσσουσιν· εἶτ' ἀνὰ στέγας
φυγάδες ἔβησαν. ἐκ δὲ πηδήσας ἐγὼ
θὴρ ὣς διώκω τὰς μιαιφόνους κύνας,
ἅπαντ' ἐρευνῶν τοῖχον, ὡς κυνηγέτης
βάλλων ἀράσσων. τοιάδε σπεύδων χάριν 1175
πέπονθα τὴν σήν, πολέμιόν γε σὸν κτανών,
Ἀγάμεμνον. ὡς δὲ μὴ μακροὺς τείνω λόγους,
εἴ τις γυναῖκας τῶν πρὶν εἴρηκεν κακῶς
ἢ νῦν λέγων ἔστιν τις ἢ μέλλει λέγειν,

Hécuba, ao saber da sorte fatal do filho, 1145
seduziu-me com a palavra de que diria
de arcas de ouro dos Priâmidas ocultas
em Ílion; e levou-me a sós com os filhos
à casa para que ninguém mais soubesse.
Soltei joelho e no meio do leito sentei-me. 1150
Muitas moças troianas, umas à esquerda,
outras à direita, como se sentadas junto
ao amigo, aprovam a arte têxtil da mão
edônia, examinando estes mantos à luz;
outras, admirando o par de lanças trácias, 1155
desnudaram-me desse duplo armamento.
Outras eram mães, atônitas vibravam
os jovens nos braços, para afastá-los
do pai, passando-os de mão em mão.
Depois de tratos de bonança, imagina! 1160
Tão logo pegam as facas dos mantos,
picam os jovens, e outras quais polvo
podiam prender meus braços e pernas;
e querendo eu socorrer os meus filhos,
se erguia o rosto, puxavam os cabelos, 1165
e se movia as mãos, eu não conseguia,
mísero, fazer nada à turba de mulheres.
Por último, uma dor maior que a dor
infligiram-me, terríveis: picam, sangram
as padecentes pupilas dos meus olhos 1170
com pinos; em seguida pela moradia
elas se puseram em fuga. Eu aos saltos
de fera persigo as sanguinárias cadelas,
por toda parte, tal como um caçador,
atirando, atacando. Sofro tais males, 1175
por tua graça, por matar teu inimigo,
Agamêmnon. Para não alongar a fala,
se algum antigo maldisse as mulheres,
ou se hoje há quem o diga ou dirá,

ἅπαντα ταῦτα συντεμὼν ἐγὼ φράσω· 1180
γένος γὰρ οὔτε πόντος οὔτε γῆ τρέφει
τοιόνδ'· ὁ δ' αἰεὶ ξυντυχὼν ἐπίσταται.

ΧΟΡΟΣ

μηδὲν θρασύνου μηδὲ τοῖς σαυτοῦ κακοῖς
τὸ θῆλυ συνθεὶς ὧδε πᾶν μέμψηι γένος.
[πολλαὶ γὰρ ἡμῶν· αἱ μέν εἰσ' ἐπίφθονοι, 1185
αἱ δ' εἰς ἀριθμὸν τῶν κακῶν πεφύκαμεν.]

ΕΚΑΒΗ

Ἀγάμεμνον, ἀνθρώποισιν οὐκ ἐχρῆν ποτε
τῶν πραγμάτων τὴν γλῶσσαν ἰσχύειν πλέον·
ἀλλ' εἴτε χρήστ' ἔδρασε χρήστ' ἔδει λέγειν,
εἴτ' αὖ πονηρὰ τοὺς λόγους εἶναι σαθρούς, 1190
καὶ μὴ δύνασθαι τἄδικ' εὖ λέγειν ποτέ.
σοφοὶ μὲν οὖν εἰσ' οἱ τάδ' ἠκριβωκότες,
ἀλλ' οὐ δύνανται διὰ τέλους εἶναι σοφοί,
κακῶς δ' ἀπώλοντ'· οὔτις ἐξήλυξέ πω.
καί μοι τὸ μὲν σὸν ὧδε φροιμίοις ἔχει· 1195
πρὸς τόνδε δ' εἶμι καὶ λόγοις ἀμείψομαι·
ὃς φὴις Ἀχαιῶν πόνον ἀπαλλάσσων διπλοῦν
Ἀγαμέμνονός θ' ἕκατι παῖδ' ἐμὸν κτανεῖν.
ἀλλ', ὦ κάκιστε, πρῶτον οὔποτ' ἂν φίλον
τὸ βάρβαρον γένοιτ' ἂν Ἕλλησιν γένος 1200
οὐδ' ἂν δύναιτο. τίνα δὲ καὶ σπεύδων χάριν
πρόθυμος ἦσθα; πότερα κηδεύσων τινὰ
ἢ συγγενὴς ὢν ἢ τίν' αἰτίαν ἔχων;
ἢ σῆς ἔμελλον γῆς τεμεῖν βλαστήματα
πλεύσαντες αὖθις; τίνα δοκεῖς πείσειν τάδε; 1205
ὁ χρυσός, εἰ βούλοιο τἀληθῆ λέγειν,
ἔκτεινε τὸν ἐμὸν παῖδα καὶ κέρδη τὰ σά.
ἐπεὶ δίδαξον τοῦτο· πῶς, ὅτ' εὐτύχει
Τροία, πέριξ δὲ πύργος εἶχ' ἔτι πτόλιν,
ἔζη τε Πρίαμος Ἕκτορός τ' ἤνθει δόρυ, 1210

fazendo o resumo disso tudo direi: 1180
nem o mar nem a terra cria um ser
tal; quem cada vez o encontra, sabe.

CORO

Não sejas ousado! E por teus males
não insultes todo ser feminino junto!
Há muitas de nós, umas têm inveja, 1185
outras por natureza se contam más.

HÉCUBA

Agamêmnon, entre os homens a língua
nunca devia ter mais força que os fatos,
mas se alguém age bem, devia falar bem,
se, porém, mal, suas falas serem débeis 1190
e não poderem falar bem das injustiças.
Sapientes, pois, são os versados nisso,
mas não podem ser sapientes ao termo
e morrem mal, ninguém ainda escapou.
Assim também tenho o teu no proêmio, 1195
mas irei contra esse e refutarei as falas.
Diz que matou o meu filho para livrar
aqueus de duplo mal e por Agamêmnon.
Mas, ó perverso, primeiro, amigo nunca
o gênero bárbaro seria para os gregos, 1200
nem poderia. Cuidando de que graça
foste zeloso? Para congregar alguém,
ou por ser parente, ou por que causa?
Ou cortariam as florações de tua terra,
navegando de volta? Crês persuasivo? 1205
O ouro, se quisesses dizer a verdade,
matou o meu filho, e a tua ganância.
Explica isto: quando Troia era fausta,
e as torres circundavam ainda a urbe,
Príamo vivia, a lança de Heitor floria, 1210

τί οὐ τότ', εἴπερ τῶιδ' ἐβουλήθης χάριν
θέσθαι, τρέφων τὸν παῖδα κἀν δόμοις ἔχων
ἔκτεινας ἢ ζῶντ' ἦλθες Ἀργείοις ἄγων;
ἀλλ' ἡνίχ' ἡμεῖς οὐκέτ' ἦμεν ἐν φάει,
καπνὸς δ' ἐσήμην' ἄστυ πολεμίοις ὕπο, 1215
ξένον κατέκτας σὴν μολόντ' ἐφ' ἑστίαν.
πρὸς τοῖσδε νῦν ἄκουσον ὡς φαίνηι κακός·
χρῆν σ', εἴπερ ἦσθα τοῖς Ἀχαιοῖσιν φίλος,
τὸν χρυσὸν ὃν φὴις οὐ σὸν ἀλλὰ τοῦδ' ἔχειν
δοῦναι φέροντα πενομένοις τε καὶ χρόνον 1220
πολὺν πατρῴας γῆς ἀπεξενωμένοις·
σὺ δ' οὐδὲ νῦν πω σῆς ἀπαλλάξαι χερὸς
τολμᾶις, ἔχων δὲ καρτερεῖς ἔτ' ἐν δόμοις.
καὶ μὴν τρέφων μὲν ὥς σε παῖδ' ἐχρῆν τρέφειν
σώσας τε τὸν ἐμόν, εἶχες ἂν καλὸν κλέος· 1225
ἐν τοῖς κακοῖς γὰρ ἀγαθοὶ σαφέστατοι
φίλοι· τὰ χρηστὰ δ' αὔθ' ἕκαστ' ἔχει φίλους.
εἰ δ' ἐσπάνιζες χρημάτων, ὁ δ' εὐτύχει,
θησαυρὸς ἄν σοι παῖς ὑπῆρχ' οὑμὸς μέγας·
νῦν δ' οὔτ' ἐκεῖνον ἄνδρ' ἔχεις σαυτῶι φίλον 1230
χρυσοῦ τ' ὄνησις οἴχεται παῖδές τε σοὶ
αὐτός τε πράσσεις ὧδε. σοὶ δ' ἐγὼ λέγω,
Ἀγάμεμνον· εἰ τῶιδ' ἀρκέσεις, κακὸς φανῆι·
οὔτ' εὐσεβῆ γὰρ οὔτε πιστὸν οἷς ἐχρῆν,
οὐχ ὅσιον, οὐ δίκαιον εὖ δράσεις ξένον· 1235
αὐτὸν δὲ χαίρειν τοῖς κακοῖς σε φήσομεν
τοιοῦτον ὄντα· δεσπότας δ' οὐ λοιδορῶ.

ΧΟΡΟΣ

φεῦ φεῦ· βροτοῖσιν ὡς τὰ χρηστὰ πράγματα
χρηστῶν ἀφορμὰς ἐνδίδωσ' ἀεὶ λόγων.

ΑΓΑΜΕΜΝΩΝ

ἀχθεινὰ μέν μοι τἀλλότρια κρίνειν κακά, 1240
ὅμως δ' ἀνάγκη· καὶ γὰρ αἰσχύνην φέρει

por que, então, se lhe quiseste fazer
graça, ao criar o filho e tê-lo em casa,
não mataste, nem entregaste a aqueus?
Mas quando não mais éramos à luz,
e fumo indicava cidade sob inimigos, 1215
mataste o hóspede ido à tua lareira.
Ouve ainda agora como pareces vil!
Sendo amigo de aqueus, devias levar
o ouro, que dizes ter não teu mas dele,
e dá-lo aos que há muito tempo sofriam 1220
fadigas afastados longe da terra pátria.
Tu nem agora ousas soltá-lo da mão,
mas ainda persistes em tê-lo em casa.
Se criasses o meu filho como devias,
e tivesses salvo, terias belo renome. 1225
Nos males os bons são os mais claros
amigos. Os bens por si sós têm amigos.
Se tivesses parcos bens e ele boa sorte,
o meu filho seria o teu grande tesouro,
mas agora não tens aquele teu amigo 1230
e posse de ouro e teus filhos se foram
e tu mesmo estás assim. Ó Agamêmnon,
digo-te, se tu lhe vales, parecerás vil,
farás bem a hóspede nem pio nem fiel
aos que devia ser, nem lícito nem justo. 1235
Diremos que te comprazes com os vis
por seres tal, mas não repreendo os reis.

CORO

Pheû! Pheû! As boas ações de mortais
dão sempre os motivos a boas palavras!

AGAMÊMNON

É-me árduo julgar os males alheios, 1240
contudo é coercitivo, dá vergonha

πρᾶγμ' ἐς χέρας λαβόντ' ἀπώσασθαι τόδε.
ἐμοὶ δ', ἵν' εἰδῆις, οὔτ' ἐμὴν δοκεῖς χάριν
οὔτ' οὖν Ἀχαιῶν ἄνδρ' ἀποκτεῖναι ξένον,
ἀλλ' ὡς ἔχηις τὸν χρυσὸν ἐν δόμοισι σοῖς. 1245
λέγεις δὲ σαυτῶι πρόσφορ' ἐν κακοῖσιν ὤν.
τάχ' οὖν παρ' ὑμῖν ῥάιδιον ξενοκτονεῖν·
ἡμῖν δέ γ' αἰσχρὸν τοῖσιν Ἕλλησιν τόδε.
πῶς οὖν σε κρίνας μὴ ἀδικεῖν φύγω ψόγον;
οὐκ ἂν δυναίμην. ἀλλ' ἐπεὶ τὰ μὴ καλὰ 1250
πράσσειν ἐτόλμας, τλῆθι καὶ τὰ μὴ φίλα.

ΠΟΛΥΜΗΣΤΩΡ

οἴμοι, γυναικός, ὡς ἔοιχ', ἡσσώμενος
δούλης ὑφέξω τοῖς κακίοσιν δίκην.

ΕΚΑΒΗ

οὔκουν δικαίως, εἴπερ εἰργάσω κακά;

ΠΟΛΥΜΗΣΤΩΡ

οἴμοι τέκνων τῶνδ' ὀμμάτων τ' ἐμῶν τάλας. 1255

ΕΚΑΒΗ

ἀλγεῖς; τί δ'; ἦ 'μὲ παιδὸς οὐκ ἀλγεῖν δοκεῖς;

ΠΟΛΥΜΗΣΤΩΡ

χαίρεις ὑβρίζουσ' εἰς ἔμ', ὦ πανοῦργε σύ.

ΕΚΑΒΗ

οὐ γάρ με χαίρειν χρή σε τιμωρουμένην;

ΠΟΛΥΜΗΣΤΩΡ

ἀλλ' οὐ τάχ', ἡνίκ' ἄν σε ποντία νοτίς...

ΕΚΑΒΗ

μῶν ναυστολήσηι γῆς ὅρους Ἑλληνίδος; 1260

ter o encargo em mãos e rejeitá-lo.
Saibas, não parece que por favor
a mim ou a aqueus mataste o hóspede,
mas para teres o ouro em teu palácio. 1245
Nos males, dizes o que te convém.
Talvez vos seja fácil matar hóspede,
mas para nós, os gregos, isso é feio.
Se te inocentar, como evitar pecha?
Eu não poderia. Mas já que ousaste 1250
o não belo, ousa ainda o não grato!

POLIMESTOR

Oímoi! Vencido por mulher servente,
parece, prestarei justiça a inferiores.

HÉCUBA

Pois não é justo, já que fizeste males?

POLIMESTOR

Oímoi! Mísero, filhos e olhos meus! 1255

HÉCUBA

Dói-te? Crês que o filho não me dói?

POLIMESTOR

Praz-te insultar-me, ó perversa, tu!

HÉCUBA

Não me devia prazer por te punir?

POLIMESTOR

Mas não já quando água do mar te...

HÉCUBA

... transportar aos confins da Grécia? 1260

ΠΟΛΥΜΗΣΤΩΡ

κρύψηι μὲν οὖν πεσοῦσαν ἐκ καρχησίων.

ΕΚΑΒΗ

πρὸς τοῦ βιαίων τυγχάνουσαν ἁλμάτων;

ΠΟΛΥΜΗΣΤΩΡ

αὐτὴ πρὸς ἱστὸν ναὸς ἀμβήσηι ποδί.

ΕΚΑΒΗ

ὑποπτέροις νώτοισιν ἢ ποίωι τρόπωι;

ΠΟΛΥΜΗΣΤΩΡ

κύων γενήσηι πύρσ' ἔχουσα δέργματα. 1265

ΕΚΑΒΗ

πῶς δ' οἶσθα μορφῆς τῆς ἐμῆς μετάστασιν;

ΠΟΛΥΜΗΣΤΩΡ

ὁ Θρηιξὶ μάντις εἶπε Διόνυσος τάδε.

ΕΚΑΒΗ

σοὶ δ' οὐκ ἔχρησεν οὐδὲν ὧν ἔχεις κακῶν;

ΠΟΛΥΜΗΣΤΩΡ

οὐ γάρ ποτ' ἂν σύ μ' εἷλες ὧδε σὺν δόλωι.

ΕΚΑΒΗ

θανοῦσα δ' ἢ ζῶσ' ἐνθάδ' ἐκπλήσω †βιον†; 1270

ΠΟΛΥΜΗΣΤΩΡ

θανοῦσα· τύμβωι δ' ὄνομα σῶι κεκλήσεται...

ΕΚΑΒΗ

μορφῆς ἐπωιδὸν μή τι τῆς ἐμῆς ἐρεῖς;

POLIMESTOR

... cobrir ao caíres do cesto de gávea.

HÉCUBA

Por alcançar de quem violento salto?

POLIMESTOR

Tu escalarás a pé o mastro do navio.

HÉCUBA

Com asas nas costas ou de que modo?

POLIMESTOR

Serás uma cadela com olhar de fogo. 1265

HÉCUBA

Como sabes que mudarei de forma?

POLIMESTOR

O vate trácio Dioniso assim falou.

HÉCUBA

E nada te disse dos males que tens?

POLIMESTOR

Pois tu não me pegarias com o dolo.

HÉCUBA

Morta, ou viva, aqui cumpro a sorte? 1270

POLIMESTOR

Morta; o teu túmulo será chamado...

HÉCUBA

Não dirás encanto de minha forma?

ΠΟΛΥΜΗΣΤΩΡ

κυνὸς ταλαίνης σῆμα, ναυτίλοις τέκμαρ.

ΕΚΑΒΗ

οὐδὲν μέλει μοι, σοῦ γέ μοι δόντος δίκην.

ΠΟΛΥΜΗΣΤΩΡ

καὶ σήν γ' ἀνάγκη παῖδα Κασσάνδραν θανεῖν. 1275

ΕΚΑΒΗ

ἀπέπτυσ'· αὐτῶι ταῦτα σοὶ δίδωμ' ἔχειν.

ΠΟΛΥΜΗΣΤΩΡ

κτενεῖ νιν ἡ τοῦδ' ἄλοχος, οἰκουρὸς πικρά.

ΕΚΑΒΗ

μήπω μανείη Τυνδαρὶς τοσόνδε παῖς.

ΠΟΛΥΜΗΣΤΩΡ

καὐτόν γε τοῦτον, πέλεκυν ἐξάρασ' ἄνω.

ΑΓΑΜΕΜΝΩΝ

οὗτος σύ, μαίνηι καὶ κακῶν ἐρᾶις τυχεῖν; 1280

ΠΟΛΥΜΗΣΤΩΡ

κτεῖν', ὡς ἐν Ἄργει φόνια λουτρά σ' ἀμμένει.

ΑΓΑΜΕΜΝΩΝ

οὐχ ἕλξετ' αὐτόν, δμῶες, ἐκποδὼν βίαι;

ΠΟΛΥΜΗΣΤΩΡ

ἀλγεῖς ἀκούων;

ΑΓΑΜΕΜΝΩΝ

οὐκ ἐφέξετε στόμα;

POLIMESTOR

Tumba de pobre cadela, termo náutico.

HÉCUBA

Nada me importa, se tu me dás justiça.

POLIMESTOR

Ainda deve morrer tua filha Cassandra. 1275

HÉCUBA

Renego! Isso a ti mesmo te dou teres.

POLIMESTOR

Cruel guarda, sua mulher a matará.

HÉCUBA

Não seja nunca a Tindárida tão louca!

POLIMESTOR

E a ele também, erguendo o machado.

AGAMÊMNON

Ó tu, estás louco e queres obter males? 1280

POLIMESTOR

Mata! Banho fatal te aguarda em Argos.

AGAMÊMNON

Serventes, arrastai-o para longe à força!

POLIMESTOR

Dói-te ouvir?

AGAMÊMNON

Não fechareis tua boca?

ΠΟΛΥΜΗΣΤΩΡ

ἐγκλῄετ'· εἴρηται γάρ.

ΑΓΑΜΕΜΝΩΝ

οὐχ ὅσον τάχος
νήσων ἐρήμων αὐτὸν ἐκβαλεῖτέ ποι, 1285
ἐπείπερ οὕτω καὶ λίαν θρασυστομεῖ;
Ἑκάβη, σὺ δ', ὦ τάλαινα, διπτύχους νεκροὺς
στείχουσα θάπτε· δεσποτῶν δ' ὑμᾶς χρεὼν
σκηναῖς πελάζειν, Τρωιάδες· καὶ γὰρ πνοὰς
πρὸς οἶκον ἤδη τάσδε πομπίμους ὁρῶ. 1290
εὖ δ' ἐς πάτραν πλεύσαιμεν, εὖ δὲ τἀν δόμοις
ἔχοντ' ἴδοιμεν τῶνδ' ἀφειμένοι πόνων.

ΧΟΡΟΣ

ἴτε πρὸς λιμένας σκηνάς τε, φίλαι,
τῶν δεσποσύνων πειρασόμεναι
μόχθων· στερρὰ γὰρ ἀνάγκη. 1295

POLIMESTOR

Calai! Está dito.

AGAMÊMNON

O mais breve possível,
lançai-o algures em alguma ilha deserta, 1285
já que tem tantas palavras tão ousadas!
Hécuba, ó mísera, vai e sepulta os dois
mortos! Deveis ir às tendas dos donos,
ó troianas, pois avisto já estes ventos
favoráveis a nosso percurso para casa. 1290
Que tenhamos boa viagem à terra pátria
e livres de males vejamos a casa bem!

CORO

Ide ao porto e às tendas, amigas,
para conhecerdes fadigas servis!
Dura é a coerção. 1295

Referências bibliográficas

Allan, William. *The Andromache and Euripidean Tragedy*. Oxford: Oxford University Press, 2003.

Duchemin, Jacqueline. *L'Agón dans la tragédie grecque*. Paris: Les Belles Lettres, 1945.

Eurípides. *Andromache*, com introdução, tradução e comentário de Michael Lloyd. Warminster: Aris & Phillips, 2005 (1994).

_________. *The Children of Heracles*, com introdução, tradução e comentário de William Allan. Warminster: Aris & Phillips, 2001.

_________. *Hecuba*, com introdução, tradução e comentário de Justina Gregory. Atlanta: Scholars Press, 1999.

_________. *Hecuba*, com introdução, notas e vocabulário de Michael Tierney. Londres: Bristol Classical Press, 2004 (1979).

_________. *Heraclidae*, com introdução e comentário de John Wilkins. Oxford: Clarendon, 2005.

_________. *Hippolytos*, com introdução e comentário de W. S. Barrett. Oxford: Clarendon Press, 2001 (1964).

Grube, G. M. A. *The Drama of Euripides*. Londres: Methuen, 1961.

Lloyd, Michael. *The Agon in Euripides*. Oxford: Clarendon Press, 1992.

Mossman, Judith. *Wild Justice: A Study of Euripides' Hecuba*. Londres: Bristol Classical Press, 1999 (1995).

Sourvinou-Inwood, Christiane. *Tragedy and Athenian Religion*. Lanham: Lexington Books, 2003.

Sobre os textos

Os Heraclidas
"A Deusa Justiça e seus partícipes": inédito.
Tradução: publicação e-book em *Eurípides: Teatro completo*, vol. 1, São Paulo, Iluminuras, 2015.

Hipólito
"A noção mítica de Justiça": inédito.
Tradução: publicação e-book em *Eurípides: Teatro completo*, vol. 1, São Paulo, Iluminuras, 2015.

Andrômaca
"As abscônditas vias da Justiça": inédito.
Tradução: publicação e-book em *Eurípides: Teatro completo*, vol. 1, São Paulo, Iluminuras, 2015.

Hécuba
"Justiça mítica e política": inédito.
Tradução: publicação e-book em *Eurípides: Teatro completo*, vol. 1, São Paulo, Iluminuras, 2015.

Sobre o autor

Algumas datas de representações e de vitórias em concursos trágicos, além de fatos da história de Atenas no século V a.C., são os únicos dados de que hoje dispomos com alguma certeza sobre a vida de Eurípides, e a eles se mesclam muitas anedotas, extraídas de comédias contemporâneas, ou inferidas de suas próprias obras, ou adaptadas da mitologia, ou ainda pura especulação. As biografias antigas contam que ele nasceu em Salamina, no dia da batalha naval dos gregos contra os invasores persas, e que o medo fez sua mãe entrar em trabalho de parto, mas isso parece ter um caráter simbólico, de vincular o grande dramaturgo ao mais memorável evento de sua época. A inscrição do mármore de Paro data seu nascimento de 485-484 a.C. Sua família pertencia ao distrito ático de Flieus, da tribo Cecrópida, ao norte do monte Himeto. Teofrasto relata que quando menino Eurípides foi escanção no ritual em que a elite ateniense dançava ao redor do santuário de Apolo Délio e que foi porta-tocha de Apolo Zoster; ambas essas funções implicam ser de família tradicional ateniense e sugerem inserção social elevada.

Sua primeira participação em concurso trágico é de 455 a.C. com *As Pelíades*, tragédia hoje perdida, sobre o dolo com que Medeia persuadiu as filhas de Pélias a matá-lo, esquartejá-lo e cozê-lo. Os antigos conheceram noventa e duas peças suas. Venceu cinco vezes os concursos trágicos, sendo póstuma a última vitória, mas não há notícia de que alguma vez sua participação nas representações tenha sido preterida. Considerando que todo ano o arconte rei escolhia para o concurso somente três poetas e para julgá-los dez juízes, um de cada tribo, dos quais cinco votos eram destruídos aleatoriamente sem se conhecer o conteúdo para evitar suborno, a participação era mais indicadora de popularidade do que a premiação.

David Kovacs valendo-se de datas conhecidas ou conjecturais apresenta esta cronologia relativa da produção supérstite de Eurípides:

438 a.C., *Alceste* obteve segundo lugar no concurso trágico; 431, *Medeia*, terceiro lugar; *c.* 430, *Os Heraclidas*; 428, *Hipólito*, primeiro lugar; *c.* 425, *Andrômaca*, que não foi representada em Atenas; *c.* 424, *Hécuba*; *c.* 423, *As Suplicantes*; *c.* 420, *Electra*; *c.* 416, *Héracles*; 415, *As Troianas*, segundo lugar; *c.* 414, *Ifigênia em Táurida*; *c.* 413, *Íon*; 412, *Helena*; *c.* 410, *As Fenícias*, segundo lugar; 408, *Orestes*; póstumos, *As Bacas* e *Ifigênia em Áulida*, primeiro lugar; data desconhecida, *O Ciclope*; e de data incerta, *Reso*, que Kovacs (controversamente) considera não euripidiano. As tragédias póstumas, vitoriosas, foram apresentadas por seu filho do mesmo nome, Eurípides júnior. A inscrição do mármore de Paro data a morte de Eurípides em 407-406 a.C., e não temos como decidir se isto se deu em Atenas, ou se em Macedônia, onde teria ido a convite do rei Arquelau.

A presente publicação do *Teatro completo* de Eurípides é a primeira vez em que todos os dramas supérstites do autor são traduzidos em português por um único tradutor.

Sobre o tradutor

José Antonio Alves Torrano (Jaa Torrano) nasceu em Olímpia (SP) em 12 de novembro de 1949 e passou a infância em Orindiúva (SP), vila rural e bucólica, fundada por seus avós maternos, entre outros. Em janeiro de 1960 seus pais mudaram para Catanduva (SP), onde concluiu o grupo escolar, fez o ginásio, o colégio, o primeiro ano da Faculdade de Letras, e descobriu a literatura como abertura para o mundo e o sentido trágico da vida como visão de mundo. Em fevereiro de 1970 mudou-se para São Paulo (SP), lecionou português e filosofia em curso supletivo (1970), fez a graduação (1971-1974) em Letras Clássicas (Português, Latim e Grego) na Universidade de São Paulo, onde começou a trabalhar em 1972 como auxiliar de almoxarifado na Faculdade de Medicina Veterinária e Zootecnia, e depois disso, a lecionar Língua e Literatura Grega como auxiliar de ensino na Faculdade de Filosofia, Letras e Ciências Humanas em 1975.

No Departamento de Letras Clássicas e Vernáculas da Universidade de São Paulo defendeu o mestrado em 1980 com a dissertação "O mundo como função de Musas", o doutorado em 1987 com a tese "O sentido de Zeus: o mito do mundo e o modo mítico de ser no mundo" e a livre-docência em 2001 com a tese "A dialética trágica na *Oresteia* de Ésquilo". Desde 2006 é professor titular de Língua e Literatura Grega na USP. Em 2000 foi professor visitante na Universidade de Aveiro (Portugal). Como bolsista pesquisador do CNPq, traduziu e estudou todas as tragédias supérstites de Ésquilo, Sófocles e Eurípides.

Publicou os livros: — 1) de poesia: *A esfera e os dias* (Annablume, 2009), *Divino gibi: crítica da razão sapiencial* (Annablume, 2017), *Solidão só há de Sófocles* (Ateliê, no prelo); — 2) de ensaios: *O sentido de Zeus: o mito do mundo e o modo mítico de ser no mundo* (Roswitha Kempf, 1988; Iluminuras, 1996), *O pensamento mítico no horizonte de Platão* (Annablume, 2013), *Mitos e imagens míticas* (Córrego,

2019; Madamu, 2022); e — 3) de estudos e traduções: Hesíodo, *Teogonia: a origem dos Deuses* (Roswitha Kempf, 1980; Iluminuras, 1991), Ésquilo, *Prometeu Prisioneiro* (Roswitha Kempf, 1985), Eurípides, *Medeia* (Hucitec, 1991), Eurípides, *Bacas* (Hucitec, 1995), Ésquilo, *Oresteia: Agamêmnon, Coéforas, Eumênides* (Iluminuras, 2004), Ésquilo, *Tragédias: Os Persas, Os Sete contra Tebas, As Suplicantes, Prometeu Cadeeiro* (Iluminuras, 2009), Eurípides, *Teatro completo* (e-book, Iluminuras, 3 vols., 2015, 2016 e 2018), Platão, *O Banquete* (com Irley Franco, PUC-RJ/Loyola, 2021), Sófocles, *Tragédias completas: Ájax* e *As Traquínias* (Ateliê/Mnema, 2022). Além disso, publicou estudos sobre literatura grega clássica em livros e periódicos especializados.

Plano da obra

Eurípides, *Teatro completo*,
estudos e traduções de Jaa Torrano:

Vol. I: *O Ciclope*, *Alceste*, *Medeia*
Vol. II: *Os Heraclidas*, *Hipólito*, *Andrômaca*, *Hécuba*
Vol. III: *As Suplicantes*, *Electra*, *Héracles*
Vol. IV: *As Troianas*, *Ifigênia em Táurida*, *Íon*
Vol. V: *Helena*, *As Fenícias*, *Orestes*
Vol. VI: *As Bacas*, *Ifigênia em Áulida*, *Reso*

Este livro foi composto em Sabon e
Cardo pela Franciosi & Malta, com
CTP e impressão da Edições Loyola
em papel Pólen Natural 70 g/m² da
Cia. Suzano de Papel e Celulose para
a Editora 34, em dezembro de 2022.